ABDULRAZAK
GURNAH

Abdulrazak Gurnah
古 尔 纳 作 品

Dottie

多 蒂

〔英〕阿卜杜勒拉扎克·古尔纳 —— 著

魏立红 —— 译

上海译文出版社

献给遍游四海的阿巴迪和艾哈迈德。

目　录

行旅初启

1

车间喇叭里喊多蒂，多蒂方才知道妹妹要生了。广播里没说是急召她去陪产，但她心里清楚。急急慌慌出了车间，这一刻恍若经历过一遭。到了办公室，人家跟她说医院来电话了。说是索菲正上着班，突然晕倒。

多蒂叫了辆出租车赶往医院，一路想着是不是该做点什么，准备些东西之类。肯宁顿到图庭并不远，但是路上很堵，开不快。总算开到了医院门口，车子轰然刹住，多蒂下了车，医院几座楼之间洒下一小片秋日暖阳，正落在她身上。病房护士含笑说道她来迟了。已经生了。护士带她去找索菲的病床，一边说起索菲倒下前就在分娩了。

索菲的脸一望便知已筋疲力尽，倦色中却绽开一缕欢喜的笑容。她吭哧着跟多蒂讲，当时人家急忙在滑铁卢金伯利街上拦到出租车，将她塞上车。出租车司机不肯收她钱，说索菲会给他带来吉祥好运。到了医院，护士都很亲切体贴。给她洗过，备皮剃毛，泡澡水被自己弄脏了，索菲觉得很不好意思。后来孩子出生了，美得简直不像话。多蒂你不觉得吗？护士问索菲给小宝宝起了什么名字，把她问住了。她没想到护士会当场就问她要名字，本以为能先与吉米商量。索菲说，护士都不耐烦了，人家对她那么照顾的。所以，她就把心里一直想的名字报给了护士。

"姐，我给宝宝取名哈得孙了。"她怯怯注视多蒂。

多蒂默默不语，过了一会儿，又说这孩子长得多好，妹妹生了那么久，一定受了不知多大的苦。她坐在索菲床边，望着宝宝在金属婴儿床里睡着了。陪妹妹闲话家常，欢快地絮絮讲，有了宝宝要怎样怎样，心下明白妹妹盼着她说的可不是这个。握着索菲一只手，心不在焉一下下捋着，索菲不时痛得呻吟几声，她听了也跟着啧一声。她知道索菲想听她亲口说，说她多喜欢宝宝这名字。哈得孙是她们弟弟的名字，索菲巴望着能经她点头认可，因为弟弟是她俩曾那样疼爱的。多蒂瞧着小宝宝，怔怔地摩挲着索菲的手，每回与妹妹视线相接，或是听到索菲由于体内和下身痛而哼出声来，多蒂都不自觉蹙眉勉强一笑。她想着索菲不多久就睡着了那就好了。索菲确是眯着了一小会，却又蓦地惶急张开眼睛，迷迷瞪瞪望向多蒂。

"这名字挺好，宝宝长得跟哈得孙一模一样呢。"多蒂终于还是表了态，索菲心定了，欢喜得咯咯笑。

"宝宝真的像哈得孙？"索菲喜笑颜开问道。

"一个模子里刻出来的。"多蒂说。

没过几分钟，索菲就睡着了。多蒂静静坐在妹妹床边良久，能有这一时清静实属难得。余光瞥见妹妹一只手忽忽颤动，于是伸手过去又将它握住。索菲睡梦里长叹一声。

2

多蒂大索菲两岁，姊妹俩年岁接近，在同一个教堂受的洗。利兹的奇迹圣母堂。她记得是这名字，也不能确定。有时又觉得是叫七苦圣母堂，但这听着未免夸张，有博取他人关注之嫌，她还是喜欢奇迹圣母堂这个名字，使人有希望。她记得教堂墓园里有口废弃的枯井，小时候，那口井教她心中直发毛，历历如在眼前。井深一眼望不见底，有一次，她无意中探头一望，时至今日，每每回想起来，仍能感到有只手一把拉住她肩，随之耳边响起一声喝止。这声音她如今听不到了，说不出是自己妈妈还是别人。"小心点儿，井下头那些驼子你不知道啊？"继而有个声音对她细说缘由，这始终是个男人的声音，是他的声音。多年来，她总梦见掉进了井里，被那怪物紧紧抓住，它平日住在井底，夜间上到地面，眼巴巴望着教堂园子的人世间。那是在很久很久以前了，种种细节，有多少是真的，有多少又是依着她自己的意思变更过了的，她也弄不清楚。许多故事在她脑子里一个个互相簇拥着，哪里会听她的。索菲常说，这些都是她编出来的，为了能自圆其说，实在讨厌。

多蒂的受洗教名是多蒂·白都伦·法蒂玛·贝尔福。这几个名字，是她喜爱的，偶尔想起，不禁暗自微笑起来。年幼时，她常为着这些名字胡思乱想，编出孩子气的罗曼史与情意深挚的故事，描绘种种奉献付出但并无莫大苦楚，深情绵绵的情节。编得入神，有时唧唧哝哝说出了声，因为自言自语念念有词，常受人讥笑和训斥。被粗暴责罚，说是为了她好，她都不管，还是玩她这些游戏，乐此不疲。学校老师，还有一些不知道什么人，对她说，人与人都是一样，如今她既已身在英国，就该想清楚，怎样做能叫别人认可接纳，就要怎样做。自己朝那个方向多使劲儿才成，不能这么倔，还整日心神恍惚的。

有个老师好心提醒她，她这样自言自语，别人容易误解。人家会认为她应付不来，有精神问题。你不要玩火。别不当回事儿，孤注一掷。要入乡随俗。要好好努力上进才是。这句话，听人家讲过多次。她有冒昧失礼的时候，人家总说，我们英格兰没有这样的。被人如此斥责，教她觉得自己不是罪人就是叛贼。

招来这些批评，并不是由于她要彰显自己个性。英格兰的至高无上之位，她做梦也不曾想过反对，英格兰的礼法规矩，她也从未有一刻想过提出意见或是质疑。多蒂那时年纪还小，只能猜量，人家想必是知道了她私下总想着那几个好听的教名。她暗地里的劣习，想必全世界都发现了，认定她这是背弃。但实际上，身逢她的境遇，哪容得她做什么对抗，都来不及有别的想法，她早已变成了多蒂。童年那些日子，她就未曾想过说那是自己的人生，更谈不上能自己给那段人生专门取个名字。

多蒂忧虑涌上心来，又替索菲带到世上来的这孩子担忧害怕，种种忧恼，不敢多想，一时愁眉不展。还嫌日子不够艰难吗？索菲自己不还是个没长大的胖孩子！居然给娃娃取名哈得孙……

3

对于哈得孙，多蒂自认没有做好。倒也没有人说她，只是从哈得孙很小的时候起，照顾他的责任就落在了她身上。而她没能阻止哈得孙的自我沉沦。他们小时候，母亲常常病着，不病的时候，又有别的事要忙。多蒂学会了做家务，照顾弟弟妹妹。哈得孙难搞，多蒂自己也不懂事，帮不上他什么。哈得孙日渐长大，眼看着对她们脾气愈来愈暴躁，生活中无情的打击一个接着一个，她们又有什么办法呢？哈得孙却为此看不起她们。能为他做的，她们都做到了，他担不了的，也替他担了。她们给他奉上这样那样，他一概冷着脸勉强接受，母亲姐姐的无限宠爱，他勉为其难忍受下来，准许她们把他宠上天。索菲对他怎么爱都爱不够，只要他不反对，便揽着他又是爱抚又是亲吻。他多半会嚷嚷着挣脱，不喜欢她笨手笨脚来抱他。极个别的时候，索菲来抱他，他也让抱了，一开始很不情愿，身子僵着，慢慢地，软了下来，长叹数声，蜷起身子靠着她少女胖乎乎的身体。

到他十一岁时，他不愿做的事儿，没法再逼他去做。指望他品性好是没用的，因为他把自己操练到不认这套，还学会了不等人开口批评他，就先发制人破口大骂。多蒂如果想逼他就范，他掉头就跑，跑不掉就扯着嗓子拼命尖叫。叫得多蒂受不了。听着以为有人被宰了。

他一心只想做个美国人，拿腔作调地操起蹩脚生硬的美国口音。他说，他跟她们可不一样。他父亲是美国黑人。在哈得孙口中，他父亲是个风流潇洒的人物，美利坚风采十足，跳踢踏舞，满面笑容，一身正装，开一辆超大的白色凯迪拉克，整日不是去酒店就是去公寓，就像电影里拍的那些人一样。他又指出，多蒂的父亲，索菲的父亲，都是什么人呢？就从没听人提起过。没人知道，母亲也不知道。

母亲有时望着他们三个里的一个，那长相，教她顿时一怔，想起了什么，但终究没想出来。母亲神思恍惚一日不如一日。实在记不起来了，只好摇摇头笑笑。哈得孙为此没少取笑姐姐，说她们是杂种，对她们做出猴子般叫声。有一次，他在《人猿泰山》漫画书里看到一张食人族首领的图，跑去给多蒂看，一边喊着："我找到你爸爸了！你看你看，这不就是他嘛。"

多蒂啪地给了他一巴掌，一把将他拖到镜子跟前。"你以为你笑谁呢？"她质问。多蒂对他讲的实情，太丢脸，他抽抽噎噎哭起来。

"我爸爸是美国人，不是野人！"他大叫，使劲闭着眼睛，把痛苦挡在外面，"你爸爸才是野人。我爸爸有绿色的车，住在纽约的大楼里头。他又高又有钱，不像索菲又肥又丑。索菲的爸爸才是野人。我爸爸是大兵，住在美国的。我不是杂种。你们才是杂种。等我长大了……"信口扯到这里他卡壳了，心虚地瞅一眼多蒂，能力所限，他实在勾勒不出自己长大后是个什么情况。感到自己这么闹既没面子又幼稚可笑，不胜愤懑，惟有对着两个姐姐怒目而视，满怀怨恨毫不掩饰。他宣告，他再大点儿就会去纽约找爸爸，说罢跑到了街上。

4

一九四二年起至二战结束及之后，派往英格兰的美国大兵中有黑人士兵，这位风流潇洒的美国人就是其中一员。第一批部队先行到达后，闲静的英格兰小镇一片纷乱，大家心中惶恐不安，这些猿人一般的怪物，若与英国肌肤胜雪的姑娘结合，多么野蛮，何等可怕。全国报刊的读者来信栏目，扼腕痛心者比比皆是。在首相问答场合纷纷就此提问。传到了高层，内阁会议中、国宴之上，也起了种种议论。陆军大臣詹姆斯·格里格爵士为英国军官制定了相关准则，责令军官管束下面部队，尤其是地方辅助防卫队女兵，应尽量避免与黑人士兵有密切交往。战时内阁批准了该准则，但要求秘而不宣。并告知英国媒体不得提及。政府官员依据准则发布指令，严令禁止白人女性服务人员与黑人士兵有任何接触，以免被人数众多的黑人士兵轻易拿下，扰乱战时后勤。美国白人士兵光顾的餐馆和酒吧，不得接待黑人士兵，否则会在他们回美国后产生问题。有的餐馆老板，在大捞一笔美金的激励之下，效忠战争可谓尽心竭诚，干脆将大英帝国的士兵军官也一并拒之门外，也不管这些外国士兵军官佩戴着为国王和帝国而战的徽章。

凡此种种，哈得孙的父亲不以为奇。他驻扎在卡莱尔，英国人这种敌视，他漠然以对，装作全不在意。犯不上为这些事儿落得个军事监狱里蹲上好多年。他在卡莱尔认识了多蒂的母亲。那时她的名字是比尔基苏，孩子们不知道她曾叫这个名字。她叫自己莎伦。孩子们所知道的情况是，她来自卡迪夫，父母包办她婚姻，要她嫁的那个人她才刚认识，为了逃婚，她离家出走。在酒后忘却绝望苦恼之时，她常常对孩子们讲起，她说，那个叫她寒心的无情城市，她再没回去过。

　　她对孩子们讲，从前她是记得她父亲出生的那个小村庄叫什么的，她母亲的家族往上推十五代人的名字她都能背下来，后来全都忘记了，因为那段岁月她其他的经历实在太多。有时她说起父亲，满怀怨恨，觉得自己的人生际遇都怪她父亲。有时又笑容可掬地对孩子们讲，她父亲心地温厚，尽管透着古怪，父亲摆出那种不怒自威的群山族长架势，别人一看就知是扮出来的。她闲谈父亲往事时，有意地不讲特别清楚，有时把这处的细节安到那处，某处重要的内容则装作记不起来了。不想孩子们为这些琐琐屑屑费心思。但是孩子们要了解自己是谁，离不开这些旧事，这点当时她怕是不明白，待明白过来已太迟了。孩子们也学会了不追问，本能地不去细究，懂得这些话题不是母亲能轻松畅快谈起的。

5

　　所以，孩子们不知道，比尔基苏的父亲是普什图人，名叫泰穆尔，年轻时远游他乡，经历之奇幻，非寻常可比。泰穆尔父亲早年去世，他只记得父亲是个大胡子，父亲去世后，同父异母的哥哥把他带到很远的一个山上的牧场去放羊。哥哥继承的遗产之一就是泰穆尔，此外还有羊群，和一个大箱子，里面是父亲一生喜爱的各式各样的黄铜高脚杯。起初泰穆尔想妈妈，老是哭，哥哥只管狠打他一顿，教训他不要抱怨，人生艰辛，必须忍耐。

泰穆尔可是不敢苟同，他一摸清家的大致方向，就动身去找妈妈。哥哥毫不费力把他抓了回来继续放羊。对他讲了许多山上住着恶魔的故事吓唬他，以防他再逃。恶魔有许多化身，时而化身老鹰在空中盘旋，时而化身山羚羊，披一身蓬乱银灰长毛，最爱化身一位绝色美女，乌油油长长的垂发，朱唇动人。她常出现在山间小路，假装迷路。长发被风吹得乱蓬蓬，挂着零星荆棘刺儿，绿褐色眼睛淌下泪来，嘤嘤泣诉孤单与思乡，她会诱引行路人停下步来帮她，再将这人变为她的奴隶。哥哥咬牙切齿地描述这恶魔，泰穆尔听了非但不害怕，反而为孤苦飘零的恶魔难过。他赶着羊群走过一个又一个牧场，一路留意找那个朱唇女子，却一次也不曾见过。

　　泰穆尔下回再出逃时，先下手为强，抢起一块锋利的石头，敲破了哥哥脑袋，方才踏实启程。跋涉返回老家后，发现妈妈已被其他村的一个男人娶走，而他同父异母的哥哥已经到了老家，四处打听他的下落，到处对人说泰穆尔背信弃义动手打哥哥。那时他才明白过来，真正的山上恶魔不是别人，正是他同父异母的哥哥。如果他被哥哥找到了，或者没马上逃走，那么此生只会为人奴役，永无翻身之日。于是，没有母亲的他独自出发，踏上了漫漫征途，穿过荒山野岭，在那片疆土，诸多小部落酋长一手遮天，对治下臣民有生杀予夺之权。每到夜间躺下，上有苍茫天空，身下宇宙疾驰不止，他不由想到，点点繁星是因有他在所以才在的吧。若是没有他枕地而卧，苍穹与山峦都无人看见。太阳与花岗岩山丘上那片迷离的低矮灌木丛也不会在晨光中现身。

后来，这些统治天下的最厉害的酋长中，有一个收留了他，结束了他的流浪生涯。他在酋长家借住了几年，照料山羊，打理果园。给酋长家做活，换得食宿，他做得其乐悠悠，并且明白，他完全可以跟酋长一家住一辈子，他们不会亏待他。田里没有活儿的时候，他就帮着做些房子和马厩的修修补补。交给他的活儿，他都得心应手，热情和干劲源源不绝，教收养他的领主分外喜爱。等他到了年龄，主人自会助他娶妻成亲，帮衬他办个简朴的婚事。酋长家人已经逗他说办婚事和生孩子的事儿了。未来的妻子或许不会有乌黑长发与鲜艳红唇，但岁月流逝，身患病苦时，身旁会有妻子做伴。

有一天晚上，左思右想多次踌躇之后，远游的心终于占了上风，他再次踏上了旅程。因负疚在心，他没有与恩人道别。他一路南行，到了旁遮普，信德，坐船沿阿拉伯湾而下，到达马哈拉。一九一四年一战爆发时，他在巴士拉一艘皇家海军战舰上做船员。有一天，土耳其军队派出火攻船队，顺幼发拉底河而下。那番景象，望去恍如特洛伊战争，满载石脑油的木船熊熊燃烧，火势凶猛无论如何也灭不了。多艘英国船艇被毁，船员不是被火烧伤，就是被烟吞没。泰穆尔英勇奋战，机智多谋，引起了舰长注意，大加表彰。舰长宣布，鉴于泰穆尔·可汗勇气可嘉，自今以后泰穆尔可视自己为英国人一员。泰穆尔·可汗心里巴望的嘉奖，可比这个高。因为自舰长对他的壮举大表赞扬后，他就起了念头，心想会得着一小袋子卢比吧，一小把基尼也是好的。

既然得了此嘉勉，姑且收下，日后也许用得上。待最后遭散战舰船员时，泰穆尔·可汗果然要舰长实现他的承诺，将泰穆尔遣返回英格兰。舰长听了开怀大笑，批准了泰穆尔·可汗的要求。一九一九年四月，泰穆尔抵达伦敦，搭火车前往卡迪夫，同行的是他在途中结识的一个马来人。这位马来人也做过船员，一战最后几个月在法国为美国军队挖战壕铺管道。他告诉泰穆尔，卡迪夫有不少黑人和棕色人种，有的已经几代人在当地定居多年。其中有不少索马里人是穆斯林，所以自会有很多人愿招待泰穆尔。还有一些马来和爪哇人，没见识的卡迪夫人一概称之为阿拉伯人。

这时候泰穆尔·可汗已练就了生活艰辛一人承当，不多怪怨，在从巴士拉到欧洲的旅途之中也增长了不少见识。在卡迪夫，他尽量稳重行事，遇着东家与他为难时，都是忍受下来，一笑置之不去计较。这些房东是外国人，又是基督徒，靠他们那点儿见识分不出谁是索马里人谁是马来人，所以对他们不能抱什么指望。再说，普天之下，有哪个地方对外乡人不是盛气凌人看不起人的呢？他找了个码头上的活儿，住到码头附近，那片儿是黑人和棕色人种聚居区。房主是个虔诚信徒，索马里人，房子里另有七个租客。泰穆尔曾想找一个租客少些的房子，房子里不要什么都大不过每日唤拜，也不会一边有人赞颂先知，另一边有人诵读《圣经》经文，可惜没找到。他没在其他区找房子，因为别人告诫他说白人房东不接受外国房客同住，别无他法，只得住进这处挤满房客的屋子，至于自己如何修行灵魂不朽，单看与何方神恩较有机缘了。

虽有小小几处不能称心，他对新生活还是很享受的。参加了一些夜校课程丰富知识。课程免费，他借此得以暂离房子里日夜不停的祷告。上课地点在当地一所学校，泰穆尔英文讲得差，码头上一个工友对他的英文实在忍得不耐烦了，叫他去上这个课。老师是一位年轻的律师，言必称正义与平等，泰穆尔听了肃然起敬的神圣词汇。律师称泰穆尔为阿里巴巴，讲解问题有时会拿他举例子："东方人对正义是怎么看的呢，不妨请教一下咱们的好朋友阿里巴巴。"泰穆尔·可汗毫不介意。这是他提升知识的机会。他知道城里本地人对外国人很气愤不满，但不清楚原因。大约是本地人有难处吧，这也不是意外之事。走在街上，有小孩儿冲他喊，叫他滚，他只是笑笑，不理他们。这种孩子不懂礼，何必跟他们较真。

律师偶尔隐晦谈过其中内情，讲得云山雾罩，其他人听了会心微笑，但泰穆尔·可汗的英语水平只听了个糊里糊涂。律师用了诸如乌托邦、封建制度、西方世界等词汇。文辞华美动人，泰穆尔体会得到，对其含义却完全不得要领。律师的讲解他虽然没懂，但知道与他有关，从众人都看他如何反应的样子就知道。

律师有时所阐述的，泰穆尔理解不了，律师认为：穆斯林的头脑无法进行理性思考。全然沉湎于对感性乌托邦和世外桃源的想象与勾勒。穆斯林的天堂观缺乏精神维度，其间尽是天堂美女，只满足最基本的生理需求。穆斯林在思维过程中，会禁不住把经验精细地一个个割离划分出来，每个事件都成为孤立的一个具体事件，而不会与其他事件构成一个整体。这是封建时期的世界观，西方世界早已在文艺复兴辉煌时代进步发展并将其摒弃。穆斯林之所以做不到理性思辨，认识不到个体行为的普遍效用与意义，其根源正在于穆斯林对经验的认知和解释是割裂和具化的。概言之，普通穆斯林无法对经验进行抽象概括。

泰穆尔也知道，本地人对外国人不满是因为女人。本地人讲起"我们的女人"一词时满脸悲愤。那年天气反常地热，说实话，在泰穆尔看来，"他们的女人"袒胸露背毫无顾忌，真是不怕羞耻。泰穆尔自己已在追求一个黎巴嫩女孩，女孩爸爸是开店的，就住在他家两条街外。有些海员确实举止粗鲁，对女性十分无礼，遭人厌恶，泰穆尔能理解。但女人也别老是衣着暴露那么招摇，不就好了吗？他追求的女人叫哈瓦，一双绿褐色眼睛，泰穆尔从她鼓励的眼神中能感到他的追求不会是白费心思。那时，他已确认卡迪夫是合他心意的地方，几乎放弃了继续漂泊到阿根廷或美国的想法。他明白知道，以自己的悲苦身世，能交上这样的好运，怎当得起？感谢上帝，没让他在轻狂少年时误入迷途。现在他可以从容接受命运垂青，在异国这座城市安顿下来。哈瓦若是愿意接受他，敬爱他，他会结束流浪，留下来与她相伴。

泰穆尔忍不住想把哈瓦的事告诉律师。他习惯下课后多逗留一会儿，一方面感谢老师辛苦，另一方面也是为拖到不得已再回那挤满人的房子。律师畅谈穆斯林思维特征那晚，下课后，泰穆尔还在教室里磨蹭着没走，样子腼腆。老师问他何时再出海。"一日为水手，终身为水手啊，"老师说，"你什么时候再出海？不过看最近的形势，船上的位子怕是不太好找。"此时，泰穆尔按捺不住，几乎就要开口讲哈瓦了，但觉得自己言词那样差，未免让人笑话，又犹豫起来。他摇头说他英语太差了。律师当即决定泰穆尔·可汗应该给全班同学做个发言，讲讲他的游历见闻。于是次日晚上，泰穆尔在班上发言，细说幼发拉底河上火攻船齐集，烈焰熊熊火光冲天，水面火花飞溅。他的英文讲得磕磕巴巴，说到船长赐他英国人身份这段时，他吭哧不成句的英文教全班笑得眼泪都流出来了。

卡迪夫人对这些外族人的愤慨已难以抑制，群情激愤终于爆发，黑人和棕色人种凡是住在当地人中间的，当地人见一个伤一个，能杀则杀，决不放过。六月中有两日，天气炎热，打斗异常激烈。士兵和平民对米利森特街上的索马里酒店发起攻击，放火烧了酒店。有多人死亡。街上人群集结，手持大棒，叫骂着一路驱赶，泰穆尔·可汗被追得夺路而逃。狂奔到码头，扑通一声跳入水中。在水中浮浮沉沉间，模模糊糊暗红视线里，望见岸上站着几百号人，间或似有数千人。人群挥着拳头，冲他接连扔石头。他知道这回他身陷绝境了，因为他水性不好，又有岸上乱石瞄准他砸下来，眼见得在劫难逃。他已经拼尽全力游到了最远处。恐惧之下，他对岸上放声回骂，一头扎入水下，却招来更猛烈的攻击。几码开外的水里有个索马里人，泰穆尔跳水的时候这人应该是已经在水里了，他怒气冲冲叫泰穆尔消停点儿，不然会害他们俩都没命。人群也发现了这人，乱石分散砸向水中二人。

突然，一块石头砸中了索马里人的额头，他顿时在海中一蜷，身体抽搐。泰穆尔看到人群集中火力对准受伤的索马里人，一块接着一块冲他不停地砸石头。每次他沉到水下，人群就爆发出一阵欢呼。泰穆尔试着去救他，但没能在水中立稳，挣扎着想立定，却招得一波乱石向自己飞来。泰穆尔挥拳对抗，心想自己也凶多吉少了。好在警察在两人受到严重伤害之前赶到了，劝说人群散去。警察哄笑着将两人拖出水，拍打他们后背吐水，跟他们说，既然获救了，就祷告感恩他们万能的黑人上帝保佑吧。索马里人叫萨拉，泰穆尔和萨拉被带回警察局，与其他已被逮捕的人关在一起。此次事件裁定完全由黑人和棕色人种引发，多名黑人和棕种人被判入狱。"东方是东方，西方是西方，"主审法官念道，"两者永不交会。"白人也抓了不少，其中有一些被控谋杀和企图伤害，但是大家都知道这些白人是受到了挑衅，被深深激怒才出手。如再对他们处罚过重，那就是在他们所受伤害之上又加羞辱。事件所涉被捕的外国人，则大部分被遣送，先发到普利茅斯，再遣返回各自国家。因为有律师老师帮泰穆尔·可汗辩护，他获批留在了英国。

6

这就是比尔基苏小时候常听到的故事。那时，她可以坐在爸爸腿上，听爸爸与街坊邻里闲谈云游见闻。妈妈哈瓦当面从不说什么，但事后会笑爸爸把他遇到的困难讲得有些夸大其词了。"如今世事比从前更难啊。"她常说。哈瓦乌发丹唇，所以比尔基苏的父亲称哈瓦为他的恶魔。当着哈瓦的面，父亲对比尔基苏讲，他是如何在山路上遇见哈瓦，哈瓦孤身一人立在杂石堆间，嘤嘤啜泣。头发间挂着荆棘和毒莓果，绿褐色美丽双眼流泪不止。他停下步来与哈瓦交谈，向她伸出援手。不久就发现此生再也无法离开，于是不再云游，陪着她和比尔基苏。当着比尔基苏的面，哈瓦说，他编这种故事他才是恶魔，他玩笑开得过火，哈瓦会顺手猛捶他背。

比尔基苏长到了有男孩盯着看的年纪，与父亲的矛盾就此开启。起初父亲只批评她，叫她记得，就是这些男孩的父母当年追得他在街上仓皇逃跑，若不是他跑得快，早就被杀死了。后来，他说要给她退学，不许她天黑后出门，说要把她嫁出去。比尔基苏很难做到再与父亲亲昵地讲话，父亲对她也总是指责挑剔。再后来父亲一心想给她找个丈夫。他对她大为失望，认定她会找一个利用她的男人，她的一生将被那男人断送。比尔基苏恳求父亲别再烦她，他不肯，比尔基苏的抵触与拒绝使父亲非常痛苦，心中煎熬，已瞒不住妻子，一味想着比尔基苏的行为会如何使父母蒙羞。

随后同时发生了两件事，使比尔基苏决定要出走。十七岁那年，她第一次与一个男孩发生了关系，事后快满一个月的那几天，她以为自己怀孕了，异常惶恐。同时，父亲说起有个卡拉奇来的海员，对她颇感兴趣。此人个子很高，胖乎乎的，胡子修剪得齐齐整整，啤酒肚看着很软和。见到这个男人那天，他嚼着一嘴的烟叶，冲她微笑，第二天早上她就不见了。想到这男人的嘴要亲到她，她就无法忍受。况且，本来她也害怕父亲发现她怀了白人的孩子会大发雷霆。

她给自己取名莎伦，她在卡迪夫确实有个朋友叫莎伦。莎伦假充基督徒，彻底抛弃了父亲强加给她的虔诚信仰。她故意用贝尔福这个姓，就是与父亲唱反调。父亲对英国外交大臣贝尔福很是不满，发了许多牢骚，说贝尔福把巴勒斯坦圣地给了犹太人，夺走了巴勒斯坦人民的家园，是反伊斯兰派背信弃义的代表。泰穆尔·可汗在祷告中都不忘求神惩罚背叛巴勒斯坦人的贝尔福。每次在报上看到外交大臣的名字，父亲都是一脸鄙夷。愤然喊道："贝尔福！愿真主惩罚你！"比尔基苏舍弃了父亲的姓，换成父亲最恨的一个姓，坚决拒绝接受泰穆尔·可汗，以及泰穆尔硬要她过的生活。

　　她再没回卡迪夫，怕父亲一见到她会杀了她。飘泊辗转于英格兰和威尔士各地，以暗褐肌肤艳媚红唇诱惑男人，实现他们对一千零一狂欢夜的荒淫幻想。运气好的时候，能有一段时间，有时是几个月，固定跟一个男人。哈得孙的爸爸就是其中一个。她做了两个月"他的女人"，然后他去了法国，以后她再也没见过他。她在卡莱尔认识他的时候，已经有多蒂和索菲了。那年她二十四岁，开始发福。

　　搬到卡莱尔前，她在利兹住了三年。后来也不得不匆忙逃走，想都不想随便跳上一辆火车，也不管火车开往哪里。她逃走是因为一个叫贾米尔的男人。贾米尔这个名字的含义是美丽，在比尔基苏眼里，他像个王子。贾米尔与她交往有几个月了，说起要做她孩子的爸爸。他给她讲了许多她从未听说过的奇闻趣事，让她又体味到了许多她已忘记的事情。有一天晚上，贾米尔给她讲了中国白都伦公主与波斯卡马尔·扎曼王子的故事，公主与王子在两个精灵的安排下在梦中相遇，精灵为了公主与王子谁更美起了争执。叫麦姆娜·达马拉特的精灵认为卡马尔·扎曼王子更美，另一个叫达哈乃什的精灵则认为白都伦公主更美。

"王子如黑暗森林中倏乎洒下一道阳光，"麦姆娜泣颂，"光华灼灼流过树干，缘繁茂枝冠倾泻而下。双唇微润如最鲜美的蜜汁。"

达哈乃什则欢呼赞叹："白都伦的美发是离散的夜，她的秀脸是团圆日。今夜她披落头发三束，我望见了四个黑夜相伴。她侧脸对月，有两轮月亮映入我眼帘。"

麦姆娜俯身端详睡梦中的王子，手指几乎轻拂王子脸庞。"他双唇如红色玛瑙。他的迷人魅力用语言描绘不出，"她喃喃低叹，"他的俊美只属天界神灵。"

达哈乃什面有愠怒之色，但隐忍没有发作。跪在白都伦公主身旁，轻叹道："无人可与她媲美。"

两个精灵各执一词都不肯让步。只得把住在墓园井底的丑驼子召来做裁判。驼背名叫卡什卡什，这个名他自己很不喜欢，麦姆娜很客气地用他的字"达哈马纳"称呼他，达哈马纳的含义是负责。达哈马纳弯下腰细细打量王子和公主。他通体披满鳞片，散发着腐臭气味，异常难闻，面对眼前如此绝世美颜，他不胜惊叹，身子不由一颤，但是他也无法决定哪一个更美。绝望之下，麦姆娜、达哈乃什、达哈马纳这三个精灵只得把王子和公主分别喊醒，看他俩见到对方的美丽谁会更震惊。但仍决不出胜负。三个精灵轮流在王子公主双眼之间印下一吻，咏唱两人的俊美。随后，达哈乃什把白都伦公主送回中国，将扎曼王子送回波斯，精灵也返回拥挤的灵界继续争论。王子与公主已堕入情网魂不守舍，却无从找到对方。贾米尔给比尔基苏讲王子与公主如何分开，讲他们如何凭着爱克服重重艰难险阻，终得幸福。这个故事给比尔基苏添了不知多少欢喜，让她觉得生活终究是有些亮光的，但她没告诉贾米尔，因为不知道从何说起。

贾米尔祖籍牙买加，他爸爸在利兹做邮递员。他自己在铁路上做电工，这类工作算起来也很重要，所以他没参军上战场。他只比比尔基苏小几个月，但开朗乐观的神情尚未自脸上消散。有时她也反省自己是不是利用了贾米尔的天真，别人是不是就这样看他们的。但她清楚，有她在，对贾米尔是好的！

贾米尔家自称叙利亚人。是来自的黎波里的基督徒，已有三代人定居金斯顿。正是贾米尔劝她给孩子们在圣母堂受洗。他知道家里可能反对他找比尔基苏，他以为借此起码能消除家里的某个顾虑。但到头来也没起什么作用。贾米尔的爸爸派了家族朋友，两个男的，找到比尔基苏打了她。叫她赶快滚蛋，不然教她好看。他们对儿子寄予厚望，决不会让儿子毁在她这种女人手上。俩男人限她当晚离开，说如果第二天早上她还没走，他们就给她再来一通她喜欢的那玩意儿，没准儿给她小女儿也尝尝那东西的滋味儿。她一晚没睡，想着贾米尔可能会过来，告诉她没事的，告诉她他们也会像白都伦和卡马尔·扎曼那样找到幸福。等他来了，她会对他说，做父亲的个个都是这么蛮横，控制不住自己。她知道贾米尔在城里，但是他没有来。她怕他是不敢在灯火管制下出来，一直等到天亮。他还是没有来。

上午她上了火车，检票员发现她没买票，车到卡莱尔站就让她下了车。他原本就猜她会去卡莱尔，因为卡莱尔有黑人大兵，对她很是不屑，想到她两个女儿早晚也会走上这条路，不免摇头叹息。他认为比尔基苏是妓女，但比尔基苏觉得自己尚未沦落为妓女。

　　在卡莱尔的遭遇教她看清了真相。黑人大兵就当她是妓女，当面跟她讨价还价，斤斤计较。生意倒是很好。战争时期都没了顾忌，大兵个个像在度假或是郊游，粗俗小调哼得欢快无比。有黑人有白人，哈得孙的爸爸就是其中一个。比尔基苏常说，这些人都一路货色。但他常来找她，她就喜欢上了他。他说到哈得孙河，讲他小时候住在哈得孙河畔，在河边玩耍，所以比尔基苏给儿子取名哈得孙。美国大兵走了以后很久，比尔基苏也叫他哈得孙，最后假装记不起他的真名叫什么了。

　　二战结束后数年间，比尔基苏带着孩子搬过好几次家，每个地方都待不过几个月。比尔基苏常常生病，找工作愈来愈困难。她们朝着伦敦方向辗转向南，勉强维持生计，潦倒不堪。最后总能挨到个落脚处待上几周，找个活儿干，混个社保。然而情形越来越不好。比尔基苏病得很重，又没法去治病。她自觉羞愧，无脸看医生。如今受的罪，病根儿在早年不堪的生活。

　　到了三十六岁这年，她无处可依，颠沛流离，恶疾缠身，身患隐疾提都不敢对孩子们提。贫困潦倒，年华已经空度，更教她消沉之极。当时她们住在南伦敦，比尔基苏常回想从前幼时的时光。她总说要回卡迪夫等死，还得多蒂来安慰她。"我连名字都没有，"比尔基苏哭道，"没有名字我怎么回卡迪夫啊？"

其时正值苏伊士运河危机，贝尔福外交政策的影响涉及中东各地。以色列人在可怖的独眼将军率领下出兵攻打埃及。长驱直入，一仗又一仗横扫乌合之众的游民及其无能的伪现代首领。艾登出动英国部队，意在给纳赛尔一个惨痛教训，法国也一同派军。但凡有人提起艾登的名字，比尔基苏就是一通阿拉伯语咒骂："愿真主惩罚安东尼·艾登！"这句话是什么意思她已经不记得了，只记得是父亲咒贝尔福时用的词儿。她把泰穆尔·可汗的姓改成贝尔福，在当年的时代背景下，无异于决裂叛变。

后来，比尔基苏病得厉害，日重一日，做不了活，只熬着等痛苦了结。大多数时间她脑子是糊涂的，继而又清醒过来，一时似是病情有好转。暂时忘了病苦，讲起卡迪夫和父母的故事，为自己的飘零身世悲叹哭泣。可惜已经晚了，她讲的，孩子们理解不了，他们在肮脏恶劣的境况之下，头脑已经麻木迟钝。比尔基苏年纪大了以后身体很肥胖，生病导致体内积液极多，看上去像泡满了水。她撑了近一年，尽力不让孩子发现她的下贱隐疾和病痛折磨。他们在斯托克韦尔住的两个房间，都弥漫着她溃烂身体的恶臭。房东上门收租金，见到这样无法言喻的污浊不堪，被吓跑了。房东是个精瘦的小个子塞浦路斯人，专门把破烂房间租给穷困潦倒的人，但也不是完全铁石心肠。他冲一身污秽的女人和孩子们喊话，再不交租金就要赶他们走喊警察来，喊完一溜烟地跑了。比尔基苏不肯看医生，到弥留之际都不愿。

她挨到了安东尼·艾登下台，那年暮春时节，她死了。一个邻居打电话报的警，因为胖女人的痛苦呻吟声和孩子的吵闹尖叫声太骇人了。那时已经迟了。把她送到医院后，医院尽力抢救，无奈她体内已被毒素吞没，医生也无力回天。在她子宫颈管内，发现了一双浸满黏液呈暗绿色的长筒袜。

通病

1

比尔基苏的死对哈得孙打击很大，多蒂做再多也是徒劳。那时，哈得孙十二岁，万分嫌恶他们的生活境况。被困在那样杂乱不堪的境地无处可逃，是他最受不了的。他伤心至极，与其说是悲伤妈妈的离世，不如说是哭他自己。比尔基苏在世最后几个月，他都躲着她。没法躲的时候，就独个儿快快不乐地坐着，妈妈亲昵地唤他，用一些小东西诱着他，叫他靠近些。他若是顺从了，也是一脸嫌弃闭着眼睛，勉强忍耐妈妈摸索着把他拥进怀中，忍着妈妈身上难闻的臭味。他如果不肯，妈妈会作弄他，像他噩梦中的魔鬼一般，一张肥脸邪恶如面团和橡胶。她模仿好几种角色的声音：迷路的小女孩，生气的舍监，好心的大人，然后哈哈大笑，看他如何难受。还好她卧病在床，不能追着他疯疯癫癫地整他。她变成了一个妖怪。脸肿到把一只眼睛挤得基本睁不开了，剩下的那只眼睛被突起的奇形怪状的肿块挤得像是向上撕开的一道口子。重病下她皮肤坏死很厉害，哈得孙有时觉得那皮肤像冒烟。

比尔基苏死的那天早上，多蒂让哈得孙留在家里先别去上学，万一妈妈需要什么。反正他基本就不去学校的，为了躲开妈妈会到外面街上晃几个小时，一般午饭时间回家。街上瞎晃确实无聊，但至少不用听老师训斥打压，不会在操场上被欺负挨打。妈妈去世的那个早上，他听到两个姐姐照常收拾出门，多蒂去上班，索菲去上学。他扯过毯子紧紧蒙住头，不听她们埋怨唠叨，多蒂再三叮嘱之下他才嘟囔着应了一声。好的，他留家里，照看妈妈。

妈妈躺在床上，因疼痛难忍呻吟着，她的哀号教哈得孙有说不出的痛，加上烦躁，他愤懑得快疯了。他待在孩子们住的那个房间，在最远的角落缩成一团。另一个房间现在是病房，除非万不得已，他决不踏入那个臭气熏天的畜圈一步。多蒂出门前给那个房间的门留了一道缝，这样不用比尔基苏费劲喊就能听见她，哈得孙不敢过去把门关死，怕妈妈看见他，然后又用恶魔似的声音不停喊他。她偶尔会像人抽噎时那样大口喘气，喘咳中发出濒死的咯咯作响声，然后就没有声音了。有一回，静默长达几分钟，哈得孙两拳紧握站在那儿，巴望她也许是睡着了。他蹑手蹑脚走到开着的门口，不禁想着这就能够缓一下轻松一会儿了，脸上泛起一丝笑意。就在他几乎可以确认她已睡着时，突然，她又开始了。别哼哼了！他大叫。他冲到窗前，脑袋探到窗外，又气又怕大声狂喊。警察到的时候，发现他两手捂着耳朵坐在窗台下痛苦嘶叫，满脸是泪。

他养成了坐在地上的习惯，身子前后摇晃，直勾勾盯着前面。不开口说话，别人跟他讲话，他也毫无反应。索菲凑过去想搂着他，但一碰到他，他就闭眼大叫暴怒，胳膊狂挥乱打。索菲看他这么夸张地大发脾气只觉得好笑，往往趁他一个不留神就飞快地吻到他一下。还围着他跳舞，哼着做游戏的儿歌，想把他从地上拽起来。哈得孙大喊大叫挥拳对她，她蹦跳着躲开，笑得越发厉害。把他捉弄够了，再给他做些好吃的搁在小托盘上，放地板上一推，滑给他，一边柔声哄着他。这些好吃的哈得孙起初是一眼都不看的，等他一个人待了好久以后，忍不住了，先拿一片烤饼或脆饼，再拿一片，再拿一片，实在诱惑难挡。

过了几日，他的怒气消解了一些，但仍是旁人近不了他身。只要觉得有人看他，他就嘴一噘，气呼呼的，无比决绝。他只听多蒂的，只让她碰他，而且只能无意似的轻轻地碰碰他。多蒂含泪跟哈得孙道歉，不该把他留在家里，求他别再这么怪里怪气，吓他说再这么下去就把他送走。可是不管吓他还是哄他，哈得孙都不吃这套。现在还有什么能吓得住他呢？他们已经跟一个头长怪角足带尖爪的怪兽住了那么多个月，屋里还闻得到怪兽的腐臭。哈得孙心里的恐惧不安不敢说出口，所以只会发作加怄气轮番乱来，招姐姐们来哄劝安抚他。多蒂很怕她们姐弟三人会被分开，送给不同的人家寄养。当时她在沃克斯豪尔的伍尔沃斯店上班，工资微薄，不够维持姐弟三人生活。再者，她的年龄也还做不了弟弟妹妹的合法监护人。这是市政局那个女的跟她说的。

那女人带来了多蒂害怕的消息。她从公文箱里抽出纸头和文件，如飞翼俯冲突然发出扑簌簌声。女人坐定了，快速扫视一圈房间，不出声微微喘气。她告诉孩子们，她是布伦达·霍利夫人，叫孩子们看她名片上的名字，然后微笑着看孩子们有没有反对意见。她人极瘦，高个子，一头红色短发，亮蓝眼睛。嘴唇两侧各有一道状如部落文身的纵深皱纹。她微笑时是空泛地笑，而不是对着姐弟仨中某个人微笑，两道纵深皱纹颤动起伏，透露了她举止态度下掩藏的犹豫。

她对姐弟三人说，索菲因为智力发育迟钝会被送到特殊教育女校。哈得孙会送给在多佛的一家人寄养。多蒂自己有工作，而且快十八岁了，就靠自己独立生活吧，不用担心，因为布伦达·霍利夫人自己会常过来看看多蒂怎么样的。她垂下眼睛整理文件纸张，对他们说，不是她讲话狠心，她是实话实说，不想骗他们，说谎哄他们其实对他们不好。他们是可怜的小孩儿，妈妈糊涂无知，害他们受了不必要的苦。妈妈对孩子的爱应该生生不息，他们不幸没有遇到这样的爱。看看他们现在多惨！

多蒂起先想靠满脸堆笑劝这女人走，可是这高个儿女人就是不肯放过他们。多蒂看懂了，这女人在她摊出来的文件中，已经亲笔记下了姐弟三人的生活情况以及今后对他们的安排。霍利夫人对多蒂面露微笑，意思是多蒂可以抗议反对，那更好，是很正常的反应，但怕是无补于事。人生不是样样能如你意的。她两手交叠按着搁在腿上的文件，听多蒂徒劳地反对。听得差不多了，突然一下子举起双手，惊得多蒂一抽抽。

霍利夫人说黑斯廷斯那所学校声誉很好，对索菲这样的孩子很有经验。正是因此出名的。她专门跟学校确认了他们也招过外国背景的女孩，所以不必担心。索菲在那儿有人照料，能学到生存所需的基本技能和知识。

她还说，多佛那家人名声也很好，由他们领养，哈得孙非常幸运，又举手示意多蒂不要反对。寄养家庭的父亲是当地一所小学的校长，母亲也是老师。这家人特意要领养外国小孩。给黑人小孩找个好的寄养家庭不容易，哈得孙有资历如此出色的家庭照料，可谓幸运之至。此外，多佛又是个很有情致的地方，离法国那么近。

多蒂苦苦哀求，保证他们姐弟仨会照顾好自己，请求撤回对他们的判决。霍利夫人摇了摇头，侧头不看她，暂且闭上了眼。最后多蒂使出她会的最难听的脏话破口咒骂。伸手去抓霍利夫人姿态古怪抱在腿上的那堆文件，霍利夫人快她一步，用文件侧脊猛地敲上多蒂手腕。多蒂的所有反抗徒劳无益。布伦达·霍利夫人显出很伤心的神色，一片好心被如此辜负，脸都气红了。索菲和哈得孙还是被带走了。多蒂想想自己也算走运，这红发瘦女人掌控着他们的命运，竟没把多蒂送进警局。

令多蒂吃惊的是，几天后布伦达·霍利夫人又回来了，同来的还有塞浦路斯房东。房东是来叫她搬走的，多蒂一看见他就猜到了。她知道妈妈欠着房租，也看到过房东穿着人时站在门口骂妈妈。现在她才知道，除了一开头房东要求预付的一个月房租以外，妈妈一块钱房租都没付过。"一块钱都没付过。"瘦伶伶的房东说，两手一拍再摊开，给她看两手空空，做悲惨状点点头，请多蒂理解。得知妈妈没付房租给这个恶心的男人，多蒂得意一笑。房东误以为是表示同情他，耸耸肩接受了。

"我知道你没什么能拿出来给我的，"他说道，瞟一眼多蒂瘦弱未发育的身体，"但是你必须搬出去。你们家已经耗了我一千英镑了。孩子对妈妈的追忆是神圣的，所以我不会说她不好。破坏孩子脑海里妈妈的形象是冒犯上帝的。这我知道，你不用跟我说。妈妈怀胎十月千辛万苦生下我们。然后日复一日地洗衣服，做饭，打扫卫生，缝缝补补，把我们养大。妈妈做了多少牺牲我知道，我跟你说。妈妈不管做什么，在孩子的眼里都没错。但我是生意人啊，我要是做生意只跟着心走，那我永远都是个穷鬼了。你还是搬走吧！"到这个时候，房东几乎是在哀求了，多蒂疑心这不是演给她看而是演给社工看的。这畏畏缩缩的男人令她恶心，出于落难者的直觉，她迟迟不答，房东被逼得暴躁不已又无可奈何。

"好吧，好吧，"他终于放低声音站直了身子说道，"你妈妈从来没付过房租给我。我每回来都挨她骂。把我房子弄得像个猪圈。好吧，谁叫我还是有慈悲之心呢。生意总有一天要毁在我这好心肠上面。你可以住到我在巴勒姆的另一处房子，租金给你个公道价。市政局给你房租补贴的话，你肯定付得起。我只能帮到这儿了。但是你必须从这儿搬出去！"

多蒂最后才点头同意，社工微露笑容表示首肯，似是在说：对这种谎话连篇又来唯唯诺诺求你的人，这样对付他就对了。房东抬眼望天小声咕哝。

"补贴没问题。"霍利夫人愉快地对她微笑。

姐弟三人被分开的时候，不免一番伤心痛哭。多蒂发誓不久就会让三人再团圆在一起。然而，在八月底一个周日的早上，多蒂只剩自己一个人了。零星几件物品像乞丐那样打成几捆，从斯托克韦尔步行走到了她在巴勒姆的新房间。房间在塞戈维亚街一个大排屋的背后，被一棵参天榆树挡住了光线，室内光线暗淡。壁纸已剥落，像是准备做装修但搁置了。外墙一片片返潮的印子，窗玻璃破了一块。洗手盆有裂缝，水龙头底座结了一圈陈年绿色污垢。屋里一股刺鼻的下水道味儿，闻得她犯恶心。贴着内墙有一张金属床，紧靠床脚放着一张桌子一把椅子。他们以前住过的房间都是这样，家徒四壁，环境潮湿，灰尘堆积，油垢斑斑。寥寥无几的粗陋家具，四周的墙壁，都散发出绝望的叹息声。多蒂感到这气息落在她身上，心顿时无可奈何地沉了下去。转念又想，好在房间不算太小，能时不时接索菲和哈得孙来住住。

　　住进去第一个晚上，她听到楼下一个房间传出狂笑声。她搬椅子过去别住门把手，再把桌子推过去挡上，把自己围在屋内。那种狂笑声她听了害怕，想起了她小时候房子里常发生的醉酒寻欢，酗酒男人的吵吵嚷嚷，风尘女的放浪呼叫。那是莎伦还在世的时候他生活的背景音乐，她想道。她一直当着妈妈面直呼她莎伦，索菲和哈得孙都不可以这么叫。这是妈妈强加给她的特殊待遇，算是承认依赖她。又回忆起妈妈了，她才意识到，妈妈去世后她都没怎么想起过她。她先是懊悔自己太疏忽了，但随着记忆一点点回归，她明白了，其实好几个月以来她心里已知道妈妈会死，她在等妈妈死，盼妈妈死。那一刻终于到来时，仍是令她震恸，死亡概莫例外，痛苦袭来非常难过，但哈得孙的惊惶要她去抚慰，也因此无暇再多想妈妈。

　　而现在，她躺在床上，听着男人的粗暴低吼声，女人偶尔爆出的尖声浪笑，她才发觉，妈妈死前那几个月，她一直在抵制妈妈，莎伦想把羞惭愧疚的包袱传给她，她坚决抗拒。反反复复说什么卡迪夫！还要她记住那么多名字！她一概没管，反倒记着妈妈身体还没那么虚弱不堪的时候无数次告诉她的，让她一定不能被过去的事情给奴役禁锢住了，所谓宗教和文化都是老人用来胁迫后来者听话守规矩的胡说八道。但即便回想起这个，她还是会自责，觉得妈妈最后那几年饱受病痛折磨，自己多少有错，总觉得她没想尽方法尽到全力。她如果再努努力，说不定能说服妈妈去医院。她不该厌恶嫌弃妈妈希望妈妈死。多蒂在新房间的第一晚是个无眠的漫漫长夜。隔一会儿就起床检查一下椅子别住门把手够不够牢稳，最后干脆把床也搬过去顶住桌子。再则，一想起妈妈就思潮起伏难以平静。每次起来调整挪动她设的门障后，一躺回床上，负疚感立刻又涌上心来。

2

社工说到做到，每一两周就来看多蒂一次。一开始多蒂不跟她说话，面无表情，也不看她。她在那里指手画脚地忙活，多蒂以受压迫者的心态在旁板着脸不吭一声忍着，对老师，对工作单位的主管，还有女警察，多蒂都是这个态度。他们对多蒂讲话都是这样强硬，让她觉得自己又傻又无能。比那还惨，真的，她觉得。他们让多蒂觉得自己很脏：像野人一样浑身污泥肮脏不堪。虽然她对自己的历史一无所知，或者知道那么一点点儿，但是她愿意全都放弃，只求没人这样看不起她。谁想要谁要好了。她为什么就不能跟大家一样呢？

社工在的时候，问东问西，说一些鼓励打气的话，多蒂一概听着，也不作答。社工走了以后，多蒂对自己方才的畏怯又是一番自怨自艾。社工让她自觉异常微不足道且可怜，她自己都要看不起自己了，希望自己成为他们中的一员。她告诫自己，不该有这种想法。他们想把她排除在外，想贬低她的实际价值，这种不公正，她怎能轻易让步听命？她就是这儿的人。索菲和哈得孙也是。他们那些人也都是。然而，她心里已经认输了，听凭他们把她划成外国人。工作时她因为累了坐下来，被主管一通批："你们这些人就是靠不住，做什么都不像样。"此时她要提醒自己：她就是这儿的人。多蒂想不理她，但还是羞愧地垂下眼睛。

秋天的一个周六，社工带来了哈得孙的消息。多蒂正坐在窗前，望着榆树叶子随萧瑟秋风飞落，不胜凄凉落寞之感。霍利夫人说，哈得孙在新中学开始上课了，他在多佛过得很好。她给多蒂看寄养妈妈的一封信，信里有一张哈得孙骑在驴背上的照片。哈得孙笑得嘴角咧到了耳朵边，骑士一般高举一根木棍。社工把照片留下了，说照片应该归档的，但是可以放在多蒂这儿一段时间。多蒂等到一个人的时候，仔仔细细研究了这张照片。

她看下来觉得照片应该是夏初在悬崖那儿拍的，因为背景里看得到大海。太阳很大，照得哈得孙一只眼睛眯起来。还有一个和哈得孙差不多年纪的男孩拉着驴子的缰绳，也是咧着嘴笑。她猜想照片里恐怕是哈得孙从伦敦被带走后唯一的快乐时刻，这个疑虑虽然不能完全解除，但她觉得照片也挺好，每每看到不禁脸上露出微笑。她有个饼干盒，藏着她少得可怜的几样东西：出生证、一两张老相片。她把这张照片也收进了饼干盒，希望社工忘了这事儿。霍利夫人确实问她要过照片，多蒂说弄丢了。社工意味深长看了她好一会儿，继而耸耸肩表示毫不在意。多蒂看到她脸上现出心照不宣的亲切笑容，自己也忍不住笑了。

霍利夫人带来一本从图书馆借的《大卫·科波菲尔》节本。她给多蒂讲了故事梗概，主人公是个可怜的孤儿，后被多佛的亲戚收留，长大后功成名就。"哈得孙也会的。"她说，激动得鼻孔大张。这本书带插图，霍利夫人打开的那页上，图片中是一个瘦女人在悬崖那边追一个骑着驴的男孩。大卫一脸滑稽的惊恐表情，在她身后看着。

"哈得孙骑驴的照片让我想到了这本书。我依稀记得这幅插图，"社工说道，"他们都是在多佛。"

"这个就是大卫·科波菲尔吗？"多蒂指着图中一脸惊恐的小男孩问。心想这小男孩跟哈得孙真像，不禁微笑。

"你这样多好嘛！"布伦达·霍利喊道，"就应该多笑笑！你知道吗，打那什么以后……不知道何时开始的，这还是我第一次见你笑！"

多蒂收起了笑容，等霍利夫人走。这本书她一翻开就读得入了迷，所有能挤出的闲暇时间都在读：晚上在自己房间里读，上下班路上在公交车上读。读到书中大卫处处被人欺负伤害时，她气得啪一下把书合上，愤愤地猛甩它。她一点儿都不喜欢米卡伯先生，觉得他是个无能的老家伙，总是夸夸其谈，后来还产生了债务问题。艾米丽和朵拉她也不太喜欢，都不中用，但朵拉对大卫的爱非常真挚，所以多蒂看她没有完全不屑一顾。读到穷苦男孩大卫最终飞黄腾达名利双收时，多蒂无比欢欣。哈得孙也会的。她从不知道书中有这么多宝藏。花了好几天才鼓足勇气，在一个周六的早上，菜市上买完菜和肉后，穿过马路，进图书馆办了借书卡。她早就想去借书，好在每次买菜都能看到路对面那家图书馆，最后下定决心进去也没那么难了。

她借了狄更斯其他作品，厚厚的鸿篇巨制拿在手里，起先心中十分欢喜。结果发现读起来比《大卫·科波菲尔》节本难多了。她又去借了薄一些的书，读着还是很难。最后才向社工求教。霍利夫人欣慰之余有些尴尬，脸颊泛红，恳切地微笑着，又怕她要说的真相不中听。她告诉多蒂，那个节本是她在童书区找到的。多蒂抛开面子，到了周六又去童书区找她能读的书。

她们两人的关系慢慢像朋友了。有时霍利夫人会在去办事的路上顺路过来一下，带个小礼物给多蒂，或者就是来打声招呼。她给多蒂找了份工资高一些的工作，在肯宁顿公园路一家工厂。她叫塞浦路斯房东给房间装修了一下，修好了窗子。他反正也把多蒂的事当成做慈善了，给多蒂分享生活哲理，讲他的人情世故。他对多蒂说，他叫安德里亚斯，他的家乡是个美丽的渔村，距拉纳卡不远。他和弟弟离开塞浦路斯闯荡打拼。弟弟去了加拿大，在多伦多刷马桶。如今杳无音信。他，安德里亚斯，成了商人，坐拥七套房产，从卡姆登到布里克斯顿都有，没有他养着，塞浦路斯那帮废物亲戚就得找活儿做才能活。

安德里亚斯不时带些小物品给多蒂的房间：他别的房子某个房客留下不要的一幅北极风景画，他在街上建筑垃圾里拣的一个乡村姑娘跳舞的小瓷偶。他从来不进房间，只在来收租的时候站在门口高谈阔论一番，递上他送的东西。离开之前，一般还会说一句殷勤奉承的话，主要是表达他的男子气概，并不是对多蒂鲜有的风情魅力有所欣赏。霍利夫人鼓励多蒂不妨多借力于房东的友善，但是多蒂很难消除对房东的不信任。

在霍利夫人这儿，多蒂早晚会提起索菲和哈得孙的事儿。他们什么时候回来？霍利夫人劝多蒂，现有的安排是最好的，趁此机会多蒂应该多为自己打算，不要总想再扛下这些老包袱。"真的，亲爱的，他们待在现在的地方更好。"她苦口相劝。但是，眼看着多蒂脸色又阴郁起来，她知道只能先打住不讲了。

霍利夫人为多蒂找了个在温布尔登的贵格会教徒家庭过圣诞节。这家人不认识多蒂，只是想如果有人圣诞节就自己一个人但又喜欢找人做伴的，可以来和他们一起过节。多蒂拒绝了，说她要和家人一起过圣诞。她十八了，有份好工作，有地方住。弟弟妹妹为什么不能来跟她住？霍利夫人一句话没说走了，出去时把带给多蒂的礼物搁在了五斗橱上面。是一对枕套和一个床单。床单里夹着一本企鹅平装本《美丽新世界》。多蒂大模大样在书上写下自己大名——多蒂·贝尔福，独自一人过了个孤寂的圣诞节，把这本书读了一遍又一遍，屡屡想起自己身世悲苦，黯然泣下。

时近暮春，布伦达·霍利态度渐渐有所缓和通融。多蒂独立生活已近一年，凡事都能沉着应付，却始终不被准许见一见弟弟妹妹。"一直没准许我啊，"她再三与布伦达讲，"这禁令实在没有道理。"后来霍利夫人无法再回绝，安排多蒂去索菲在黑斯廷斯的学校看她。学校的女舍监——让女舍监而不是女校长出面，为的是强调关怀理念——本来不批准的，听说姐姐深盼见一见妹妹，再见不着就要崩溃了，她信了，才同意批准多蒂过来。舍监认为她们学校做得很好，监管的孩子在她们的关怀下摆脱了任意妄为的过往，她不想孩子刚获救赎就这么快又受到过去生活中人与事的干扰。索菲在萨塞克斯的学校找到了上帝，在英国国教管理下的机构，她本来也不太可能找不到上帝。虽然认识了上帝，但丝毫不曾扰乱索菲的心神，她平静如常，静观人生起落。

　　学校由一长排改建的三居室小排屋组成。前后门大部分在拆除后用砖块堵上了。留下三个门，两侧各一个，中间一个，都加宽过，看上去更堂皇气派。中间大门上方镶有一块石牌，上书学校的名字"兰佛朗克大主教女校"，这一切都掩盖不住校区粗劣不坚固的实际外观。砖墙上密布一排排固定的小框格推拉窗。排屋前几个小花园打通连在一起，形成一条狭长的草地，拉一条装饰链与人行小道和大路分隔开来。门前显然晒不到多少太阳，因为草坪不少地方秃了，长满青苔。多蒂本以为会看到监狱一般的学校，墙壁光秃秃，带刺的铁丝网，有看守站岗，窗户上钉着铁栏杆等，看了叫人害怕，甚至还有恶犬巡守大院，不料见到这样一座灰暗粗陋的楼，更像小家族企业的办公楼，不像监狱。

她从中门进了楼，入门即是狭小的门厅，两侧各有一扇门。内墙朝着前门有一个煤气暖炉，炉火很旺，多蒂穿着打湿的大衣，进屋不一会儿就冒热气了。右侧那扇门标着"办公室"，下有挂牌"请先敲门"。门旁布告栏张贴着火险保单副本和火灾紧急集合点详图。另贴有各式各样的通知，叮嘱各位勿忘刷牙、加入圣约翰救护机构、从室外进楼务必擦鞋底。她举步向前，脚下地板随之震动，感觉听到某扇门后有动静。

　　多蒂敲敲那扇"办公室"门，不一会儿一个面色愉快的小个子女人来开了门。她笑容可掬，亮闪闪的眼睛，与多蒂握手，自我介绍说她就是舍监。"我真名当然不叫舍监啰。我是坦普尔夫人，不过我也不再费劲跟学生们强调这个了，现在我也能得体地自称舍监了。五月了，今天天气还这样差，对吧？"她说着，便动手来解多蒂大衣的扣子。太过出乎意外，多蒂一时惊得没有反对，舍监的手指摸索着解扣子时，多蒂努力忍住不往后缩。"亲爱的，你远道过来一定很不容易吧。从锡德卡普还是哪儿来着的赶过来，是吗？快进来，到炉子跟前坐。你一定冻坏了！"

　　舍监办公室也有一个煤气暖炉，火烧得更旺，一只肥滚滚的老柯基犬横卧在炉前。狗狗好奇地回转头来，似是认得多蒂一样，爬起身摇摇晃晃来迎接她。它绕着多蒂嗅，多蒂僵在那里一动不动。"伊西，回去睡觉去，听话乖。去啊，懒虫！"舍监弯腰轻拍那狗，把它推开。"单看它现在的样子，你想不出它小时候有多毛茸茸吧，那时我们都叫它伊斯法罕呢。跟波斯地毯似的，你知道。亲爱的你去过波斯吗？

我先生去过一次，自己去的，不是出公差。带回来一条伊斯法罕的毯子，漂亮极了。伊西，我不是在叫你啊。你看这狗儿现在老得呀，毛快没有了，身体也弱得很。你坐啊亲爱的。不要怕它，它就是个大宝宝。坐过来离火再近点儿，别不好意思。"

　　把客人安顿妥当了，舍监方才满意地长舒一口气，对多蒂亲切微笑。她端坐良久，满面笑容和蔼可亲，表情令人捉摸不透。这姿势教多蒂很感紧张，暗自寻思自己是否应该先开口。炉火烤得多蒂身上燥热，屋子里闷热难耐，狗味儿混着陈旧地毯的气味，还夹杂一丝香水或是药的味道，浊气扑鼻。舍监终于收起笑容，倾身对着多蒂。"你来看索菲了，是吧？"她说道。多蒂听了想道，这就像有人提笔在纸上顶部写下了标题，下面再划上一道线。"索菲这孩子非常可爱，和大家都很友好，一点儿不做作。其他女生对她都特别好。我觉得她们都把她当吉祥物宝贝了。索菲很受大家喜爱，身边总聚满了同学。这个我想你可能想知道的。我们学校的理念是：惟有关爱呵护，方能为孩子提供最有效的矫正治疗。我们在学生中也倡导这一理念。我很欣慰的是，索菲也很喜欢，而且她获益匪浅。想必你和我们一样很感快慰吧。"说到这里，舍监顿了一下，眼睛隐约冷淡地带着笑。

　　过了一会，她才说道："所以啊，有几句话我不得不说。"她探身抚摸那狗，狗儿闹着玩似的低吼几声，像是扰了它的淘气清梦。舍监向多蒂瞟了一眼，看她有否留意到伊西的顽皮，然后又从身边桌上拿起一个文件打开。文件封面贴有标签，上有大大的手写花体字样"索菲·贝尔福"。舍监看了眼标签，把文件放回桌子上。接着好一会一言不发，身体一动也不动，然后才抬起头来，开口说道："我就直说了吧，希望你不要介意。你的社工来找我的时候，我是有些不高兴的。我知道，到了适当的时候，是要安排这样一个会面的，但是我感觉现在就见还是太早了。我觉得索菲在这儿过得很好，多年以来她没有得到很好的爱护照顾，在我们这里短短这段时间，我认为她还没有完全振奋起来恢复元气。这不是你的错。你自己和可怜的索菲一样都是受害者，可能比她还苦。索菲跟我讲过，我听了深感同情。你们怎么熬过来的？太不容易了。"

舍监瞟一眼多蒂瘦骨棱棱的身体，略有怜惜之意，注视多蒂的眼睛片刻，叹息一声侧过头去。"你想见她，我能理解。你毕竟是她姐姐，她得知你要来也是激动得很，真的。这都在意料之中。不要以为我理解不了……但是，我还是觉得，为了索菲好，在她情况彻底好转之前，你要尽量少来看她才是，而且呢，莫怪我说，这也是为你自己好。社工对你很是称赞，但我知道她对你这次过来也颇为担心，你自己的情形还很不稳定。你的事自然不须我操心，你妹妹的我不能不管。你大概知道，索菲智力发展有一点迟缓。这没什么难为情的。人各有各的特点。她在我们这儿，即便待上一百年，也不会成为伟大的发明家或者此等了不起的人物，但是，在悉心教导与爱护之下，她完全能够学会照料好自己。她需要专业的照护！需要时间！所以亲爱的，请你见谅，这点我必须坚持，你想来见妹妹，一定要经我准许，而且只能在极个别的情况下才可以过来。"

舍监越说越严厉，说到最后，牙齿微露，怒目相视。多蒂温顺地点头答应，心里恨不得伸手过去一巴掌扇在这女人脸上，看她还敢再说那些冷酷无情的话。应该叫她尝尝这滋味，让她一边被人叫着"亲爱的"，一边听人家大谈她妹妹废物无能以及为何该把她妹妹关在牢里，看她感受如何。多蒂默默不发一语，不敢作答，怕舍监不让她见索菲。又过了一会，舍监摇摇头。"我说的你懂了吗，亲爱的？"舍监问道，语气既温和又有困惑。多蒂猜量，舍监一定以为多蒂看不出她过分亲切的举止态度之下隐藏的苛刻冷酷吧。

"好的，夫人。"多蒂说道。她很清楚，对方还等着她再多说几句，等她迎合舍监，许诺她会遵守规矩，或者承诺她会乖乖的，除非万不得已，否则绝不来打扰善良的舍监和学校。两人默不作声了好一会，那狗紧张地转过头来，不安地瞪大眼睛。

"好吧。"舍监突然站起身来。她去喊索菲了，留下多蒂自己与柯基狗在屋里。那狗轻吠几声，好奇地看了多蒂一眼，又睡过去了。

多蒂有九个月没见索菲了。"索菲胖了。"一见到索菲，多蒂脑中就闪过这个念头。索菲喊一声"啊！姐姐"，就扑进了多蒂怀里。舍监在一旁颇不赞许地盯着，想插手给她俩分开，索菲只管抱着姐姐不放，抽抽噎噎地哭个不住，难以自制。多蒂待自己心神平静下来，再看索菲的第一波激动情绪也发泄出来了，于是拉着索菲离炉火远一些，才发现舍监和那狗都已不在办公室。姐妹俩坐在地板上，互相抱着不松手，索菲哭得十分伤心，对姐姐说她多恨这学校，其他女生对她多恶劣： 白天，差遣她给她们做杂事；到了晚上，给她套上滑稽的戏服，把她扮成她们的黑暗女王。她无处可逃，独自坐着的时候也总被她们烦扰。总有人过来说点什么，玩玩她的头发，讥笑她，寻机把她编成新笑柄。

舍监给她们端了两杯茶回来，这回多蒂已有准备。她直视舍监眼睛，眼神毫不掩饰对舍监的厌恶，让舍监感受到她发起的挑战。"我要带妹妹走。"她说。

舍监举目望天，砰的一下把茶杯放到桌子上。"跟我走，亲爱的，"她理也不理多蒂，急匆匆把索菲带出了房间，"我送你回楼上去。"

"我不怕你。"多蒂说。舍监听了这话笑了。"你想把索菲当个马戏团动物养着，我会回来领她走的。接她回家和家人一起住。"等舍监回到房间了，多蒂才接着说完心里的话，"你这个人很坏，很坏。"

有一刹那，舍监像是要大发雷霆，冲多蒂大吼，甚至要动手了。舍监喘了口气，涨红了脸，慢慢地，眼睛泛起光，嘴角拉长了。"谢谢你，亲爱的，"舍监说道，下巴扬起，双拳紧握，尽力控制自己不发作，"你说完了吧？你妹妹到我们学校，是因为在其他地方她不行。做出这个判断和决定的人，各方面都是你的尊长，他们都是为了你妹妹的幸福健康着想。把她交给我们，是因为他们认为我们帮得上。只要是我们觉得你妹妹需要的，我们都已竭尽心力来帮助她。"

"不是的，你们把她当作动物看待，"多蒂哭道，"你们去问问她……"

"我们做这些，是出于对同胞的爱，"舍监提高嗓门打断多蒂，决意要把话讲完，"既为了对上帝的爱，上帝派了他的儿子来救赎我们，也是出于对人的爱，仿效上帝与我们同胞交谈中的那种慈爱。这事我们不收任何费用，不获取任何利润，我们机构由教堂管理，本地主管部门提供资金。在你眼里，我们是马戏团，你认为我冷酷无情，是个坏人。你有自己的看法，无可非议。但是，你的种种表现，只暴露出你没有丝毫的爱与谦恭，只可惜，人家找到你的时候你已经大了，恕我直言，我们给你妹妹做的这类准备教育，恐怕你无法受益了。今天这次见面就错了，我本就不该准许。恕我失礼了，亲爱的，我必须请你走了，以后也不要再过来。"

多蒂面露微笑。"我会回来接妹妹的。"多蒂说。

3

霍利夫人再来看多蒂时，多蒂态度非常坚决。她提出要求："帮我把索菲接回来，否则别再来烦我。"多蒂对霍利夫人转述舍监的大篇训话。布伦达·霍利摇摇头叹息一声，又母亲般对她慈爱地会意微笑。"亲爱的，咱们不必争执。"布伦达说道。多蒂不屑地冷哼一声，她能感到布伦达心中还有疑虑。于是又讲了索菲是如何被其他女生对待的，果然看到布伦达·霍利脸上显出厌恶不满之色。

"你确定吗？真是这样？"她问道。

"非要我吵一架你才信吗？帮我救她出来呀！赶在她们下毒手之前快接她回家吧！"多蒂喊道，"只有你一个人听我的，在她们那儿，一个黑人胖女孩想什么要什么，哪里有人在意呢？现在她们是给她扮装，谁知道明天她们会怎么作弄折磨她啊。"

"没事。不要急。"布伦达·霍利说，看到多蒂情绪如此激动，言辞激烈，甚是吃惊。眼看着多蒂愤懑与痛苦交加，她想伸手去摸一摸多蒂。"我想帮你的，亲爱的，可是……"

"那就让她回家。"多蒂打断布伦达·霍利，淡然地注视她。布伦达心里颇为难过。

"你这个要求……嗯，不是小事，很难办。安排好的事情，不能说推翻就推翻。"霍利夫人说道，对自己话里暗含责备之意也很不满。多蒂一声不响不再看她，两人沉默良久，霍利夫人长叹一声，猛然下了决心，点点头说道："这事我来查查看吧。"多蒂脸上微微露出一个安心的微笑。"我想舍监本人一定没有恶意，大概是那所学校不适合索菲。我们可以看看给她找一所离家近一些的，这样她可以住在家里。当时我以为去那个学校对她好的……"说到这里，她暂时住口，向多蒂注视了一会。

从她的眼神看来，多蒂猜她是在想如何开口道歉，于是微笑先谢了霍利夫人。多蒂沉浸在自己策划取得的胜利中，霍利夫人还一五一十向她细说需小心什么注意什么，她都没有留意听。如今在多蒂眼里，霍利夫人不再是掌控大权能决定多蒂人生的人，而是无情体制下也会偶有产生的那种打破体制常规的厚道人。多蒂又想，如果自己行事小心谨慎，应该可以利用霍利夫人达到自己的目的，把索菲和哈得孙都接回来，一起过上正常的快乐家庭生活。

霍利夫人走了以后，多蒂又将得胜时刻细细回味了一遍，布伦达伤心的神情这才浮现在眼前。等完全明白过来，再想一想布伦达，多蒂也只是心中略有愧感而已。她从没想过问一问布伦达·霍利的生活有什么苦衷，又遭遇何种烦恼。这念头方起，她即刻不加多想便打消了。

　　夏日过得很慢，多蒂知道索菲的十七岁生日要在囚禁中度过了。在她想起来就是囚禁，虽然上次她去过兰佛朗克大主教女校，但每想起妹妹，脑中闪过的画面仍是她第一次去黑斯廷斯时心里那个监狱院子和看门恶犬的样子。多蒂暗下决心，九月前就把索菲接出来，一起过多蒂的十九岁生日。日日盼待妹妹回家，更显得眼下一人的孤单日子过不下去。对那些邻居她是太怕，所以不敢与他们讲话，但她跟单位里的女工友说了索菲要回来的事。对房东也讲了，房东坏笑道，那他要多收一份租金。多蒂表示反对，他便又漫不经心把多蒂上下打量一下。对他所见显然提不起多大兴致，但仍照例调戏她一番。既然妹妹要来了，如果她觉得需要换个大一些的房间，可以跟他商量。他可以哪天晚上过来，大家谈谈。

　　多蒂在窗前一坐就是几个小时，看榆树树叶光影变幻，静心读书。阅读时那种沉醉，在别处是找不到的。一处新知识又引出下一处，循此以推，一本本书读下去。有时她想记下书中所读到的，但总要花很多时间，记下来的也远远不及她想从书中记住的。于是她就不刻意去记了，想着随时间推移，那些令她难忘的总能积淀下来。她把读过的书名记在一个旧练习本中，这是她涉猎书籍与学问的奇妙世界后收集的纪念物，看着它不断增长，不胜喜慰。书单并不是很出色，她自己也清楚。她还是读不了曾从图书馆借出的大部头狄更斯原著，有时灰心觉得或许永远都读不了。在她心里，这成了她进步与否的测试标准。当一整排的狄更斯小说巨著巍然屹立图书馆书架之上俯视于她，她怎敢自认为研习已有所成就？嘲弄她无知的又岂止狄更斯一人。她不管走到哪里，不管做了什么，都是在佐证自己何其愚笨。连兰佛朗克大主教是谁，有过什么事迹，她都不知道。除了她，全国就没有人不知道的吧？待在这个不喜欢她的地方，是为着什么，又有什么条件，她也不知道。可怜的多蒂，她都知道什么呢？转念一想，她又宽慰自己，起码她不需要再从图书馆童书区借书了。自己已有进步了，可以使自己免于再因此失面子了。

在图书馆，她有时会看到两个黑人男性。其中一个个子不高，肤色黝黑，圆圆的五官，神情严肃。坐在窗边一张桌子，那边的桌子人很多，他取了若干册厚书竖着放，连成一圈窄窄的三面隔离墙，将自己围在里面。埋头藏在他的堡垒里，专心致志地做他的事，只偶尔木然抬头望望。看那些书的厚度，多蒂猜他是法律或医学专业的学生，但他看着不像学生的年纪了，样子也很固执自负，依多蒂看，颇有一些纪律处分适用于他，而他不像愿被约束的。她觉得，这男人的样子有种无望感，埋头苦读是一种伪装而已，似乎他已痛感面对的世路艰辛。多蒂为他感到尴尬，因为他这样忙碌苦学勤修，还有他的孤傲，一看就知是假的。

有时还会看到另一个黑人男性，上了年纪，头发灰白，面相轮廓宽大，戴一副玳瑁眼镜。他坐在图书馆最后面，小说书架对着百科全书书架那边。每回看到他，他都在读报纸，大衣帽子全套还在身上，曲背倾身，凑近了细读手中报纸。有一天，多蒂站在字母 T 打头的书架前，装作找书，借机观察他。他不时微微动一动，看起来愈加聚精会神。突然一抬头，看见了多蒂，惊讶得脸上一颤，欠一欠身，抬帽致意。她手忙脚乱，微微一笑赶紧逃开。那男人一见到她，饱经风霜的苍老面孔上露出欣喜之情，惊得她不知如何是好，因为正是他骤然四散洋溢的热情，更教她领会到，她是孤身一人在这里，与这里的世界是隔离开的。

七月已过，进了八月，多蒂才得知索菲不久即可回家，赶得及九月开学。多蒂考虑到索菲的体重，新买了一张铁床自己用，把她原来那张更结实的床给索菲睡。布伦达·霍利拿来三个平底锅、一些各色各样的茶杯小碟。房东给多蒂带过来一只烟灰色玻璃花瓶、一罐蜜饯姜。还从留给垃圾清洁工的一堆东西里拣出一条破破烂烂的旧毯子，给了多蒂。多蒂求他给装个灶，说那个电热炉快不能用了，打开炉子差点儿要了她的命。还有，房间里不能配一张舒服点儿的椅子吗？房东推三阻四多次后，终于搬来一个小型电炉灶，自己接上线。多蒂对他百般夸奖，指望能让他再弄一些家具来，然而他重申，他确确实实满怀同情，但他毕竟是个生意人，多添置家具就要多收房租。

终于等到了索菲回家的那天，多蒂想亲自去黑斯廷斯接索菲，这样她就可以当面告诉舍监，她说到做到来接妹妹了。她会忍不住明说，兰佛朗克大主教本人如果看到你顶着他的名头开的这所监狱，你和你这个学校一定会很为他所不齿。坦普尔舍监，你就是个笑话。多蒂知道，自己得意扬扬作此空想，布伦达·霍利是不会赞同的，于是扮出天真女孩说话的腔调，把此行描述成外出郊游。今天天气真好呀，多蒂说道，搭火车去海边转转正好。黑斯廷斯我没好好转过。听说是个很不错的小镇啊，离法国那么近。布伦达·霍利一副看穿她心思的样子，摇摇头。布伦达认为不该那样对舍监，劝多蒂还是让舍监来安排索菲回家。事后多蒂心里也明白，自己极有可能根本做不到对着舍监说出想说的那套话。她们去维多利亚火车站接到了索菲，坐出租车回家。这是姊妹俩第一次坐伦敦的出租车。

4

"咱们要把哈得孙救出来。"当晚多蒂就对索菲说。她分析给索菲听，她们要小心行事，不能一次提出太多要求，那会吓到布伦达，要先让布伦达看到她们自己能过好。她把哈得孙骑在驴背上的照片给索菲看，照片中哈得孙一脸开心的表情，姐妹俩看得哈哈大笑。"姐姐，咱们快把他接回来吧。"索菲身体轻轻摇晃着喊道。后来，两人躺下关了灯，多蒂问索菲都好吗。肃静无声，多蒂以为妹妹睡着了，此时索菲却开口说道，现在回家了，她很开心。过去几周不好过……就等着今天回家。多蒂问舍监有没有难为她，她说没有，其他女生对她也不错，都说不想让她走，因为她总是逗得大家乐。园丁的儿子纠缠过她，叫她走之前去他小屋看看。有一天，他在运动场最远的那头突然出现在她面前，对她动作很粗鲁。

黑暗中，多蒂闭上了眼睛，屏气敛息。"后来怎么了？动作粗鲁是指什么？"她温和地问道，免得把索菲吓到不讲了。

"他使劲抱住我，要把我推倒在地上，"索菲低声窃笑，"我喊了。就像哈得孙以前那样……闭着眼睛。"

"胳膊乱挥？"多蒂不禁笑了起来。

"对，全都来。等我睁开眼睛，他已经走了。后来又碰见他，我冲他扔了块石头，他跑了。不过他说他早晚会抓住我的。他会带他朋友……"

"嘘！"多蒂低语说道，"你到家了，不怕。"

此后数天乃至几个星期，索菲陆续讲了在学校的其他遭遇，被欺负被虐待的一些小事，不只索菲，还有别的女生。多蒂觉得，这恰恰证明了她急着接索菲回家是正确的。她将此事立即告诉了布伦达·霍利，以此为契机再次提出接回哈得孙。布伦达微笑着给她一个柔情的飞吻。"你这个狡猾的小坏蛋，不行哦。那边汇报的哈得孙情况很好……我跟你说过的。"

"那是去年了，"多蒂插嘴说道，"后来他怎么样了你又不知道。"

"如果有事的话我们肯定早知道了。他寄养的家庭很好……他很幸运，"霍利夫人提高声音，不让多蒂再插嘴，"你手头的麻烦够多了，不要再找新麻烦了。听我说亲爱的，你知道我是站在你这边的。你现在要对付的事情太多了。听我的，先安排好你们俩的生活。索菲需要你全副精力照顾……我看哈得孙还是留在寄养家庭最好。"

多蒂闷闷不乐地勉强一笑。她一句话也没多说，因为不用她提醒，对索菲的事，布伦达·霍利也曾说过一模一样的话。从多蒂坚定倔强的眼神就知道，这只是她打响的持久战的第一炮而已。

阿妹归家

1

　　看到索菲，房东脸上现出微笑。平日他看人看物，必是贪婪盯着上上下下地看，见了索菲，他眼神变温和了，柔软下来。"这就是小妹妹啊。我们等了你好久！你长大了，亲爱的。"他的语气仿佛打索菲小时候起就认识她。他拉过索菲的手，疼爱地拍拍。见索菲笑了，他闹着玩儿似的弓起肩，逗得索菲乐了，他也很高兴。四周望望，想找个地方坐下，能坐的只有两张床。他拉索菲一起过去坐，轻轻拽上索菲的手跟他走。待两人坐定了，双手握住索菲的手，边说话边一下下抚摩着。"回家了开心吗？姐姐对你还好吗？她不好你告诉我。需要什么尽管告诉我，亲爱的。"

　　索菲点头应着，偷眼看看多蒂，多蒂站在门口看着房东。多蒂见房东一般就在楼梯口，除非又有哪处年久失修的需要请他进房间核实，这次房东一见索菲就利落地绕过多蒂进了屋。多蒂本能地想马上插到他与索菲中间，把这个居心不良的男人从索菲身边赶跑。她已经作势欲动，但看得出索菲被房东一通殷勤关心逗得开心，房东见到索菲似乎也是真心高兴。多蒂大为意外，仔细打量这个瘦巴巴的小矮个男人，多蒂第一次见他就满心厌恶，奇怪索菲怎么就不怕他。她觉得，他样貌有些像饥饿之下营养不良而发育畸形的小孩，使他的脸带着一种羸弱感，因此，虽然他是毋庸置疑地利欲熏心，惯于利用别人，还不吝于展示他的欲念，但他的样子仍留有一丝孩童般的天真。房东面露微笑，多蒂看到他龇牙咧嘴，脸皱成一团，起了一堆褶子。一想到若与这个人有任何亲密接触，她不禁打个寒战。

"你想不想去看电影？"房东问索菲，直勾勾地瞅着她，一副内心煎熬的神情。

"好啊！"索菲笑逐颜开说道，"我好长时间没去电影院了。学校里有时会放电影。"

"那么久没去了啊？别担心，亲爱的。下次我来接你去。给你吃巧克力和冰淇淋。你喜欢巧克力吗？"房东殷勤问道。他身子前倾，快栽到索菲身上去了，热情得按捺不住。

"哎，怎么回事，房东先生！"多蒂喝道。

"好吧，好吧，"房东露出胜利的笑容，眼睛还盯着索菲，"就叫我安迪，知道吗？安德里亚斯。你喊我安迪就好，别客气。"

"房租给你，请你收好。"多蒂把钱递给他，只想让他快点儿走。

"你也可以一起来啊。"房东对多蒂说，换成了捉弄人的神情。他晃晃悠悠，半张双臂展现男子气概，实在怪异。"家里还需要添置什么，或者想要个小礼物之类的，也尽管讲。怎么了？我不是给你带了很多礼物吗？你可以放心信任我，亲爱的。你可以搭我车去上班……如果再发生这次的公交车司机罢工。这罢工真是过分不是？英国人如今都不想干活了。就想着太平无事统治天下，肚子吃饱，温文尔雅那一套，从牙买加弄来你们这种黑鬼干脏活累活。遍地黑人：斯托克韦尔、哈克尼、托特纳姆。上周我去马尔盖特看我大舅子，竟然也看到一个黑鬼。马尔盖特都有黑鬼了，我实在想不通啊。英国公交车司机罢工才三星期，同胞们就把黑鬼运过来占了他们的工作。资本家最是……残酷无情。"他皱眉想了一会儿才找到合适的词。他接过多蒂递来的房租钱，数着钱说着话，不时瞟一眼索菲，对今后的赏心乐事充满期待。

"这些英国人啊，会后悔的，"他说，"我说得没错。他们眼下是用低薪找到人开公交了……但是以后呢？这些黑鬼，他们打算怎么对付？黑鬼可不太平，你们都知道。他们会把白人女人骗走，把英国人的家洗劫一空。都是些罪犯。英格兰要被他们毁了。东西到了他们手里都给弄脏了。我在布里克斯顿的房子有几个牙买加黑鬼租住。我收留他们之前，那房子多好啊！我挺可怜他们。他们问了多少家房东，人家都不收。不收养狗的，不收有孩子的，不收黑鬼。他们找到我，我收了。你们知道，我这个人有个毛病就是心太软。我不能把这些无家可归的人拒之门外。不能让他们住大街上。可是他们呢，把我家变成非洲村子了。在门厅里做饭，衣服晾到窗户外面。把花园改成了后院，往里面乱丢垃圾。卫生间也没法看了。塞得满满当当，到处都是……污物。我每回去都赶上他们喝酒互殴。我都不敢去自己的房子收房租了！"

多蒂默默听着，却不知道要说什么。不开口又显得懦弱。她不是牙买加人，也不认识牙买加人。她没见过房东在布里克斯顿的房子，也不能说他是扯谎。她自己生活中见过太多肮脏不堪，他讲的也许不假。尽管如此，房东的话还是让她很难受。房东用那种口吻讲她这样的人，她知道"牙买加黑鬼"这个词很容易扩大到包括她自己，说得好像他们是原始人，是罪恶的，只会玷污破坏碰到的所有东西。怎么可能真的是这样？

　　"别多想，亲爱的，"房东看到多蒂神情难过，于是说道，"你不是很黑，不像那些牙买加黑鬼。"一见多蒂神色不对，房东慌忙撇了。他一时似是不太明白的样子，继而一耸肩，和气地哈哈一笑，对索菲喊一声再见，赶紧走了。

2

　　多蒂在厂里听到过别人这样讲话，不过厂里的人多数只是把黑人到英国当工人的事当笑话讲。她觉得，他们是自哀自怜，像被判死刑的犯人，只能听天由命了，耍耍幽默打个趣，不至于太颓丧。她的女工友说，总算能找到像样的舞伴了，也有开玩笑说找个"黑鬼小伙"给自己暖床，享用他们闻名世界的硕大体格。她们讲了许多与这类生人偶遇的故事趣闻。比如，有两个黑人男性出现在当地舞会上，开始物色舞伴。舞会常客们看不惯，已经打算动手了，经理看出苗头不对，及时阻止，两个黑人才没受伤。经理对他俩说，下次他们应该带着黑人女伴过来，因为白人女人很讨厌他们的体臭。厂里另一个女人说，她阿姨家有一个黑人租客。她阿姨给房客订了个规矩，就是不能带外人过夜，谁违反了，阿姨都能知道，因为阿姨的房间就在楼梯旁。有次连着好几周，阿姨都怀疑这个黑人房客违规了，房子本来就不大，有声音吱吱嘎嘎的，必是床在动，终于有天阿姨抓住了他背着个女人上楼，偷带女人进来。

可是，她们很多人，对多蒂却一直不错，即便在讲这些故事的时候，也记得对多蒂微笑示意她安心。"要我说啊，管他们呢。原来这帮男人咱们不也对付这么多年了，还能比这还差吗？我看呢，好也不会好到哪里去，差也不会差到哪里去。男人不都是些该死的混蛋嘛，抱歉，我讲粗话了。"

厂里那些男的对此则更重视，眼见这些女人明明大敌当前还无知无识且安之若素，都认为实属不该。他们一有机会，必大谈随部队行走天涯的传奇往事，当年亲眼所见黑人和棕色人种男人骇人的习性癖好。讲那些劳工成群结队，没人看管时就在树下睡大觉，讲这些人数量那么庞大，反应之迟钝简直超乎想象。他们说，别看这些人板着脸不吭声，实则城府极深老奸巨猾，黑鬼的力量又惊人，加上天性粗蛮，所以颇为难搞，说不准会出什么乱子。厂里男人屡屡高谈阔论，深信自己判断准确又有见地，根本想不到把声音放低一些，以免有人无意听见了，而人家说不定更了解情况，或者觉得必须对他们的结论提出异议。他们围拢成一圈，悲叹厄运难逃，互相安慰，发表议论，自觉把一切看得透彻明白，频频点头互相肯定。

"你说得太对了，我非常赞同，"一个工头说，"当然了，我个人对他们并没有意见。"他叫威廉·汉普希尔，自诩是个贤明正直的人，凡事不盲目轻信，不人云亦云，而是会审辨真伪。同事有时称他为哲人，他每回发表意见，定要显示自己高明睿智。别人从不敢当面对他无礼，可是看他举止和样子分明又没有教人害怕的地方。他矮墩墩的，一笑起来，黑边眼镜的镜片闪着光，胖胖的腮颊光彩焕发。头发抹得油光水亮，梳一个时髦的大背头，又故意整得夸张怪诞，有调侃自嘲之意。厂里女人都喜欢他，因为他彬彬有礼又温柔，随你怎样取笑戏弄，他都不恼。女人也很怜悯他。他年近五十，还跟着妈妈住，骑个助动车上班。汉普希尔一辈子没出过英格兰，也不觉得有何可羞愧的。

二战期间他在莫菲尔德医院，先后在救护站和消毒处做文员。最初征他入伍时，他对征兵处明言：如果把他分到作战部队，他会声明自己是因良心拒服兵役者，坐牢也在所不惜，所以就让他做了医护兵，派驻莫菲尔德，还望他不要介意为是。

他毫无顾忌地坦承，与男人相比，他更喜欢和女人为伴，一些手势和习惯性动作不知不觉也与女人一样。他的仪态，在不认识他的人看来，犹如效颦强作娇柔女人。他恼火时会把头一扭，匆忙时，则是胳膊探出略略抬起，仿佛双手提着裙摆，不让裙子绊着小腿，细步轻移出了房间。不得已要讲难听伤人的话时，则下巴一抬，眼望天花板，免于直视对方。他讲到黑人工人时就是这样，不敢正视站在人群边缘的多蒂。

"我个人对他们倒没什么不满。我看他们人还不错，"他说，"如果你喜欢那种人，也无不可。的确是有不少人觉得把控得了他们,以为了解他们的本性。但是,我不希望看到英格兰也采用那种方法。隔离有色人种,禁止他们从事某些工作,还有身份证那套。总之,我对殖民主义是不怎么赞同的。假模假式真当自己是个人物,实际淫乱换妻,放荡无度。装腔作势那样儿,谁不知道你是个冒牌货啊。不过呢,说实话,咱们为什么要为这些黑人工人耗神呢?这不是自找麻烦嘛。咱们帮他们帮得还不够吗?不该轮到为我们自己想想了?叫我做主的话啊,我明天就把他们全都打发回老家。"围集在他身边的男人听到这里都暗笑,或许是有同感,但也知道这种方案在英国行不通。德国人、法国人、别的外国人,或许能做出那等事,但是英国人,尽管爱与人为难作对,却不会把人驱逐出境。

多蒂坐过这种新司机开的公交车,看到他们与乘客闲谈说笑,自然得仿佛他们一直就是这样的。乘客与他们交谈也分外自然,令多蒂看了不禁疑惑: 乘客明明这样友善融洽,到底这是恶作剧呢,还是她那批同事看事情过于阴暗尖锐呢?那些乘客与外来的司机攀谈,也许是借此使他们放松警惕,从而获得话柄,更方便讪笑他们吧。乘客追问司机的一些问题,她无意中听到了,觉得很尴尬,这些问题显得特别无知。"巴巴多斯啊?你在巴巴多斯有房子吗?"司机听了哈哈大笑,又闲聊下去。他们知道那些人背后都怎么说他们的吗?

她不明白,大家为何如此怕黑人成为罪犯。他们只是在此谋生而已。前几天她刚看报纸上说,去年一年,英格兰就有十几万人离开,为改善生活,迁往美国、澳大利亚和南菲。十几万啊！就在同一年，意大利、荷兰、德国也有十几万人为同样原因迁往其他国家。而从西印度群岛迁入英国区区几百个公共汽车司机，从印度或巴基斯坦迁到布拉德福德或布莱克本的一些布工，怎么就成了全国性的灾难？她觉得这实在荒唐。这个道理，如果对厂里的男人去讲，她怕自己不知如何措辞才能讲对。她没受过教育，如果有哪点讲错了，只会令那些男人取笑她无知，看她难堪。对这些人她又能说什么？他们乐于把自己打造成受害者，长年受苦，被利用，就是为了她这类人：他们野蛮低贱，欧洲人发现他们时，他们还住在树上互掷果子，从那天起，他们带来的就只有麻烦。英国人为他们牺牲了那么多，他们却只想着跑到英格兰来，榨干大不列颠干瘪乳房最后一滴血。难怪英国人要移居国外了。

3

索菲的新学校在旺兹沃思，最初几天，早上多蒂都送索菲到学校。学校是为有读写困难的智力发育迟缓儿童设立的特殊学校。霍利斟酌字眼，犹豫再三，方才说出"智力发育迟缓"，神色很是难过。索菲很不喜欢这学校，姐妹俩商量过后决定，不妨暂且在这里就学，直到掌握读写能力，索菲如果实在忍不下去，那么等到她们能把哈得孙接回家了，就离开这学校。多蒂带索菲去图书馆，给她看种种书册，对索菲讲，一待索菲驾驭了阅读的艺术，就可以一一品读，万卷书中藏着珍宝待她发掘。多蒂觉得这能给索菲鼓励，此外也是想显露一下自己学识渊博。

多蒂自己经常去图书馆，置身这个阅读场所，通过恪守阅读的自律，得到慰藉，也大有裨益。有时她只是随意翻翻，借此消遣，东看西看，因为没有别的事可做。她心中猜想，图书馆那些女工作人员，几乎个个已经不堪重负的愁苦模样，会不会很反感她这种人，在书架间游荡，逗留馆中，把这里作为躲避沙漠风的地方？人家把她这类人叫什么呢？顾客？客人？

那个年老的黑人男子常常坐在他的老位子，捋着白胡子，专心阅读报纸。多蒂现在知道了，他会特别留心看她有没有来。看到多蒂，他照例欠身向她致意。有一天，他举起手中报纸，指着报上头条新闻：法军失去对阿尔及利亚的控制。他满面胜利的喜色，神采焕发。又指指报上标题，咧嘴一笑，摇摇头。她也点头示意，装着懂得的样子，暗自思忖，等老人不在时，一定找出百科全书查一查这个地方在哪里。有时她们在街上也看到这个老人。姐妹俩如今到哪里都在一起，但老人眼睛只看向多蒂。他没有上前与她们交谈的意思，也无意做进一步交往。路上遇见时，他还是那样夸张地向她们问候：略一躬身，抬帽致敬。有时只有她一人，他就脖子前倾，微微垂头，看上去难过又忏悔的姿势。

多蒂猜想他年轻时的模样。他现在虽然走路慢慢的，很小心，拄着手杖，但身形仍然挺拔高大。他欢快的笑容，温和可亲的眼神，都教她大为触动。她觉得自己幻想中的爷爷就是他那样的。这样一个男人，怎么会注意到她，她想不通。

她对布伦达提起了这人，看到布伦达眼中闪过疑讶。布伦达·霍利起初没说什么，但多蒂能看出她费了很大劲才忍住。她那忧心忡忡的神色，多蒂看了想笑。再听多蒂讲下去，霍利夫人方慢慢地放心下来，也勾起了她的兴趣。最后她掌控了谈话，问了许多的问题，也给了不少建议。"我觉得他以前是个当兵的或者水手。不知道他住在哪儿。你看到他朝哪个方向走了吗？往夜莺大道那边走有家养老院。你觉得他是不是退伍老兵？下次再见到他，可以跟他讲讲话。他可能是孤单，希望有人陪陪。他为什么是那样的态度对你呢，我倒很想知道。多蒂，下次你一定跟他讲讲话。"

　　多蒂不打算与他讲话。她对老人既敬重又有些害怕，老人每回都致意问候，她已觉得很荣幸。不想再知道老人其他事情。不想在打探后得知，他是个老兵或老水手，曾零落飘泊，过着悲苦拮据的日子。她不想老人因此对她有所误解，也不想给自己带来负担。她就想他是现在这样，气度不凡的一个老人，时而在街上或图书馆遇见，见到她，就朋友一般向她致意。她若非要去破解老人的奥秘，结果只会发现，实际的他，比不上她构想出来的那个他。

　　一九五八年隆冬，一连三个星期，老人的位子上都没有人。多蒂问图书馆一个女管理员，认不认识平时坐在小说区与百科全书区之间那张桌子读报纸的黑人老人。

　　"你是说默里医生吗？一个月前，就在这儿，他突然晕倒了，"图书管理员低声说，"就坐在那儿，跟平时一样，正在读报。救护车来了，但是来不及了。当天在医院去世了。"

多蒂瞪着她，不能置信。"就在这儿？"多蒂问，一时头昏目眩。泪盈于睫，感到浑身气力在流走。悲上心来，抽噎着哭起来。又咬牙努力抑制，两手掩面，将啜泣声闷在手心里。那图书管理员摸摸她的肩，在她身旁急急地附耳低语，张皇不知所措。随后把她带进里间办公室，给她倒了杯水，说都怪自己没有考虑周到。她对多蒂说，默里医生在克拉珀姆有个诊所，他家的大房子俯瞰克拉芬公园。关于默里医生，图书管理员只知道这些了，此外，默里医生有个女儿是教师，死于战时轰炸。这样优秀的人去世，当地报纸一定登了讣告，多蒂可以查查看。两人查了，没找到讣告，图书管理员也没有别的办法了。觉得十分抱歉，仿佛报上没登讣告是她的错。

那年冬天，多蒂每次去图书馆，都想起老人。也想到老人的女儿，在她想来，老医生见到她，是想起了自己的孩子吧。那几个月，冬已深，寒意凛冽，每逢在图书馆时，她越发感到老人的慈爱已不在。有时，她会想起卡迪夫那个老人，他的女儿已消失无踪，不知去了什么地方。念及这位老人，她心中又是负疚，又是忧虑，仿佛老人终有一天会找到她，埋怨她为何没去找老人。也许老人也已故世了，也许老人多年前早已将自己那任性的女儿忘记。默里医生突然亡故后，好几个星期，她想到母亲已不在人世，母亲身后还有老人，而她却一个也不认得，心中很受煎熬，日子一天一天过去，渐渐地，这苦痛也没有了。此间种种事宜，毕竟是无可奈何，即使她想做点什么，也是徒然。

多蒂的心情，布伦达·霍利认为自己知道一些，想来大约是老医生教多蒂感到了自己在世上没有父母，无亲无故吧。对于一个黑人医生住在克拉芬公园一带，霍利夫人确实也很感好奇。霍利夫人自认是个思想开明的人，如果由黑人医生做自己的家庭医生，不会觉得有什么不可以，但是，在四十多年前，正是英格兰的黑暗时代，一个黑人社区医生，能在那个时代开出诊所，有病人光顾，在她看来，是很难做到的。她打听了一下。先去问了同事和她经办的“个案”。有谁听说过一个黑人社区医生在你们区开过诊所吗？大家都没听说过，都说会再打听打听。终于，有次在退伍军人协会的聚会上，有了点线索。听到有人说起默里医生的名字，妇女部主任颇为诧异。她先生是本地银行家，她自己从前做过老师。夫妻两人现在退休了，住在薰衣草山，他们都还记得默里医生。

原来，默里医生的诊所是在温布尔登，不过他确是在克拉芬公园边上有座大房子。女老师与她的银行家先生则住在布朗伍德路。当年，那条路上绿树浓荫，景色宜人。学校在特斯切纳特街尽头，默里医生家的大房子离银行也很近，银行就在高街和斯通豪斯街拐角。默里医生的女儿就在那所学校就读，她高高瘦瘦，嘴巴有些外噘，使她有一种悲苦的神情。举止态度非常得体，长笛吹得极好。会好几种乐器，最擅长长笛。老师还记得，学校举办的音乐会，凡是有这女孩参演的，必有一个身材颀长的黑人男性来观看。那人的风采气度，引得众人眼睛尽向他注视，他只目不转睛地注视女儿，目光中尽是疼爱与自豪。他是骨科医生，有自己的诊所。风采高贵，讲话还带一点法国口音。女老师猜想，他的诊所办得一定十分成功，至少外表看来是。

哦，他女儿没死，女老师说。女儿也当了老师，二战前搬去北方了。死于轰炸的是医生的太太。很年轻，是他第二任太太。女老师记得医生是在五十多岁时再娶的。第二任太太去海边某城市走亲戚，朴次茅斯或是南安普敦附近，在那儿死于轰炸。女老师记得还有个小孩子，与妈妈一同遇难，但不是太确定。

老师说，事隔多年，又说起这家人，好不奇怪！那家人，教人觉得有悲苦缠身。女老师记得，医生虽然相貌堂堂，头微侧，气度高傲，但带一种疲弱之相，为何有这种印象，她不记得了。大约是因为医生有时显出痛苦的神色，仿佛种种意念使他不胜其苦。还有他年轻的太太，与孩子一起遇难，太太自己的年纪对医生而言也还是个孩子。那个时代，像他太太这样死于战争的，不计其数，然而，每个生命的逝去，其悲哀痛惜，犹如普天之下，只此一人亡故而已。

老师最感惋惜的，是医生的女儿。或许只是因为，医生一家人中，老师最了解医生的女儿，女儿似乎过得最不好。她性格很好，但是沉默寡言，话极少，不像她那个年纪孩子该有的样子。那时她母亲已不在人世了。老师默默回思良久，说："那个女孩，有点儿怪。从她的嘴角看得出，有许多事情伤害了她。可能是其他孩子取笑作弄她，害她很苦恼，孩子们有多不知轻重，你知道的。她瘦骨伶仃的，个子又高，配上大大的眼睛，嘴巴噘着总显得闷闷不乐……还有，她是黑人。那些孩子总取笑她这个，不过并无恶意。"

布伦达·霍利没想到机缘这样凑巧，迫不及待地把故事告诉了多蒂，作为礼物奉赠多蒂。多蒂定是与医生女儿长得很像，让医生想起了自己的女儿。默里医生与女儿之间想必有了隔阂，也许是医生再娶时，女儿觉得被疏远冷淡了。父女间也许已没有来往，两人都高傲，又都伤了心。这在家人之间，也是常有的事。"呀，这倒是很有趣味呢！"霍利夫人惊叹，"女儿可能不知道父亲来日无多了。她可以继承丰厚遗产的，却全不知道。你想想！待她发现了，她该多不好受！"

4

医生的故事讲完了，两人沉默不语，布伦达·霍利打破沉默，说起了哈得孙。她先说出哈得孙的名字，然后写下哈得孙寄养家庭的地址。递给多蒂，多蒂连忙夺了过去。"你可以联系联系。我这么说可能听着狠心，但是我觉得，让他暂时先忘记你，对他最好。这样对他在新地方安顿下来比较好……也给你缓冲恢复的时间。我们办公室商量过，一致觉得这样安排最好。当时你那么焦虑不安，心里又难过……我很担心你，"霍利夫人说，眼看着要落下泪来，"后来你做得特别好！我看得出来……我也看得出索菲现在过得多开心，比她刚回家时好多了。别怪我狠心。我是为大家好。"

"你们可以让他回家探亲啊。"多蒂说，看到布伦达·霍利难过的表情，不由放低了声音。你们在办公室商量过了？她心想，你们拿出专业头脑，商量一番，就决定把我们家给拆散了。她心里一方面是非常欢喜，因为布伦达让步了，布伦达需要什么安慰，她也愿意给。另一方面，她的心肠对布伦达又很强硬，布伦达使她受苦，所以她也想让布伦达受苦。"你们有什么权利……？"

"他有这样的寄养家庭，很幸运了，"布伦达·霍利略带伤感地辩白道，"寄养家庭建议我们多给哈得孙一些时间适应。我以为……你这么快就要接他回家，我很意外。像你这种情况，有这段缓冲的时间，大部分人都会很珍惜。反正我是这么想的。"霍利夫人顿了顿，看多蒂会不会说什么，会不会又怪她，多蒂只是摇摇头，怕自己讲不好，索性不讲。"你如果真想接他回家，那我去联系寄养家庭，开始办手续，把哈得孙送回家。要花点时间……大概要到夏天。等本学年结束再办最好。"

多蒂一天都不想多等。她等得还不够久吗？她不能联系哈得孙长达数月，布伦达·霍利说寄养父母不让她给哈得孙写信。寄养父母认为，多蒂写信来，会让哈得孙心里不安稳，他们想与哈得孙单独相处，日子久了，他才能把原来的家庭忘掉。不行，不能再让她等下去了，不能让这些人就在她们眼皮底下把哈得孙这样偷走。但是，霍利夫人现在已完全站在多蒂这边，所以最好不要惹霍利夫人反感，不能给她理由生气，不帮多蒂忙。

"对，那样最好，"多蒂说，"就等到夏天吧。这样我们有时间为他回家做好准备。把我们自己先打理好。索菲会很开心的。"

布伦达·霍利对自己照顾的这个年轻女孩注视良久。多蒂以为她会照例讲些亲切的话，这次她没说。她最后只点点头，像是明白了什么，或者做了个决定。然后笑了，但是带着倦意与自嘲。"希望这次我没做错，"她说，"我担心的不只是你。我也不知道这对哈得孙好不好。"

"我们不需要你担心。"多蒂说，转过脸，没留意到霍利夫人脸上伤心错愕的神情。布伦达·霍利张了张嘴，想说多蒂不该这样突然就拒人于千里之外，然而终究什么也没说。她想，多蒂会好的。多蒂心中有怨恨，也是在所难免。但不会是针对布伦达自己的。她们是好朋友，多蒂又很信任她。

5

房东刚听说哈得孙要回家住时，有些疑虑。"你们三个都住这个房间？"他问。这个问题他并不真正关注，虽然对弟弟与两个成年姐姐同住一屋，他还是略感好奇。房东建议她们再租一个房间，她们自然不太愿意。毕竟她们还很穷。要不是他心地好，而且对社工有所忌惮，怕社工插手影响他在其他租客那儿的生意，他早就把姐妹俩赶到大街上去了。再者，他一番用意都在向索菲献殷勤，对谈哈得孙的事儿没有多大兴趣。

他追求索菲虽是随意为之，却很是执着。问候索菲，给她带些小礼物、巧克力、糖果，总能设法拉上她的手，或是摸摸她脸颊。多蒂想过出面制止，但是对于有人追求，索菲似乎颇受用，房东也一直很守规矩。多蒂一说他该适可而止了，他马上就收手，听到多蒂发出警告，他也是哈哈大笑。

有一天，多蒂把房东喊到楼梯拐角，明明白白告诉他，他若胆敢对妹妹做什么不怀好意的事，看多蒂怎么对付他——她会报警。多蒂这番恐吓，房东付之一笑，不以为意。多蒂也跟索菲谈，不想对妹妹太严厉，但又怕妹妹天真无知，被别有用心的男人欺负。索菲只尴尬地微笑，说："姐姐呀。"

"等弟弟来了，你们需要帮忙之类的，咱们可以安排的。"房东说，对索菲做出欲念大发的鬼脸。索菲被他粗蛮的调笑逗得哈哈大笑，多蒂则横眉怒目，房东不当回事一耸肩。

多蒂给哈得孙写信，每写一句，就逐字念给索菲听，看索菲要不要添什么，然后再写下一句。信中特意没提接他回家，但是好几处专门暗示到了。霍利夫人坚持说，在做出明确决定之前，一个字也不能跟哈得孙讲。她考虑过要求姐妹俩在信寄出之前，先交给她过目，但是没敢提。她发现，现在她有点儿怕多蒂。不想多蒂不喜欢她，或对她有意见。她发现，现在去看多蒂时，不像以前那么自在，现在会刻意抖擞精神，做出兴高采烈的样子，以前她是想都不想，一阵风似的就来了。现在她每说点什么，都要仔细观察多蒂的反应。比以前问的问题也多了，想了解多蒂是怎么想的、有什么感受。

想到这里，布伦达·霍利不禁笑自己。以前她对多蒂没有特别在意，以为多蒂不吭声，默许同意，是出于对她的尊重，甚至喜爱。然而，一旦她看清楚了，就无法不注意到，多蒂每听到不喜欢听的话时，两眼就呆呆地出神。现在，她感到自己不太在意，本可以反唇相讥的，想想罢了，放在从前她不会放过，一定要好好讨论一番，用滔滔不绝的长篇大论，入情入理的劝诫，取得压倒性优势。眼下是个小难关吧，她觉得，保持头脑清醒就能渡过。只是没了信心而已，也过于敏感。自从得知丈夫生病后，就一直这样。让个人生活影响到工作，很不应该，她也是无可奈何。她十分疲劳，苦得无法言喻。有时，对手头负责的个案无论如何也提不起精神，这种状态，糟糕得很。

布伦达·霍利行为有异，多蒂有所觉察，但并没太留意，没去探究底细。布伦达现在的亲切态度，多蒂觉得，是因为她们决定把哈得孙接回家，两人间由此而交情亲密了，甚或是由于哈得孙要回到自己家了，所以心情舒畅起来了吧。多蒂更喜欢布伦达现在这样子，布伦达与多蒂自己一样关心弟弟妹妹，多蒂心中很感激，虽然以前布伦达有时也曾心肠很硬。"现在这样不错了，"多蒂对妹妹说，"她有时候话太多，不过人还过得去。原本她干涉得过多……"

"她可严厉了，"索菲闹着玩儿地用夸张的惧怕语调说道，"你居然不怕她，真奇怪。"

"像你们舍监是吗？"多蒂问。索菲脸上表情变了，由假扮害怕，换成了模仿极度恐惧，两眼翻白，下巴直抖。多蒂见了不禁笑了。"布伦达是刀子嘴豆腐心。你知道吗，这些书，大部分都是她给我的，别的方面她也帮了我不少。"

多蒂看看自己那一小撮藏书，心中欢喜。其中有几本是她在集市上二手书摊给自己买的。都还没能读懂读通，当时买下来，看中的是书的大小而不是内容。她买了一本《远方与往昔》，最初以为是本童话集，结果发现是讲阿根廷牧场的，读不下去。还买了一本《正式死亡》，讲一个人被认定在缅甸战争中死于日本人手下，其实他没死，是为了不被敌人发现躲起来了，情节很吸引她。她急急忙忙地一口气读完，只求追个水落石出，且看男主人公发现自己已死时会是何感受。然而这一刻始终没有到来，或者其实已经出现，却太过平常，与她擦肩而过。她一定是错过了，她事后方才明白过来。最近她买的一本书是《司各特诗集》。她知道沃尔特·司各特爵士，因为在她读童书的阶段读过节本《艾凡赫》。这是她的第一本诗集，站在书摊前，踌躇良久，拿不定主意要不要买。如此规模的鸿篇巨制，内页有赠言"赠艾琳，爱你的布莱恩叔叔，1893年"，太吸引她，终于还是买下了。花一先令，将她钟爱的宝物从巴勒姆集市的旧物摊上拯救出来，这钱花得值得。

多蒂这番买书读书的讲了许多话，看到妹妹眼神已是呆呆的。多蒂刹那间愣住，因为这太像母亲莎伦了。莎伦遇到不赞同的事，就是这样目光呆滞，多蒂这下知道，索菲不喜欢她为着书如此大惊小怪。多蒂先是晓之以理，动之以情，与索菲分享读书的乐趣。索菲附和了一段时间，但到后来，多蒂花几个小时在图书馆为索菲选的书，索菲就是不读，以此无声反抗。多蒂看着妹妹招摇地摆出不感兴趣的架势，只是笑笑。她想，如果是莎伦，莎伦在摆明态度以后，会转身大笑而去。但是索菲没有，索菲原样等着，脑袋只稍稍偏过去，等着多蒂放她走。

"她还帮我找工作，"多蒂欢喜地说，"以前常来看我，鼓励我。她不喜欢张扬，找个晚上直接就过来了。我记得，有天晚上她来了，我正心情低落，她陪我出去走了一圈。走到路那头，再走回来，走完觉得好过了一点儿。"

"她能也帮我找个活儿吗？"索菲问，"姐，我在学校就是浪费时间。还是去工作挣点钱好。哈得孙就快回来了，要给他置办些东西。"

"索菲啊，你首先必须是学习，不然其他什么都是假的，那才是浪费时间。"多蒂劝妹妹，妹妹的眼神看着又远了。这个话题她们谈了好几次，虽然多蒂每次都把索菲说到无言可答，但心知还没把索菲真正说服。看到索菲双唇紧闭，倔强不认输的样子，多蒂不由得自己窃笑。"当然如果你真的不想在学校待了，我们会想办法给你找份工作。"

索菲高兴地直拍手，扑向姐姐，多蒂想躲没躲过去，被索菲结结实实抱住。索菲的生日是五月，她们决定安排索菲在五月离开学校最好，这样尽量不影响哈得孙回家。

"五月我就十八岁了，姐，"索菲想想就笑起来，"到时候我就在工厂做活了，帮你一起照顾哈得孙。我们变化这么大，他看了肯定大吃一惊！你说他是不是也长成大人样了啊？"

"应该是吧。"多蒂说，需要拿出有威望的姿态，她还不太自在。索菲则处在某个天真烂漫期，讲话语调像小宝宝，动不动就噘起嘴来。遇到索菲这种状态，多蒂总是心绪不安，因为弄不清楚索菲是不是确实在逗着玩儿。"他十四岁了。长得又高又壮了吧，也变嗓了吧。你不能像从前那样老是抱着他了。"

"为什么不能啊？"索菲问，顿时神色伤心沮丧。

"因为他不让你抱了啊。"

"他让的！"索菲喊道。

"而且你也大了啊。"多蒂说。索菲在那等同监狱的学校长了一身肉，现在也没瘦，均匀分到了全身，看起来是个成年女性无疑了。走到哪里都引人注目——爱慕的目光，其中的意味，索菲不是很明白。男人对她奉上的小小恭敬殷勤，她都当成是人家一片好心，不图回报。

几个星期过去了，没有哈得孙的音信。多蒂心里不免疑虑焦躁，于是去问布伦达·霍利。事情进展都顺利吗？寄养父母那边没故意为难吧？布伦达微笑说，已经收到寄养父母同意哈得孙回家的信了。寄养父母现在也没法子了吧，多蒂声言。"是吗？"多蒂声音中透着没把握，布伦达听了微笑摇摇头。她没告诉多蒂，寄养父母其实也说了哈得孙并不想回家。他们不想霍利夫人误会，以为他们写这封信是为着把哈得孙扣住不放，但是也告知霍利夫人，哈得孙是很反对离开多佛的。

布伦达压下心中的不安，心想暂时没必要让多蒂知道此事，以免多蒂着急。哈得孙有这样的反应，原也在意料之中。正说明寄养父母待他很好，他重感情，两边都是他忠爱的，自然会左右为难。等日子近了，她会找多蒂深谈一次，提醒多蒂做好准备，哈得孙回家后，必然会有一番斗争，至少一开始会有。

多蒂又给哈得孙写了封信，这次明白写到了回家的好消息。跟哈得孙讲她们的计划，讲他要去哪所学校上学。她提到五月就是索菲十八岁生日了，希望这能推动哈得孙给她们回信。哈得孙一个字也没回。最后，还差几天就到索菲生日了，多蒂又提笔写信。信中，她直截了当问哈得孙，给她们回封信很难吗？他为什么不给两个姐姐写信？他难道不想回家吗？布伦达·霍利认为，该是自己出面干预的时候了。

"寄养父母对他很好，他对父母是真心不舍，"她对姐妹俩说，"那孩子心里有矛盾也很自然。你们对他要有耐心，别指望他会主动投入你们怀抱之类的。他会回心转意的。我在问他现在学校要他的成绩单，把这方面先安排好。寄养父母说他成绩一直很好，但是最近有点下滑。我要看看他的成绩单，很可能成绩很不好看。那他在学业方面也需要调整适应。重要的是不要太过紧张。要尽你们所能，欢迎他回家，一开始他会有点抵触，你们得忍着点儿。你们如果需要有人帮忙或者出主意，我都在的。"

多蒂默默地听着，感到心沉了下去。她一直就担心寄养父母会把弟弟骗到手，把他教成一个英国小孩，让他看不起自己的原生家庭。很可能把莎伦的事儿，还有莎伦怎么死的，都告诉他了。在他眼里，她和索菲一定都是荒唐可笑不检点的人，老妓女的孩子，住在南伦敦贫民区破破烂烂的一个房间里。想到这里，她马上打住了，怕自己若心怀怨愤，早晚会报应在哈得孙身上。她必须要耐下心，慢慢地重新赢得哈得孙信任，让他明白，他应该与姐姐们在一起生活才对。

索菲则不相信社工说的话。她偷看一眼姐姐，嘴角微微笑着。她觉得，这女人说的不可能是真的。即便看到多蒂都信了，她还是摇摇头，咧嘴一笑以示嘲讽。寄养父母就是想把弟弟留在那儿，给他们当用人。居然让弟弟说出那种话，他们都使了什么花招啊？弟弟根本没说不想回家。是他们说谎，索菲说，垂下眼帘，然而神色上看得出主意坚定，不可动摇。多蒂注视着布伦达·霍利，指望布伦达收回刚说的话，承认索菲才是对的。承认寄养父母说的都是谎言，是嫉妒她们，对她们耍的花样。

"他们没说谎，索菲，"过了一会儿，霍利夫人说，"我们收到了哈得孙自己写来的信，说他不想离开父母。在多佛当地照看他的那个社工也这么说。当然他是必须要回归自己的家。这点大家都达成一致了，包括寄养父母其实也答应了。只除了哈得孙自己。我觉得这可以理解，甚至可能是不可避免会发生的。你们仨当年那么苦，寄养父母待弟弟慈爱有加，赢得了弟弟的一片诚心。否则弟弟成什么人了？从你们这边来看，你们得想办法，才能做到让弟弟开开心心地愿意回家。我知道你们会的，但是，或许，要比你们想的还得再努力一些。"

布伦达·霍利走后，姐妹俩默不作声坐着。索菲还是不太相信，要再观望一下，多蒂却感觉布伦达说的是真的。实情如此糟糕，多蒂没想到，所以一定是真的。她觉得全都怪自己，起码一大部分怪她自己。她起初就不该让人把弟弟接走。拼了命也不该让他落入命运的魔爪。寄养家庭会先把他改造成白人小男孩，然后再冷落他，笑话他，因为他没有自知之明。然后，他会对所有人都只剩不屑与怨恨。那天以后，多蒂好多天都紧张地等候消息。她怕市政局反悔，把哈得孙留在多佛。有时又极怕她们做不到让弟弟喜欢回家后的生活。索菲则自己把自己安抚好了，只要弟弟回来，一切都会好的。她会给弟弟做他最爱吃的甜食，给他很多很多的拥抱。索菲用自己的乐观情绪去带动多蒂，但都持续不了多长时间。

索菲生日那晚，与房东安迪去看电影了。多蒂想尽了方法要拦下索菲，但没与索菲吵，也没不让房东上门，知道自己其实无能为力。姐姐提出的所有反对理由，索菲都付之一笑，装作多蒂只是逗她玩儿。多蒂别无他法，只有不睡觉等着索菲。他们回来得很晚。房东扬扬得意胜利归来，迈步神气十足，捋着胡子，笑容满面。索菲高高兴兴的，光彩焕发，脸上带着事情达成，心满意足的神情。房东吻一下索菲的手，与索菲道别，索菲愉快地笑了，随后关上了门，把房东关在门外。

远足崖台

1

这一日，索菲整天忐忑不安，心中烦乱之极。布伦达不让她们跟着去多佛，连去维多利亚车站接都不让。她俩只能留在家里等着。多蒂看妹妹放心不下的样子，觉得好笑，正好还有些家务没做，于是安排妹妹去做，让她打发时间。她们在屋里拉了块帘子，圈出一片空间，专给哈得孙用。就在窗边，帘子与两侧墙形成一个三角区。帘子是两块用到磨薄了的旧床单缝起来的。先将就用着，隔出一方隐蔽的空间。帘子虽然很薄，挂帘子的绳还是承不起重量，中间垂下来一大块，以姐妹俩的身高，都看不到那上面，所以也不要紧。她们还在集市边上旧货店里，花几先令买下一张床，擦拭干净，给哈得孙用。把床摆进帘子隔出的一角内，略微嫌大，旧帘子只遮到床尾处，破破烂烂的爪状床腿露在外面。

为哈得孙精心准备好"房间"，她们一看，笑得眼泪都下来了，笑到胸疼得似要炸了。床腿如爪，教人联想到旧布帘后埋伏着一只野兽。从兽爪的位置来看，它是面对房间立着，时机一到，自会从藏身处一跃而出。姐妹俩互相安慰，这是权宜之计，因为房东答应了，把房子里的一套"公寓"给她们住。其实根本不能算是公寓，但安迪喜欢公寓这个词儿。给他亲爱的索菲特殊待遇，把楼上另一个房间也给她们住。"是一套两居室公寓哦。"他说，意思是房租可低不了。那不过是屋檐下一个储藏室而已，而且还有人住着。多蒂狂砍价，最终商定了一个折中价格。鉴于这"公寓"暂时还没有前门，所以她们先按两个房间的价格付租金。房东一装好前门，租金就要涨上去。

这个折中方案极不合理，因为两个房间离得那么远。但是，这样的措辞，保全了面子。多蒂提醒安迪，房间还有人住着，房东说不会有问题，尤其这房间是要安排给他的索菲的。现在的租客是个年轻人，看上去不到十八岁，神情木然，眼神躲躲闪闪的，索菲看了吃吃地笑，难以置信。活脱脱一个体弱多病、胆小害怕的男孩。房东通知他一个星期内搬出，他痛哭失声，恳求房东多给些时间，又尽述父母年迈，兄弟姐妹不成器，靠他供养。他给史密斯菲尔德边上奥尔德斯盖特街一个知名事务律师工作，将来是有前途的，他觉得。他抽抽噎噎的，打动了房东，在房东这里耍手段，房东不仅能识破，而且还很喜欢。

"我给他放宽到一个月了。看看我多好，咱这伟大胸怀！"房东说，猛捶自己胸膛。多蒂心中一阵愧疚，感到对不起这年轻人。以前在楼梯上碰到他，多蒂与他打招呼，他都是回以隐隐约约看不真的胆怯笑容。房东发出退租通知后，他在楼梯上从多蒂边上过去时，则都离多蒂远远的，垂下眼睛不看她。

布伦达·霍利带着哈得孙回来时，已是傍晚时分。没等布伦达敲门，多蒂早就听到他们上楼来了。哈得孙腼腆地微笑，垂下眼睛，索菲把多蒂丢在一旁，一人独占了弟弟。拉着弟弟在楼梯平台跳起舞来，把他扯着跳上跳下，他木头一样任索菲摆弄。多蒂笑个不住，异常兴奋激动，庆幸妹妹很清楚该做什么，换了是她自己，只会觉得不好意思，犹犹豫豫站那儿不动。

她们兴奋了一晚上，布伦达后来悄没声走了，她们都没注意。哈得孙静静地坐在那里，两个姐姐来款待他。甜甜圈一入口，他惊喜地睁大了眼睛，从前的记忆都回来了。索菲跟他讲，以前他特别馋甜甜圈，做了好多蠢事，他也跟着姐姐们笑。姐姐跟他讲话，逗他开心，他放松了一点儿。他说话很少，还好没有尴尬，也没出现很难看的场面。到了睡觉休息的时间，才出现了问题。他问他在哪里睡，两个姐姐不禁大笑起来，带他去看。他站在布帘跟前，一脸震惊，十四岁的男孩，立在破旧的薄薄一层布帘前，又羞又恼。多蒂这才突然意识到，弟弟还这样小。弟弟脸上是憎恶的神情，双眉紧皱，对她们怒目而视。两手攥成拳头，浑身紧绷，眼见得要跳起来了。一个字没说，猛地一转身，消失在他的帐篷后。

索菲轻轻呜咽起来。多蒂一只手去按索菲的胳膊，安慰她，被索菲一把甩开。帘子后无声无息，三人鸦雀无声站着，气氛无比紧张，哈得孙突然吼出一声："贱人！"索菲难过地大叫，多蒂跑过去一把扯开帘子。只想狠狠给他一记猛拳，再对准他的蠢脸，抽他几个大嘴巴子，哈得孙已经预备好了开打，两腿大大分开，拳头举起。怒从恨而起，说不出的气愤，厌恶至极地咬牙切齿又喊出那个词：

"贱人！"

多蒂不由自主后退一步，过了一会，下意识地认输般叹了一小口气。"你暂时将就一下，等楼上房间腾出来就住过去。"声音中的伤感不寻常，听得出她是伤心了。哈得孙胳膊略略放下了一点。他身上的校服外套有徽记，垫肩在他发火时耸了起来，现在也平下去一些。但他心情仍不够平复，举起的胳膊没有彻底放下来。

"哈得孙，我们会全力以赴的，"索菲说，忍不住煽情地鼻子一抽哽咽了，"姐姐最爱你了，你回家了，姐姐不知多高兴……"

哈得孙不屑地哼一声，放下拳头。气哼哼把帘子猛地拉上，缩回他的帐篷。"我才不想回来，"他悻悻地说，"你们非要我回来。"

"哈得孙！"索菲喊道，要不是多蒂拦着，她就冲到帘子那头去了。多蒂伸出手指搁在唇边，示意索菲不要再说了。对着她俩的床点点头，妹妹使劲摇头反对，多蒂揽着妹妹肩膀，推着她过去。索菲做出哭脸儿，两人相对苦笑。多蒂一边准备上床休息，一边想，会过去的。弟弟还是个小男孩，在寄养父母家被宠坏了，迫不得已回家跟姐姐过苦日子，生活条件差，他只顾着自己有多难过。多蒂原来就怕会这样，但是肯定会好的。哈得孙今天这么生气，也很正常。今天对他很不容易。寄养父母照顾他两年了，而且可能对他又很疼爱，他如果对寄养父母没有真心留恋，那他成什么人了？多蒂心想，不不不，没必要夸大寄养父母的付出。他们也许是做到了照料抚养哈得孙，但是，哈得孙只是他们在收养文档里找到的一个黑人男孩，对他们来说什么都不是，他们怎么可能在心里为他留个位子。

明天早上，她会装着什么都没发生过，过不了多久，就会像大家从没吵过一样。布伦达说过，开头肯定会有抱怨。多蒂要做的，就是沉着冷静，保持克制，把浮现出来的情绪和问题一一化解，做到看上去一如既往的平静，没有波澜。她心里难免仍有愤愤不平，她费了那么大劲，哈得孙竟说出"贱人"那种话。他如果不喜欢这样的生活条件，不该想想姐姐是怎么过这种日子的吗？他以为自己不能和她们相提并论了是吧？他开化了，而她俩习惯了猪一样的生活，没有见识，所以不觉得受不了。好，他最好自己调整适应好，因为他迟早要安定住下来。会过去的，她安慰自己。这晚她翻来翻去没睡好。她们或许不该显得太软弱，太爱护他。是不是该打他的？应该给他个下马威，让他知道厉害。不好，那样没好处，她又想。弟弟明显那么不开心。他最需要的就是爱与呵护，这些只有家人才能给他。很快会好的，就像什么问题都没发生过。

2

次日早晨，多蒂醒来见到哈得孙，他已穿戴整齐坐在床上，帘子拉到了一侧。多蒂一睁开眼睛，他就是一通抱怨和牢骚。破床高低不平，尽是虫，他就没睡着过。看看他胳膊上腿上咬得到处是包。她俩晚上都打呼，害他没法睡。屋子里肮脏，一股油味，还有垃圾和脏衣服的味儿。窗户漏风，灌进来的风飕飕的，他关节都僵了。他不习惯这种穿堂风。怎么能住成这样？他去上厕所，里面太恶心了，他没上就出来了。还没敢去卫生间，已经放弃洗漱了。为什么要逼他离开多佛，回来过这种日子？在多佛，他住福克斯顿路那座舒适的房子，有自己的房间，对着大海。"你逼我回来，你自私，你这个蠢女人。"他对多蒂吐口水，十分难过，眼泪汪汪。

"哈得孙，你先凑合几天。你别太难过。等楼上房间给我们了……"多蒂说，声音放低了，以免再刺激到他，"房东已经通知楼上房客搬走了。只要等几天……"

"我不管。我恨你！我恨你！你就是蠢，你瞎管，你早就嫉妒我。我要回多佛。你为什么要逼我回来住？"他嚷道。恨得满面通红，面目凶狠，愤怒夹杂着沮丧，眼泪顺面颊淌下来。哈得孙被带走前的情形，重又涌上多蒂心头，她害怕得屏住气息。真希望不要再经历从前那种情形，整天闹得天翻地覆，吵闹不休，不是大发脾气，就是大喊大叫，还要被他嗤之以鼻。现在索菲也醒了，喊哈得孙的名字，声音听着快要崩溃了。他垂下眼帘，片刻，抬头迅速扫一眼多蒂，再看看正落泪的索菲。接着，对她俩鄙视地冷冷一笑，态度既放肆又狡黠。过了片刻，他竟抽噎了，他的样子有惭愧，也有茫然不知所措，他是被自己遭遇的这些事情吓坏了。索菲从床上爬起来，扑到他身边。两人拥抱着静静地坐着，索菲像从前那样轻轻地摇着哈得孙。多蒂出门去买新鲜面包，给大家做早饭。

3

布伦达·霍利对多蒂说，不要过于担心。"开头肯定会这样的，亲爱的。我早说过。你只管疼爱他就是。总之你们要安排他住出去，给他自己一个房间。等他缓过来一些了，会好的。不是每个人都像你那么坚强能吃苦。"多蒂听了这话笑了。她觉得自己真傻，多管闲事，揽下这事儿，还要做下去，内心某处远远地看着，涌上的是不耐烦，不喜欢。她一点儿不觉得坚强，一丝一毫都没有。

布伦达常过来。没办法不来。哈得孙新学校对他意见很大。他根本就不学习，老师布置的作业一个都没做。没有一天不在课堂上、操场上跟人打架的。对老师非常不礼貌，影响大家上课，没有人不讨厌他。完全没有自控力，打架下手凶狠，老师认为极其恶劣。对女生都下狠手！布伦达把他带到一边，恳切地好言相劝，一谈就是几个小时。这种时候，她都不让多蒂靠近。虽然哈得孙顽抗到底，败退中也一步不让，他似乎还是能听布伦达的，有时甚至答应会努力改正。

他听布伦达的，但是不听多蒂的。多蒂跟他谈，上学读书对人助益匪浅，举自己作为反例，她就没有机会上学接受教育。她苦口相劝，多去图书馆，说她就喜欢在图书馆，阅读是一大乐事，增长学识。他故意两眼发直，做出漫不经心的样子，对她嗤之以鼻。多蒂每回与他促膝谈心，无不以两人大吵告终。每次争执过后，多蒂都发誓下次绝不发火，不要提图书馆，可是，真到了那时候，一看到哈得孙又鄙视地一噘嘴，她下过的决心一概前功尽弃，对着弟弟就数落开了。他有什么权利对姐姐这么不屑一顾？哈得孙则会嘲讽地笑笑，很快开始反唇相讥。多蒂总是不一会儿就住口了，因为哈得孙狠得下心，吵架得心应手，多蒂做不到。看哈得孙尖酸刻薄，毫不留情，她自觉越缩越小，蜷成一团像个小动物，因为无力抵御攻击，只有蜷缩起来自保。

有些事，多蒂告诫哈得孙不要做，哈得孙偏做，这时多蒂常会扭头不看。有时，想到要回到那个家，想到要回去面对弟弟的怨恨，令她难以忍受。她想法下了班不走，但又不能常常这样。她得回家做饭。索菲在维多利亚车站里的英国国铁餐厅上班，每天下班回到家，脚都站得疼死了。多蒂有时回到家，看到索菲在床上睡着了，哈得孙不知在街上哪里混。索菲会把哈得孙抱着，抱很长时间，安抚着他，直到他安静下来，异样地一动不动，多蒂只装着没看见。她觉得这是索菲特有的能力。索菲很会安抚人，身上那股热情会吸引别人接近。多蒂不会说什么，只作没看见。索菲和弟弟这样都获得安慰，也无大碍。

她们一起给哈得孙过了十五岁生日。是姐弟三人最开心的时光之一：送上生日礼物，生日蛋糕上点缀着十五支精美的小蜡烛。点亮了，小小的烛火稳稳燃烧，沉着强劲，直至天荒地老都不会熄灭。吹蜡烛前，哈得孙犹豫了一下，似乎是想说几句。接着，面露微笑，深吸一口气，结果憋不住笑，还没吹到蜡烛气就泄了。生日蜡烛不能分成两口气吹，不然会走霉运，两个姐姐于是连忙一起使劲吹气，小小烛光由三个人合力吹熄了。

到后来，三个人情绪兴奋，嬉笑打闹，过后又安静地讲起话来，哈得孙讲起了在多佛的生活。犹犹豫豫地，不是很情愿。她们一插嘴问问题，他就翻脸，恶言恶语。于是她们只带着笑容听他讲，他还是不放心，目光一一扫过她们两人，看谁有笑话他批评他的意思。他说，他在多佛上的学校真的非常好。不像他现在这个烂学校。"我爸爸让我上的学校是一所公学，免费。因为他在学校有关系。他有时也在学校教课。学校的男生都还可以。他们叫我桑尼，我也没碰到过什么种族歧视。他们有时叫我'粉白'，因为我其实不白，就像'小约翰'的名字。罗宾汉那个小约翰，他其实块头特大。学校老师也很棒，大家都挺好的。我打进橄榄球五队了。你知道是什么吗？橄榄球队有五支，我打进最低的五队了，队长说我能打到传锋。"

"你现在的学校不也打橄榄球吗？"多蒂问。英式橄榄球是什么，这个运动好不好，多蒂都不知道，但是，看哈得孙那样得意扬扬，使得她提了这个问题，虽然她知道他不喜欢别人插嘴提问。

"你太傻了吧！"哈得孙为她的愚蠢直摇头，"我爸爸年轻的时候橄榄球打得特好。他给我看过他上学时的照片。二战中他在皇家海军，跑了很多地方。他在远东作为海军队打过香港队。他老给我们讲笑话，带我们去各种地方参加活动，我哥哥和我。圣诞节的时候，我们去多佛教堂听圣诞颂歌。所有学校都参加了，教堂里挤满了人。教堂的柱子很大，非常粗的石柱。我站在一根石柱后面，所以看不见所有唱歌的人。感觉从我身后，还有周围，都响起了歌声。我从来没参加过颂歌活动。太美了。光线就像在悬崖下的山洞里，很柔和，朦朦胧胧的。爸爸也带我们去过山洞，路上很危险。你能听见鹅卵石嘎嘎作响，还得小心不能被潮水困住。出洞后我们到悬崖上去骑驴子了。赶上天气晴朗的时候，能看到法国。"

"真好呀！"多蒂说。

"今年夏天他要教我游泳。我去年开始学的，在学校也游了一点儿，但是他说，今年夏天过完以前，我无论如何也要学会。我哥哥四岁就会游泳了。"

"你哥哥叫什么名字啊？"多蒂问。

"弗兰克。"哈得孙说着抽噎起来。两个姐姐都动了动，想去安慰他，他一下子跳起来，对她俩大吼，叫她们不要拿脏手来碰他。

待哈得孙又坐下，过了一会儿，多蒂问："你……爸爸是教什么的？"她是想让哈得孙接着讲下去。讲这些，他并不好受，但是，她觉得，他失去这些，自然是痛苦的，但与其让他私自悲叹，把痛苦当成远超个人珍贵意义的宝物那般，那不如让他讲出来，对他更好。她觉得，他们三人需要坐在一起，好好讲讲这些事，因为涉及到他们三个人的生活。他在多佛过得那么幸福，把他接回家，她可能是错了，但她只是想修复原来的生活，找回完好无缺的生活。不只是为她自己，是为他们三个。"你爸爸教什么呢？"多蒂又问，这次讲"爸爸"这词儿很从容，没有像上次那样磕巴。

"他不教课。"过了一会，哈得孙才回答。他脸一时紧了又松。气得抽缩，嘴咬得紧紧的，努力镇静。"他是校长。"说完跑出了房间。

4

　　布伦达叮嘱多蒂不要放弃。"他会挺过来的。别太自责。要再接再厉啊。亲爱的，很抱歉，我这儿又有不好的消息了。昨天他冲一个老师的车砸石头……把挡风玻璃砸破了，砸到老师的女儿了。他说起这事儿了吗？"

　　多蒂摇摇头，这事儿她信，哈得孙做得出。她内心有一部分想为他抗议辩解，但另一部分却明白，这种事他做得出。布伦达疲倦地微笑，叹息她们面对的情况棘手，悲叹自怜了片刻。"人家报警了，"她说，"警察把他从学校抓走了，据说他说是失手误伤。老师没看见石头是谁扔的，但是有几个学生看到了。他起初否认是他，后来又说是失手误伤。学校打电话给我，问我要不要去接他。哈得孙叫人请我过去。你要一起去吗？"

　　深夜时分，她们两人把他接回了家。在警局，她们提了一系列问题，他一概不作答，板着脸，怒气冲冲，盯着地面。一看见多蒂，他还一副不相信的样子，像是很意外看到多蒂出现在警局。接着就对她俩谁都不看，一个字也不肯跟她说。警官一直在场，但看得出他也知道听不到什么有用的对话。她们问警官，大概会有什么处罚。"上少年法庭吧。"他耸耸肩说道，又给她们续了杯茶。晚上九点，那位老师打电话给警局，问是否可以撤回指控。警官有些疑虑，在老师坚持之下，最终同意了。她们要在警局等到老师过来亲自办理撤诉后，才能回家。

她们到了家，索菲还没回家。她有时跟朋友在外面待到很晚，是她在餐厅认识的几个女的。多蒂知道，她有时是跟男人出去的。她回家后，多蒂能看出来，但多蒂又能说什么呢？有什么可说的呢？多蒂自己又懂什么，能说什么呢？自己这不正无奈地学着对别人的事儿不要多管吗？哈得孙给多蒂上的就是这一课。如果多蒂没去管别人的事儿，没有为着渴望和怀念未能拥有的时光而被左右，哈得孙就不必经历眼下的痛苦折磨。如果多蒂少想着去纠正，没去从他身上琢磨他想做什么……

"来来，你这坏孩子，"到了家，布伦达说道，"我真想拧断你脖子。你什么时候才能不惹事了，改邪归正啊？"

"你给我滚，蠢女人！"哈得孙大声喝道，"少管闲事。我压根不想理你。我就没想过回这儿。"

"你回都回来了，还是安下心来吧，别老丢人现眼自讨没趣了。"布伦达脸气得通红。

哈得孙突然大笑起来，指着布伦达通红的脸，说："你跟个煮熟的螃蟹似的，丑婆娘！"

布伦达·霍利劈头给了他一巴掌，把他打了个趔趄，差点摔倒。多蒂奔过去急忙扶住他手肘，回头看向布伦达，两眼圆睁。哈得孙甩开多蒂，骂骂咧咧冲了出去。"抱歉，我不该打他，"布伦达说，神情疲倦，"我没有权利动手……你怎么受得了啊？为什么由着他吓唬你呢？你怪可怜的，自己付出了那么多！都几个月了，他还这么多牢骚，你忍得该到头了。"布伦达叹息一声，抬头注视多蒂眼睛，斜起眉毛微笑，知道她们面对的事情确是很困难。"他会熬过来的，"她坚定点头说道，"别放弃他不管。代我跟他说声对不起。明天我再来看他。不好意思，亲爱的，我走了啊……"

"你不来，他就没有人说话了，"多蒂说，"他不跟我讲的。"

布伦达一耸肩，疲惫地摇摇头。"今天我是没力气了。明天来看你们。"她说。

哈得孙应该是就在附近守着的，因为布伦达走了没一会儿，他就回来了。"你再让那个白人女人回来，我就走，"他说，"我不想再看见她。知道吗？就是你，让她掺和我们的生活，净添乱。你不知道这些白人怎么回事儿。就是她的错。一开始就把事儿都搅和乱了。"都是她的错，她的错，这一类的话，哈得孙不住口地讲。多蒂一声不响听着，反倒逼得哈得孙越讲越过分，越发出格和激进。"那女人胆敢再来，我一定痛扁她一顿。把她车胎划了。白人恨咱们。不择手段镇压咱们，咱们必须要反击自卫。她还打我，我该抄家伙捶她的，但她会把我弄回警局……还会……胡编一些别的。比如说我要强奸她之类的。哼，她要是再回来，我就真干。我在学校的一个哥们儿，他哥哥就干了。因为有个市政局的女的老来管他哥哥，他哥哥叫了几个朋友，把那女的强奸了。"

"你尿的裤子还没洗干净呢，就说做那种事儿了！"多蒂平静地说，只是表达她自己无法置信，没指望哈得孙会听她的。

"你去跟她说，别再来我们家。我警告你们，完事儿。"他喊道，装着没听见多蒂说的。

多蒂真希望住上房东答应给她们住的神话中的两居室公寓，那样她就可以躲开哈得孙了。房东的承诺没有兑现，因为索菲和房东闹翻了，屋檐下那个小房间也还有人住着。那个面色蜡黄的年轻房客真是人不可貌相，很有手段，使尽了千方百计，还能再别出心裁编出种种借口，不嫌难为情地提起各种恳求。房东也无意再去不断地赶他走，也有可能是因为索菲得罪了房东，房东借此报复。房东现在来收房租时，不再像以前在门口唱起他歪七扭八的情歌，或甚而迈进房间一两步，现在他只眼望走道，等多蒂点清现金，递到他手里。

听着哈得孙大讲种种残忍，多蒂只盼能独自一人待着，好想想最近发生的事。不过她并不想让哈得孙闭嘴。怕那样他只会更刹不住，做出恶事。哈得孙说到后来，多蒂感到他平静下来了，力气快用光了。声音哼哼唧唧的，要人可怜他。多蒂仍不作声，不为所动，想让他上床去休息。"索菲呢？"他问，"她又跟男人出去玩了是吧？不明白怎么会有人喜欢她那种胖子。你知道她说圣诞节要送我什么吗？她说她要给我买足球鞋。你买什么给我？"

多蒂本不想回答，但哈得孙等她开口。他两眼毫无表情，仿佛并没说什么，也没在等她回答。她感到了他的烦躁，自己也焦躁起来。她很清楚，哈得孙会做出意料不到的事，而且意识到她已不再能了解他。她心里很害怕，发现他竟有如此大的优势和影响力。"我还没想好。"她说。哈得孙回家后，这是第一次，多蒂怀疑他有哪里不对劲，脑子有问题。这念头刚冒出来，她赶紧就驱散了，不愿细想。"我有几个主意了，但是先不告诉你。"她微笑说道。

哈得孙没再讲话，去收拾睡觉了。多蒂听着他收拾，看到布帘不时鼓起一块，他在帘子那头的一方三角空间里倒腾。她从卫生间回来时，屋子里已一片寂静。她脱下衣服，强烈感觉到有人在看她脱衣服。她怀疑哈得孙经常偷看她俩脱衣服，但也没有什么办法。他就住在房间一角，所以没有空间可以回避他。帘子实在太薄，老是破洞，不外乎不小心弄破的以及正常磨损。有些小破洞她给缝上了，缝了这处，别处又破了。如果她不停地去缝补，会显得她对这种事情过于古板。甚至可能会把自己弄得很焦虑。她有过一两次在换衣服前先把灯关了，索菲笑她，叫她别整得自己像个老姑娘。她现在若是关了灯换衣服，过几分钟，又把灯打开等索菲回家，那做得就太明显了。如果因此把哈得孙激得从帘子那头跳出来，再出口伤人，她实在不敢想。

5

多蒂对布伦达讲了哈得孙的狂言乱语，布伦达听了哈哈大笑，然而，自此以后，布伦达再没听哈得孙跟自己讲过一个字。不管她如何逗他哄他，他不是一概不理，就是直接离开房间。圣诞节她给哈得孙买了一本很大的参考书，他不要，布伦达最后只得把书留在五斗橱上后走了。此后数月，她来得不怎么勤了，来时也是公事公办。若是碰到多蒂一个人在家，她又变回了老样子，好为人师，讲大道理，对她年轻的朋友爱护备至，毫无保留。她叫多蒂平时给她办公室打电话，聊聊天，但多蒂很不喜欢打电话，她的办公室多蒂只去过一次，那次还由于没提前预约，被前台拒之门外。

多蒂真想有个朋友。索菲大部分时间都在外头，跟她在一起的那群女人，常常饮酒作乐，歌舞度日。多蒂深感，人生于世，种种艰辛，自出生那日起就一一品尝。终于成年，可以为自己选择生活。却只如高级的猴类，痛饮狂舞，虚度光阴。她本想着索菲也工作了，她们两人收入加在一起，能找个好点的地方住，但是没能实现。她不但很少见到索菲的钱，就连索菲这个人，多蒂也见不大到，多蒂也不想跟她吵。当索菲鲜亮裙子上身，花枝招展，脂粉浓艳，出门玩乐时，多蒂在一旁管着自己，竭力做到一言不发。这变化是慢慢发生的，她每次多嘴，索菲只会更生硬、更固执，摆好架势迎接姐姐批评。多蒂自悔没早出言管她，但当初多蒂正管着自己不要多干涉弟妹。如今已迟了，再说什么也是无补于事。

加之无人可以倾诉，事事更感艰难。哈得孙逼得她快要发疯，没有人听她发发牢骚诉诉苦，给她点宽慰，出出主意。哈得孙已是任性妄为无人能管。想来就来，想走就走，特别是新年后，房东松口，把楼上小房间给了他住。房间只摆得下一张床、一两件家具、一个五斗柜，以及多蒂给他做作业的一张快散架的桌子。他应该下楼到姐姐房间吃饭，坐坐，说说话的，但他行踪不定，很难摸清。兴致来了才去上上学，有时一连多日不回家。学校也懒得再找家长。他已过了别人能逼他上学的年纪，再说，他不来上学，学校只有高兴。有一次，他失踪了两个星期，多蒂怕了，他别出事儿了。若不是怕给他招来更多麻烦，她就去警局报警了。

多蒂与哈得孙谈心，劝弟弟，比起在街上荡来荡去，还有许多可做的有趣的事。至于哈得孙不在家时，多蒂只怕他在外犯的某些事，可不敢跟他提起。两个星期没回家，他都去哪儿了？她描绘给他听，人生前程远大，不可限量，何不专心做事，有所成就？她听出自己的言不由衷，鼓吹追求什么功成名就，如愿以偿。"有志者事竟成，你想成为什么人，一定能成。"她还是那套骗人的老话抓着不放。每当她这样说教之时，哈得孙都神情痛苦，扭头不看她。多蒂绝望之余，有次竟然让他给原来的寄养父母和哥哥弗兰克写封信。一听到哥哥的名字，哈得孙脸色骤变，勃然大怒，但只有一会儿。多蒂看到这段记忆对哈得孙还有如此影响，还能惹得他发作，于是接着讲了下去。跟他们问候一下，感谢他们待你那么好，她说。哈得孙听了嘲讽地大笑，夸张欢笑，笑得浑身乱颤。那是流氓般的笑声，故意地声调讥讽，粗鲁无礼。对于多蒂那样过于殷切的乐观向上，他报以此笑，正是对她质疑和嘲弄。"真没出息，"他说，"去看那些恶心的白人干什么？"

哈得孙差不多总混在外面，也不再问多蒂要钱了。她问他不在家时都在哪里，他只说在朋友那儿。他的朋友多数是年轻黑人，看着比他大，在街上大摇大摆地晃荡，一举一动都为教人知道：本人凶悍，你们招惹不起。他们有时来接哈得孙，多蒂心里害怕得很。街上遇见了，他们会与她寒暄几句，很友善，也客气，直呼她的名字，问候索菲。闲聊几句后，他们继续向前走，多蒂看着他们找碴，盯上了集市某个摊贩，或者不知谁又让他们看着不顺眼，有某处倒霉的。

多蒂心想，这真是白白埋没了才能。我们这些人，哈得孙、索菲，还有这些年轻人，从自己的遭遇中，认定了我们是如乞丐般来到世上，我们嘶吼嚎叫，耍着态度，那些要我们的，必会失望放弃。待事情果真发生了，我们就说，果然如我所料吧。是你们把我变成这样。看看我。这是你们的成果，你们够蠢，居然会要我，那就等着自食其果吧。多蒂觉得，他们首先折磨的是他们自己，其次是他们的亲人，他们叫嚣着招摇过市时，敌人正埋伏在山坡上，只待把他们放倒。他们个个长得身强体壮，笑容机敏灿烂，眼神透着顽皮。这般天资，都用来端架子拿腔调，实属荒唐之极。

哈得孙越长越高，比前一年又结实许多。多蒂觉得，他一切都变了。皮肤也更黑，更有光泽。比以前拘谨了，做事很沉稳。不管做什么，绝不匆匆忙忙。每次看多蒂，都是先顿一会儿，然后很做作地一下子转过头来。也不太发脾气骂人了，再没突然跑出房间过。大约是成熟了吧，但多蒂猜是他为混江湖营造的新形象。她看到他整了把弹簧刀，擦拭干净了观赏把玩，也看到过他用这把刀演习刺杀。她宽慰自己他不过是在角色扮演，但心头的厌恶仍是压不住。她与索菲讲过弟弟的变化，索菲心虚地垂下眼帘，惭愧自己毫无兴趣，索菲自己生活曲折、问题不断，已够她忙的，无暇顾及别人。

多蒂管不住自己，总要讲他。她告诫自己不要唠叨，不要说他混街头黑帮，说他自私，但是她做不到。总会遇到哪天他在的时候，多蒂讲了什么，两人为了同样的事，又起争执，吵了起来，一次又一次。有一次，多蒂唠唠叨叨的，哈得孙管那叫唠叨，他发火了，抬手揪住她毛衣，对她吼道，别来烦他。她感受到了他的蛮力压制，挣扎着拳打脚踢，被他不屑地轻松一把甩开。她趔趄着一溜歪斜，撞到了另一头的墙和窗边的石头水池才停住，瘦小的身体浑身发抖，可见这一甩力量多大。"妈妈看见我们这样会怎么说？莎伦会说什么？"她质问哈得孙。

他想了半天才回答。"她也不比我们强，"他说，"是她害我们今天这样，这个臭婆娘。"

多蒂寻思，现在只有她一个人在哈得孙这里了。她有点儿怕他，而且猜他也已有所意识。他有时怪怪地瞅着多蒂，远远地揣摩。一被多蒂发现，马上移开视线，在屋里忙东忙西，搬搬这个，擦擦那个。她不愿承认，但是心里知道他从家里拿了东西走。他若有所思盯着她，眼睛似睁非睁，这一切不是只为了摆样子。当她感到他目光落在了自己身上，心里不由忐忑地跳，怕他动手。对！她终于说出来了！她怕自己弟弟动手伤她。弟弟的人生被她毁了，总有一天会还回来，她知道。弟弟不在家时，她反倒心里松快些。孤单点儿她不怕。比弟妹在家时好，他俩都等着她来伺候，还都火气不小，怪她怨她。她不能再婆婆妈妈地老操心别人了，该好好安排一下自己的生活了。

索菲把自己的东西零散搬走了，偶尔才回来住一晚。她跟多蒂说，她搬去斯特普尼了，与在维多利亚车站餐厅一起打工的其他三个女孩合住一套公寓。多蒂耸了耸肩，意思这是索菲个人私事。她对索菲搬出去持怀疑态度，但是索菲既没请她同意，也没问她的看法，所以没必要发表意见。索菲又胖了，现在喜欢穿紧身低胸裙子。化妆有技巧了，但还是太浓。化得像个站街女。或许这种事真的会遗传，多蒂心想，看着妹妹走了，还挥手告别，像要出门远行。莎伦想必也曾同样地乐在其中，至少一度曾是。多蒂可以确定，斯特普尼那个公寓是她小时候记得的那种，人声嘈杂，满屋子喝酒的男人。这记忆并不愉快，她也无意重温那个领域。

屋里寂然无声，起初有点可怕，多蒂过下来了，心里倒也自在。从前，她第一次自己住的时候，屋里静极了，水管中无助的汩汩声她都听得见，夜深了，一片死寂，她能感到暗处影影绰绰莫名所以的响动。这次，她心里比从前稳，心焦时，想想她已有许多收获，心神也就平静下来。房间又归她一人了，她会再添置些东西，把房间装点得更明快。房东嘟囔过，说换一个水池，她还可以把门刷成明亮的颜色。她想，索菲这个样子，还有莎伦当年那样，或许都是与生俱来的。多蒂设想自己若是那个样子，跟男人在一起，只感到不胜恐惧。有时，她会想，她有个男人就好了，就可以把那事办了，也有人陪她讲话了，直到夜阑。

意念映象

1

多蒂在食品包装厂是老工人了。厂子工人多数是临时工，只需提前一周通知即可解除劳动关系，报酬也与正式工不一样。他们属于伦敦市那批经常迁移、极不稳定的非技术工人，来自四面八方，各个角落，在厂子来来去去，不多问，也没有解释。其中，有与希特勒军队对战过的乌克兰人和罗马尼亚人，有自斯大林党羽手下逃出的捷克人和匈牙利人，有伊朗人、西印度群岛人、阿拉伯人，原本来英国学习或工作的，到后不久却成了漂泊无定的人，还有加纳人和智利人，统治他们本国的摩洛神吞噬了无数献祭儿童，于是逃到英国寻求庇护。天下大势，动荡纷乱，行业涌动。这工厂犹如帝国的都市核心，与所有帝国一样，吸引诸多幻想家与逃亡者纷纷前来。

其中有人怀抱大志，其实行不通，又信不过自己，只会一门心思逐梦。其他的则因创巨痛深，来此疗养。无一不是被境遇裹挟着冲到这条古老河流的岸边，最好的亦不例外，过去的阴影挥之不去，命如草芥。世局变迁，身置变革转型，仍未敢信其宏大深远，也不敢相信，曾控制他们世界的短命帝国，眼看气数已尽。日后，对于种种怪状，如举凡人类大事，都无法过问参与，他们学会了一笑置之，而世间那些大逆不道，贪污腐化，始终有歪理邪说给他们洗脑哄骗，他们也不再相信。又一个十年开始，面对天下大势奔涌，只痛感自己微贱，过去遭受苦难，做出牺牲，所为之追求的目标，现在也实现无望。满腹愤恨不平，恨自己碌碌无能，一事无成，只会沉沦世间。

也有一些人，处处显示热爱生活，自由自在，决不会像身边的人那样，被卑微琐屑的志向所羁绊。别人在他们眼里，都是愚蠢可笑，食堂的餐食被他们贬得不成样。一得空闲就泡女人，多泡一个是一个。姿态风格还极有诱惑力，引得那些自己也是痛苦飘零之身的女人纷纷身投情网。他们逍遥不羁的灵魂，可跌落黑暗深渊后再振翅高飞，虽说暂时境况清寒，仍向外人表明，钱的事情在他们这里，算不得什么。父母都是富贵之家，海外祖上尽享辉煌灿烂，随时可以照顾他们，只需他们发出一两封电报求助即可。这些英雄人物，之所以没有走轻松的路，坐上下一个航班飞回圣地亚哥或是德黑兰之类，只是因为他们想留在这里证明自己。

有几个临时工是学生，胆小又阴郁，仍硬撑着殉道义士的姿态。他们把厚厚的书搁在机器设备上，假装读书，遇到有正式工跟他们说话时，脸上看得出很是高兴，还有一点激动。

多蒂是正式工。她在工厂期间，工厂的活儿非常多，没有人下岗。正式工认为自己是真正管理运作工厂的，虽然很多人不过是生产线工人，与临时工做的活没什么两样。装配工和电工才是真正有分量的人。找他们来做活时，他们慢条斯理，打扮得齐齐整整地来了，还要声明自己事务烦冗，放下了多少平日更重要的事，赶来处理某个故障传送带或老旧的食品搅拌机。工头会观察一会，评估一下机器损坏程度，再决定如何重新调度生产线工人，大部分是女工或临时工。只有搅拌工例外，他在设备一出现问题时就已洗干净手，闲步到咖啡室去了。生产线工人基本是非技术工，可以随意调度，不会影响这台社会机器的平稳运作。

由于机器经常出故障，装配工和工程师也不称职，所以大家做活都不辛苦。随着存货逐渐减少，交货截止日临近，需要大批工人加班赶工。谁能成为幸运儿，由工头决定，工头会先找他们偏爱的工人和朋友，然后才会找其他一些正式工，都是他们认为该当有此机会多挣些钱的。多蒂在工厂已做了两年，是熟练工，在法律允许的加班时限内，她加多少班都可以。

她的工头是麦克·巴特勒，爱说话，人随和。不讲话时，煞有介事踱着方步，各处巡视，处理要务。他年近五十，中等个头，一头浓密银发，自己颇为得意。虽然一副小丑的样子，像个多嘴多舌的乡下小职员，说不完的趣闻轶事，但他格外壮实，没几个人敢笑话他。

近年来的重大事件，他似乎全在场，二十世纪从头至尾所有重大历史事件都没错过。他记得张伯伦对德国宣战的那一刻，讲出来与张伯伦的几乎一字不差。他见证了首批美军着陆东安格利亚，当时他是英国皇家空军地勤人员。也见证了"战争贩子"温斯顿·丘吉尔一九四五年败选后搬出唐宁街。他号称曾经去过韩国、中国、日本、苏伊士，以他途中所闻所见，已预见到何种结局会降落到这些边远国家地区头上。如此日理万机之下，他仍能在青年时代投入大量时间为福特汽车公司工作，不遗余力协助公司开发了福特大众车。工厂里男的都烦他，一见他出现就不满地叹出声来。女人更喜欢他，拿他的自负做文章戏要他，请他指教羊肩如何烤制最佳、金银花又该怎样扦插繁殖，等等。什么都难不倒麦克·巴特勒，人家问他的问题有几分是当真的，他也不太在意。女人与他说笑能无所顾忌，是因为知道他不会动手动脚，其他男人多数可做不到。

麦克·巴特勒如此不懈努力，成绩斐然，女人凡是会为他倾倒叹服的，他岂能不予理睬，但起初他是不理睬多蒂的。一九五九年冬，诺丁山发生种族暴力事件，伦敦暴徒在街头攻击黑人，在此之后，他才开始跟多蒂讲话。报纸媒体对伦敦诺丁山地区持续数月的骚乱表示愤慨。报道英国民众群情激愤，呼吁严惩恶行，伸张正义，谨慎寡言的政府官员也快忍耐不住。报道认为，正是英国宽容民主的生活方式，使英国再次陷入当前困境。英国人民太慷慨大度，接纳外国人进入英国生活。报道对骚乱起因的分析明确直白，直指黑人。黑人见着女人个个色迷心窍，又被狂暴冲动支配了行动。西伦敦、诺丁汉、利物浦居民面对如此挑衅，气愤不已，不堪忍受侮辱，采取行动予以制止。这就是骚乱的问题核心！雪上加霜，黑人还非要搬到英国人住的街区，抢了英国人的工作，走在英国人走的街道上，在英国人去的饭店餐厅吃饭。对白人暴徒的野蛮行径虽然既未赞扬也未纵容，但他们毫无疑问是忍无可忍方才奋起反抗。种族问题究竟有没有希望解决？如今谁还敢设想有色人群融入我们的社会？那些难以想象的，是否该想一想了？那些恶棍流氓，该把他们驱逐出境了吧，虽然这种举措有悖英国的自由主义传统？

骚乱过后，工厂里有人对多蒂说三道四。有人说起了丛林黑兔，黑鬼乱杀人，十个人住一个房间，像兔子一样繁殖。在更衣室，她习惯了被人说她体臭。上洗手间，她还坐在马桶上，就被人从隔间板子上探手过来冲了水。有人说黑鬼糟蹋了英国，用祖祖鼓与粗俗舞污染了英国文化。另一个工头，威廉·汉普希尔，曾说过应把公交车司机都遣返回国，他每次见到多蒂必掉过脸去，然而收紧的鼻孔透出沉重呼吸声，显露出他抑制下的情绪。下午过半，他的情绪压不住了，别有意味地注视多蒂，轻蔑地撇着嘴，两眼冒火，怒气冲冲，寡淡的、犹如面糊似的脸涨得通红。

对工厂这些愤愤不平的人，麦克·巴特勒讲，目前的问题让他想起了一九一九年斯特普尼发生的骚乱。他自然也见证了此事件，当年他还年轻，十二三岁。只要谁听得进去，他就对着谁讲，那时大街上黑人男人，还有女人，被人追赶。各大报纸也是连篇累牍地报道，暴乱程度极端得多。卡迪夫、塔尔伯特港、利物浦、南希尔兹都发生凶杀事件。住家遭到洗劫，黑人和华人藏身窝点到处都是，被找出来后付之一炬。数百人被遣返回蛮荒原住地。

斯特普尼也有人被杀，麦克·巴特勒说，他亲眼看到一个围着肉店围裙的黑人男孩在牙买加街与斯特普尼道街角被人砸石头。石块暴雨般向男孩砸过来，男孩还紧紧护着他的送货自行车，也许是怕丢了工作，也许是觉得还没送完货，不能自顾逃命。"那是在一战与二战之间，"麦克·巴特勒说，"朋友们，那时的英格兰，真乃人间天堂。夏天干爽温润，冬天也不冷。大家各尽其责，没有现在社会这样的残酷竞争与贪婪。麦克米伦对民众说，现在的好生活你们从未有过，但现在与从前不一样了。那时，一条街上，有肉店，有面包店，一直有警察安静地巡视。想象不出英格兰会发生任何可怕的事情。绝没有我们现在这种骚乱、强奸、罢工。所以那个男孩不肯松开自行车！他想等人家砸完以后，把他的货送完。

麦克·巴特勒正讲着，年纪大些的工人，特别是男的，听了做个鬼脸就走开了。年轻一些的姑且听着，不敢相信的样子，权当传奇故事听。

"男孩后来怎么样了呢？"多蒂问，众人围住麦克·巴特勒，你一言我一语地发表议论，纷纷提问。他举手表示投降，说他一个一个回答。这是他一展口才的大好时机，他自然会好好把握。待他进入状态，添油加醋，东拉西扯，说着说着离了题，听众慢慢就散了。他以狂妄自大之人特有的目光，环顾四周，焦躁急切地搜寻那个不会话听半截就走的听众。多蒂连忙逃了，再不走自己弱点就要暴露无遗了。

后来，她去吃午饭的路上，麦克赶上她，跟她并排走了一会儿。"这阵子的不顺，不用去管，亲爱的。你想知道那孩子后来怎么样了是吗？我听到你问的，"他说，得意地微笑，"他呢，把自行车一扔，撒腿就跑。你没看见啊，他两条小黑腿儿，跟机器活塞似的使劲倒腾。拼了命地跑了，希望他好运吧。"

"是吧？"多蒂咧嘴笑问，"他伤得厉害吗？"

"那我就不知道了，"麦克·巴特勒说，"他没撑多久，我没来得及问，一发现冲他扔石头的人不是开玩笑，他马上扔了自行车一溜烟跑了。风驰电掣快如一道黑色闪电。"

"太好了！"她说道，恨不得鼓掌欢呼。

"就那么，嗖的一下！"麦克·巴特勒巴掌一拍，演示那样霎时间就不见了，"如地狱飞出的蝙蝠。影迹全无。"麦克·巴特勒以绝对权威不可动摇的口吻说道。

"你在斯特普尼做什么呢？就没有你没去过的地方呀。"多蒂忍不住顽皮地逗他。

麦克·巴特勒也咧嘴笑了。"我爸爸以前住在斯特普尼，后来才搬到诺威奇。我爷爷是鞋匠，就在麦尔安德路边上，每年夏天我们都到爸爸那边家里住几个星期。爸爸家的人都在，他的兄弟姐妹、妈妈爸爸。他叔叔姑姑不在，因为我爷爷是自己从俄罗斯移民到英国的。只带了我奶奶和三个孩子。奶奶家的人散布西伯利亚各地，爷爷家的人还住在明斯克以南一个小镇。家人都留在那边了。没一个人逃出来的，一个都没有。直到现在我在这儿讲话的时候也没有，不过他们就是想逃也逃不出来。大革命把他们卷进去了，没办法。

"我爷爷总说起那个年代，那些遭遇，跟我们说大家必须抱团不能分开。我爸爸不听那套，搬走了。全家只有我爸搬出了斯特普尼，他把姓改成巴特勒，在装订厂工作。我和哥哥姐姐都作为英国基督徒受洗。二战爆发后，爷爷全家死于大轰炸，不过爷爷那时也许已经不在了。所以啊，我跟你说，亲爱的。不要紧，不用管。该怎样怎样，自己过过好。

那些人当自己是电影《人猿泰山》里的人物呢，诸如此类。"

"我知道你一定非常非常想知道，"麦克·巴特勒接着说道，有人听他讲故事听得入了迷，他自然不会轻易放过，"我奶奶一家怎么会散布在西伯利亚各地的。我跟你说，是这样的啊。他们是犹太人，知道吗？在俄罗斯，犹太人的生活是颠沛流离，莫须有的罪名随时栽在头上，什么喝蝙蝠血啊，推翻沙皇啊。被驱逐被流放，等等，大屠杀，不胜枚举。另外，奶奶家被控不爱国，发配边疆。爷爷认识奶奶的时候，奶奶家只有她一个没受政府处置，所以爷爷娶了奶奶。这种运气不是随随便便就能有的，爷爷一直有点迷信。"

"哦，这些我真不知道。"多蒂说，想着麦克·巴特勒说的那些流放各地的人。他俩正站在食堂外边，路过的人都向他们瞟一眼。"为什么大家都那么恨犹太人？大屠杀，驱逐……对他们的蔑称那么难听。"

"我不知道，亲爱的，你提出这些问题，我很欣慰，"麦克·巴特勒摸着自己浓密银发，对她微笑说道，"或许是嫉妒犹太人吧。骂他们难听的不算什么，令人震惊的是铁链，是鞭子，是焚尸炉。不只是犹太人，你知道。看看我们对其他人种，对你们的所作所为。我们就是这样，整个人类，堕落腐化，人性沦丧，我这么说你不介意吧？人类历史，无非是些抢劫掠夺。人类本性如此，无论是在中国、罗马、美国还是廷巴克图，放到海底也是一样。不要信什么辉煌胜利、伟大人类。人啊不管走到哪儿，也不管那儿食物多丰富，多兴盛繁荣，第一件事就是把那儿洗劫一空，见什么杀什么。只有在容易下手的都扫光了之后，或者是把人都杀绝了，把人都变成乞丐酒鬼了，才会停下来想想自己犯下了何等行径。这时才把剩下来的放进贫民区、居留地、班图斯坦、野生动物保护区，等等。何其卑劣啊，彻头彻尾的。"

2

从那以后，有加班机会时，就有人来找多蒂了。能接的她都会接下来。家里情况越是不好，她留在单位的时间就越长。索菲搬出去后，她几乎每天都留下来加班，特别是夏天到了，日光长，很晚才天黑。下班回家的路上，她精神振奋情绪激昂，一往直前，誓要改变人生。深夜回家她心里是很害怕的，不难把自己弄成这样激扬奋进的劲头。报纸上全是黑人落单当街被人围攻的报道，有时是光天化日之下，虽然她身边还没有人遭难，但心里极怕被街头阿飞和恶少欺负和暴打，只有自己给自己打气壮胆。周末的下午，她看见过这些人大摇大摆地在高街上晃荡，闹哄哄地，推撞路人，把人推下人行道。她一见到这些人就赶紧换条路走，虽然觉得自己这样挺窝囊的。到了傍晚时分，这帮阿飞在破破烂烂的巴勒姆玩腻了，转场去克拉珀姆或切尔西更有劲的地界。随后，原本被他们赶走的黑人小年轻，则从附近小巷回到高街，在各个商店东游西荡，懒洋洋斜靠街角。

下午路上人很多，教人心里踏实。四周这么多人，不太会有坏事发生。每到夜间，多蒂总感觉危险重重。从高街上的公交车站走到塞戈维亚街，急匆匆穿过纵横交错的小街，低头垂眼，只想着到家后做什么。回到家，房间里经常没有人，但一般能看出哈得孙回来过：脏碗碟，一大块拽下来的面包，一听打开的焗豆罐头，他没加热直接吃的。他从来没帮上什么忙。不是压根不沾边儿，就是留下让人厌恶的乱摊子，教人知道他来过了。多蒂清理干净后，在满是油垢的小型电炉灶上给自己做了点吃的，不管怎样，吃起来味道挺好。

她觉得，这房间对她已成了监牢。她能感觉到，回家时身上还有的希望与能量，都被这房间榨光了，只留给她疑虑与自卑。能做的她都动手去做了：打扫屋子，读本书。在报纸上搜集食谱，比如听上去颇具异国风情但并不实用的法式餐前开胃小食，令人无限神往的甜食，决心将来要照着做。用加班费给自己买了台 PYE 牌小收音机，茶褐色塑料外壳，奶白喇叭栅条。收音机里那些自命不凡的声音，她听了心烦，但播放的音乐可以助她消磨时光。

多蒂发现自己挣的钱每周能攒下来一点了。她把钱藏在去年生日布伦达送她的首饰盒里。盒子有把小挂锁，她想着钱总是要小心搁着才好。看到首饰盒，她想起了布伦达。想起老朋友，多蒂不禁微笑起来，又因没有多想办法去见她，很是负疚痛心。她可以想象到，布伦达·霍利一定会怪她，教训她不该被一件接一件的事弄得狼狈不堪，其实，她是太累了，实在力不从心。

她尽量避着哈得孙，他也没有来找她的意思。她对付不了哈得孙，她认输。哈得孙想做什么，她无论怎样都拦不住。房东也曾想过问一下哈得孙的事，被顶回来了。房东闻到他在房间里抽印度大麻脂，猛敲他房门。"喂！开门！我的房子里不许抽大麻。"房东喊道。哈得孙开了门，安迪威吓说，下次再逮到他抽，就赶他走。哈得孙一只手拔出匕首，另一只手一把揪住房东裤子前裆，隔着布把生殖器掐住越拧越紧。房东吓得惊慌大叫，哈得孙刚一放手，他便紧紧护着自己遭难的生殖器，慌忙跑下楼去找多蒂，几乎哭了出来。

有时，多蒂听到楼上哈得孙房里有朋友在，交谈声中夹着笑声。他对多蒂态度也好很多，主要是因为多蒂不管他了。多蒂心里清楚，因为不管他了，他才不再事事与她作对，多蒂自觉有愧，觉得没能恪守妈妈的遗命，尽爱护弟弟之责。想到莎伦若是知道了会怎么说，莎伦自己若不是那样潦倒失意，又会怎么样说，多蒂心中有愧。她一度情愿为弟弟妹妹舍命，可是人家并没有要她的，现在弟妹什么都不要她做了。

3

隔了几个星期，多蒂想该恢复去图书馆了。她会像从前那次一样，重建自己的生活。这想法给了她力量和新的活力。恐怕又被自己习惯性的犹豫不决给消解了，她要赶在这之前着手做起来。她想读一读关于斯特普尼骚乱和俄罗斯犹太人的书，想重拾曾想去了解学习的很多其他内容。每次去图书馆，她都瞥一眼默里医生过去坐的椅子，不是因为期待看到意外的情况，而是因为一进阅览室就想起了他。有次，告诉她默里医生下落的那个女图书管理员接住了她的目光，对她微笑示意。

多蒂回图书馆那日，看到默里医生椅子上坐了个黑人男人，在读一本杂志。他随意地翻着杂志，时不时抬眼看看，像在等什么人。他发现了多蒂在百科全书书架间翻阅，以猜度的眼神瞟了多蒂几眼。多蒂没有回应，他就没再多注意她。他高高瘦瘦，留着薄薄一层小胡子。外套领带都不合身，像是没穿习惯。多蒂觉得，他看着像乡下出来的。包括他穿的黄衬衫。她猜这人是不是刚来到英格兰，跨越千山万里，奔赴几个月前约定的一个会面。离他再近一些，她觉得能闻到他身上热土的气息。

他等的人终于出现了。也是个黑人男性，但自在老练得多。身上一件格子外套，开领衬衫。棕色毡帽潇洒地向前倾斜，迈步时膝盖随意不拘地摆动，信步走进了图书馆。等他的那人起身迎接，高兴得作势大叫，笑容满面。才进图书馆的这人竖起一根手指致意，似要去碰一下帽子，又未真碰到。多蒂眼里的他那个乡下表兄，不出声地拍手鼓掌，笑得身子发抖，以示欣赏朋友的都市风范气度高雅。两人箭步上前握住对方的手，咧嘴笑着，比划手势寒暄，又挥手示意对方停住，很注意在公共场合的分寸和礼仪。她微笑着看他们两人离开，也有点儿为他们重逢的喜悦所感染。

多蒂把百科全书查了一通，没有什么进展。不知道怎么能查到一九一九年斯特普尼骚乱。查"骚乱"词条，里面没提到斯特普尼；查"斯特普尼"词条，讲的是伦敦塔和衬裙巷，还有大段大段写罗马遗迹。她又读了随手翻到的几个词条：普罗米修斯、鲁尔区、泰戈尔，就是找不到有关一九一九年骚乱的内容。萨斯喀彻温、斯穆特斯、石器时代。不久，她知道再读下去脑子也吸收不了了。于是去小说区，借了本《所罗门王的宝藏》，因为麦克·巴特勒提到过这本书，叫她找来看看。

4

夏天来了，工厂的活儿成倍增加。假期多雇了许多学生。这是一年中最忙的季节，多蒂拼死拼活地干，每晚回家都已筋疲力尽。这么拼命地干活，是因为漫漫长夜，她异常孤独。哈得孙又不见了，她也不在意了，只要他在外面不惹上大祸就好。每个周末她都去图书馆借回一大摞书，读得如痴如狂。传奇故事和侦探悬疑故事，她读起来越来越不费力，再难一些的，读着还是很吃力。她又捡起《大卫·科波菲尔》来读，却读不进去了。没法专心读，也不愿费力去啃。

夜深了，多蒂一人躺着，听房子里各种声响。楼上的波兰疯女人在自言自语。女人养的几只猫咪穿行在幽暗的房子，猫眼凶光闪烁。同层的女人有时在深夜搬动家具。这女人从来不讲话，下班回屋后就很少出来。

长夜如年，心绪黯然，多蒂有时站在窗前，俯瞰花园。这时候正是八月中旬，园中灌木丛生，杂草繁茂。刺藤蜿蜒盘曲，爬满每个角落。荨麻繁生，发出刺鼻的气味，混着欧芹的汁液香气，一阵阵飘来，欧芹没有受刺藤影响，仍长得高大畅茂。庭院芜杂滋蔓中，浮出星星点点的小花。素淡纤弱，原种曾是馥郁鲜丽的，后变了疏花弱叶：一枝纤微玫瑰，浮华尽洗，恭谨地绽放，数朵雏菊瘦伶伶，也知向四周延蔓，寻找空地与光亮。

房后的参天榆树已没有新叶长出。害了甲虫，已经枯萎，要被砍了，光秃秃的枝干上仍挂着衰黄的叶子，残败又奇形怪状，临风摇曳，窸窣作响。多蒂心想，自己就是这样，已干枯了，惶恐万状，犹如已死的事物，惟有接受彻底灭绝。

离开那房间，心情就轻松不少，哪怕是去上班，忍受机械劳作与无聊的谈话。工厂一个新来的看上了她。暑期工或迟或早总会在厂里找个伴儿，一般是和自己一样的暑期工，学生，或是带着异域故事的招摇青年。其中有几个随意请多蒂出去喝一杯，她也随口婉拒了。在她看来，这些人是过客。不像她，他们不会留在这个工厂，只是路过做份工，还要去别的地方。这些男人，只是用她来消磨几个小时，把她折磨摆布，身心痛苦由他们操纵左右，让他们获得激烈刺激。这事她想得还不是很透彻，拒绝之后，有时会意外地感到内疚羞愧，仿佛拒绝接受人家好意。但一设想与男人在一起，就不由惧怕受他们暴力侵害。

有时，她会梦见一个小女孩。小女孩在一大片绿地上走着，玩耍着，溜溜达达，小孩子满怀憧憬沉浸在自己世界中的样子。有时，小女孩则是欢快地蹦蹦跳跳，往运河和河那边一排树去了，一派天真烂漫。后来，出现一个男人，嘴唇上糊着黏液，拽着小女孩胳膊，要拉她走，她吓得大声呼喊。草地上坐着另外一个小女孩，胳膊举着大哭。多蒂觉得这是她自己的梦魇，是内心深藏的恐惧，惧怕她曾经生活中见到的，莎伦教她当心的那些虐待与伤害。有时梦境如此真实，醒来时她确信是真的发生了的，虽然她很清楚从来没有遇到过那样的事。

所以，厂里那些躁动不安的男人来约她，她不假思索一律回绝。她十分明白，若跟着其中某个男人出去，不过是给她喝上几杯伏特加橙汁，随后把她堵在暗黑的楼道间或肮脏的过道，猥亵乱摸一通。她如果傻到同意跟着他们进房间，那么也许还有更过分的动作。有些学生不通世故，或者年轻女孩被男人的假意殷勤所迷惑，隐约说过她们的经历。这些男人的眼睛没有安分的时候，自大贪婪地盯着一个又一个猎物，对自己在别人眼里是什么形象毫不在意。

她发觉有个男人常看她，与她视线相接时，脸上总现出微笑，他不是上面那种人。走路时头微微低着，似乎是特意避着别人。即使被多蒂发现了在看她，他也只是笑一下就移开视线。他的注目，多蒂是欢喜的，但并不认为会有什么好结果。她也不想引出任何结果，她觉得。就现在这样更好，时不时与他视线相接，霎时兴奋得心潮澎湃，感到腋下冒汗。他叫凯恩。有一天，公交车上，他坐到了她旁边，羞涩地告诉她。他浅色头发，眼神清亮明朗。微笑时薄薄的红唇向后收起，她仍看到他嘴角有点紧，像是有所忧虑。他留着小络腮胡，上唇也有小胡子，她觉得像法国人或画家，虽然她认识的人里面根本没有这类型的。他穿着衬衫长裤，看着很随意自在，脸上的微笑却略带局促。他瞟一眼多蒂读的书，眉毛惊诧地扬起。

"你在读简·奥斯汀。"他欢喜地说。

"我从图书馆借的。"多蒂过了一会儿才说，不喜欢他的诧异语气。她喜欢的书，为什么不能读？她本来不太想作答。他坐到多蒂身边，开口讲话时，多蒂发现自己身体绷紧了，预备闭口不言。

"你喜欢她的书？"他问道，半侧身子对着她。

"对，我喜欢看历史书……传奇故事，诸如此类的。上星期我才发现奥斯汀的作品，已经读了她两部小说了。"她急急地说，又突然停住，感觉自己讲话太快了。他点头示意她接着说，脸上挂着期待的微笑。她轻轻摇摇头，转过脸去。

"简·奥斯汀，写爱情故事的！"他说，声音中听得出像在忍住不笑。

多蒂认为他是嘲笑她。"是的。"她抵触地说，身子微微后靠，把他看看清楚。看到他下唇颤抖，清亮眼神后露出一丝痛楚。一下子这样凝视男人的脸，多蒂吃了一惊，惊诧于他的脆弱，连忙收回视线。

"很抱歉。我的意思是……我该想到的，"他为自己解释道，"我也喜欢奥斯汀，只是老师们讲起她都过于郑重，所以我总提不起太大兴趣。我前面那么说就是这个意思……我早该像你说的那样去理解她，或许就会更喜欢她的作品了。不过那些会客厅谈话也太乏味了，有时真受不了。很久没读她的作品了……应该读读。"

"她很风趣，"多蒂微笑说道，听着他磕磕巴巴找词儿，她自己的胆怯消退了一些，稳住神不慌不忙讲下去，"用笔又十分巧妙。书中那些女人趾高气扬的样儿！现实生活中肯定很叫人害怕，但是在奥斯汀笔下，她们显得多么滑稽可笑。"多蒂说，脑海中浮现的是索菲那个学校的舍监。回想起那个凶女人败在自己手上，多蒂神色很是得意。"书里男人都太英国了。"她说。

"那又怎样？"他大笑道，一边装作生气的样子。

多蒂也面露微笑。"端着架子……但读者又知道她也在嘲笑这些人。我在读这本书，我就在想，"多蒂举起手中的《曼斯菲尔德庄园》，"能认识奥斯汀本人一定很不错。你说呢？"

"不好说，"他将信将疑地说，笑容仍是挂满脸，"听你讲的我也觉得很可信，不过如果真叫我遇见奥斯汀，恐怕我还是吃不消。我记得有些地方我不大喜欢。她那个世界里，处处是忌讳，她觉得这样那样有许多不对劲的，但我都不觉得。我再讲下去就是胡说了，还是该尽快重读她的作品。你觉得她写男性也像写女性一样的手法吗？就是写成狂妄的老傻子那种？我记得她书中男性都是那种德不配位的有钱人，总在那儿说教。"

多蒂喜欢他讲的这个角度。"她笔下的男人太无知了！"她说，他听了不禁大笑。

那天晚上，多蒂想起了凯恩。与他讲话真的轻松自在，车到克拉珀姆公园站，他下车去换乘，多蒂竟有点不想他走。此前他脸上痛楚的神情让她很意外，心生同情。这段交谈时间太短，多蒂喜欢他倾身谈话的自然、忘我的神态。她觉得，凯恩是藏拙了，他实际懂的一定更多，自己却在他面前卖弄才学，有点不好意思，但实在感觉很好。他如果提出质疑，她会收回自己观点的，但是他没有。她想，人家大概都是这样吧。不懂装懂的居多。

次日早上，她留意找他，他却不在公交车上。她对自己做个鬼脸。公交车开往斯托克韦尔，路途不长，她一路让自己摆脱独自在家的孤独时光中滋生的美好想象。他与她讲话只是出于虚荣，因为她曾多次与他视线相接，他认为是暧昧挑逗，所以才忍不住找她讲话。最主要的是，他是英国人，很有可能是把多蒂当作可以始乱终弃的玩物。她看到了他的眼神，与她从小看到的男人无情的眼神没什么两样。想到这里，她微笑起来，想起了凯恩的脸和她在这脸上见过的笑容。她告诉自己，自己太用力了，不是自己本意。只是假装抗拒他而已。

上班中间的咖啡休息时间，多蒂看到凯恩在她生产线附近晃悠，在机器后面打扫，留意看着多蒂。他偷偷对多蒂挥挥手，多蒂咧嘴笑了。同生产线的女工发现了，互相推推，挤眉弄眼。咖啡厅是个小得出奇的预制屋，人挤人，他俩取好咖啡就躲到了室外，凯恩说："你看我上班路上买了什么。"他从工装服很深的后口袋中掏出一本《爱玛》。"我坐公交开始读这本书了。"他笑着说。

她发现凯恩脸上风霜痕迹明显。或许是曾晒得很黑，现在淡了。两颊上的皱痕边缘分明，像新刻出来的，脸上其他部位都光滑无瑕。多蒂猜他是近期才经历的风雨困苦，尚未侵蚀到他的脸部轮廓。在他的笑声中，多蒂又听出了焦虑，但现在感觉不像突然瞥见某种原始的创痛。现在更像一种态度，是没有把握。多蒂想，笑容下的他也许确实很痛苦，在尽力隐藏自己的忧愁。

"你在这儿工作很久了吗？"他问。

她点点头，有点儿失望凯恩没把她认作学生。凯恩说，他在这儿才工作了三个星期。厂里让他做正式工的，但他只想做每周一签的合同工。"我不确定要不要留在伦敦。我可能只是中途停留一下。我并不喜欢脏乱的大城市。我出生在多塞特，在农场长大的。我也不知道他们为什么让我做正式工。那天早上过来的有六个人，"他瞟一眼多蒂，看到多蒂脸上怪他的神情，不禁微笑起来，"估计人事那女人除非迫不得已，否则不想招巴基斯坦佬和外国佬做正式工吧。"

多蒂回车间后，其他女工逗她，问他叫什么，说自己要去追他。凯恩每次经过，她们都大声喊他，每天快到下午六点，他常常会走过她这边。公交车上，他告诉多蒂，他还有个名字叫道斯。"我刚从澳大利亚回来，"他说，"在那儿也是在农场上做活。我喜欢农场。你知道吗，我的理想就是住在农场上，绘画，写诗，钓鱼。倒没做什么来实现这理想。"

"那时你没觉得澳大利亚能实现你这个理想吗？"多蒂问。

他耸耸肩。"也许吧，但是没走通。我想我是养成这种习惯了。到处走走，东游西逛。走不通了，就到别处再走走。"

她看出凯恩讲这话的时候面有愧色，对他自己这点并不满意。他深吸一口气，似乎不想继续谈这个话题。

"澳大利亚那边什么样的情况呢？"多蒂顺着他的意思问道，"我一直喜欢那儿，重新来过，赚大钱……"

"你不一定会喜欢那儿，"他不太自在地说道，"我对那儿也不怎么了解。我说是说要去那儿找个农场工作，其实我一直没离开悉尼。在澳大利亚期间，我全都在一家意大利餐馆洗盘子，端盘子。想在那儿重起炉灶发大财，不容易啊。不像从前那样容易了，对女人来说更加是。"

"我连入境都入不了，"多蒂说，"因为白澳政策等等。我是觉得能重新开始真好，把过去全部清除，从零开始，书写全新篇章。如果有机会重新开始，恐怕我还是做同样的事情，只不过不是在英国工厂了，换成在澳大利亚工厂做。"

他微笑说："我看不会。我猜你会把那儿翻个底朝天。"多蒂发现他没在克拉珀姆公园站下车，不解地看看他。

"我坐到你那站再下车，也能换乘斯特里特姆线吧？"他问。

"能。"她说。

他眼神似在等她再说点什么，或许会向他发出邀请。她转头望向车外天色渐暮的公园，湖边酒馆外照例聚满了人。暮色沉沉，光线微弱，映得树木花草暗昏昏一片。草地上孩子们奔跑追逐，绊到一旁兴奋得发狂的小狗，跌上一跤。几个钓鱼人还耐心地守在湖边，形态怪异，一动不动，活像花园小精灵。

"美国有意思得多，"过了一会儿，凯恩说，"我从澳大利亚经美国回来的。西海岸到东海岸……北部南部也走了一些地方。最远还到了加拿大。第一次到美国。那片土地是日新月异。你能感到它不断地在发展，有无限的可能。政坛新秀，约翰·肯尼迪，希望他能大选获胜。与老艾森豪威尔太不一样，有谁能想到？在田纳西看到一场民权游行。他们很勇敢，你知道。游行者和自由乘车运动者。被那些大讲福音的野蛮人用鞭子恶狗镇压，你见了一定气愤。如果能留在美国我肯定就留下了。"

"你走了那么多地方，哪来的钱呢？"多蒂问，"要花很多钱吧。"

"我在澳大利亚存下一些钱，一路打工到加州，"凯恩轻松微笑说道，"后来又打工过了大西洋。闯荡惯了，不难。"

"你还去过什么地方？"多蒂问。

"印度、阿根廷、印度尼西亚。在油轮上做了一年。到了苏伊士运河，中东。"

"你真是见多识广啊！我什么地方都没去过，"多蒂自叹弗如，声音怯怯的，"你应该也不比我大多少。"

凯恩跟多蒂同一站下了车，只在路边站定，没有要陪她走下去的意思。"我没有你想的那么年轻喽，"他说，"明天见。我就在这儿等斯特里特姆线对吧？"

那个星期，两人每晚都一起乘车回家。星期五，中途下车，去公园酒馆喝了一杯。酒馆里人太多，待不住，他们拿着饮料到了外面，漫步于清幽暮色中。多蒂话不多，享受凯恩的随意畅谈。她没告诉凯恩，这是她第一次进酒馆，原本她连路过酒馆门前都不愿意，一直绕远道避开，更不用说进去了。她想是因为莎伦，还有以前来找莎伦的那些人。他们的粗暴和喜怒无常，她一直认为是喝酒造成的。难怪索菲觉得跟她没法住。难怪弟妹一有机会就赶紧搬走了！

也幸好索菲和哈得孙不在家住。多蒂觉得凯恩一定会提出那个想法，在她脑中，她差不多已经答应了。她希望凯恩暂时先别提，不要显得他急不可耐，但无论他何时提出来，她都会答应的。多蒂觉得自己这一定是坠入爱河了。凯恩不在身边时，会想他。晚上，她躺在床上，遐想着与凯恩在一起，脑中预演自己的手一下一下抚摸他的身体。两人走着，多蒂故意不时碰到他一下，胳膊贴着他暖暖的，听他讲过去的经历。

两人好一会儿都没说话，仍很自然，然后多蒂问："你说你在农场上长大的，你父母是农场工人吗？"

"不是不是，农场是他们自己的。"他说。

"那你为什么不回农场，在那儿钓鱼、绘画，做你说的那些事儿呢？"多蒂惊讶地问，既然有自己的地，怎么还会选择在外流浪呢？

凯恩对她笑笑，一耸肩。"也许我会回去的。"他说。

走到塞戈维亚街尽头，凯恩吻了多蒂，才去赶他的车。"觉得自己像个十几岁的少年。"说罢转身急忙赶车去了。

次日晚上，两人去看了场电影。回家路上，多蒂拉起凯恩一只胳膊，手放入他肘弯挽着，感到凯恩回转头来瞟她一眼。她请凯恩进家，自己这方面没有经验，希望人家看不出来。犹豫再三，还是开口请了他，都走到她房间了，心里还没有拿定主意。房子里静悄悄的，从房间开着的窗户，传进阵阵音乐和大笑声。多蒂拉上窗帘，把东西放在五斗橱上，转过身对着凯恩，所有的拘谨和不知所措都没了。她急切走向凯恩，凯恩把她拥入怀中，吻了她。与男人在一起，既惶恐，又奇妙，还有些害怕。那疼痛来得还算柔和，身体还感受到其他一些没想到的小痛，交织在一起，初恋的幸福，已使她心荡神摇，不能自已。

初恋

1

时值九月，正是清和宜人的季节，这样的和暖，过了此季再不会有。在多蒂这里，空气中一切似都静了下来，宇宙的急迫与神奇力量尽数休憩，积蓄力量再次远征。天朗气清，南方吹来微风拂拂，紫影间树顶枝叶婆娑，低吟轻唱。那些城市的声音，金属碰撞在疲惫骨头上，无望的人群暗自沉默地号叫，失控的机器轰隆摇晃，以及城市生活的其他挽歌，都为温和婉转的声音所取代，多蒂平日难得听到。这是九排芸豆架、数只蜂箱的生活。

多蒂知道事实并非如此，枝木摇曳，于和风中相互斜倚，其实在铆足了劲将尖尖的根扎向土壤深处，疯狂吸取养分，看似最平淡无奇或宁静的表象下，涌动的是腐坏、狂暴与废弃。尽管如此，多蒂仍愿把这想为大转变前的宁静。她想自己这是读了那么多爱情小说，头昏了，不禁笑起来，但仍忍不住把自己想成正由这一世过渡到下一世，舍弃现在已枯竭无用的自我，换一个更健康更坚强的自我。四周一切也同样默默下了决心，等待踏上新旅途。通常在春天才会生出这般幻想，那才是生长的季节，如今都没到春天，只为了赶在冬季酷寒前，拼命地积蓄力量。细想之下，她更喜欢这样。像一棵大树，或葱茏的玫瑰，她已预备在春天获得新生。

　　她险些要以为，她的生活，或者她心中崇高的，拥有能力展开想象的那部分，不再对她的命运无动于衷。这自然是不可能的，但她仍觉得，这个世界终于注意到她了，暂停下来，把她再审视了一下。噢，多蒂也找到一点儿快乐了！这是第一次，她没有害怕地逃开身边的事，第一次认识到过去她有多颓丧。她觉得，现在她知道了自己人生的意义，而以前她只知道畏畏缩缩等着受苦受难，奉上受害者的跪拜。她闭上双眼，深吸一口气，一头扎了进去。再出来时，她欢快大笑，感动于获得拯救的壮丽。她想，这就是她人生的意义了，去理解和欣赏世间众多魅惑迷人的事物。不只是因为她认识了一个男人，还因为这个男人解除了她一向的恐惧与压抑。从前，这种声言她张口就来，觉得无非是胡扯。但是，现在她得以一窥世间奥秘，真的，她感觉在其中找到了自己的一席之地。从前因为麻木，她失去灵敏，变得迟钝，现在，这种麻木被一扫而空，她感到又充满了活力，满腔热情。纷乱狼藉已将她圈了许多年，她不会再被其否定。

　　种种思绪，都是她偷偷地进行，带着局促不安，她总对事物持怀疑态度，天性使然，素来是退缩，神情讥讽地保持疏离，而她的另一面却毫无顾忌地投入进去。多蒂生日就在与凯恩在一起后的第一周，她心想，这么简单的道理，我到二十一岁才明白。

　　两人天天在一起。下班了，一起坐公交车回巴勒姆。从一开始，凯恩就不急着回自己家，乐意整个晚上全陪着她。多蒂心中难免又焦虑起来，忍住不说让他回自己家，晚上总该要回吧。两人的事能不能随意一些？温柔一些？一定要这样不管不顾的吗？她谨慎小心的那部分被打发走了，放松身心享受起乐事。有个声音让她小心一些，她听到了，那个声音还想问：她和凯恩能在一起多久？凯恩有没有别人，是不是只是在利用她，侵犯她？这些问题的答案，她不知道。她的感情即便不过是青少年感情用事，过分幼稚，她也没必要形单影只，只落得脾气古怪扭曲走形，不妨随缘，岂不甚好？也许她是被初恋带来的快乐镇服了，又或者，当初本应对凯恩来一个欲擒故纵，才会使凯恩更珍惜她。但是，这样的阶段多蒂从没经过，对她来说已经够好了。

上班时，凯恩有各种方法转到多蒂身旁。推着小车送货时，总能设法经过多蒂这边。送信或跑腿时，会顺道走过她身旁，脸上挂着得意的笑容，颇为自得地捋着小金胡子。多蒂看出他这架势是宣布多蒂为他所专有，多蒂也引以为傲。她对自己说，我是属于他的，感到其他女人对她艳羡不已。凯恩一有空闲，或者他的工头休息时间过了还没回来，他必会找一把扫帚，把多蒂她们这边的地再扫一遍。女工们起初都笑他。"天啊，这人是怎么了？多蒂亲爱的，你给我们透露一下吧！我也想试试呢。"后来看到凯恩不懈地坚持在做，她们就不再取笑了，习以为常了。"他这是恋爱了。"她们说，多蒂听了心中激动，想起在黑暗中与凯恩躺在床上，他喃喃低语的那些誓言。

女工们找麦克·巴特勒问他的看法，他感到大家都期待他给个定论。于是把凯恩好好地观察研究了一番，方才同意女工的分析。毫无疑问，这两人的关系已经到了很深的地步，谁也挡不住，他摇着头说，洞察万事的样子。这个事情，要我说呢，最好就是随他俩去。随后几天，麦克·巴特勒的高谈阔论就围绕男人女人这一主题展开。显然是很令他费解的。男人与女人相互爱慕和依恋，这种感情却又变化无常，入魔般彼此迷恋，神魂颠倒，他说。对他这样一个勤劳工作的简单的人，此事他实在想不明白。"生存，还是毁灭。"他高声诵读道，趁无人时对多蒂眨眼示意。

晚上，多蒂和凯恩在外面逛，凯恩带她四处走走，多蒂在这座城市住了近八年，由于害怕一直不敢在外面多走。她平时的几个点就是巴勒姆、图庭和去肯宁顿的公交车。其他地方她记得也去过很少几次，记不太清楚了，还是莎伦在的时候去的。她对这座城市的认知就这些了。其他的仅限于地图上交互错综的街道与号码，还有那些传奇地点，构成这城市的神秘传说。凯恩带她去了很多地方：公园、水边、拱门、广场。他照多蒂的提示来安排，听多蒂提出一个又一个地方，哈哈大笑，不敢相信她都没去过。海德公园、托特纳姆宫路、法院巷、邱园。这一日，天气晴朗，日光烁烁，两人沿九曲湖岸散步，此情此景，令多蒂几疑此景非脏乱大城市所有。在里士满公园，两人钻入高大杜鹃花丛，内部非常宽敞，竟像进了教堂。花荫幽暗，他们静静地躺了好久，悠然远想，心醉神迷。从躺着的地方，能看到旁边小径，有行人走过，不知丛中有人。

多蒂想去看看米卡伯家住的城市路，那是大卫·科波菲尔第一次遇到他们的地方，再去看看大卫与朵拉短暂婚姻期间住的海格特，史蒂福斯的母亲也住过那里。凯恩带她去听音乐会，去剧院看剧，逛有名的商店，还让她试穿店员知道她买不起的那些衣服。他们去了议会大厦，他说那是伦敦最无聊的剧院。议会正休会中，多蒂觉得大厦很是宏伟壮观。

多蒂生日那晚，他们去了一家亚美尼亚餐馆，凯恩谈起在悉尼意大利餐厅罗曼蒂卡做服务生的经历。他说餐厅经理叫朱塞佩，老婆叫卡洛塔。朱塞佩的大八字胡像车把，喜欢撮起食指与大拇指捻弄自己胡子，旧式色鬼的模样。多蒂听得大笑，说她才不信。最后凯恩承认朱塞佩和卡洛塔是他编出来的。真实生活中的经理是个清瘦的年轻人，冷冰冰的，急脾气，既不喝酒，也不色眯眯地看女人，不宜作为咱们文明人交谈的话题。

后来，钱用完了，他们就在堤岸散步，走得很远，过了威斯敏斯特桥。多蒂最欢喜的是有人陪伴。她对凯恩讲起索菲和哈得孙已经搬走，凯恩好话相慰，她感到有人开解，心情宽慰不少。多蒂讲自己的事并没有毫无保留，虽然并不是有意如此。在她看来，凯恩独自闯荡天涯，勇气过人，他的经历丰富精彩且有积极意义，相形之下，多蒂自己的生活听上去十分黯淡平庸。她可不想一五一十都说出来。之所以讲了索菲和哈得孙的事，是因为这显得她的生活也颇为复杂，一样有不懂事的弟妹，教她寒心。她上班时听那些女工这样讲起家事，嘴里埋怨着亲人如何惹是生非，心态却分明是乐在其中。这家伙竟然骗走了奶奶的金饰！那可是奶奶的丈夫很久很久以前去中国时买给她的礼物！那家伙自己想把孩子流掉，也不问家里人求助，差点死在这上头……结果还是没把肚子里小妖孽弄下来，那孩子被这么瞎折腾过再生下来，脑子一定不好使了，要折磨妈妈多少年。还有不孝子女不赡养父母的、被风流浪子抛弃的、丈夫肆无忌惮出轨家暴的。

于是，多蒂也把自己这摊事讲给凯恩听，意思是，家家都有的伤害与不幸，自己也有。凯恩颇感兴味地听着，问了多蒂不少问题，都是严肃认真的问题，多蒂渐渐觉得情形不妙。她才意识到自己把弟妹的过失说得太重了，只得把自己的话大部分再收回。凯恩说，多蒂那么久都没有索菲的消息了，他俩应该去看看索菲。他劝多蒂，可不能让家散了啊。索菲住得又不远。多蒂答应了，好的，应该去看看索菲，但两人都没提什么时间去。赏心乐事当前，层出不穷，待过了这阵再说。

凯恩调侃她的名字，时不时提起，用于她做事太过轻率的证据。"叫这个名字太古怪了吧，"他笑着说，不管多蒂目光如炬瞪着他，"你就找不到好点儿的短名字吗？"

"我就是这个名字啊，"多蒂强辩道，"我受洗就是这个教名，多蒂·白都伦·贝尔福。"

他脑袋歪向一侧，如小鸟仔细端详虫子。"再说一遍，"他说，"叫什么来着？全名。"

"多蒂·白都伦·贝尔福。"多蒂还是嘴硬，讨厌他问话时咧嘴坏笑的模样。

"中间那个，是什么意思呢？"他窃笑问道，"什么来头？"

"我不知道，"多蒂回得甚是尖刻，气他这个问题，也气自己答不出来，"那凯恩·道斯又是什么意思？"

"嘿，别生气啊，"凯恩说，探身将她揽过来，"总之外国人的名字就是比我们的有意思得多。叫凯恩·道斯多没趣！好处是我能知道这名字最远跑不出多塞特。"

"我才不是外国人。"多蒂心想，但什么也没说。脑中闪过这念头，却不说出来，此时多蒂才明白，刚才自己是特意没提名字中的法蒂玛，因为法蒂玛一听就是常见的外国名，太俗套。苏莱曼大帝、爱尔兰苦工帕迪、水手辛巴达、放债的科恩、跳肚皮舞的法蒂玛。自己喜爱的名字，如此轻易就舍弃，多蒂只顾心中惭愧，全然不曾想到自己一脸羞愧忧伤的苦相。凯恩皱了皱眉头，脸上闪过一丝不耐烦。

多蒂想开口说点什么，终于还是无奈地叹口气，什么也没说。这种事没必要去计较，说这话的人她又不是不了解。太较真了只会教人笑话。于是，她由着凯恩把她拥入怀中，感到后背的怒气在他抚摸下消解。然后，多蒂泛泛地聊起了利兹。街角有家老婆婆开的糖果店，她常跟着妈妈的一个朋友去逛。说到后来，她发现再讲下去难免会暴露过去那段生活，心绪混乱，终于还是不说了。再讲下去，她就要对凯恩讲起奇迹圣母堂、教堂墓园里的枯井。要说到就是妈妈那个朋友带她们去教堂受洗。关于这人，多蒂不记得什么了，除了莎伦告诉她的一些，有时她一人在夜深时分，脑中却很鲜明地闪现出这人的样子，身材瘦长，笑容灿烂。有时他带着条大狗，穿过公园。这些回忆，多蒂没有使劲去想，也不是凭空变出来，每当回忆来临，眷眷往昔，将点点滴滴珍藏起来。也是怪了，相隔年月越久，记忆越发清晰。

2

凯恩也讲他的成长道路，很谨慎，字斟句酌，叙述中注意有所侧重，说到一处如自觉太一本正经了，即以几句自嘲的玩笑话消解。他说，他读的萨默塞特一所公学，是所名校，花了他父母不少钱，希望多蒂不在意这种虚名。那是二战结束后没多久，因为他比多蒂大五岁，二战结束时他快满十一岁了。父母不想让他去外地读书。他们一向厌恶寄宿学校，尤其是父亲，父亲童年最苦的几年就是在寄宿学校度过的。但是，他们又觉得凯恩最好还是离开农场。

凯恩的哥哥已从医院接回家，需要悉心照料。哥哥偏偏在战争结束后，飞往德国北部首个派驻地途中，飞机失事，受了重伤。这件事对父母打击极大，哥哥本已拿到大学录取通知，但他不去上大学，要自愿参军，父母本来不同意，最后还是被他说服了。父母不想凯恩留在家里，面对事故后失去自理能力、面目全非的亲爱的哥哥，备受折磨，所以才把凯恩送到外地上学。

"哥哥什么都不记得了，完全一个植物人。不会说话，走不了路，别人跟他说什么他也不懂。"凯恩说，回想起来下意识露出微笑，"哥哥唯一喜欢的似乎就是乱七八糟地大吃特吃，两只手在盘子里抓着吃，食物糊了自己一脸，跟小宝宝一样。就喜欢拉自己一裤子，还最好是一边吃一边拉。脸上挂着亢奋的怪笑，下身噼噼啪啪，接着就一屋子臭味。我有时真觉得他是故意的，看他脸憋得通红，噼噼啪啪拉得分外开心。我们一笑，妈妈就暴怒。她说我们这样只会让他更变本加厉。"

凯恩的学校离家不是太远，起初父母都接他回家过周末。他们以为凯恩在学校一定过得不好，其实寄宿生活对他没有任何不好，既没有让他郁郁不乐，也没有让他受到那些标榜的什么创伤。恰恰相反，凯恩很喜欢寄宿学校，也喜欢假期回农场。正是在学校期间，凯恩决定要做艺术家，画家。艺术课老师对他寄予厚望，认为他该上艺术院校，鼓励他以萌芽艺术家为行动样板，恃才傲物，讲究外貌打扮。他甚至穿了个黑斗篷，拎一根拐杖，有段时间还节食，只在半夜吃一顿早餐麦片。他跟老师说，他是在净化灵魂，因为他感到体内正在孕育伟大作品，唯有如此方能不负使命。校医发现后立即遣送凯恩回了家。后来，凯恩回校后，立誓沉默止语，两周没与任何人讲话，只有一次破例，那次校长要他回答问题，否则就开除他。到了这个地步，他也只对校长说一句，感官享受为他所厌恶，因为不利于至情艺术。校长微微一笑，请他周日与校长家人共用下午茶。凯恩婉拒了，说他与自己独处尚且不能忍受，岂敢再教他人受苦。

历经种种奇遇与危机，凯恩可以确知，入读艺术院校对他是正道。父母希望他上大学，将他的狂热归咎于父母自己失责和寄宿学校。"他们希望我不要妄想做什么画家，要自学成才，起码掌握一门技术，有一技之长，"凯恩一笑，"我跟他们说，我就想待在农场上画画儿，率性任意，不去约束自己身上的悲剧情怀，可是爸爸说农场不好做了，不够维持全家人生计。我父母态度很坚决，不肯让步，所以我想那就先读大学吧，读完大学再做画家。"

事情未能如愿。凯恩高考成绩很差。重考了好几次，都没有改观。他过去瞎混得太多，改不掉消磨时日的坏习惯，该学习的时间都蹉跎掉了。复习得太差，有些考试他都懒得去考。不免被拿来与哥哥作比较，哥哥当年在他这个年纪可是天资过人，高度自律。此时，家里已把哥哥搬到了屋后一个小房间，陪哥哥同住的是他的护士，一个面目可憎的女人。凯恩如今不怕与哥哥比较。最后，他听父母的劝，进了伦敦一所强化补习学校。"在肯辛顿。非常贵。又花了一大笔钱。我还在妈妈基尔伯恩的亲戚家住过……也没奏效。所以，没多久，我就踏上第一个旅程了。"

"将来说不定你还是会做画家的。"多蒂对凯恩赞叹不已。她自己哪里能有这样的抱负，对生活也不可能像他那样漫不经心，满不在乎。"等你找到农场……"

"别管我那套胡言乱语了，"凯恩哈哈大笑，无所谓地一甩头，随即转过脸去，面有痛苦神色，"要紧的是我们实际做的事。脑子里那些无非是烦恼，想着将幻象永驻。沉湎那些有什么好？人生于世，就该把当下活得精彩，及时行乐。去追些非我们所能及的就错了。"

多蒂陷入沉思，凯恩主张的这种逍遥自得、不屑为此的态度，使她颇为动心，但也甚是不安。把包袱全扔掉谈何容易！多蒂确信，生活可以过得比现在好，确信无疑。她不会安于现状。若是该及时行乐，难道她从此就要放弃探求使她更快乐、自由、博闻多识的事物？这岂不是妥协认输吗？就因为世道规矩随不了自己心，所以不愿继续坚持。多蒂心神不安起来时，常听不进凯恩在说什么，也试过几次向凯恩讲她如何忧虑，却显得思维混乱，实在可笑。最近一次凯恩就真的笑她了，把她拉进怀中，轻拍她后背。凯恩对她的话不太重视，她不敢跟凯恩说，在他的话中，他讲话的声音中，她听出了痛苦与绝望。

"他们还在农场上，全都在，"凯恩讥笑道，"还过着植物人般的日子，给土地制造肥料。"多蒂听出这嘲弄的空洞，但没去追问，她能感到，凯恩的玩世不恭下，基调其实是惆怅自怜。她静静陪他坐着，想说点什么排遣他的阴郁，又不知能说什么。多蒂想叫他别再说了，别破坏了他才在多蒂身上激活的感情。

"我那套胡话别管了。"他说。

3

次日晚上，多蒂去自助洗衣店，凯恩留在屋里。多蒂回来时，他已经上床了，在听收音机。两人在黑暗中匆匆做爱，默不作声。事后，多蒂听着他坐起来。多蒂仍躺着没出声，知道他有话要讲，静静等着。凯恩长叹一声，最后喉咙哽一下，分不出是叹息还是发笑。多蒂真想随便讲个欢乐的日常话题，岔开他的话，想想又忍住了，此刻，她却希望刚才直接开口打岔。两人沉默良久，多蒂一次次想开口讲话，不让凯恩讲出他颤抖嘴唇上待说的话。凯恩嘴唇颤动，多蒂见了本不解其意，现在心里有点知道是什么意思了。她怕的是，凯恩会因此意识到与多蒂的距离，会让他回到他原来逃离的地方。

　　"还有些事我没说，"沉默太久，令人难受，他开口轻轻说道，"我在基尔伯恩待了两年，给一个房地产经纪人打工，住在妈妈的表姐家。她儿子和我差不多大，还有两个女儿。他们把我当自家人，做什么都带着我。说我是家里人，他们的家就是我的家。孩子父亲是公务员，在国防部工作，经常回家很晚。我在他们家两年后，娶了他家的女儿。我俩私下发生关系已经一年多了，只要有机会，只要家里没人，我们就在一起。但是几乎从来不谈这事儿，哪怕只有我们两人在。很傻……她怀孕了。他们恨不得杀了我。只求把我处分了才好。她家里人。"

　　多蒂不想再听，因为她知道，凯恩讲完这些，就要走了。她不觉得需要再听下去。不想让他走。她认为余下的事不难猜到，而且她也不想知道细节。"凯恩。"她想让他别讲了，却说不出口。

　　凯恩默默不语好一会，随后又说下去："是她家小女儿，才十八岁。刚从学校毕业……性格好，有爱心，被大家宠坏了。一开始是闹着玩儿，假装打架，在地板上练摔跤。在学校里常玩的那些……后来，她父母出门度假几天，让成年的孩子看家。那是我们第一次。有一天，我病假在家。平时她都是家里最后一个去上学，那天，她临出门前决定不去学校了。那次没有事先计划。也没安排什么。从那次以后，确实都提前计划了，难得能找到的几次机会，都没浪费。没有冲动，没有山盟海誓，没有热恋宣言。像在做一件下流的事，慌慌张张地，也不作声……"

"凯恩！"听凯恩的描述，多蒂不禁又是难过，又是嫉妒，"不要再跟我多讲了。讲多了你不好受。"多蒂没说其实是她自己不想再听，虽然凯恩跟她讲了这么多，她还是很欣慰的。以前在凯恩脸上看到的痛苦神情，如今略有一点明白了。凯恩颤抖的嘴唇，惶恐下长时间的沉默不语，多蒂认为是源自他多年前的不稳定状态与恐惧。他是怕了正常人，不然怎么会跟多蒂在一起呢？多蒂不加深思，认定凯恩是损坏的货品，只是他畸形的部位埋在深层，外面再看也看不出来。想到这里，她面露苦笑，叹自己竟如此自卑自贱。但求全世界都看不起自己，为此把自己贬得多低也在所不惜，多蒂怀着自怜想道。多蒂看看黑暗中她身后坐着的凯恩，他身子绷得直直的，多蒂心中第一次泛起对他的反感。她说不清谁更教她难过，是这个羞愧沮丧的男人，还是那个以为只是与他玩闹，却被他伤害的女孩。

凯恩终于哈哈一笑。突然蹦出一下勉强的粗重笑声，夸张中透着虚假。"我猜她认为能糊弄过去，不管什么事她总能混过关。她常说从没遇到过坏事。事事都能有个好结果……她会好好地跟人道个歉，给人一个热情的拥抱，就万事大吉了。她就是那样，对人很友爱。"凯恩说。多蒂想，他回忆起那女孩，与女孩的温柔可亲，想必是一脸忧伤怅惘吧。她不由苦笑，真不希望自己有幸听他讲这样的心里话。"不对，没有'认为'！我俩做的事，根本谈不上'认为'。"过了片刻他说，"她或许是希望……不过，承担后果的总是女人。她应该是知道的……我觉得是。她告诉我的时候，没哭，没求我，都没有。跟我说了，然后就等着。"

凯恩又笑了，这次在自嘲之下真有一丝欢快。"她等着，我连声惊叫，先是震惊，接着叫她放心……把不费力的好话说尽了。她还是等着。不知道她哪里学来的心机。我感到那个词儿被活活地从我身上拽出来了，就像……像……像我自己的命被掏出来了。我说了几句，咕咕哝哝地，中间模模糊糊冒出来个'结婚'。即便在那时，她仍一言不发，眼睛也没抬一下，只听得她叹息一声。母亲叫我一定要娶她。咱们是天主教徒，你不知道吗？你怎么回事儿？她闯了大祸，害家里乱作一团，自己也吓坏了。戴安娜，是她的名字。戴安娜。胖胖的，不修边幅，不过……我不该做下那样的事。回想起那个时候，我那时的行径，真是惭愧之至。她父母伤心极了，那是一开始。后来想通了就接受了。婚礼后，按计划我们应回农场住。我跑了，没回农场。"

　　讲到这里，凯恩停下了，紧张地一语不发，似乎是等多蒂说点什么，他才能讲下去。于是多蒂说："你不是喜欢在农场住吗？"她讲得很轻柔，意在请凯恩照他的意思作出解释，并不是在怪他，可惜凯恩不这么看。他下手很快，黑暗中忽地一拳打向多蒂。

　　"你叫我也像个残废似的回那儿？你个蠢婆娘他妈的把我当什么了！"他吼道，一拳接一拳砸下来，多蒂抬起胳膊护住头，拳头落在她胳膊上。等到凯恩发泄完了，冷静下来，背过身去，怒气冲冲喘着粗气。多蒂才凑过去，摸摸他的肩。凯恩长叹一声，转过身来，含着泪道歉，吻着她挨打的手臂，哄她。

　　过后安静下来，多蒂以为凯恩已经睡着了，谁知他又说上了。"我就是个混蛋。我们在一家酒店过什么破蜜月，我留下她一个人走了。第三天的早上，她还在睡觉，我离开了她。跑了。"

"你现在是要回去了吗？回农场？"

凯恩有没有回答不重要了。在多蒂心中，凯恩已经说了他要走了，离开多蒂。虽然多蒂很难过，凯恩离开后恐怕会更难过，但她只希望凯恩不要再讲了，直接离开就是。

"你不知道那种痛苦的滋味，"凯恩说，"你太天真单纯。我离家飘泊了四年，背负着那样的包袱，连父母怎样了都不知道……他们是活着还是已经不在了。孤单无比。我也不是没有结识别人，但只是顺带而过。过客而已，不会长久。当自己内心撕裂痛苦之时，如何能有长久的关系？后来遇见了你，你那么好，那么温柔、纯净，我想，你的纯真乐趣，也许会感染到我。有一阵子确实是的，对吗？不知道你能不能理解我描述的那种孤独、那种负疚。所以我才那么待不住。"

多蒂开导他不要过虑，觉得对的就去做，才说了几个词，就被他打断。"别再说了。别缠着我！真受不了，"他虽然把声音放柔和了，仍是咬牙切齿，"能留我自然会留下来，但是这种事情我真保证不了。已经很不好过了，你别再雪上加霜了。在你看来可能是很没道理……啊，怎样才能有个人理解我！这日子要把我逼疯了。"

凯恩蓦地背过身去，蜷起身子，似乎要睡了。多蒂真想向他声明，她才没有缠着他，她也不是个可怜的幼稚小孩，他不能那样对她讲话，以为她感觉不到痛苦。让他睡去吧，多蒂心灰意冷想道，感到脸上闪过一丝冷笑。她没强迫他，没把他拉到自己床上。就算想，她也不会。他出现在她日间栖身的幽暗洞穴，金发灿灿，吹气如兰，宛若天使，以男性的温煦给她抚触。她本已感到自己枯萎，凋零残缺的形状暴露在外，被人厌弃，即便她愿为之献出生命的人也不例外。他来了，给了她生机，拥着她，温暖她，让她感到健全了，与常人一样。然而，听他的讲述，她知道，他痛苦，她却无能为力。多蒂深感自己力不能及，帮不到他多少。她觉得，凯恩仿佛很享受这种痛苦。她猜，凯恩其实已经想好了最终回归父母的农场，这个浪子，只是满腹烦闷地耽搁在一段段的露水情缘里，借此迟迟不返而已。多蒂微微冷笑，也收拾睡下，心想真该踹他屁股一脚，叫他知道一下，她已看穿了他，别再当她傻子。

早上，多蒂出门上班时，凯恩还睡着。她在门口站了好一会儿，犹豫该不该叫醒他，昨晚的怒气又冲上头来，于是毅然决然关门走了。工厂的女人问凯恩怎么没来，麦克·巴特勒也问，替凯恩的工头捎信儿过来，说凯恩老是旷工可不行。多蒂耸了耸肩，但见麦克·巴特勒露出怜惜的微笑。

"我转告他。"她说，不喜欢那微笑下出于猜度的同情。

多蒂匆匆赶回家，不知道家里会是什么情景。白天上班的漫长一日中，她想想就后悔，不该啥也没说就出门。不该没叫醒他，应该把他自己的话讲给他听：顺其自然，凡事随缘。这句话他其实言不由衷，多蒂反正也不信。只是空洞的言辞，说说而已，骗自己没有虚度人生，由上天选中来人间受苦受难。多蒂猜想凯恩已经收拾行李走了，她坐在公交车上，做好了心理准备，回家会看到房间已空无一人。

凯恩给她开了门，把她抱在怀中，许久不放。"对不起。"他一遍遍低语，她欢喜地依偎着他。别恨我，他说。他去集市上给她买了花，有百合，有大朵的白色雏菊，插在蓝带黄油锡桶里灿烂绽放。把房间打扫干净了，东西收拾得整整齐齐，还从盒子里翻出一块旧床单，当作抹布擦了窗玻璃。啊哈得孙，多蒂一阵疚心。可怜的孩子现在在哪儿呢？凯恩说，窗子擦下来还真够脏的。他提议出去走走，再待在房间里觉得被挤得透不过气。

那天晚上，两人一路走到了河边，顺克拉珀姆路，走过椭圆形球场，沿堤岸走到了兰贝斯宫路，漫步几个小时，在威斯敏斯特桥过了河。在滑铁卢桥对岸一家脏脏的餐馆吃了顿香肠薯条。入夜，天气渐凉，两人搭公交车回巴勒姆，像往日那样，见什么都好笑。凯恩想在公园站下车，去池塘边走走，在酒馆里买杯啤酒，绿地上漫步，夜间空气湿润，雾气如激情迷蒙升腾。但是多蒂累了，恳求他回家。第二天，凯恩跟着多蒂一起来上班，态度还是趾高气扬的，带着讥讽，意思是不会在这里久留。

4

凯恩似乎只是在拖时间。他的笑容多蒂不再相信，做爱也让多蒂觉得粗劣敷衍，只有多做借以掩饰。两人各自无言的时间越来越长，除非凯恩讲起了从前某件事。平时两人交谈只是些琐屑杂事。晚上不待在屋里，出门去打发时间，避开苦恼。

"曾经有一幅画我很想画，"有一天晚上，两人坐在酒馆，凯恩说起，"那时我住在别人家。其实我并不认识他们。从戴安娜那儿逃走以后，我在英格兰各地游荡了几个星期，遇到了他们。我记得，那男的是个电工，女的脑子有点问题。他们让我在他家农屋住了一个房间。他家由两个农屋打通，房间很多，室内零落有些装饰，大半破破烂烂，光秃秃的地板没有地毯，有时地板也没有。裸露的电线从天花板上垂下，从破败变形的墙壁上钻出。仿佛附近发生过爆炸，还没来得及清理出来。同我待过的一些小镇一样，还有弹坑、摇摇欲坠的房屋、废弃的地块、成堆的瓦砾。不知道他们为什么给我个房间住，不记得了。应该是在派对上或酒馆里认识他们的。年轻的时候会做这种事。"

多蒂想问问那两人的情况：他不能使劲想想吗，怎么认识这两人的，那女的脑子哪方面有问题？但她猜凯恩不想聊这个。凯恩正直勾勾盯着他那杯啤酒，眉头微皱，仿佛看到了杯中有物使他痛苦。多蒂仍注视着凯恩，眼角余光却看见吧台有帮男人不时瞥他俩一眼。这种情形不算少见，总教她有点不安。她发现其中一个男人醉得很厉害，靠着吧台摇摇晃晃。

"他们发现我会画画，很高兴。很是呵护。给我弄了个画架，还有画布，画框，"凯恩抬头咧嘴露出笑容，"他们人特好。男的就像个心软的大动物。见什么都高兴，对人特别好，从不多问。我说的一些傻话，他也直接照做。我想喝啤酒了。明天去野餐怎么样？我会说这种话……他听了就照办，好像我这话正中他下怀一般。他们安排我住的房间，正对着屋后那片田野。或许以为我想画那片风景，我大约也会去画的，但是，每次下笔，就只有一幅画面浮现。"

大约多蒂是一副将信将疑的神情，凯恩面露苦笑。"听着就是附庸风雅是吧。我勤勤恳恳地画再多，终究只有一幅画得好，"他说，"其他的题材我也画过，都很烂。我没有兴趣，只有这一幅……画的是一个残疾的男人，在缠斗中扭曲身体，屈膝蹲坐，抬头仰望，仿佛等着有东西倒下来，将他砸个粉碎。后背双肩伤痕累累。矮小丑陋，扁扁的脑袋，身体看着很壮，但是挤作一团，好像一块过于发达的肌肉。样子惊恐万分。我拼命想知道这个画是什么含义。当时我没意识到，这显然是与我哥哥有关，他污秽不堪被截断的生活。哥哥有时就是那样子的，好像他很清楚自己是怎么了。昨晚我就在想那幅画，噩梦中也会出现。我觉得我已经变成那个样子了，浑身是伤，心惊胆战。"

"哪有！"多蒂说，对凯恩微笑，伸手摸到他脸颊，"你很美，根本不是那个样子。"

"你不懂，"凯恩使劲摇头，甩掉她的手，脸色一变，"我感觉就是那样。残废了，瘸了！要死了！百无一用了。"

多蒂真希望不是在公共场所，无法抱着凯恩安慰他。她环顾四周，看到那个醉鬼正朝他们走过来。其他男人都看着醉鬼，大笑着，望向多蒂和凯恩这边。"天啊。"多蒂不知如何是好，眼前的凯恩这样子，那边又有人逼近，免不了要有一场难堪。

"那种滋味，你想象不到。"凯恩垂头望着桌面。

醉鬼坐进了邻桌椅子，侧身对着凯恩。"打扰了，先生。"醉鬼说道，脑袋微晃，绽放一个灿烂笑脸。一根手指晃悠悠指住多蒂，慢慢地将脑袋转往多蒂那边示意。"你跟这女的完事儿以后，我跟她谈谈行不行？"此人问。

凯恩微微一笑，摇摇头。"恐怕不行。"他说。

"不急！等你完事儿再说。"那人说道，身子向后一靠，摆出就这样等在旁边的架势。

"我看她没有兴趣。"凯恩皱眉说道。

醉鬼夸张地呼哧长叹一声："你这家伙运气好啊……"他抓住自己裆部嘎嘎地笑。

多蒂不假思索，站起来就把那人从椅子上掀了下来。那人撞到桌子，滑倒在地上，又气又惊，骂骂咧咧。多蒂瞟了一眼吧台那边的男人，怕他们会动手，但见那些人笑得前仰后合，毫不留情大笑那醉鬼，笑到要互相扶着才能立稳。凯恩抓住多蒂臂肘："咱们快走。"多蒂甩开他，义愤填膺，又气又怕，浑身发抖，走回自己椅子。酒馆老板过来，把那醉鬼扶了起来。凯恩与老板低语，多蒂看到凯恩塞了钱过去。最后，老板默默点点头，对多蒂冷冷盯了好一会儿。

他们走路回家，路上凯恩说："没必要那样。"

"他说那种话，你也听见了！"多蒂说。

"我说了，没必要那样，"凯恩严厉说道，"那人就是喝多了，做事出格，让人讨厌而已。我出面就可以了。你反倒自降身份，跟他计较。他这种人不值得的，你不明白吗？你得吸取教训……为你自己好，也为了跟你一样的人好。我跟你说过，你对别人是这种反应，那别人还会这样对你。"

"你什么时候跟我说的？"多蒂随口问道，对凯恩所指的意思很不满意。多蒂以前从没做过这种事。

"好吧！我应该早跟你说的，"凯恩叹息一声，"为了那种人生气，没有意义。你要把自己摆在高于他们的位置。只有这样，你在英格兰才能被人所接受。"

多蒂明白凯恩的意思，但她不想听凯恩说这些。她没作声，走在凯恩身边，默默听他讲。也许她不提出反对意见，凯恩就会住口，就会把说教仅限于教她在罗马人地盘上如何表现。然而他越逼越近，忍不住把她的无知详详细细说个清楚。"泼妇似的动不动气得跟人吵架，只会让你更受歧视，"他声音流露出难过，暗示多蒂的沉默不语使他不快，"我唠唠叨叨的，可能教你烦，但是你要知道我是站在你这边的。外面多少人可不是站你这边的，你千万记得！你不只要为你自己着想，也要想着其他有色人种移民才是。"

开过两人身边的车，车里有人隔着车窗上下打量多蒂。九月底的暮色下，路过的行人也看她。英国有站街女，盯着她看的人多半是赌徒在找女人。"话说回来，我本来正跟你说重要的事，"多蒂的沉默令人不安，凯恩仍继续说下去，语调又透出难过的意思，"我在跟你讲我的感受。结果你却卷入一场酒吧斗殴。"

凯恩的不赞许，那种压力多蒂感到了，两人散步回家，一路无话，多蒂感到心中认错的话渐渐地往上冒。拐入昏暗的塞戈维亚街，她咕哝了一句"对不起"，幽暗中，听得凯恩轻叹一声。他将多蒂拥入怀中，多蒂的紧张随即消散，脸上现出微笑。回家后，他给多蒂讲经历的种种不幸遭遇，直到夜阑。多蒂紧挨他躺着，伸手抚摸他身体，又轻抚他的金发。最后，他发现多蒂打起瞌睡来，笑着拍了她一巴掌，才让她睡下。

次日早晨，多蒂喊醒凯恩，他只摇摇头，翻个身。隔日早晨，还是如此，多蒂下班回家，看到他坐在集市旧货店买回的那把旧椅子里。听着收音机，在读晚报。"今天是尼日利亚独立日，"他说，挪开脚，让多蒂过去，"咱们可以移民到尼日利亚。不会比现在这个破地方差。说不定会推举我做个白人大酋长之类的。"

"麦克·巴特勒今天跟我说，他们不要你回去上班了，"多蒂说，看凯恩脸上还显出觉得好笑的神色，很是恼火，"你还有些工资，他们要你过去取。你去买过菜了吗？我拿什么做晚饭。你打算再找份工吗？我没法养你，你要知道。我没钱。"她一句句话脱口而出，还要克制自己不能冲过去打他。他对多蒂微笑着，噘起嘴轻轻送她一个飞吻，安抚她。她又看到他嘴唇微颤，仿佛害怕他自己的举动。

"你没有钱！假的吧，是不是？"他向五斗橱上的小首饰盒一指，"今天我无意中看见你的小存钱罐了。存了整整六十五镑呢，厉害啊。够我们去吃顿大餐了。你这个吝啬鬼！"

多蒂瞟一眼盒子，又怒视凯恩。"那是我的钱。不许你碰。"她说。

"钱一分不少都还在，"凯恩说，大笑着起身向她走来，"你看看你多么物质。你把自己装成一个小小悲剧主人公模样，其实不过是个贪财的小家庭主妇。你以为我会偷了钱去赌马什么的，是吗？你也把我想得太蠢了！你存钱为了什么？婚礼？那个首饰盒到底哪里来的？看着挺值钱。"

"布伦达送我的。"多蒂过了一会儿答说，她反感凯恩这样问，讨厌眼前发生的事。她不想发作起来，大惊小怪。她太累了。"布伦达去年圣诞给我的。"

"布伦达是谁？"凯恩问，取过多蒂的手袋，放在五斗橱上。帮多蒂脱下外套，挂在椅背上，轻轻掸去肩缝上的灰尘。

"一个朋友。是我们的社工，后来成了朋友。算是朋友……给我们解决困难。"多蒂说，想起布伦达，心中有些愧疚。

凯恩拉起她一只手吻着，说："社工！原来你也有个乏味的自由派白人啊，"他说，"真叫我意外。没想到你受得了这种人。你那份奴隶苦工，还有你住的这破地儿，不会都是她给你找的吧？到圣诞节再送你一个她能轻松买下的贵重礼物。她这人多危险，你怕是不知道吧？"

"不。"多蒂说，让凯恩别再吻她手。

"不知道？"凯恩以为多蒂是说不知道，"那你为什么会打上那份工，住在这里？这就是她把你豢养的方式，养一个听话的黑人小女孩，为伟大的白人种族尽她一份力量。自由派白人就是这样的，跟别人没什么两样。与我们大家一样，都是种族主义分子，只不过装着满怀关切。"

"不要，不，不要，"多蒂说着，猛地把手抽走，"别那样了，好吗？我累了。"

凯恩像被蜇了一样，丢下她的手。恼怒之下脸涨得通红，受到侮辱似的两眼冒光。他迅速转过脸去，回到他椅子上，默不作声良久，低头看着地板生闷气。多蒂站在原地，刚进门的地方，不知道为何突然很排斥他。她想凯恩离开，回去找他的戴安娜，过他的悲惨生活。但是，她又不想他离开，尽管他那样地折磨她。

"你烦了我了。"凯恩终于说道，声音很小，带着悔意。说罢又沉默不语，多蒂也不敢开口讲话，静观事态变化。"我对你不好，是吗？你是这么想的？我该告诉你我打算回家的，应该告诉你，我是在回家途中遇见的你……你不觉得那就太没用了吗？信什么负疚啊责任啊之类的废话。我对你讲过那么多，你还这么觉得吗？咱们一开始还是很好的，不是吗？你喜欢和我在一起的，我知道，是不是？多蒂！"

多蒂看到，凯恩说起多蒂名字时，他自己不由微笑起来，脸上现出一丝胜利的神色。多蒂大为吃惊，但也因此能挺住不开口说些可怜的话求他，不会扑向他说自己后悔了。凯恩注视多蒂，咧嘴一笑："没事的，是不是？分手还是朋友，对不对？"

此生有缺

1

这雨直下了十三天。清晨,薄雾弥漫,笼罩街道树木。雾气浮在荒地上空,围住楼房,久久不散。其间有桅杆与脚手架破雾而出,那是迷失于一望无际大海的一艘沉船。时值十月,夏令时结束,暮色骤然早降,夜色沉沉,淹没了一切声响,只听见雨滴滴答答地下。秋雨绵绵,拍打屋顶和窗户。幽暗街道的路面水光闪烁,天空映成了灰色。每到夜间,多蒂静坐窗边,窗子开着,天气暖得不像秋天。

有时,屋后一处房子传来笛声,屋后的庭院蔓草丛生,穿过院子,再走一段才到那座房子。傍晚时分,只见那屋子亮起了灯,门开了,跑出一条大狗。是雪达犬,玻璃门透出的光落在它身上,看得出它毛色带点赤褐或红色。那狗专心立在这片光中,急切地微微低头,口鼻温顺地伸长。隔着这么远,多蒂仍能从它站立的姿势看出它的害怕。如果再凑近些,她一定能看到它全身怕得发抖。那狗并没有欢快跃起,穿过后庭院,跃过破烂的篱笆,冲向自由,反而低声哀号,可怜巴巴地求人再放它回屋。

多蒂心想,不知是吹奏忧伤笛声的那人让狗儿如此无私挚爱着,还是狗儿知道自己难免犯错后必会遭到处罚,所以才这样可怜。多蒂从没见过住在那房子里的人,是男是女也不知道。庭院后的大榆树虽已落光了叶子，但仍挡住了视线，看不全那屋子的大门。多蒂只能想象着，狗儿挚爱的主人，开门放它回屋后，看到狗儿畏畏缩缩悄悄开心的样子，主人脸上那胜利与满足的神情。

凯恩走后，多蒂起初觉得自己就像那胆怯小心的狗，而凯恩脸上神情是否也如狗儿主人脸上那样的凯旋得意。凯恩说起要走时，眼中掠过一阵喜悦，多蒂看见了，第二天他离开时，笑意简直压不下去。到最后他是迫不及待要走的。是不是终于结束了，如释重负，所以他才那样？

凯恩没表示任何遗憾的意思，甚至都没谎称会如何想她，很教多蒂意外。他面色愉快，当她是个相处甚欢的朋友，终有一日还会再见。或许他一早这样安排好了。何时烦了她，就突然使出戴安娜这个妙招，再把自己整得不招人待见，只有分手方为妥善。多蒂觉得他得胜的神色定是这个意思，他顺利脱身，计划得逞了。这种事她完全不懂。她是新手，幼稚无知到教人难堪，就是个孩子，在凯恩看来一定很好摆布。

她真恨自己如此执着于挖掘各种动机与解释，来证明她无知有罪，轻信上当，感动于他的爱护，配合他的计划。越是回想与他的相处，越是反复思量，两人在一起的那段时光越是显得龌龊。这段关系中，她太傻了。有时，想起曾受他种种小羞辱，多蒂禁不住焦灼万状，难以抑制，很讨厌自己如此。她告诫自己，不要被自己想象的东西操纵，不能把一切都想得那么肮脏。

多蒂常常陷入茫然恍惚的状态，将自己与外界完全隔绝。日子过得恍恍惚惚，心中委屈怨恨不止，深陷其中，难以自拔。工厂有些人试着与多蒂聊天，不提他的名字，只讲些青春爱情转瞬即逝的哲理等等。纷纷对多蒂追忆往昔已逝情事，再次强调真命天子一定会适时出现，指望这信念可助多蒂走出深渊。只有一个女人说出了凯恩的名字。此人是他们工段非正式的头儿，个子很高，金发，大块头。厂里没一个人是她不认识的，总是谈笑风生，与男人拍背言欢。以前基本没与多蒂讲过话，多蒂也从没敢想过找她讲话。她教人害怕，不只是因为她的样子和高声谈笑，还因为多蒂看到过她给外国工人派活儿时总摆出那种苦涩表情。她其实无权派活儿，但是工人没一个敢提意见，都震慑于她飞扬跋扈的做派。看她目中无人的样儿就知道，她自觉高这些人一等，并且颇为自得。

"听说凯恩那狡诈小人把你甩下跑了啊。走了好，谢天谢地，"她跑来跟多蒂讲，同时望着生产线上其他人，似是等大家掌声雷动，"他对你没有好处。哎呀，谁都看得出来！"自此以后，多蒂见了那些女人，就脸色阴沉绕着走。

麦克·巴特勒陪多蒂过了三次长长的午餐时间。多蒂知道他是一番好意，对她表示安慰同情，然而，他的脸上虽显出为她的不幸而难过，他的口舌却有自己的独立存在。他这一讲起来，多蒂就是他的听众，当他侃侃而谈命运之事，多蒂岂能违背自然法则不去怀着感激之心认真倾听呢？于是，麦克对多蒂又讲了一些斯特普尼在一战至二战期间的情况，讲他祖父十九世纪九十年代从俄罗斯到英国之旅。讲述祖父母不得已住在东伦敦贫民区，生活极度贫困，作为犹太人遭受的迫害：骚乱，暴打，可怕的莫斯里黑衫军。

"他们经历了多少苦难，俄罗斯的大屠杀，横跨欧洲的漫漫旅途，又在斯特普尼被殴打欺压。可是，你见到他们，你绝不会想到他们有过任何这种可怕的经历。他们只是阴暗裁缝店普普通通一对老犹太人。想想人可以那样好，是不是给了你激励？"第二天，他带来祖父母一九三六年在伦敦拍的一张照片。祖父坐在椅子里，比多蒂想象中的老，病容更明显。祖母立在椅旁，嘴角浮着笑容。麦克·巴特勒对照片没有多说，只微笑望着多蒂细看照片。

照片看够了，麦克·巴特勒滔滔不绝讨论起用哪一种羊毛来织开衫最好，他考虑动手织毛衣。他说，在皇家空军服役时学会了织毛衣，多年不织，已生疏了。这样一门手艺荒废了可不好，是不是？多蒂听着不时惊叹，以示礼貌，感激他异乎寻常方式的好心安慰。

心目清醒的时候，多蒂独自坐在房间里，听着房子里的声音，想起自己细品与享用被抛弃一事，自己也觉得好笑。对眼下孤单的痛苦，体味非常深刻，完整，不同于以前的苦痛经历。她想这会不会只是一种沉湎，本可以不必如此沉溺，只是自己情愿。躺到床上，不由想起凯恩就躺在身边。细细回想两人在一起的那几周，拣出自己珍爱的片段，在脑中再过一遍。然后，想着他不在了，哭泣起来。

对所有与凯恩在一起那些时光的记忆，她只想捣毁了磨碎，丢到世界各个角落。他的装腔作势，矫揉造作，只惹她讥笑。"你不知道我多不容易，"她模仿他的话，闭上眼睛扮作回忆起那痛苦，"我被愧疚与自责折磨着，随风飘泊，游遍七大洋！人生荒废，艺术也一事无成！有人对我很好，但我没记他们的名字，因为他们脑子有毛病。像毛绒动物在黑暗中呜咽。"若是放任自己，她能花上一整晚，挖出他种种自以为是以及自私到不像话的事迹与铁证。恨恨地在屋里来回转，顿足跺脚，冷哼不屑，咒他和他的农场动物遭苦难折磨。不过她很少放任自己如此。那就太浪费她的精力了，也会毁了两人之间曾经有过的好的方面。只有学着留下她喜欢他的那些，记住与他在一起时的愉快与慰藉。其余的一概丢弃。

她强教自己吸取的这个教训，暗藏着对人的彻底不信任，她有所意识，但未完全明白。凯恩伤了她，所以她就不让自己再想他。这想法让她备感愧疚，悔恨难以抑制地涌上心头。如果她学会了将给自己带来痛苦的念头赶走，那岂不是就可以先把莎伦打发走？然后就是索菲和哈得孙？她难道不是已经这样做了吗？她只顾着为自己找快乐，没把任何其他人放在心上。没有费心去看看索菲，连着好多天都不会担心一下哈得孙。现在，把她与凯恩之间的一切全盘否定，何其自私，她才意识到。

多蒂又去那家图书馆，曾对她很好的那个图书管理员见了她，高兴地笑着欢迎她，多蒂也愉快地微笑致意。先在小说区浏览，后出于怀旧走进百科全书区。忆起默里医生，也想到了布伦达·霍利，想起曾教布伦达好心相帮，办成了许多事。没有布伦达帮忙，不可能把哈得孙接回家。多蒂借了一本书，书名《活着》教她有所触动。回家路上，她去邮局给布伦达办公室打了个电话。接电话的人说布伦达已搬去威尔士了。随后，电话中许久没有声响，电话那头的男人不安地问多蒂还在不在，多蒂问他要布伦达的新地址。

"你是她朋友吗？"那人问。多蒂犹豫了一下，不确定能不能自称布伦达的朋友。

"她帮过我。"多蒂说。这回对方陷入了沉默，多蒂也找不出别的话讲。最后，男人叹息一声，叫她等着，他去找找。多蒂补塞了一个硬币等着，快耗完时又塞了一个，那人终于回来了。

"这样啊，希望你不要去打扰她，"他说，"她现在日子已经很不好过了。她退休了你知道。不在这儿工作了。"

"很不好意思。"多蒂说，心想把地址给我不就得了。

"你找她是关于工作的事儿吗？你遇到问题了？"

"不是，不是工作的事。她怎么了？"多蒂问。

男人沉默片刻后说："她先生快不行了。她为了照顾先生，辞了工作。专心陪她先生。希望你不要去烦她。"

"我就是问候一下，打声招呼。"

"我不该给你的，"那人说，"不过，如果你是她朋友……"

回家路上，多蒂才意识到，自己从没想过布伦达有丈夫，丈夫会患重病，她的家也会遭遇与多蒂一样的困难。布伦达痛苦煎熬的时候，又是谁安慰了她？布伦达公事公办给多蒂讲官方规定的时候，多蒂曾那么恨她。"按规定这是绝对不可以的，可是我心善，看不得人难过，所以我准许你如此这般。与你真正想要的还差很多，但是我只能做到这一步了，亲爱的。"在那种时刻，多蒂就会想，布伦达·霍利这种女人根本不可能理解多蒂生活中的种种沉重负担。她与布伦达的友谊，不过是附带发展出来的，也不完整，而且很快就毁于哈得孙的坏脾气。然而，多蒂细想两人关系留下来的方面，循着残存的困难时期的生命线，她发现，她大约把这个机会也错过了。当时她认定了外界事事都是害她伤她，一点儿都不注意自己对人态度多过分。

多蒂想在信中提一提，略微暗示一点点悔意，告诉布伦达，布伦达曾为她提供的帮助，现在她理解更深刻了，可是，多蒂在此时的情绪状态下，将以上种种落到纸上后，却显得卑微可怜，自艾自怜。最终，她只写了几句问候的话，说她才听说布伦达搬走了。

2

次日索菲来了。正是周日近午时分，多蒂在床上读书，听着屋子里各种声响。楼下有人买了台缝纫机，她猜是一楼的印度女人。那家人搬进来没多久。起初多蒂以为那家的老人是女人的父亲，后来发现他们是一对夫妻。房东安迪来收房租时告诉多蒂的，安迪很少亲自来收租了。一般会派他年轻的堂弟替他来收。安迪不像从前了，不再受命运眷顾。他对多蒂说，老婆要跟他离婚，老婆的兄弟们嫉妒他，怂恿他老婆提离婚。他又说，老婆不是真跟他离婚，只想要一笔钱，自己住到塞浦路斯去。他生意不好，资金短缺，他们还只想着从他这里能骗多少是多少。生活拮据，安迪已穿不起花花公子的衣服。衣服看着很破旧，也不像从前那样干干净净。有时下巴上有胡子茬，口气也难闻。

"那个肮脏老男人，应该把他抓起来，"他说起这家新房客，"这些印度人啊，你不知道，我跟你说，他们连自己的孩子都卖。太穷了……老男人就是用这种途径给自己买了个年轻女孩。不说了，亲爱的，你最近在做什么呢？想去看电影吗？你妹妹什么时候回来？"

那个周日的早上，多蒂听到有人上楼，认出了索菲的脚步声。她赶紧起来，不敢置信地盼望着，没几秒就传来索菲的敲门声。姐妹俩高兴地拥抱亲吻，多蒂发现索菲胖了一些。索菲脸上妆容明艳，穿一条紧身亮缎裙。把箱子也带回来了。这一切多蒂都注意到了，同时没有间断地提着各种问题，开心地欢迎索菲。到了傍晚，两人坐着讲话，多蒂看出纵情享乐的生活在妹妹身上留下了印记。看得出索菲对多蒂的笑容傲慢，眼神世故中带着嘲讽，听得出索菲强装的笑声不真诚。可她还是那个索菲，没有多久，就在她原来那张床的一角舒服地蜷成一团，懒懒地微笑着听姐姐讲话。多蒂讲了新房客，讲了安迪说的新房客的事。索菲做个表示恶心的鬼脸。多蒂逗索菲说，安迪总问起索菲，索菲听了面露微笑。两人熄了灯躺下了，索菲在睡觉前，对多蒂说她认识了一个男的。叫吉米，可能有时会来找她。

索菲回家后，多蒂的精神大大振奋，又开始自己做饭，发现以前方便食品和罐头吃得太多。她们屋里的小灶做不了太复杂的菜，但是，有索菲在，多蒂就会用心想办法做菜，而不是什么简单方便就吃什么。姐妹俩晚上一聊就是几个小时，为交流中学到的东西而高兴。多蒂自豪地讲了与凯恩的那段故事，许多重要细节略去不谈，言简意赅，以求突出她故事的戏剧张力。还做了一两处小改动，对此心里只感到一丝丝内疚而已。修改后的故事中，最后是她叫凯恩走的，因为她再也受不了凯恩的犹豫不决。索菲表示同情，分享了吉米对此事的看法。吉米的忠告是，白人男人不可信赖。

多蒂通过索菲的转述发现，吉米对其他一些问题的态度也是同样坚定。而在白人男性问题上，他最权威。他能在二十步开外就闻出有白人男人，黑暗中也不例外，通过汗味、尿味、粪味、香水味，不管什么味儿，他都能分辨出来。任何伪装都骗不了他。他将白人男人的味道描述得活灵活现。说那是小鸡被一场热带雨淋了个湿透后散发的气味，鸡毛冒着热气，再加上鸡屎和湿跳蚤混在一起的气味。挨着英国男人，他就会想家，想起老家特立尼达的雨季。那种气味，与淋了雨的英国男人散发的臭味比起来，都算不了什么。索菲笑得说不下去，所以多蒂一直没搞清楚那种气味到底是什么。事后她懒得再问，觉得听到了片言只语的"尸体"这个词。吉米对英国女人的气味以及其他特性，也有看法，但是索菲没有转述，说他讲得太恶心。

正是吉米对索菲说，她那些女性朋友是下等人，配不上她，她应该搬回去跟姐姐住。他说下等人嫉妒心太重。他与索菲交往已有几个星期，他说，索菲搬回去后，他会来巴勒姆看她。他自己有时住在坎伯韦尔。

"有时住那儿，是什么意思呢？"多蒂问。

"工作需要，他要常换地方。还没稳定下来之前，没必要有自己的住处，"索菲带着辩解的语气说，脸上的微笑透露出她以吉米的自由生活为傲，"他是焊接工。"

"焊接工怎么就不能有自己的住处呢？"

"姐啊，因为没必要啊。"索菲喊道，被问恼了。

总之，索菲非常高兴地采纳了吉米的建议，搬回来与多蒂住。她厌倦了夜夜笙歌，虽然自己也曾快活过。说这话时她笑得很是凌厉，庞大身子晃了一晃，眼里掠过一丝讥讽。反正来访的那些朋友中，有些人真小气，以为能赖着靠人家辛辛苦苦赚的一点点钱过活。索菲还在维多利亚车站的餐厅打工，擦桌子拖地板，她这么辛苦，可不是为了让些没用的男人把她的钱都挥霍在饮酒作乐上。咱们黑人为什么都这么差劲？索菲问。多蒂被问住了。我们是很差劲吗？她想。

"不过也不全是那样，"索菲看到多蒂不赞同的神色，又微笑说道，"大家笑得还是挺多的。有些男的也不错。就看我的运气了，姐。以前我老是碰到古怪的那种。直到认识吉米，他的怪是特好的那种。他逗得我整天笑。他长得也好看，我跟你说过吗？"所以，当吉米说索菲的朋友都配不上她时，索菲当即决定该停止狂饮作乐回家了。天气也已转冷，她们在斯特普尼租的那些房间冬天可不好过。

"好啊，妹妹回来了，可是弟弟还不知跑到哪个地方去了。"多蒂说，她听了索菲那么多故事，震惊不已，但决意不流露出反感的意思，以免惹恼索菲。"他走了以后我就没有他的消息，你有吗？有两三个月了吧，大概。我想天冷得厉害了他自会出现的。"

"他肯定挺好的，等他回来，会有好多故事跟我们讲，"索菲说，"我梦见他在其他国家旅行。他老是唠唠叨叨地说美国，你记得吗？不过我梦到的不是美国。我觉得是法国。不知道为什么……梦里，他跟一群人在一起，在笑，很快活。"

"他十六岁都没到，没人知道他是来是走，靠什么生活。他不去上学，也没有固定工作。你说，他最后会成什么样？跟他谈个话就做不到。"

"姐，你过于担心了，"索菲一副不开心的样子说道，"他会没事的。只是现在有点危险，他会长大的。这次出门回来兴许就好了呢。要给他机会自己试错啊。"

多蒂没再说话，因为一开口，就自觉像个迂腐丧气的老太婆，阻挠人家年轻人的刺激生活。哈得孙与索菲两人把她压制到不敢开口，未免太不公平，她的操心也变成了干涉别人，讨人烦，这都不太对劲。多蒂一想起哈得孙在外的旅行，浮出的画面并不是他在快乐巴黎云游，趣味无穷，也不是索菲梦中的法国某地，而是凶险重重，处处危机。在多蒂脑中，哈得孙与一帮青年混在一起，是曾与他在高街上吊儿郎当晃荡，吓唬戏弄路人取乐的那些人，如今已成街头暴徒，下手狠辣，打架斗殴，持刀抢劫恫吓，无恶不作。她不知哈得孙哪里有钱买吃的，又睡在哪里，异常忧虑。索菲认为自己深通世故，觉得多蒂才天真幼稚，在索菲想来，哈得孙就是跑到法国胡混去了。

随后几周，姐妹俩同住，和睦相处，事事相互体谅谦让，话语投机，其乐融融。索菲聊的总少不了吉米，还有她在餐厅那些朋友故事迭出的生活。多蒂则讲她从书中，报纸上，收音机中学到和获知的内容。是索菲自己要多蒂讲这些，还不停夸赞姐姐知道得真多。多蒂很注意，提醒自己，索菲是由于懂得少所以夸奖多蒂，但自己不能因此就得意忘形，不懂的不能装懂。多蒂告诫自己不能卖弄才学，但当机会来了总忍不住。讲着讲着，难免就遇到不懂的地方，眼见得要讲不下去，她只得捏造出一些话混过去，但争取不扯得太离谱，隐晦些为好。其实并不要紧，因为索菲没听进去多少，只会听着姐姐的广博见闻，做目瞪口呆不可思议状。有时笑着赞赏不已，钦佩多蒂求知若渴。知道这么多是为着什么呢？索菲惊叹，感叹她眼里这些无用的知识如此纯粹。她的赞叹没有反讽的意思，多蒂再三追问自己讲的东西会不会太枯燥，索菲都诚恳地答说绝对不会。

十一月初，约翰·肯尼迪当选美利坚合众国总统。大选过程势均力敌，尽管伊利诺伊州的最终计票明显有造假和舞弊嫌疑，丝毫没有影响多蒂为这位年轻参议员的获胜感到欢欣鼓舞。她对索菲分析这个好消息的重大意义。不免从新总统一事展开，讲到美国的种族骚乱和抗议，这是凯恩亲眼所见并讲给多蒂听的，多蒂自己也从收音机里听过。多蒂发现，某种意义上，她把凯恩与总统也联系起来了，虽然她很清楚两者没有可比性。

"此人会终结美国黑人的苦难，"多蒂对索菲说，"黑人终于找到了会倾听他们意见的人，此人会帮黑人挣脱脖子上的压迫重担。黑人被这枷锁桎梏了几百年。"

多蒂对新总统的描述，触动了索菲，自此以后，索菲对他非常崇敬。在斯特普尼时，索菲又开始信教，与她在黑斯廷斯那所学校几个月期间一样，喜欢宗教的仪式与确定性。与她同住的女人，她一起玩乐的那些朋友，每周日早上都去教堂，身穿盛装，贴身薄裙，浅色大帽子。起初索菲对礼拜的方式有些踌躇。教堂内人声嘈杂，热情洋溢，拍掌欢呼，很是尴尬，与她在黑斯廷斯做的礼拜一点都不一样。礼拜的歌词倒是熟悉的，一回忆起来，她就情绪高昂地加入了合唱，不久即与周围人一样高声祈求上帝施恩，听牧师痛惜世风日下，自己知罪，汗流浃背。索菲正在这福佑后的容光焕发中，此时正巧听到多蒂讲起约翰·肯尼迪，多蒂把他描绘得那样神圣高尚，索菲正可以将他供奉在她的圣人堂内。

多蒂也给索菲介绍了刚果以及刚果的时势。讲起冲伯这个自吹自擂可耻的家伙，再度将自己的人民出卖给比利时人，只为大发战争财，中饱私囊。多蒂给索菲看莫伊兹·冲伯的照片，索菲做个鬼脸。"这人看着真残暴，"她说，"非洲一团糟就是这个人害的吗？"刚果和冲伯对索菲没有什么吸引力，不像肯尼迪，肯尼迪是圣人，此人是魔鬼，索菲啧啧表示断然鄙视，把报纸还给多蒂。

非洲大地上正发生的种种杀戮与混乱，有些令人感到羞耻。索菲不得不承认，非洲人似乎还十分原始。她听说的一些故事，新闻中看到的零星片段，单位同事告诉她的一些新闻报道，令人震惊。叫她想起来不寒而栗。修女在丛林中被强奸。叛乱者身披兽皮，跳疯狂舞蹈，吃自己的排泄物，发誓杀掉白人。将所有已取得的发展进步挥霍殆尽：教堂被付之一炬，种植园被洗劫一空，废弃荒芜。多蒂给她看的照片上那个男人证明了果真如此。这个丑陋的男人尖嘴猴腮，仿佛是从丛林中哪棵树中砍出来的。

妹妹自傲，不愿听多蒂讲刚果、尼日利亚和印度的事，多蒂理解。她猜想，索菲这样的明显不感兴趣，是故意拒绝接受姐姐讲的这些地方。不是觉得无聊，也不是无知，而是拒绝被归为那些原始外国人的同类。多蒂并不意外，因为她最初也同样地将自己与那些外国人分离开来。她也曾接受了英国对那些地方的偏见，而且心怀防备地藏着不说，也曾不想被人误认成那些荒唐的外国人。回想从前的自己，多蒂颇感惭愧——在明眼人眼里，当时她那样子何等滑稽可笑。后来，她自己发现了"那些地方"的实际情形之错综复杂，由此更有了力量。对于自己以为已知的人与时代，又了解到许多新知识，她视为一大乐事。

多蒂发现，她所勾勒的世界，不过是一个很不明朗不稳定的隐喻，零零散散有些地方空着，又有一些最奇怪的地方闪闪发光。在英国人的世界观影响之下，她曾被灌输这样的想法，即觉得自己不够资格，身份不配，现在掌握了新知识后，更能抵制这样的感受。她还记得，她曾对哈得孙讲，《人猿泰山》中的"土著"指的正是他们这样的人，哈得孙气得掉眼泪。自己说的是些什么，多蒂其实也不懂，不是很明白，她是被哈得孙吹嘘美国父亲气的。莎伦正病重，所患的隐疾，他们都知道就是这个无耻的美国人传染给莎伦的，他利用完莎伦又把她抛弃，哈得孙却在那里歌颂他，把他吹成了古老传说中无懈可击的骑士。

多蒂知道，索菲很满意她自己的世界观，出于客气才问多蒂一些问题，但多蒂仍忍不住借此机会，颠覆索菲的无知是福状态。多蒂清楚，索菲提问题只是找话闲聊。多蒂也提醒自己，索菲听东西是左耳进，右耳出，但多蒂还是管不住自己的嘴。她知道索菲是真在听，只是经常记不得多蒂都讲了些什么意思。多蒂想让索菲自己去研究分析，开始阅读，听新闻，均告失败。多蒂一提这些，索菲就垂头丧气，既有惭愧，又很执拗。多蒂与她理论，说她目前的阅读能力就不太行。如果不努力提高……索菲垂下头，乖乖地由着姐姐训，但什么书都没读，新闻也觉太过枯燥。多蒂去图书馆时，索菲也跟着去陪姐姐，因为姐妹俩几乎去哪儿都是一起，索菲只胡乱地翻一翻书。她喜欢去图书馆，是因为里面的人都安静埋头阅读书籍和报纸。她很欣赏这种态度，觉得是有益的事，很宝贵，与她自己大多数时间做的事情非常不同。

街上，图书馆出来第一个路口，有座教堂。每次走过教堂，索菲都满怀憧憬地凝望，多蒂则不感兴趣。教堂是一座维多利亚时期的大排屋，门前台阶两侧有栏杆，拾级而上即到大门。楼下窗户扩建连成一片，因此教堂正面基本全是玻璃，像商店。窗子都垂着不透明的网眼窗帘，看不清室内，外面望去，像个殡仪馆或名声不佳的诊所。楼上窗户之间挂着个木十字架，漆成白色钉在墙上，四只钉子已褪色生锈。大门上方一块漆牌，上书"真基督神圣教堂"。

教堂左侧的房子，楼下窗子什么窗帘都没挂。大门两侧窗内各坐了一个黑发的年轻女人。两个女人不看外面，但显然是要给外面人看到的，人行道上路过房子的人都能看见她们。两人都穿着宽松的家居袍或家居服，做活时难免会散开，比如做编织或缝衣服，或别的活计，窗台下的部分看不到。房子台阶上有住宿加早餐旅馆的招牌。天气暖和时，多蒂曾看到台阶上坐了个胖男人，没刮胡子，穿件汗衫，窗子开着，他邋遢的两个女儿或同伙在窗口晃着她们的物件。此时正值十一月末，岁暮天寒，湿气也重，比这冒汗的妓院老板还机灵的男人，也知道多穿一些了，这两个年轻女人却依旧衣着单薄随意。

多蒂几乎从不看她们。此前曾有一次，多蒂对她们怒目而视，其中一个女人拉起窗户，对多蒂破口大骂。多蒂听不懂这女人骂的是什么，因为不熟悉那样的话，但是女人大怒的样子她看得懂。女人气得脸色阴暗，隔街大骂多蒂，脸上冒汗发着亮光。所以，多蒂现在眼睛都不看那边，脑中仍闪过她们不知羞耻、衣冠不整的样子和闪着亮光的脸。

"这种天气，还得那个样子坐那儿，不会好受。"多蒂说，但索菲不看多蒂，两眼只向往地盯着真基督教堂。说起天气不好，多蒂想到了哈得孙。本来指望十一月哈得孙就会回家。她寄希望于天冷，更盼着他十六岁生日能回家。没想到他能挺住不回家，看看两个姐姐为了他能紧张成什么样。他还真挺住了！一张明信片或一个短信都没寄回来过。哈得孙生日那天，多蒂一个人留在家里，不抱希望地等他回家。甜蜜的十六岁生日快乐！那晚索菲去吉米那儿了，她每周都会过去至少一次。

多蒂只见过吉米一次，那天他半夜送索菲回家。那次他明显状态不是最好，眼睛充血含水，行动有点摇摇晃晃脚下不稳。有点儿矮，三十岁左右，刚开始发福，背有点驼。薄薄的小胡子修剪齐整，像电影里花花公子式的坏蛋。他的样子，让人想起什么东西就要坏了，就要慢慢变质，消耗殆尽了。多蒂知道此时所瞥见的吉米，正巧状态不好，而且只是暂时的。但这一见之下，她还是为索菲担心。那是他唯一一次到她们房间。一般是索菲去他那儿，有时在坎伯韦尔或新十字，偶尔在卡特福德，他有朋友在那儿。

"这人住哪儿呢？"多蒂问，为索菲愤愤不平，索菲却哈哈一笑，欣赏吉米的随性。男人都想自由自在，索菲说。男人天生这样。

有一次，吉米带索菲去利兹过周末，参加那儿一个派对。多蒂笑话他们为一个派对跑那么远，妹妹听了很不高兴。你嫉妒我们，她说。事后，多蒂心里承认感到一阵妒忌，还有种莫名的想家。想起了莎伦和莎伦对自己说过的那个男人，他爱着莎伦，安排莎伦的孩子受洗。多蒂·白都伦·法蒂玛·贝尔福！有时多蒂觉得还记得他。离开利兹时，她应该快五岁了。有时，多蒂一个人，脑中会有那样一个画面，那男人遛着狗，低头向身边的小孩微笑。她觉得这只是自己的白日梦。她其实什么都不记得了，只记得莎伦身边坏男人一个接着一个，都虐待莎伦，把疾病和酗酒传染给莎伦。多蒂怕索菲也走上这条路，怕哈得孙走上歪道，变成那种拾荒的。

3

这一天，已是隆冬，夜长昼短，昼夜交替已无明显界限，哈得孙回来了。已是夜深人静之时，房子里肃静无声，只有冬天下水道发出咕咕声。索菲出去了，周六晚上她一般不在家，多蒂已上床休息。听到有脚步声走近房间时，她并不知道是哈得孙，但想起了读过的一个故事，说的是一个老人坐在炉火前读书，睡着了。老人独居，身边只有几件多年以来攒下的物件。突然，他被一阵敲门声惊醒。外面风雨大作，他起初没听到敲门声。有东西在窗子上轻敲，敲门声一刻不停，不能不理。他打开门，发现是死神来了，死神要先与他讲讲尘世牵绊，谈谈老人曾涉及的种种失败与重构。多蒂最喜欢读死神来临的那一刻。读时毛骨悚然，书中竟大胆安排死神知情达理地与它要带走的人交谈，多蒂佩服之至，不敢置信。读到故事结尾处，她已无多大兴趣，不喜欢书中让死神诗兴大发而且词藻华丽浮夸，但可以确定，死神在一番感怀唏嘘后，还是达成了自己的目的。

楼梯上的脚步声到了转角猛地停下，继而又上楼，到了下一个楼梯口。多蒂听到楼上波兰女人喋喋不休的自言自语突然中断。一定是听到了楼梯上的脚步声，大概以为是孤独的割麦人找上门来，吓得发抖吧。过了一会儿，脚步声又下楼来了，哈得孙来敲姐姐的门了。

哈得孙面容憔悴，像是病了。伤痛下脸庞消瘦，眼神疲惫暗沉。过了一会，多蒂说："进来吧。"她第一反应是上前抱住弟弟，他却紧张地后退一步。哈得孙走过多蒂身边，多蒂伸手去摸他，一只手搁在他肩上，感到他身子一抽，似乎想甩掉她的手。他坐进凯恩买的那张旧扶手椅，垂着头，两肩耸起。"哈得孙你没事吧？"多蒂问。

哈得孙脑袋一颠一颠地点，像要睡着了，多蒂大声又问了一遍，有些慌了。过了片刻，他抬起头，面露微笑。又轻轻垂下头，靠在胸口，闭上了眼睛。

河上行

1

哈得孙不肯告诉多蒂出了什么问题，多蒂也不敢追问，怕他又一走了事。浪迹在外的这段生活，对他损伤不小，元气尽失。人瘦了，力气没了，从前他爱耍年轻人的狠心残忍，这个特点叫人讨厌，现在却已荡然无存。他默然独坐，左手在脸上拂过，仿佛暴躁地掸掉绕着脸飞的苍蝇。皱眉使劲抓挠身上假想的疤痕。下巴僵硬，脸上始终是个痛苦的神情——牙齿外露，眼珠从眼眶中凸起。有一次，多蒂听到有东西磕在楼梯上砰砰作响，像软球弹跳的声音。出去看时，发现是哈得孙跪在地上，用额头撞楼梯。这种动作在多蒂看来是典型的精神障碍症状，十分明显和常见，她想哈得孙是不是在狠心逗她们，他这个浪子怪人回家来栖息。有时，他似乎觉得自己耍的花样很滑稽，咧嘴狂笑。

多蒂觉得，他下一步就会开始自言自语了，像斯托克韦尔地铁站外被大家围观的那个疯子，应人家要求表演滑稽动作，靠看他戏的路人给的赏钱过活。他最喜欢耍的把戏，是唱一段听不懂的歌，如果那能算是歌的话，然后说这是他用母语富拉语唱的一首赞歌，专门献给尊敬的某某人，盼着这人赏他一块银币。人家若是没给，这疯子就一通咒骂，路过的人看着有趣，倒会欣然赏他几个铜币。但是，哈得孙既不唱歌，也不自言自语。跟谁都不说话。如果让他自己决定，他就躲进他楼上的小房间，避开别人。

多蒂每晚都上楼去喊他，他来了，也只陪她坐着，像在牺牲自己。时间慢慢过去，最后他站起身，一言不发走了。他的沉默叫多蒂害怕。有股暴力和残忍的意味，正印证了她最可怕的恐惧。多蒂跟他说话，问他问题，都是轻言细语，额外小心，他听了即把头略略垂下，肩膀又拱起来，像躲着她。他的态度服从温顺，有时笑眯眯地，惭愧于自己的沉默，但拒绝打破沉默。多蒂知道，他看似可怜，其实是一种反抗，坚决拒绝被骗出话来。

"出什么事儿了？是不是惹上麻烦了？"她一遍遍地问。一开始还是温和地哄着他说，决心用好心好意和同情心打动他，但最后，对他这种幼稚的顽固不化，也失去了耐心。他若真疯了，那也纯粹是他任性导致的。他什么时候才能做到不要只想着自己？他就是个自私的小混蛋。多蒂发一通脾气，只换来他可怜她的微微一笑，有次他嘲弄地大叫一声。在他眼里，多蒂才是大吼大叫不放过他的怪物。多蒂也希望自己能放过他，可是他那个样子，全世界都能看到，这样一个十六岁的废人。她怎么能付之一笑，置之不理呢？她安慰自己，起码他是回来了，不知是什么可怕的事情害他如此可怜，闭口不言。他藏在房间里不出来，倒也能睡睡觉，恢复一下元气。

其他方法多蒂也试了。整晚不去找他。她想，她不管他久了，他总归会肚子饿的吧，那就会不得不来找她要吃的，这就有地方入手了。多蒂坚持住了，但是，那年隆冬异常寒冷，夜晚过半时，寒气逼人，冻得她瑟瑟发抖，想着哈得孙小房间定是像个冰窖，她必须上楼去找他。不能让他在小单间里冻死饿死。多蒂也试过给他提一些简单的是非题，他只需点头或摇头确认即可。他是病了吗？是不是犯了法？是不是在逃避警察？是不是有人害了他？不管出过什么事，她都会一样爱他。他知道的，是不是？他为什么就不懂呢？为什么不能说话？他是怎么了？为什么这么傻？他只温顺地低下头，让她想起院子里那只垂头丧气的狗。她觉得，他的低声窃笑，以前是那种水淌过光滑石头的声音，现在却似要转为哀号。

就连索菲的有力拥抱，哈得孙从前常无法拒绝，现在也感动不了他。他只忍受下来，不做反抗，在她怀抱中瘫下来软软趴着。索菲最初见到弟弟这个样子，哭得十分伤心，也猜测着问了问，想探知情况，但不逼他。还跟从前一样，给弟弟做些美味小甜点，诱他迷恋美食。至少能证明他还有喜欢的东西。这些小花样也没有成功，索菲跪在弟弟脚前，哀求他开口讲话。哈得孙笑话她，叫她"小胖"。这是他开口说的第一个词。

索菲眼泪汪汪批评上了多蒂，就差直接怪多蒂，怪多蒂一手造成了今日局面。多蒂看出索菲的责怪之意，看出索菲嘴唇颤抖话已到嘴边。来啊，来骂我啊，多蒂心想。咱们家好好闹上它一场。那些话，索菲最终还是没说出来。索菲猛抽一下鼻涕，把痰咽了下去，只用眼神表示责备。多蒂知道，那些话早晚会说出来，她也知道索菲几乎说出口的话是什么。索菲是在说，哈得孙今天这个样子，是多蒂的错，因为多蒂把他从多佛接了回来，过她们的悲惨日子。从他在灿烂阳光下的美丽悬崖上，享用的那次野餐中，把他带走了。

索菲说不定还认为，她自己的生活成了现在这样也怪多蒂。多蒂就奇怪了，她是怎么害了索菲的呢。除了怪多蒂，他们又能怪谁呢？至于多蒂自己，人生如此，可以怪星象怪命运。应该生在王侯之家，父亲拥有英格兰后花园肯特郡大片地产，可以给多蒂吃反季的草莓，天冷时带她去南方避寒。若是生成这样权贵人家的儿子就更好了……索菲又扑向哈得孙，将他抱在怀里晃着，哭哭啼啼。胡乱夹在索菲肩臂之间的哈得孙，脸上露出了微笑，多蒂看见了。那种情境下，这微笑恶意满满，多蒂见了十分反感。哈得孙与多蒂视线相接，眼中闪过一丝惊慌，移开了视线。

过了些时日，哈得孙的颓丧渐渐有所好转，不再一副可怜巴巴温顺的模样。慢慢地，他开始讲话了。最初东一下西一下，说一些奇奇怪怪连不到一起的事，犹犹豫豫把话排成复杂的对称形式，十分费心费神：瓶装粪多少钱，运河曳船道高高的蓝色天花板，脏脏的指甲油。姐姐们夸他，他放声狂笑，像只兴奋的猴子咕哝着蹦来蹦去。多蒂总觉得他是很清楚他在搞什么名堂的，是在耍她们。他偶尔会头脑清楚，接连说上几句完整顺溜的话，感觉自己词能达意，露出微笑。有一天，多蒂发现哈得孙与楼上那个平时自言自语的波兰女人谈得热火朝天。那女人绝对是个疯子，养了无数只猫，便壶直接往窗外倒。通常一见到别人就跑，幸好她先跑掉，因为她身上一股味儿，但是，哈得孙站在楼梯上跟她聊了半个小时，她也微笑着回话。她讲波兰语，哈得孙讲英语，然而两人都愉快地笑着。一对儿疯子，多蒂心想，恨不得没见到他俩交谈这场景。

等多蒂能把他俩瞧清楚了，她从哈得孙眼中看出了，他遭了什么可怕的事情。早晨去看他时，他总是在睡觉，像个生病的老人蜷着身子。看上去像在发烧，汗迹把皮肤浸得发亮。她给他留下些钱，再去上班，但不敢碰他。他邋遢潦倒的样子像被人丢弃的东西。有一次，多蒂觉得好像听到他嘟囔了句什么，于是喊了他一声，他只咕哝一下，没醒。白天，他长时间待在小房间里，躺在床上，脸对着墙。

一天深夜，哈得孙夜游结束回到家，过来宣告他已康复。他捶门把她们喊醒，异常兴奋地对着她们讲了一个多小时，赖着不走，笑得一脸灿烂，眼珠滴溜溜转，絮叨个没完。她俩早就困顿不堪掩盖不住，哈得孙还站在她俩中间闹腾个不停。

多蒂没那么天真单纯，这情况是怎么回事，她已经猜出来一些。她过了很长时间才正视这一点，哈得孙没干好事儿。起初她以为哈得孙拿着她给的钱去喝酒了。很快发现应该不是。用她给的那点钱，成就不了他这种可怕的沉沦状态。他从哪里弄来的钱呢？他每天早上浑身肮脏邋遢的样子，让她害怕，怕他身上正发生非常可怕恶劣的事。他肯定去外头鬼混了，谁都看得出来。他身上散发出一股味道，有点熟悉，多蒂一时说不出来，让她想起腐烂的尸体。他衣服上沾的东西像泥巴，也像冬日腐败街头干了的黏液。

多蒂把心里的猜疑讲给索菲听，索菲不感兴趣。索菲现在和吉米在一起的时间越来越多，不沾哈得孙和哈得孙的事。偶然见到哈得孙，也是态度冷淡，冷嘲热讽。多蒂一跟她讲起哈得孙，她不是两眼发呆，就是专断下个结论，堵住多蒂的口："别管他了，姐。你还是读你的书去吧。你上回去图书馆都是什么时候的事儿了？是不是。要坚持看啊，不然你读过的书就都忘啦。"有时她则转述吉米的意见，吉米在游手好闲的弟弟这种话题上，像他发表过意见的所有其他话题一样，都是极有权威性的。索菲热爱吉米，多蒂还是很高兴的。多蒂心想，那回见吉米时，一定是看错他了。

2

　　暮冬时分，已是新年，美利坚合众国的白人暴徒，在新奥尔良和路易斯安那州巴吞鲁日的街头殴打黑人学生，就因为这些黑人孩子与他们的白人孩子同校就读。孩子们吓得夺路而逃，仓皇奔逃于法式风情小镇的芬芳美丽小巷，逃避压迫者的怒火，而他们的父母亲如狂徒集结在阴暗的巢穴，谋划暴动。与此同时，在阿尔及利亚人自己的首都，法国人认为他们竟敢违抗既有秩序，对他们投下炸弹。同年二月底，刚果共和国被推翻的总理帕特里斯·卢蒙巴，在冲伯带领独立出来的加丹加首府伊利萨白维尔遇害。卢蒙巴在逃往他的支持者所在地斯坦利维尔途中被抓。当时刚果的约瑟夫·蒙博托刚上台，他不想担上杀害卢蒙巴的恶名，把卢蒙巴用飞机运往宿敌的城市伊利萨白维尔处决。卢蒙巴在飞机上即遭受酷刑折磨。有个美国外交官与卢蒙巴过从甚密，劝说卢蒙巴自首的人中可能就有他。后来他做了美国国防部部长，当时他只是卢蒙巴的朋友。卢蒙巴被加丹加内政部部长戈德弗鲁瓦·穆农戈关押了六周，后穆农戈宣布卢蒙巴被杀。杀害卢蒙巴的加丹加刽子手在街头起舞，他们的金主，那些贪婪追逐权力、掀起血雨腥风的人，举杯庆祝。

冬日这个夜晚，多蒂一人在巴勒姆的房间，无精打采，心情阴郁，日夜陷于这个状态。窗子开着，她枯坐窗前，望着黄色光晕如浓重乌云笼罩在肮脏的城市上空。她觉得世界越来越小，狂风大作，她别过脸去躲避，雨仍打进屋内。

时近午夜，哈得孙撞开门，又来找她胡言乱语，疯疯癫癫手舞足蹈又说又笑，戏谑嘲弄，差点儿把多蒂弄哭。他穿着在街头混的衣服，紧身裤、铆钉皮外套，讲话的腔调和姿态，让多蒂想起他那些朋友和他们令人生畏的行径。

哈得孙一口气讲到了下半夜，什么都讲，他在学校的时光，朋友们说了什么做了什么。甚至讲到了爱情，讲到胸中感情如何澎湃时竟无语凝噎。对多蒂发起大力抨击或嘲讽时，他走上前来，在她头顶盘旋着，恨恨地抓着她刺激她。把多蒂房间里能吃的一扫而光，冷罐头蔬菜用勺子挖着吃了，拿牙大块大块撕咬吞下面包。还有饼干、牛奶、李子果酱的瓶底。多蒂看着他疯狂补充能量，想起这折磨还要继续，连声叹息。望着哈得孙，她心中前所未有地难过，因为就在那一刻，她明白他活不了多久了。最后，她看着他萎靡下来了，就想趁他虚弱，问他一问。这不是算计，而是抓住机会。别的方法她都试过了。他已频频现出筋疲力尽的样子，眼神恍惚，两腿打晃，控制不住地大打哈欠，多蒂心想时候到了，试一下总归没错。于是问了哈得孙那个问题，看到他脸上现出痛苦的神色，她又问了一遍，非要他回答。

"你是怎么了？你要告诉我。把真相告诉我。"多蒂执意问个清楚。

他注视多蒂良久，眼珠定定的，慌张地盯住多蒂。阴沉着脸，像要生气发作，继而叹口气，开口了。没有马上就讲，讲起来也断断续续。不时停顿很久不出声，也时有叹息，讲着讲着想起了什么，又绕回去补充一个重要细节，或辩解一番，倒是全都坦白了，没有勉强。他告诉多蒂的，比多蒂此前设想的所有情形都严重。他吸毒快两年了，她肯定知道吧，他说。没吸很贵的，都是跟朋友一起吸的。吸毒的钱，是通过街头贩卖，还有一种轻罪，赚来的。

"贩卖什么？轻罪是什么罪？"多蒂低声问，不想吓到他，"这种事情我不懂。你耐心点儿跟我说说。"

哈得孙移开了目光不看多蒂。多蒂一时真怕他不说了，笑话她太笨，转身就走。哈得孙告诉她，他们贩卖的是毒品。毒贩子有时拿些货给他们去卖，给他们提点成。他们偷商店，有时偷街上的人。他注视多蒂，看他这个回答多蒂满不满意，又飞快地移开目光。夏天他认识了一个人，在英格兰中部有活儿，答应给他一小部分提成。哈得孙跟这人去了那边，帮他做活，为其他毒贩卖毒品。哈得孙负责送货，根据需要送信儿或当诱饵。这活儿很危险，他边做边学，越做越好。他们也有过欢乐时光，逗乐子，派对过瘾。老板说他人够狠，有干这行的天分，说冬天时如果他还在，就带他一起去法国南部。他赚了不少钱，自己吸的也好搞，因为他们就做这个生意。他难免多拿一些，老板似乎也不在意。哈得孙从来没想过抵制之类。为什么要抵制呢？怎么可能抵制得住？

"你才十六啊，"多蒂喊道，看到哈得孙张皇失措惊讶皱眉，"他这么干太不道德了。哈得孙啊……！"

哈得孙站起身，做势要走，一脸疲惫。多蒂觉得他眼睛看着都小了，仿佛已经闭上了。瞳孔收缩朦胧起来。她喊住他，想靠近一些，但他转过身，摇摇头，摆手让她后退。对她说，别大惊小怪的。他要管住自己，振作起来。振作起来。只是不那么容易，但是会好的。她能不能保密不要跟别人说？

"不告诉索菲？"

先不告诉她吧，哈得孙说。他正重拾信心，找回自己。就这样。

不止这样。多蒂曾以为，是她自己没处理好，才逼得他又跑了，现在他也会留心多蒂了。你看看，索菲说，她对哈得孙的信心得到证明了，虽然有索菲在的时候，哈得孙从来不过来，也什么都没提。虽然他对两个姐姐不太客气，但索菲对现在的局面还是挺满意的。家人都是这样的，她说。总会吵吵闹闹的。不影响相亲相爱。

哈得孙这段经历零零碎碎地透露了出来。他那时没意识到生命有危险，明白过来时已经晚了。毒品让他做事鲁莽冲动。胡作非为，跟一些不该来往的人混。到头来完全落在了老板掌控之中。一切都靠着老板，从毒品到吃的。连现在几点了都要老板来告诉他。他负债累累，无法对抗老板。哈得孙花了很长时间才把这些说出来，中间停了好几分钟，两手抱头。老板逼他发生性关系。性不算什么，他脖子别向另一边哭着说。这个他早做过了，他还做了其他更可怕的事。他什么都干过了，他说，自怨地苦笑。难过的是他别无选择，只能任人摆布。那还只是开始。老板后来还收钱让其他人跟他发生性关系。最后他逃走了，流落街头卖身换钱买毒品。这些不全是他自己说出来的，随着他不幸经历的展开，多蒂也不再顾忌什么了，该问就问，让他把该说的都说出来。他说出来的越多，人越颓丧消沉。多蒂知道，还有很多他没说出来，想到可怜的弟弟曾被迫遭受多少难言的丑恶境况，悲伤不已。

多蒂劝他去看医生，但是他说，医生会报警，多蒂无言以对。他对自己的情形非常焦虑不安，所以当他说如果有人协助支持，他能自己戒掉毒瘾时，多蒂是信他的。刚听到他堕落放纵的经历时，多蒂心中非常厌恶。在心里已开始疏远他。那种事情，谁做得出来呢，除非内心腐化自甘堕落。他散发的就是这种腐败的味道。然而，越是听他讲下去，多蒂越感到他的不幸，越是想尽一切力量帮助他。多蒂认为应该把他的毒瘾告诉索菲。这样大家能同心协力……

索菲没有像多蒂想象的那样惊讶。索菲点点头，默默地听多蒂讲完。"他现在的钱哪里来呢？"索菲问。多蒂没回答，过了一会儿，索菲又问了一遍。

"偷东西。卖毒品，"多蒂说，"能捞什么是什么……但是他想收手。会收手的。他发誓会洗手不干。"

姐姐们尽了力帮他，可是每周都发现，她们对抗的敌人太过强大。哈得孙对她们扯谎，偷她们攒的钱。把她们洗劫一空。所有值钱的家当都被他偷走。她们劝告他时，他心情低落时，他也悔恨得哭。吸高了时，他说要去纽约找他父亲。索菲回家说起吉米提醒她们，哈得孙什么都做得出来，瘾头上来，多坏的事都做得出。吉米叫她们赶走哈得孙……怎么能赶他走呢？他是亲弟弟啊。索菲说要搬走，但想起要留下多蒂一人，还是不忍心。

到了春天，哈得孙被抓了。罪名是暴力抢劫。他们三人找上克拉珀姆一座房子，入门盗窃，发现屋里有个老人手持一把牛角把手餐刀。他们夺下老人手中钝刀子，把老人打得遍体鳞伤。克拉珀姆警局的警官告诉多蒂，有个邻居认出了他们一个同伙，这个同伙供认了，把其他两个也交代了。警官说，他们三个都是瘾君子，街头混混。就是男妓，他指出，确保多蒂明白他这委婉说法的真实含义。染上这两种恶习的，他说，必然会走上邪道，只坐几个月牢，是便宜他们了。

哈得孙死不承认，发誓说是被冤枉的，把他们供出来的那个同伙说自己挨揍了。他在法庭上说，另外两人在警局对他报复折磨，一副愤愤然又骄傲的样子，展示他勇敢捍卫自我过程中受的伤，法官和律师见了丝毫不为所动。这人又找了工厂经理作为他的品格证人发言，法官和律师也毫无兴趣。老人指认三个黑人男孩就是攻击他的人，这就差不多够了。哈得孙被判入管教所十四个月。法庭上多蒂站起身对法官大喊，恨自以为是的法官无情，把哈得孙发送到那地方过悲惨生活。法官大怒，命人赶多蒂出去，多蒂扑通跪下，求法官手下留情，放过误入歧途的可怜弟弟。都没用，多蒂被扭送出法庭。

姐妹俩虽然不愿承认，但是哈得孙不在跟前，她们都松了口气。两人互相安慰，这次或许某种意义上对他是好的。至少让他脱离了那种几乎毁了他的堕落生活方式，给他机会作出补救。愿上帝保佑，阿门！索菲虔诚低念，闭眼默默祈祷。索菲暗中又开始与通过吉米认识的一些朋友周日去教堂。她几乎每周六都在吉米那儿，很方便第二天早上溜去教堂，多蒂不会知道。多蒂知道了也不会在意，只要多蒂自己不要每周去教堂听个牧师高谈阔论就好，不过这点索菲并不知道。索菲感觉到多蒂不赞成她去教堂，没多问是为了什么，只管瞒着多蒂悄悄去就是了。

索菲还与吉米在一起，倒教多蒂很是奇怪。多蒂不得不承认自己看错了吉米。她想好了，待最近的事儿平息了，她缓过来一些，就请吉米多过来坐。有人给了她哈得孙的地址，于是她给哈得孙写信。信里讲到吉米和索菲在一起过得很开心。随后一段热情洋溢地谈到尤里·加加林环绕地球运行。"你在报上看到过他的照片吧。圆圆的脸，开朗快活，怎么能不相信他呢。俄罗斯人也不可能编造得出来。我看他穿的太空服太大。看来人类不久就会登月了。谁能想到这一天真的要来了。"

哈得孙被收在多佛少年感化院，很有讽刺意味，多蒂明白，心里十分内疚。如果当初就让他留在多佛，也许今天的一切都不会发生。哈得孙在感化院那一年，她去探望过四次，最初四个月不允许多蒂过去探望。说哈得孙住院了，最好暂时不要有人看望。四个月后她见到哈得孙，他消瘦憔悴，两眼失神，像被掏空了一样。身体好转后，有点儿活力了，但鬼鬼祟祟的，看着多蒂一举一动，微笑无话。她看了觉得像在密谋策划什么似的。他说起想做海员，周游世界，到美国去。我要去看我爸爸，他自嘲地微笑说道。

3

"你有没有想过，在这个地方，我们是多么没有价值？"多蒂有次来看哈得孙时，他问多蒂。他没解释这个"我们"是指谁。多蒂跟他讲圣诞节各种活动，但没告诉他，多蒂是自己过的节。索菲和吉米请多蒂过去，但想想这两人满心期待的喧闹狂欢，多蒂就受不了，于是婉拒了。虽然是一个人，她过得倒挺好，读了本很有趣的书，外出散步走了很远。她给哈得孙讲，布里克斯顿有个牙买加人，新年派对结束后回家路上被人杀了，正是这事刺激哈得孙提出了那个问题。"这个国家不欢迎我们。他们不要我们，只让我们去干那些没人愿做的脏活儿。那么多人，成千上万的移民，赶在禁止他们到这个天堂来的新法律生效前，一窝蜂跑到这儿。我们这种人在这儿能有什么用？"

"有用？你是说生命的目的吗？那你要自己找到目的，"多蒂压低声音说，向四周张望一下，怕被人听见，"我们就住在这儿。属于这儿的。你还要去哪儿呢？活着的理由不在某个地方，在你自己身上。"

哈得孙两眼望天，讥讽地一咧嘴。多蒂心想，这孩子太年轻，别人说什么他都嗤之以鼻。也许就是因为他太年轻……

"哦你可真勇敢！别跟我来狂热教徒那套，说什么基督的奴隶，"他说，"在一个别人都拿你当动物对待的地方，你怎么可能找到任何理由住在这儿？人家不断地让你知道，人家恨你。你不如人家……低人家一等。没停过！你如果反对、抗争，人家就说你太在意你的肤色。你就成了危险的人、捣乱的人，人家就揍你，让你老老实实的。我要是能，我就把这地儿毁了，让它从地球上消失。再找个地方重新开始。"

"什么地方呢？不都一样吗，有什么地方会跟这儿不一样？"多蒂问，不是想跟他吵，也不是不相信会有生活比他们背负的这个好，而是因为，她感到他们做不到这种脱逃计划。她也不喜欢哈得孙那么愤愤不平，语气强烈。她觉得她理解他的意思。监狱让他满腹怨恨，大概也必须这样，但是她不想听他这样讲话。坐牢后难免会这样，但是这种愤怒只会毁了人的大脑，吞噬掉部分大脑，失去这部分大脑，人就无法理解周围都是什么。连自己是谁都搞不清楚，她，索菲，哈得孙，也不知道自己属于哪个人群。认得这个地方，也只有这个地方。别无他法，只能在这儿坚持下去，为自己寻找生存空间。否则还有什么路可走？

多蒂告别哈得孙，回到工厂做她麻木单调的苦工，回到她巴勒姆孤单脏乱的房间，她又想，自己之前或许有点仓促。那个觉得深陷处境无法逃脱的人，是她自己。人家哈得孙流浪街头几个月，那样恶劣的生活，倒都神奇地熬过来了，现在他想重新开始。她应该鼓励他去做海员，而不是跟他说就该陷在现在的生活里。海员啊！她想起了凯恩和凯恩的生活经历。哈得孙走那条路也会成长得更好的，毫无疑问，就能摆脱这儿压倒他的那些重担包袱。做海员总比什么都做不成好，至少能带他到美国。

多蒂想，男人就可以那样想。可以起身就走，带着使命感，去从事神圣事业，比屈从上面和外界好。她自己就做不到。她会挂念索菲，放不下哈得孙，只想三个人不能分开。或者，这是个假象吧？也许她不过是害怕而已，或者没有毅力去冒险。一个女人，可怜的小多蒂，一个人上路，为自己找个新生活，广阔世界会怎样对她呢？看看莎伦的遭遇吧。他们把莎伦变成被他们利用的东西，用完了再把她丢弃，让她贫病交迫地凄惨死去。哈得孙想自己怎么来就怎么来吧，多蒂心想。那是他的机遇。有一天，多蒂也会去看看她向往的地方，在此之前，她得先解决一些时常要压垮她的小负担。

多蒂又开始存钱，想着等哈得孙出来了，需要钱来准备出海。她不知道怎么才能当上海员，只知道是要花钱的。索菲很热心，听多蒂讲哈得孙在康复中，她也很高兴。索菲说她没有勇气亲自去多佛。那会太难过。但多蒂猜她是自己的事情应付不过来，抽不出一整个下午的时间。索菲自己的生活也要安顿好。她算是又搬出去了，隔天晚上回来聊聊天帮帮忙。又长胖了，动不动就上气不接下气。索菲哈哈一笑，耸耸肩。她会控制的，除此以外，她和吉米过得都挺好。吉米跟着她来过两次，打个招呼问候一下，没多逗留。他在多蒂面前显然不太自在。笑话讲得不到位，高兴的样子也像是硬装出来的。竟然被一个比他小的女人影响成这样，或许他有点儿不痛快吧。反正多蒂是这么猜想，因为听他提了好多次多蒂的年龄。吉米认为，做海员对哈得孙好，听说姐妹俩存下了小小基金，给哈得孙启动新职业用，他赞赏地吹声口哨。这孩子真有福气，他说。

姐妹俩一点点钱都攒下来。那年特别长，英国战后的繁荣逐渐结束，年景好的时候从旧帝国移民过来的数万工人，没有用处了。没人告诉这些讨厌的人他们已经不受欢迎了，本地人已经不耐烦了，发火了。"没有活儿了，懂了吗，够了，走吧。"但他们还是来了。面对这几千名来自曾被他们统治几百年的地区的沉默阴郁的外来工，英国麦克米伦政府害怕了，懦弱下改变方向，为了国内安定，通过了首个《反移民法案》。新法案一出台，南亚和西印度的外来工都急忙赶在法案生效前把家人接过来，将外来工身份转为移民身份。

在这些重大事件发生的同时，姐妹俩一省下点儿钱就存起来。总会用得着的，即使哈得孙又不想做海员了。也可以用这笔钱去纽约，比如说。他对纽约念念不忘，成了执念，现在又加上对席卷美国的黑人运动之反抗精神的赞赏：黑人穆斯林运动、马丁·路德·金、美国全国有色人种协进会，都让他自豪又羡慕，希望也成为一分子。他也算是，他说，因为他父亲的缘故，所以不如他去美国亲眼看看那儿。

对于多蒂，那个漫长的冬天过得也很慢，不是因为哈得孙，是因为她自己的生活也没有什么起色。她觉得应该离职找个新工作，又走不出那第一步。意识到自己的知识匮乏之后，越来越想回学校读书。想有个男人、伴侣、爱人，或者其中之一。这些她都没着手去做，只旁观世事演变，感叹时光易逝。

4

哈得孙出狱时看着有好转。多蒂巧计智取房东安迪，安迪无奈之下只得耸肩答应她们以一半价格保留了哈得孙那间房。房东不懂，哈得孙那么野的孩子，多蒂为什么还要管。哈得孙在感化院服刑期间改过自新表现良好，所以提前四个月获释。重获自由后最初几周，他十分积极乐观，雄心万丈。他说，在感化院学到的最重要的一课就是，他再也不想进那儿了。这一课，他是学到家了。在监狱这一年，他考了英国城市行业协会的一门考试，老师说他很有数学天分。他计划第二年读一些普通水准教育证书课程，目前他先读中学，把成绩提上去。他说起"普通水准教育证书"这个词，仿佛这是个非同一般的仪式，需要特别资质才能达成的秘密仪式。他说，然后，他会做电子行业。

刚出来那几周，哈得孙总说起数学老师瓦伊尼先生，老师帮了他很多。教他想起寄养家庭的父亲。他是小心翼翼说起的，随意望向别处，故作轻松。这个老师不像寄养家庭父亲那么有教养，话多，是个大嘴巴，不过只是假装的……之所以想到把这两人作比较，也许是因为那时他在多佛，又有大把时间回想过去这些年的事。不过，他说，该为将来做打算了，他决不会流落到哪个垃圾堆里。电子行业，他要做这个。

然而，没多久，他就又跟以前那帮人混在了一起，大发横财。几乎没有任何预兆，又回到了老样子。这一天早上，出门时还谈着去上学和兼职打工，到回家时，就成了大摇大摆，讲话又像以前那样拖着长调的。随后情形急转直下，因为她们都熟悉了那套流程。哈得孙想来就来想走就走，有时带伙伴回来。同住在顶楼的那个脏兮兮的波兰女人，在房子里散养了几只猫，每次看见她，哈得孙都喊着笑着去追她。一逮到她，就挠她痒痒，粗鲁地在她身上乱摸，过后又啐口唾沫，嫌她臭。他又成了以前那个危险人物，情绪在异常高涨与极度低落之间交替发作。多蒂一要跟他谈，他就大发脾气，说要搬走自己找地方住。他在多蒂面前挥舞一捆捆钞票，炫耀他混得多好。索菲要上来含泪拥抱他或不屑地斥责他时，他冲索菲大吼，毫不留情地破口大骂。对她们大发牢骚时，常拔刀相向。最后索菲彻底搬走了，她说吉米发誓，如果哈得孙再吓唬再骂他的女人，他就要亲自来教训哈得孙，索菲不想因为自己害了弟弟。

　　有一天，哈得孙说，他准备好去纽约了。从感化院出来已经两个月了，他还不到十八岁，所以还需要有人给他在申请表上签名。多蒂从莎伦的旧文件里翻出了哈得孙的出生证，填好了他的护照申请表。以他的监护人和最近亲属身份签名。哈得孙自己的钱似乎已经够了，但还是拿上了姐姐们给他攒的钱，不出四周就出发了，说等他回来时就是百万富翁。那是她们最后一次见到他。他走后，过了些日子，警察来了，说哈得孙醉驾撞死了人。警察查了好几个星期，刚追查出来是哈得孙。几个警察都是金发年轻人，工作愉快，大红嘴巴一咧，告诉多蒂，哈得孙是假释出来的。"那孩子这辈子都要待在牢里了。你知道吧，亲爱的。你们不待在自己国家，跑这儿来做什么，搞不懂。我们这儿自己的傻瓜本来就够多的了。"

几周后，伦敦一个政府部门通知说哈得孙死了，淹死在纽约州北部哈得孙河。多蒂鼓起勇气拨通信笺抬头上的电话号码，那头让她等着，她在电话亭里一直等到塞进电话的钱都用光。她去了林荫大道上的部门办公室，但是没人肯见她。门房很客气，但让她等在门厅，否则就请走人。最后，出来了一个银发男人，脸红红的，神色不安，对多蒂说无法安排她面谈，建议多蒂写封信去要求提供弟弟的死亡情况。

姐妹俩去了巴勒姆那个真基督神圣教堂见莫西亚牧师，就是多蒂常常路过的那座排屋教堂。多蒂工厂一个黑人女工告诉她的，说这个牧师帮其他黑人联系过政府部门。牧师个子很高，相貌堂堂，语气轻柔对她们讲话，仿佛怕把她们吓跑一般。他想让索菲也对他讲话，但是索菲眼睛只看着多蒂，牧师坚持要她说，她只垂下眼睛看着地面，等着。最后牧师全部注意力转到多蒂身上，眼神通透看着多蒂的干瘦身形，看出了多蒂沉静外表下克制的激愤。当多蒂讲到那个部门不让她进去，对哈得孙的死因一个字都没讲时，牧师的脸越发阴沉，怒气冲冲。双拳紧握，看得出他咬牙切齿。

"这些人把我们当什么了？"他说，"他们以为，就因为我们是黑人，我们就能忍受这种欺凌？亲爱的，咱们明早就过去，伸张我们的权利。弟弟走了，请你们节哀顺变。他已去了天国。"

"阿门。"索菲喊道。两眼闭着，但脸上欢喜若狂。

次日，牧师陪她们去林荫大道上的部门办公室。出来的还是跟多蒂讲过话的那个男人。他又是生气的样子，但静静地听莫西亚牧师讲了一会儿之后，请他们进了另一个房间。进去后，他从一个文件夹中取出一张纸，对照纸上内容，把他所知道的哈得孙死亡的情形，简短郑重告诉了她们。警察从河中把哈得孙打捞上来，发现了他随身携带的文件，核实了身份。尸检显示他坠河时是昏迷的，所以很可能他是被人打晕的。那人把纸放回文件夹，抬起头来，一副已经完成任务、已尽了人事的样子。牧师说还想再了解一些细节。"尸检的具体情况没提供给我们，"那官员说，"你们可以找纽约相关部门获取该信息。你们是直系亲属，有权获得此信息。"

"那尸体呢？"牧师问，进一步掌控谈判，"可否运回英国安葬？"

"已经处理掉了。这个……事故是在好几个星期以前发生的。很抱歉，我只能帮到这一步了。你们可以联系纽约相关部门。"官员说，合上文件夹，站起身。

"先生请稍等，"牧师也站起身，但是以神职人员要宣读律法的庄重仪式感，"不可如此谈论基督徒的逝去。有没有给他做……仪式？"

"抱歉。其他的事我无法再帮你们了。现在真的要请你们走了。今早非常非常忙……"那人说，闭上眼睛强调他讲话的情绪。

"恕难从命，先生，见谅。"莫西亚牧师怒吼道，胸膛起伏喘气，像要一怒把官员打倒在地。

他们为着弟弟的尸体争个什么？多蒂不解。这与他们有什么关系呢？哈得孙的尸体是她和索菲的，他俩却想不到来问问她们，是否要把弟弟支离破碎腐败的尸体运回国。她和索菲只是两个女人，不经世事，不懂得处置蠢到自甘沉沦自取灭亡的弟弟尸体这种事。

"就让他留在那儿吧。"多蒂说，转向索菲示意她确认。官员已经在往里面走了，莫西亚牧师愤愤然正欲对他后背再骂上一句。他望望多蒂，似要反对，但看到多蒂神色，打住了。过了一会儿，他点点头，在她俩旁边坐下来。瞟一眼索菲，索菲垂下眼睛。不一会儿，索菲碰碰多蒂胳膊，她们站起来走了。

5

巴勒姆真基督神圣教堂莫西亚牧师为哈得孙安排了追思礼拜。吉米、索菲交的其他朋友，来了一大帮人。麦克·巴特勒送了个花圈，自己没来。他说不想冒昧打扰。哈得孙一些老朋友也来了，阴着脸大摇大摆地进来。会众大部分是莫西亚牧师平时的教徒。

礼拜这天，是哈得孙十八岁生日后三个星期，牧师对此不胜感慨，叹息这位年轻人于风华正茂时早逝。窄小的教堂内，他嗓音提高了，颤抖着，求上帝看顾这个心爱的人，如此年少，却再无机会实现人生，何其残酷，已要启程回到造物主身边。他请在场所有人在上帝面前，见证从古至今黑人所遭受的不公与压迫，祈祷上帝向恶人施报。

主啊，赦免他们吧，一位会众喊道，众人齐声颂唱求上帝怜悯。哈得孙的朋友大声表示反对。牧师双眼紧闭，两手紧握，垂头求上帝指引。无声祷告数秒后，莫西亚牧师抬起头来。愿主的旨意成就，他语调愤怒地念道。牧师请大家唱诵赞美诗，会众齐呼阿门，唱诵起来。汗津津的脸泪流满面，鼓掌摇摆，悲叹不已。多蒂自觉超然于这种恣意放肆之外。想起了默里医生，多年前就在他们常坐的位子几英尺之外倒地而亡。他如果见到这个稀里糊涂不知所以的悼念仪式，不知会作何感想。她又想，也许是她自己的问题。也许错在她自己，对这样的情感外露感受不到抚慰，自己内心冷淡了，这些好心人的热情也触动不了她。索菲倚在一个人怀中哭泣。有只手按上多蒂肩头，她只得作抽噎难抑的样子把它抖开。

四十天后，新年的第三周，多哥共和国总统斯尔法纳斯·奥林匹欧在官邸遇刺。他被他自己军队的军官杀害，成为黑人非洲首个在军事政变中遇刺身亡的国家元首。在他之后，又有一批元首死于军事政变。不久后，非洲大陆闲置部队发起一系列政变，先以上校为首，后由少校、中尉，甚至士兵率领发动。斯尔法纳斯·奥林匹欧遇刺当日，索菲告诉多蒂，她怀孕了。索菲走后，多蒂不禁苦笑。人生如戏，她们活得却何其尽心竭力！

政变与反政变

1

索菲怀孕后不胜欢喜兴奋，始终未见消减，直到进入孕期第五个月。此时，她大肚子已很笨重，听了大家劝，搬回巴勒姆对她最好。孕早期的种种反应和体内剧变，她从没想到会如此难熬。早上真的会晨吐，伴着呕吐恶心，果如传闻所言。肚子另外一头也爆出来，就想自己怀孕是不是有问题，肚子里叽里咕噜的是不是说明她的身体不愿孕育体内这个小生命。虽然有诸多不舒服，但一讲起要做妈妈了，或者吉米把她生个孩子做玩物这个想法拿来取笑她时，她都不禁哈哈大笑。新年后她换了新工作，在滑铁卢一座办公大楼的厨房做活。比她在维多利亚车站做的脏活好，拿的工资也多，更舒心。同事大部分是白人。这一点，索菲不加多想就认为正说明这是份像样的工作，比起上一份工作中工人大多是黑人和棕色人种，是提升了。觉得自己很幸运，决心不让怀孕影响到工作。会尽量一直工作到孕期最后，不是为了让老板看到她勤奋可靠，而是因为吉米说他们需要这个钱。

索菲肚子大起来以后，吉米说她最好搬回去跟姐姐住。看他着急的滑稽样子，索菲直笑他，跟他说离生产还早着呢，宝宝不会一下子就出来的。吉米也笑，承认大家都知道，男人对这种事情紧张得不行，可能比怀孕的女人自己都紧张。不过，他还是希望索菲搬回去跟姐姐住，如果有什么情况，姐姐知道如何照顾索菲。他会怀念越过索菲如山般的肚子进入她体内，但是他得适应要有一段时间无法那样了。做母亲是件大事，孕后期她身边有个女性陪着更好。他自己一点儿都不懂……连一点儿都谈不上。他不是都尽力了吗？不是他在意，是为了以防万一……索菲那天晚上后背僵住了，多吓人啊。如果再发生可怎么办？再说，他接了个一个月的活儿，在拉夫伯勒一个建筑工地。索菲现在的情况可不能一个人住。

　　起初索菲不肯，觉得她能应付，想着吉米会改主意不去拉夫伯勒了。但吉米还是去做那份合同工了，他一走，索菲的肚子突然猛长，感觉自己不能再坚持一个人住了。多蒂也欣然表示索菲该搬来同住。索菲说，自己一个人留在吉米的房间很不好过。活动都很费劲，自己做事情有时也很烦。肚子觉得打起结了，仿佛身体一部分已成了石头，在她体内滚来滚去。她曾以为怀着宝宝是很轻松快乐的，但是事实并非如此。索菲牢骚发多了，自觉要教姐姐讨厌时，就会对多蒂说："姐，别管我。没那么惨。你知道我就是喜欢发发牢骚。"索菲很清楚，后面还会更不好过，有时想起以后还要比现在更臃肿，带着个更大的肚子，她就恐慌不已。她对多蒂说，她梦到自己越胀越大，最后爆炸了。

　　吉米在伦敦的时候来看她们。在她们面前比原来从容了，笑得更轻松。有次不等多蒂扭过头去装看不见，他直接就伸手去捏索菲乳房。索菲面露微笑，倾身把另一只乳房也送向他，他却窃笑着避开了。两人随即心领神会地相视大笑。多蒂对索菲说不要被吉米骗了，索菲垂下眼睛，也没反对。最后，不得不辩解一下了，索菲只会说他挺好的。

"怎么个好法呢？他对你就像个可以供他玩的小东西。"多蒂还是反复说。索菲的神情却坚定起来，喃喃自语："好男人不好找。"念出这句话像念一句歌词，有时变个调，念出不同的节拍节奏来。多蒂疑心妹妹是在取笑自己。

吉米不在时，遇到这样的考验时，索菲则在上帝和上帝的仆人莫西亚牧师处寻求慰藉，莫西亚牧师对索菲怀孕一事不胜欣喜。先怪她犯下罪行，牧师职责履行完毕后，即热情赞美主的智慧，主通过此确凿无疑的征兆，选中了索菲。赞美主，索菲称颂道。自哈得孙追思礼拜后，索菲就成了真基督神圣教堂的虔诚会众成员。她对莫西亚牧师几乎是全心全意地忠诚，只是在牧师跟前还感到有些敬畏。对牧师支持捍卫他们事业的态度，索菲感激不尽，毫无保留。甚至令多蒂为没有也去做礼拜而自觉有愧。

周日成了姐妹俩的小小游击战时间。一个摆出郑重其事的架势，哼着圣歌，穿上去教堂的漂亮衣裳，另一个则尽力将气氛搅乱。索菲会突然呼唤"主啊"，或闭眼虔诚祷告，多蒂见状当即去擦窗户，或宣称要去走廊那头的浴室。多蒂知道索菲也为多蒂祈祷。晚上，两人黑暗中躺着，入睡前，索菲的低声祷告越来越长，多蒂听到其中频频提到多蒂名字。若不是怕索菲生气，她早就笑出声来。看着索菲的自我改造，多蒂颇为惊叹。索菲现在装扮与其他会众一致，穿长裙，打扮老气。三句话不离"主"和"耶稣"，每说一个愿望或希望必补一个小祷告，再来一句"阿门"。多蒂心想，不了解索菲的人，见她这样还以为她是故意模仿实为讽刺。多蒂不信她能一直做下去。

索菲孕期后期果然热情有所消减，因为拖着笨重身子从塞戈维亚街走到莫西亚牧师的礼拜堂很是吃力。她的心思都在即将临盆的事上了，渐渐地，教堂有些活动也不参加了。姐妹俩一起去二手店找婴儿床。在罗西特路一个五金商的院子里看到有个摇床，问门前的人能不能卖给她们。那人一副不敢置信的样子，可能以为她们是逗他玩。他矮矮胖胖，戴一副金边眼镜，头上帽子推在后面。她们愿付一镑买下来，他更惊诧了，原本脸上自觉识破她们利用他的神情，变成了不胜怜悯。他看错了这两个女人啊！"摇床要擦洗一下。你们这两天暂时还用不着吧？"他微笑说道，看着索菲的大肚子点点头，"把地址给我，我擦洗干净以后过两天给你们送过来。不客气亲爱的。你喜欢男孩还是女孩？男孩？男孩可是麻烦，不值当啊。"

摇床送到了，不仅擦得干干净净，还上了白漆。床架两头是两块做工精细的木板，连接四根长木条。木板顶有两个向内的钩子。钩子上挂着细纱帐，垂下来罩着方盒状结实的摇篮。顶板上有根细杆，可以装个篷子或顶罩，给宝宝遮风挡雨。她们把摇床搬上楼，索菲玩弄了好几个小时，把各种各样的东西放进摇床，摇啊摇啊摇。

2

十一月初，约翰·菲茨杰拉德·肯尼迪在得州达拉斯被刺杀前三周，索菲的宝宝出生了。多蒂从工厂赶到医院，叹息她的悲苦世界又迎来一个哈得孙。第二天，多蒂就去找吉米，踏遍一个个临时住宿点找他。在坎伯韦尔那个地址，有两个男人在。他们还在睡觉，可能是公交系统夜班工人，多蒂很不好意思把他们吵醒了。他们说吉米已经搬走了，现在住在斯托克纽因顿。多蒂坐公交到了他们说的那条街，见到一个金棕色染发怒气冲冲的黑人女人。女人不屑地上下打量多蒂一番，口中啧啧作声。多蒂追问吉米地址，说家里有大事找他，她才说出兰仆林一个地址。到了这步，多蒂差点儿掉头往回走了，但想想索菲的难处，只好再试一次吧。吉米并不在她拿到的兰仆林这个地址，多蒂叫那儿一个男人给吉米捎个话，然后回到了泰晤士河南岸。

次日吉米来了。最近几周索菲没怎么见到吉米。实际上，自怀孕以后就很少见到他，孕期最后几周他压根儿就没露过面。多蒂无法掩饰对他的不满，他这样不上心，虽然多蒂和索菲说起来时表示相互体谅，但其实证明了多蒂对他评价不高是正确的。她听索菲说，他现在不叫吉米了，改了别的名字。多蒂问新名字叫什么，索菲耸耸肩不耐烦的样子没说。

他到医院来看索菲，一开始眼睛里只有小宝宝。他把宝宝抱起来，逗它，对它说悄悄话，微笑着惊叹宝宝无一处不漂亮。直到宝宝呜呜哭闹起来，被人抱走，他才表示他很生气，孩子起名都没问他。他是孩子父亲，这是他的权利，竟然被剥夺了。他一定要给孩子起他兄弟的名字，帕特森，作为中间名。

"我不知道你还有兄弟，"多蒂说，"是你哥哥吗？你有几个兄弟姐妹？"

吉米笑了，做作地拱起身，再懒懒地伸直，"不是我亲生兄弟。"他说。

"最近你出人意外的事不少啊。索菲说你还改了名。"

他大声报出一个长长的名字，多蒂听不懂是什么，但知道肯定是非洲名字。听着像当当当，不知道他发音对不对。遇到非洲人报自己名字而多蒂没听懂是什么词时，那个音一般都是模糊的，有嘶声，带出一串元音双元音，仿佛自干硬剑鞘中抽出一把长刀。而吉米讲的词，像用锤子一连串地粗笨敲出。看到多蒂听得目瞪口呆的样子，吉米哈哈大笑，说这是加纳名字。他家领养的兄弟帕特森是加纳人，给吉米起了这个名字。

"哦，是加纳名字啊。"多蒂说，迎合他似的耐心点头。

于是，吉米如背诵一般讲了帕特森的故事。帕特森的父亲是三十年代来自黄金海岸的海员，航程结束后，在蒂尔伯里拿到全部薪水，就再没回去。他在黄金海岸还有个家，在他一再催促纠缠下，大儿子一到年龄就送到了他这里。他说这儿的教育更好。帕特森的家人不愿放帕特森走。他们对帕特森寄予厚望，帕特森人机灵，斯斯文文的，家人都很器重。说他是咱们家白人的儿子，但讲的是反话，是惋惜孩子的父亲再也不回来。家人最终不得已放手让孩子去了英国。为此还十分担忧，怕孩子走了，他们赖以生存的来自孩子爸爸的汇款也没了。男孩来到巴金与父亲和继母一起生活后，改了名字。叫帕特森。

　　索菲已经见过帕特森，对他有些看法。但是吉米来看她，她就很开心了，所以一声不吭就感激地点头答应了，尽管她觉得帕特森有点吓人，也很蛮横。多蒂没说什么，忍住对吉米及其新非洲名字的不屑。都是为了索菲好，对于吉米强横霸道主张权利，多蒂也没去尖锐批评。他若是想听，多蒂倒可以教训一下他的权利是什么。帕特森连他的亲生兄弟都不是，再说这算个什么名字！但无论如何，不管他多让多蒂恼火，多蒂都看得出索菲对他的感情。多蒂看到他对索菲还是很关心爱护的，也许有了孩子，他就会付出更多一些。多蒂记得，夏天的一个周六下午，他和索菲去逛街。索菲在高街上绊了一下，扭到了脚踝，他一个人背着所有买的东西，一路扶着索菲回到家。多蒂烧了热水倒在盆里，让妹妹用芥末泡个脚。剩下的热水给吉米沏了杯茶，吉米多待了几分钟，陪索菲讲话给她打气，多蒂见了也很高兴。第二天他又来了，带着一束百合花来看身体不舒服的索菲。

　　这其实不关多蒂的事。无论吉米让多蒂多不舒服，多蒂还是觉得不该插手破坏妹妹的事。吉米有股疯狂的劲儿。有时他玩笑开得过头了，狂笑不止，笑声太响亮，像个内心阴暗病态的人。多蒂问他在做什么工作，他不肯明说。他说就是做点杂工的活儿。多蒂最后一次问起，他眉头一皱像要发火，随后露出微笑，对她摇摇手指。他说，他是碰到什么活就接什么活，多数是建筑工地上的活儿。他是焊接工，所以随时能找到工作。多蒂不管有多担心，都没想过吉米会对索菲造成真正的伤害，让索菲怀孕除外。

"妹子别担心,"吉米走前说,"我是孩子爸爸,我会照顾你们的。快出院吧,我就能来给你爱爱了。我老想着你呢妹子,我可不想你的咪咪只给小宝宝用。"

他没问索菲感觉怎么样,有了宝宝怎么应付,但是他来了而且还说她一出院就来看她,索菲就很高兴了,至于他不关心索菲疼不疼,索菲只是难过了一会儿就过去了。

三天后,医院叫索菲出院,并且告知她,下次再怀孕,必须与医生联系安排定期产前检查。医院讲了要给宝宝做哪些检查,打什么疫苗,索菲恭敬又困惑地听着,默不作声,医生看了直皱眉。最后放她出院了,"明年再见,亲爱的。"他们说。索菲坐公交车回到巴勒姆她与多蒂同住的房间,回家了非常高兴,看到房间都布置好了,虽然多蒂还在上班。摇床上绑着缎带,顶板的杆上挂着一个细细的缎子似的金鱼。摇床那侧的墙贴满了杂志上剪下来的广告图片。索菲把哈得孙放进摇床,自己吃力地在边上床上躺下来。

多蒂下班回到家,看到索菲突然出院了,很是意外,随后也坐到宝宝边上,看妹妹照顾它。小哈得孙似乎喜欢眼睛闭着,在他下巴那儿好一阵哄逗,他才把眼睛睁开了一小下。姐妹俩一见高兴得很,再去逗,却惹怒了小少爷,小题大作放声尖叫。顺便还把尿布拉了一大兜,以此显示本少爷可不是好惹的。不料她们反倒以此为乐,哈得孙发现任重道远,不由一声叹息。

哈得孙睡着后,多蒂看着索菲又费劲地在床上躺下。仿佛活动长期劳损的肌肉一般,呻吟着咯咯作响地把身体舒展开。多蒂觉得,索菲看着身体非常不好,又太胖,对自己的状况一肚子怨气。尽管她做了那么多祷告，有虔诚的信仰，她敬拜的上帝却没给她安排好对付一些的生活，反而给了她这样的重担。姐妹俩很快就谈到今后要怎么安排。多蒂拿出那个练习本，断断续续在本子里记一些日常开销账目。需要省钱的时候，这个本子就派上用场了。本子里多蒂算出来的账，清清楚楚显示，靠她一个人挣钱，不可能养活她们三个人。多蒂重复说了好几遍，并且把能想到的其他方法也一一列举出来，基本都是她们做不到的，这样索菲才勉强承认自己必须立即回去上班。

"我还得去看医生。护士跟我说的，"她央求多蒂，"哈得孙要打疫苗。不能让宝宝生病吧？姐，我那份活儿他们会给我留着的。主管告诉我的……吉米会帮忙的，直到我们能搬出去自己住。"

多蒂不屑地哼一声。索菲不安地看看她，怕她又来说教一番不该信吉米。但是多蒂没再多说，低头看着练习本中叫人发愁的几排数字。

"主必有预备。"索菲说。

"阿门。"多蒂讽刺地说。

"这是全能的上帝要我们担当的担子，我们必须做到，才能得到他的爱。他给了我们最好的礼物。他把哈得孙还给我们了。感谢主给我们这个小天使。"

"阿门！"多蒂接上，摇摆脑袋，她见过狂热信徒这样做准备动作，"但是现在我们就得找人来看孩子。索菲，我知道这很不容易，但是没办法。我们能给孩子一个好生活，别担心，不过我们自己得做好计划。"

"吉米可以帮忙……"索菲刚开始讲，看到多蒂脸上闪过不悦的神色，暂时住口，但继而又固执地愤愤然讲下去，"吉米一找到我们三人住的地方，就会来接我和哈得孙。你就不用再操心我们俩。姐，你不信任他，但是你等着看吧。"摇床中哈得孙不安稳了，索菲把他抱起来，忙着解自己裙子扣。多蒂递给她一块湿布，她轻轻擦拭胸部，再把哈得孙放上来。身子微微往后靠墙，看着哈得孙欢实地吃奶。他紧闭眼睛，吧嗒吧嗒大口吸吮吞咽，不时又安静无声。一条小腿儿举在空中，顿住，随后凌空晃来晃去，最后落回妈妈膝上。过了一会儿，索菲抬头对姐姐微笑，两人的分歧早已抛到了九霄云外。

3

哈得孙白天托给一个叫乔伊斯的女人带，乔伊斯自己刚生完孩子不久。住在艾姆菲尔德街，自己住个单间，离她们不算太远。她晚间的工作不难猜到。壁凹处是她的衣橱，衣橱杆子上挂着她的专用服装。乔伊斯找到她俩，说听教堂一个女人说她们要找个带小孩的。乔伊斯比她们都年轻，高高瘦瘦，大嘴巴，眼神透着机灵活络。多蒂猜她不到十九岁。第一次来时，她不停地笑，很想博得她们欢心。莫西亚牧师也会推荐她的，她们可以去问他。她说，她需要这份工资，她反正也要带自己的小孩，多带一个不费力气。喂奶不成问题，因为她自己的娃娃也还在吃母乳，她的奶很多，一个娃儿吃不完。索菲不太情愿，瞪着她，摸摸自己胸。乔伊斯看上去那么瘦，奶怎么可能够喂两个宝宝，而且索菲也不想哈得孙染上她什么病。

多蒂也不太放心乔伊斯，但是乔伊斯的要价真不高，很难拒绝。事情敲定时，索菲还嘟嘟囔囔地不太乐意。索菲喂哈得孙三次奶，乔伊斯只需要在将近中午和傍晚时喂他奶。每次喂完奶都要给他换尿布，他的尿布要跟乔伊斯孩子的尿布分开。乔伊斯太想要这份工资，所有要求全都答应下来，直到索菲再提不出反对意见。她们商定，索菲每天早上把哈得孙送到艾姆菲尔德街，下班回家路上来接他。乔伊斯微笑着弯腰看摇床里的哈得孙。他举起小手抓住她的上衣，礼貌地发出高兴的叫声，终于驱除了索菲残留的一点不安。三个女人打趣说，等他长大了，不知要给这世上没有防备心的女人们带来多少惊吓。

索菲出院后三个星期的一个周末，吉米来了。他说他这段时间在曼彻斯特莫斯赛德工作。所以没能早点过来。他跟帕特森讲了给孩子取了帕特森的名，帕特森也想过来见见她们和与他同名的孩子。"小帕特森在哪儿呢？"吉米喊道。他明显醉得不轻，一点没注意多蒂嘴唇紧闭很反感的样子。此时正是周六午后，索菲产后恢复上班第一周的周末。昨晚她被哈得孙吵起来好几次，吉米来之前，她正心情沉闷，郁郁不乐，感到吃亏了。吉米一来，她全变了样，黏着他不放，就怕他随时会跑掉一般。吉米给了多蒂一些钱，让她出门去买东西。"咱们庆祝一下，姑娘，所以这些钱你都拿去花光，一分都不要剩。给咱们来顿丰盛家常饭。钱还多的是，亲爱的。"多蒂拿上钱出去了，哪怕只是为给他俩独处的时间，给他买他一直要的朗姆酒。

多蒂一离开房间，吉米就扑到索菲身上，直奔主题，手探进她裙子。摸索着脱她裤子，一边故意发出色狼般笑声。索菲开玩笑地推开他，知道下一步就是与他做爱，期待地咯咯笑。吉米很擅长给她性的快乐，但这次她心中有些紧张，怕会痛。她帮着吉米褪下自己裙子。他扎进她丰满胸脯，做出宝宝的呜呜声，还挠她痒痒。他想来嗫奶，索菲自觉不妥因此不太肯，于是他做出垂头丧气的滑稽鬼脸，逗得索菲放下了防备。索菲笑着拉他凑到她胸上。看着她的男人偎在她怀中，她热泪盈眶，真想让哈得孙在另一只乳房上吸吮。

多蒂回来时，吉米已睡着了。索菲回避多蒂的眼神，只想着两腿间的疼痛，感到它一抽一抽穿过身体。哈得孙开始发出抽鼻子的声音，不等索菲动，多蒂就先去把他抱起来了，责怪索菲和吉米没看好孩子。索菲开始解前胸的扣子，多蒂揶揄地哼一声。"你还是先去洗洗干净吧，姑娘，"她说，特意看着索菲裙子上身漏奶的黑印子，"谁知道那上头是不是还剩着什么……"

"没必要这样吧，姐，"索菲对多蒂的指责不乐意了，"你不喜欢他来的话……"

"对不起，"多蒂赶忙说，"我这么讲话是不厚道。"

"愿主看顾我们，阿门。"索菲难过地低声说道。

当晚吉米没走，晚上他喝得烂醉，衣服都是姐妹俩给他脱的。多蒂本来想就让索菲一个人去弄他，但又不想索菲为了这么个没用的家伙伤到她自己。她俩把他搬到索菲床上，贴墙塞下，多蒂去走廊上洗手间，索菲在屋里给他脱了衣服盖上被子。

索菲觉得这个晚上大家过得都很不错，感觉多蒂也挺开心。吉米喝醉了搞怪出洋相，逗得她们哈哈大笑。他还让多蒂拿朗姆酒瓶砸他，酒淌了他一脸，自己笑出了眼泪，多蒂笑得喘不过气。吉米醉得越来越厉害，话也越讲越下流，笑得越发控制不住。索菲看到姐姐畏缩了，多蒂受不了了，终于发火。

"闭上你的臭嘴！"多蒂喊道，"你们男人只会这些，你……够了！别说那些破话了。"

吉米惶惑不知所措，一个劲儿赔不是，多蒂自然不好再对他声色俱厉，最后一笑了之。多蒂心中还是有数的，再说她也实在没办法。吉米亲热地扑向索菲时，索菲有多开心，多蒂看得出，前几个月索菲太不容易了。那时多蒂会毫不犹豫把吉米宰了。那时她听到妹妹做祷告，含泪求主宽恕，保佑男人回来。换了是多蒂，多蒂会祈祷叫这男人遭殃。他这次来看索菲，多蒂是不多抱其他幻想的，但妹妹不是。话说回来，日子那么难过，他们痛饮欢闹一晚，多蒂也能忍。他俩什么样儿，多蒂见得多了，早就学会忍了，多蒂不无酸楚地想道。在把吉米搬上床之前，多蒂早就想好了可以让他留下来过夜。他留宿过一次，但那次是睡在门边地板上，背对着她们，不过现在他俩的爱情果实都在摇床中安然玩耍了，再不放下旧怨也没多大意思了。

哈得孙！她没见过这样的小宝宝，当然她也没见过几个宝宝。哈得孙不管见什么都开开心心的。吃饱了就打几个小小的奶嗝，再周到地拉好尼尼，接着就睡了。睡醒了，呜呜噜噜咯咯啊啊地奏响整部交响乐，不带中断的，大有深意一般。有时仿佛自嘲似的，像模像样模仿自己哭一嗓子。有一次，他躺着没盖东西，多蒂弯腰给他身上擦油，他一股尿飙到了索菲胳膊上。多蒂绝对看到了他因让妈妈难堪而脸上尴尬得要死的神色。多蒂看着他乖乖地躺着让索菲给他换尿布，又看着尿布解下来后他稍稍放纵地踢动小腿儿。可算自由了！他真是上天赐予的美好礼物！

半夜索菲起来喂奶换尿布，吉米在床上动了动。索菲知道多蒂肯定也醒了。哈得孙吃夜奶，多蒂都会醒，夜深时就陪索菲坐着喂奶。索菲最亲近的三个人竟然都在同一个房间里了，吉米就躺在她床上，她激动之余，也有点害怕。吉米留宿，姐姐没大惊小怪地反对，她大为吃惊。吉米醉成那个样子，多蒂也不好把他赶出去，但是，居然是多蒂把他往床那边推，还挺高兴地唠叨着又要挪个醉汉上床。又一个？索菲觉得奇怪，再一想，多蒂应该是说女人们又要挪男人们上床，而不是说多蒂自己。

索菲速速喂完了哈得孙回到床上。吉米探手过来轻抚她。抚摸慢慢暧昧热烈起来，索菲控制不住快感重重叹息出声。怕被多蒂看见难为情，挡着不让吉米爬上来，吉米不管。她硬不下心，还是张开了腿，兴奋地等他进来，又自觉羞愧，怕多蒂为此瞧不起她。她重重的喘息转为呻吟，吉米暗笑。快感汹涌而来时，她还想着多蒂就睡在几步之外，看见她鼓胀的身体在快感中翻腾，一脸嫌恶。

早上，索菲醒来的时候，多蒂已经起来了，准备好去教堂。索菲如有惊讶也没显露出来。让多蒂尴尬了，索菲十分内疚。她们收拾准备出门，吉米还在床上，头枕着一只胳膊，不时又睡过去。姐妹俩都不看他，相互也基本不讲话。最后收拾好了，多蒂抱着哈得孙等在门口。吉米大声说，她们回来时他可能已经走了，过几天再来。

去教堂的路上，索菲想说点什么，多蒂做个怪相，挥手示意她无需解释。有什么可解释的？曾有多少次，她在黑暗中躺着，而边上莎伦正与买春的醉汉发生关系。礼拜过程中，索菲热情虔诚地投入歌咏，将孩子左右摇晃着，热泪沿面颊流下。唱到令她深怀负罪感的词句时，她靠在姐姐身上汲取力量。多蒂伸出胳膊搂着她，与她一起摇摆，感受赞美诗在体内激荡。莫西亚牧师就飘泊无根的惩罚做了慷慨激昂的布道宣讲，提醒会众，须忠于自己的信仰和源头，激愤言辞将索菲击穿，她啜泣起来。

她们回到家，吉米已经走了。索菲在枕头下面发现了一张五镑纸钞。她抬起头，正好与姐姐视线相接，两人相对苦笑一下。多蒂又淡然叹息一声，去拿烟罐子，里面藏着她们攒的少得可怜的一点点现金。多蒂非让她躺下休息，因为索菲昨晚显然累到了。多蒂还从她今天走路的姿势猜到了她身体痛。索菲睡着后，多蒂把尿布拿到走廊那头臭气熏人的洗手间去洗，门虚掩着，万一哈得孙醒了她也能听到。

等回到房间，多蒂看到哈得孙摇床边上趴着一个女人，是顶楼那个没牙的大小便失禁的波兰女人。多蒂轻轻放下桶，蹑手蹑脚走向地板上那个浑身尿渍的人。待她看清了这女人做下的事，一时怒火中烧，气得一脚踢了下去。那女人疼得直叫，滚向窗边。多蒂追上去，一把抓着她脏到结块的外套领子把她拎起来，恨恨地使劲晃她。将她拖回摇床边，一只手拎着她，另一只手拿起盖在宝宝身上的毯子，毯子上糊着这女人的粪便。也不管哈得孙吓得哭嚎，就把粪便往女人脸上蹭，恨不得把女人脖子拧断，眼睛扎穿。

"你这个疯狗。"多蒂大骂，把哭泣的女人扔出房间。

索菲赶忙过去抱起哈得孙哄他，多蒂追着那女人上楼去了。索菲听得多蒂砸楼上的门，厉声痛骂。最后索菲上楼去找姐姐，发现姐姐坐在波兰女人门外。

"下去吧姐，"索菲恳求道，"坐在这儿没用的。"

"我不走，"多蒂喊道，气得发昏，"我要撕了那个疯婆娘的脸。这些人冲我们吐唾沫，让我们打扫他们的粪便，这还不够。还要拉在我们头上了。好，我就坐这儿等着，等这个臭母狗出来，看我不拉在她嘴里。"

"多蒂，骂她没意思的。她就是个疯婆娘，"索菲央求道，"她干了啥她自己都不知道。"

"你心太软了，姑娘。我跟你说，这些下流白人渣滓，祸害糟蹋我们，我受够了。我不管她是不是疯子，我要把她肮脏的脑袋拧下米。"

索菲想把脏毯子拿开，多蒂就是不放。哈得孙不哭了，惊讶地专注看着他暴怒的姨妈。索菲蹲下来在姐姐身边坐下，三人默默无声地坐着，只有哈得孙偶尔厌了咕噜一声。他脾气和耐心再好，也终于熬不住了，烦躁起来，一开始还不是太闹，后来就安抚不住了。

波兰女人搅起了多蒂深埋心底的愤懑不平，那个周日的下午到晚上，她唠叨个不停，痛恨世事不公。她们这种日子，她过够了。昨晚的醉酒，还有黑暗中床上那些偷笑与摇晃，使她如此强烈地回想起莎伦，躺在自己床上，为母亲不幸的一生，禁不住悲伤哭泣不已。眼下索菲又重蹈覆辙，贸然走上了莎伦的老路。莎伦一生那样悲惨，哈得孙自甘沉沦直至消亡，而索菲这样下去也躲不过悲苦结局。那天早上，多蒂坐在莫西亚牧师的教堂，羡慕牧师的坚定与热情，羡慕会众热烈诵咏祈望。面对苦难与压迫，牧师却以持戒喜乐相对，何等残酷，多蒂心中难以顺从。然后就看到了那女人把粪便抹到小宝宝身上，再也按捺不住。

　　与她们同住这座房子内的人，一个个不堪生活重压，像她这般失控发作一通，是一种宣泄排解。楼下的印度男人，索菲嘴里的那个下作老苦力，现在只剩他自己了。年轻的妻子跑了，大概回她老家了。老头独居很邋遢，没人来看他。晚上，他痛苦嚎哭，五十多岁的男人哭成那样，边哭边叫着一个个名字骂。他的邻居也不让他好过，把成袋的垃圾丢在他门口，见到他直瞪他，嘟嘟囔囔地骂。这邻居是个坏脾气的小个子女人，见谁瞪谁，怀疑人家都笑话她似的。早上出门时穿着打扮像坐办公室的，但一回到家就换上破衣服和家居外套，打扫起来。半夜在家里挪家具的就是她。

　　多蒂她们楼上，哈得孙以前住过的那个小储藏室，住进来一个衣衫不整的爱尔兰妓女。她自己就是这么说自己的。"而且本人很自豪。"她醉醺醺地张狂宣称。她找到邻居们，上门自我介绍，因为她这个年纪不该再摆架子。多蒂猜不出她的年纪，但最多五十出头。下巴和腋下层层叠叠耷拉着松垮的肉，眉毛和颧骨处皱纹纵横交错。她挤挤眼睛说，咱们都是待在这个破烂国家的移民。她对黑人一向特有好感。她这辈子遇到的人，谁都比不上光鲜的大家伙黑人嫖客。他们家伙太大？她不觉得黑人那家伙太大。她会把它们整个吞下。走之前，女人对索菲仔细打量好一会儿，又朝哈得孙点点头。"你妹妹被人搞出大麻烦了，是不是？"她哀叹一声，起身要走，"他们不配，亲爱的。那些混蛋，没一个值得的。"

还有楼上那个乱倒屎尿的疯婆娘，养了不知多少猫，全是跳蚤，满屋子讨吃的，吵得要死。那女人躲着人，等到她以为没人的时候，才溜出来找地方倒便壶。她也常常直接往窗外一倒，搞得大家就算偶尔想起也谁都不敢走进乱草丛生的后院。起初多蒂和索菲上楼找过她，想告诉她走廊里有厕所。女人从微开的门缝里窥视她们，听她们对她讲着她不懂的语言，哭了起来。多蒂轻轻靠住门，想顺势顶开一点门，能看见她正脸儿，面对面跟她讲话。她却砰的一下把门关上，就在门打开的短短一瞬间，多蒂她们已经看到了一些室内样子，以至于决不会再想着要进她房间。这样一个女人，落到今天这种地步，她身上曾发生过什么，自然不难想象。多蒂回想自己也曾疯子一般又叫又骂地对待这个疯女人，心中有些懊悔。当时只是撑不住一下子爆发了。

那个人在达拉斯被刺杀，因为他为黑人争取权益，多蒂深感痛惜。总有一天，他们会因为金号召黑人争取自由，也把金杀害。终于自由了！金大声疾呼，预言了黑人的未来。他说出这句话的时候，哈得孙的尸体正顺着被污染的河水漂远。

"我们简直就是住在地狱，"多蒂说，"这是惩罚我们啊。"

"你这是气话，"索菲不同意，"上主作为何等奥秘，行事伟大神奇。我们应感谢主的慈爱怜悯，不要为自己小小愁苦发怨言。主会看顾我们，保护我们免受一切灾祸。"

"对。"多蒂怀疑地说道。

"主啊，请宽恕她。"索菲祷告，不禁露出微笑。

那个周日晚上，多蒂的懊悔与自责后来略有平息，坐下来核算了好久练习本中的数字。核对完毕，她把本子合上，放在身边地板上。看着妹妹给哈得孙喂奶逗他玩儿。

"咱们有福啊，对吧？"她说，"看看这个小家伙。咱们有他，多幸运啊。"

索菲低头骄傲地看着她的小宝贝。

"可是现在这地方，没有空间给他成长。"多蒂说，妹妹脸上的微笑随之消失了。索菲叹口气，知道多蒂又要开始说教了。"索菲，咱们要搬出去才行。我算过了。具体怎么实现，我还不太清楚，但是，要找个自己的地方住，这样哈得孙才不会在一帮疯子包围下长大。咱们要自己买房。"多蒂坚定地说道，弯腰拿起地上的练习本。对妹妹挥挥本子，证明她的话不是白说的。

索菲望着她，不胜惊叹。

"咱们能做到的，"多蒂接着说，"只要下决心，一定能办到。咱们为哈得孙不就攒下过那么多钱吗？找到了办法……现在需要再想办法，为了哈得孙成长。这次会更难，因为需要的钱多很多，但是会有办法的。"

索菲点点头，她想相信姐姐的远见，她想相信，多蒂说她们能做到，就一定能做到。"咱们可以去找莫西亚牧师。"索菲说。

　　索菲这个提议令多蒂吃了一惊，但她随即耸耸肩。"明天下班后咱们好好谈谈。好吧，咱们去问问牧师。买房的事他应该了解。"

　　"或许吉米也……"索菲怯怯地说。

　　"嗯，吉米可能也了解。"

　　"为了哈得孙他也会想帮忙的。他会的，姐。"索菲央求道。

　　"当然，他肯定会的，"多蒂说，微笑安抚妹妹，"咱们明晚去见牧师，听听他怎么说。"

　　后半夜哈得孙醒过来吃晨奶，姐妹俩昏沉沉等着他再睡下，又讲起了买房子。"你觉得呢？咱们的小房子买在哪儿好？"多蒂问，"哈得孙也许知道哦。"

　　"姐，你觉得在哪儿好？"索菲疲倦下还是高兴地笑了。

　　"克拉珀姆那种漂亮房子吧。"多蒂说，想起了默甲医生。

　　"或者在布里克斯顿。我喜欢布里克斯顿。"索菲微笑着说。

　　"房子要干干净净赏心悦目的，房间要多，孩子有地方玩儿。有起居室、客厅、儿童房。后院有花园。"

　　"就是梦想中的家呢。"索菲说。

　　上床后，姐妹俩躺着继续聊。索菲很快睡着了，多蒂还遐想着新生活，筹划着，心驰神往，不时停下静听屋中隐秘声响。

携礼拜访

1

吉米似乎猜到了有事在筹划之中，又不见了，害得索菲伤心流泪。多蒂无可奈何一声叹息，恼怒之余，也不无解脱之感。多蒂认为吉米这种逢场作戏和滑头是老毛病，他越是老毛病不改，又发作，就越容易让索菲看明白这个男人靠不住。吉米消失不见后一两周，索菲还为他辩解找借口，多蒂只能委婉地怂恿着索菲恨他，不能反为吉米赢得同情。到了第四周，索菲才不管不顾地骂了出来。

"这个人不值得我费力，"她喊道，"他把我当什么了。我为他担心死了，祈祷他回来，他却连告诉我一声他在哪儿的时间都没有，"她又喊，"他大概是找到了哪个贱人养他了吧。黑人男的就这样。让他放胆过来啊，我让他瞧瞧他自己该怎么办。"

索菲怒气冲冲在屋里走来走去，做家务也动作额外粗重，适时愤愤地紧抿嘴唇。多蒂同情地摇摇头，听索菲痛骂吉米，心里越来越轻松欢快。她知道，不消多时，索菲就会抽鼻子，嚎啕大哭，但能开始认清了就好。多蒂认为，索菲这番大吵大闹是为找寻空气，哈得孙也曾以他痛苦自负的方式挣扎过。多蒂如今也有些理解了。在分给他们的生存空间里，他们得四处探求，才吸得到干净空气。这不是他们随随便便就能拥有的。他们翕动鼻翼吸入肺中的，全是别人污染过的用过的气体。要把坐在他们身上的屁股推开，才能呼吸到真正的氧气。可是多蒂从来就做不到。也许是她怕这种发作宣泄会很容易上瘾，又或者，也许是，她觉得，面对毫不留情将她摧残伤害的世界，她既害怕，又卑微。

然后，帕特森突然来看她们了，出现在一楼楼梯平台。这是多蒂第一次见到他，他与他兄弟截然不同，多蒂很是惊叹。吉米是小个子，闲不住的那种人，动不动就笑，不停出洋相。尽管摆出逍遥自在的架势，但掩不住一股忧伤，那种轻松愉快似乎是装出来的，活泼的表面之下其实没有信心，自认必会失败。多蒂一直觉得他嬉笑逗乐中带着一丝疯狂，他开的那些玩笑背后，是波动和不稳定。多蒂看到他做的一切事情，都隐隐带着股怨恨之气。

帕特森则是瘦长个儿，人很随意，给人一种什么都无所谓的印象。他的态度既阴郁又紧张，带着克制内敛。多蒂心想，这人如果成了你敌人，你日子可不好过。他的脸色发灰，像因为生病或饮食欠佳造成的。从太阳穴到下巴，脸上的肉形成一条条窄窄的皱纹。这张脸似以古代某设计为模子刻造出来。他一进房间，就随意四下望望，来到她们中间，对她们进行评判估量。微笑时，笑容刚挂上脸，不自在地稍作停留，就倏的一下飞走了。讲话是低沉的轻吼，语调没有起伏变化，自傲而威严。说话还有口音，但他对自己的非洲语调似乎既无意识也不在意。

姐妹俩对他很戒备。索菲毫不掩饰对他的害怕，见他来了，眼睛只盯着地板。帕特森站在门口，视线越过她们，看向哈得孙睡的摇床。"我可以看看他吗？"他问，恭敬地朝索菲那边弓起肩。垂下眼睛片刻，看着真是在请求人家首肯。这姿势只保持了一瞬间就撤掉了，似乎只是例行客套一下而已。而且这姿态显得与他既不协调，也并不诚恳，只是迎合一下索菲。

此时正是年初，天气有点儿冷。那个冬天后来有次大寒潮，在英国及欧洲北海海岸造成史无前例的混乱与灾害。此时寒潮尚未到来，室外比平时还要暖和，冬日当空，天朗气清。她们幽暗的室内却是非常阴冷，帕特森没脱外套。他穿着一件定制的灰色大衣，显得他高高扁扁，使他看上去更不真实，举止更具仪式感。他抱起哈得孙，注视他的眼睛，又看他的身子。随后毕恭毕敬将他放回摇床，动作有点儿反讽的意味。

"真是个英俊少年，"他客气地微微一笑说道，"愿主使他长寿，积极生活，赐他健康与富足。请允许我祝贺妈妈喜获麟儿！听说你给孩子取名帕特森。感谢感谢，我和家人不胜荣幸。"

"哈得孙·帕特森·贝尔福。"多蒂一点儿不怯，报出孩子全名。

帕特森瞟她一眼，微笑表示赞许。"这名字真好，"他说，"孩子前程似锦，有此名如虎添翼。我先提了与我同名的部分，是我自私了。因为我荣幸之至……"

"您请宽衣，请坐请坐。屋里不是太暖，我们这就打开取暖器。吉米说你是加纳人。克瓦米·恩克鲁玛与阿散蒂的家乡，气候一定也温暖宜人。我们这里冬天这么难过。"多蒂意识到自己有点装模作样，又管不住自己嘴。希望没把这几个名字说错就好，帕特森没有作答。"请坐。您要喝点什么？"

"不用了，"帕特森婉拒，"不烦劳了。"

"喝点茶吧。"多蒂坚持殷勤款待。她想，非洲人是有名的热情好客，自己岂可失礼。

帕特森同样坚定地摇摇头谢绝了。他此行是来通报吉米近况，就在刚进门的地方立定，履行此次任务。他说，吉米入狱了，刑期最少五年。索菲愕然张大了嘴，随即一只手捂住嘴，不让自己尖叫出来。帕特森注视索菲好一会儿，轻轻点点头，对她的痛苦表示赞许。把她上下打量一番，面露微笑。多蒂在一旁看着，心中不安起来。

"他进……去是犯了什么？"多蒂轻轻问道，想让帕特森眼神从索菲身上挪开，但看他那种不好惹的架势，又怕引他动起怒来，招架不住。

"他在曼彻斯特被控盗窃。在街上被警察逮捕。身上带着工具包，警察非说他是在去入室偷窃的路上。说有其他案子是他干的，现场有他的指纹，有证人。说什么都不重要，为了定罪，他们什么都能说。听说警察还毒打了他。说怀疑他也参与了其他犯罪。很严重的罪行。把他抓到了，就会把其他罪名也强加到他头上。他们都这个路数，"帕特森平静地说，分明满怀怨恨，"想把我们都关起来。进监狱。在他们眼里，黑人都是罪犯，都该关起来。因为他们不喜欢我们待在他们国家。他们怕我们，怕他们对我们做下的事。恨不得把我们全杀了。"

帕特森只肯把话讲到这里，不再作声，听索菲说吉米是无辜的。"他在建筑工地做活儿的，"索菲明白过来，不能自已地抽泣起来，"他是焊接工啊，大家都知道。没人站出来帮他说话吗？帮帮他？"多蒂过去站在她身边，扶着她胳膊。

帕特森举起一只手让她别说了。过了一会儿，郑重其事生硬地弯腰鞠个躬。多蒂倒不觉得好笑，因为看得出帕特森是很严肃认真的。"孩子需要什么，"他说，"一定要来找我。或者你们自己需要什么……"他把名片放在索菲床边上，一言不发走了。

"谢谢你特地来告诉我们。"多蒂把他送到了楼梯口。

2

下个周日，他又来了，带来一台暖风机。正碰上她们吃晚饭，吃的是煮木薯和菠菜。为了攒钱买下看中的房子，她们省吃俭用，近期都是粗茶淡饭。帕特森不想久留，把暖风机留在门里边，姐妹俩连声道谢，他只不耐烦地啧啧表示不用谢。走前对哈得孙挥挥手，哈得孙咯咯欢笑回应。大人的节俭举措决不会影响到哈得孙的饭食，她们给小少爷的关怀无微不至，不遗余力，再苦也没苦到他。帕特森走之前对她们的餐盘注视好一会儿，掩饰不住嫌恶。

她们听得大门关上了，立即去打开了暖风机。索菲为新礼物开心地直笑，拿给哈得孙看。他伸手去够，见妈妈开心他也笑了。新鲜劲儿过了，多蒂提出把暖风机卖了，钱存下来买房子。她们还有取暖器，够用的了。

"姐，这是人家送的礼物哎！"索菲反对，望向哈得孙，作为支持。

"你想可怜巴巴在这屋里住一辈子的话，随便你，我没意见。可是，如果要给孩子一个成长的空间，那就得想办法凑钱，只要不过分。"

"多蒂，不行。把人家送的礼物卖了就过分了，太抠门了。咱们目前确实日子艰难，但没难到要卖了人家一片好心送的礼物啊。"

过了一周，周日帕特森又来了，带了一大袋吃的：大米、咸牛肉、午餐肉、饼干，还有好几罐炼乳。多蒂总觉得很不好意思，索菲毫无顾忌，不住口地感谢他。这次他多逗留了一会儿，虽然仍不肯脱掉外套。他坐在索菲的床上，蹭着床边坐，把哈得孙放在他腿上抱着。索菲怕哈得孙尿了或者出别的什么糟糕情况，一定要在帕特森腿上放上隔尿垫。哈得孙对这大不敬行为懒懒叹口气，倒也没闹腾。帕特森坐那儿，逗坐在腿上红色防水布上的小孩，如牧师主持冥府仪式。

那年冬天，每到周日傍晚时分，帕特森就会来看她们，这成了她们周日的固定内容。三人见面，先聊吉米的事似是理之当然。有消息吗？没有，没什么消息。帕特森告诉姐妹俩，他不能太急着去追查吉米的下落和情况，因为上头也有意抓他。没有消息就是好消息吧，吉米有个风吹草动，他马上就能知道。他有自己的内线，密切关注动态，她们不用担心。吉米被关在哪里，这些人不能不告诉她们吧？怎么不能，帕特森说。他们想怎么来就怎么来，就这么搞的，特别是对黑人。后来，吉米的事他们说得就少了，因为能说的都说了，没什么可再讲的。

帕特森每回都带礼物过来，一袋子从商店买的东西，一些装饰品，一个烟灰缸，一个瓷羚羊。有一个周日，他拿来一把院子里用的折叠椅子，与凯恩买的那把配成一套。礼物会直接交给索菲，或放在她床边。他不爱听人道谢，索菲若是非要感谢他，他眉间神色一沉，就匆匆走了。如果说起礼物，他也说是给孩子的。

多蒂觉得，帕特森如神话中走出来的人物，在年初来到她们身边，仿佛预示着新生活的到来。但实际上他并不是，多蒂也很清楚，但还是愿把他想成这样一个角色。他是慷慨大方的王子，微服私行，横眉怒目下是颗仁慈心肠。中途遇到了她们的困苦生活，逗留在此，以慷慨与情谊伸手相助，改变了她们的生活。他所做的算不上魔法，不过，若帕特森果真是精灵或单纯的仙子，魔杖一挥，她们的蓬门茅舍转瞬即成金碧辉煌的宫殿，蔓草荒烟的后院即刻花香鸟语，那也是很可喜的。他带来各式小小礼物，已将她们生活的阴云暗淡驱除不少，使她们高兴起来。

帕特森刚来时，多蒂是害怕的，也很为索菲担心。对他熟悉一些后，看到他对索菲很尊重，关怀备至，不禁羡慕他的尽心尽责。吉米是他兄弟，于是他义不容辞来照顾她们。至于吉米与帕特森之间是如何有了此等情谊，多蒂还是弄不懂，但不能再怀疑吉米对她们确是真心关怀。帕特森看着正气凛然坚定不移，宛如自坚硬古木雕刻而出，但他的冷漠客气之下，却有种机敏与温暖。

哈得孙身为她们穷苦王国的幼主，情感溢于言表。他对帕特森显然十分钟爱，没几个月他就会爬了，一见帕特森来，他马上扔下手头忙活的东西，开动小腿儿欢快爬向帕特森。帕特森脱掉大衣，多蒂觉得他穿着那件大衣像个送葬的，他会趴下来陪孩子玩儿，也不管身上穿着礼拜日最好的衣服。

帕特森问过哈得孙这个名字的来历。哦，多美的名字，很强大，与哈得孙河一样强劲有力。她们问，你见过哈得孙河？他说，哈得孙河在全盛时期是很强大的。现在还看得出，但是，他见过的那部分看着有点儿脏。他见过那河呢，姐妹俩互相感叹，细思那景致之神秘力量，一时沉静无声。帕特森又说，水面上也有死鱼的，肚皮朝天，但仍改变不了它营造的风光优美碧水盈盈景象。姐妹俩对他讲起弟弟哈得孙，吐露真情，诉说往事，也能释怀一些。她们讲完后，帕特森不胜愤慨，痛心之极，好几分钟无法平复，他的激愤令姐妹俩惊叹。过后多蒂为如此恣肆放纵种族情绪自感惭愧，但不能否认，怒斥声讨一通好不痛快，感到大家同心协力，奔着一个目标去，顿时精神振奋，踌躇满志。

然而，多蒂心中仍有疑虑，说不出的不安仍未消除。帕特森对她们一直很好。始终彬彬有礼，讲话温和可亲，但有他在时，多蒂发现自己非常小心谨慎，对他缺乏信任感。自己为什么会这样，她也想有个说法，但就是想不通。

倒是没想到，有次看到一张照片，正好体现了她这种感受。有一天，在工厂上班时，有人带了本追求者送的日历，流水线上的女工靠在一起，翻阅欣赏日历中优美的风景照，照片中景色幽奇颇有趣致，美不可言。但见风景简单朴素，恬淡宜人，她会于此间路边圆木或石头之上，散坐无语，恬淡自足，闲云野鹤一般，岂不美哉。此间她可悠然当作故乡，人人皆可，她在此怡然自得，物我两忘。她曾去过这样的地方，或者更贴切地说，她曾有过这样的感悟，种种色彩，万物均衡，都恰恰好，如此妥帖，似自古即有，绵绵永不绝。多蒂发现自己想起了帕特森。设想帕特森出现在其间，他定会搅起隐秘的怪力，引发一片混乱与祸事。倒不是因为他真会做出什么事，而是因为她们感到他隐秘的对立情绪。无论他如何彬彬有礼，讲话温和，多蒂还是能感到表象下的暴烈，平静笑容下的体内激荡骚动。在他面前，多蒂只想把自己隐去不被人看见。

帕特森没对多蒂表示什么，索菲也没说什么，但多蒂开始觉得自己碍事了。吉米已不再有人常说起。帕特森在时，索菲对他百般地奉承爱慕，简直不成样子，帕特森不在时，索菲是情难自禁。多蒂在旁看着，妹妹的举止心旌摇荡，不能自持，几乎要摸到帕特森身上去。多蒂见过索菲双唇微张望着帕特森，公然爱慕之状几近滑稽。索菲对他有意，他除非瞎了，否则不可能看不出。帕特森对索菲的丰腴身体端详品鉴，毫不掩饰兴趣，没有了阴郁的茫然和颓废。多蒂心想，他们这样儿好像多蒂不在场似的，当然，如果多蒂真不在，他们早就扑在一起互相撕扯了。索菲的示好一得到认可，她对帕特森就一点儿都不怕了。大胆回应他的注视，娇嗔怪他溺爱哈得孙，甚至取笑他的穿着，因为他总穿得一板一眼很正式。他每次待的时间很少超过一个小时，而且只在周日过来，但在索菲说起来，他的来访仿佛是一周中最重要的事情。

帕特森是什么意图，多蒂自认是知道的。在心态比较豁达包容时，多蒂会记起对他的真心感激，还有他一片好意帮了她们许多。在那种时刻，在多蒂看来，他是在做保护人，看守他兄弟的樱桃树。但时光推移，她也明白过来，帕特森用意并非如此无私。她有时会讽刺地想，这是一种非洲传统。兄弟不在的时候，他的东西你但用无妨。大约这就是男性的传统，见到孤弱女子就会犯。

但是帕特森对她们并未提出任何要求和想法，这点他似乎也很想让大家都明白。他每次逗留的时间，都不会超过一个相熟但算不上亲密的朋友逗留的时间。来时都穿得很正式，对她们准许他来拜访，感谢不尽。他说她们让他感到了人间兴味。他从不拿自己的问题去烦她们，只在说到吉米坐牢时，暗示他也真切感到怅恨。有一次，帕特森说他去探过监，但坚决不肯透露吉米被关在何处。他说那地方太远了。索菲没必要大老远跑去探监，有何意义呢？多蒂差点儿就说不如写信给吉米，还好及时按下未讲，不至于害索菲承认自己基本不会写字。索菲反正看着就不怎么在意，于是帕特森平稳切换了话题。

帕特森每周日的拜访，在她们生活中占据了重要地位，多蒂心中却始终觉得不安。她一方面是期待的，不可否认，随着周日下午越来越近，胸中兴奋激动渐长。为帕特森而心绪纷乱的不只索菲一人。多蒂告诉自己，只是因为很久没有与男人在一起了，仅此而已。人非草木，她体内也有欲望煎熬。凯恩离开快两年了，后来也有男人接近她，特别直截了当，毫无顾忌，她一概没有接受。男人个个竟如此厚颜无耻，难以置信。不知羞耻，放肆妄为，叫她震惊。她如果是个男人，哪怕再情急难耐，也做不出那种无耻行为。这些男人连难耐都算不上，只是情急和残酷而已。或许男人就是好色成性吧，想都不想就能去做。

然而现在，帕特森出现在她们中间，多蒂似乎并没有感到懊恼万状或类似的极度不快。她对帕特森有欲念，她对此很有意识，也感到很不自在。好在这事她倒不太会真犯糊涂，因为，每每意志稍有薄弱，就会被帕特森的危险气势吓得清醒过来，打消了心存的一切幻想。多蒂觉得，她们应付不了帕特森，他懂得太多，太世故。她怕的是，帕特森是拿她们消遣，对他自己的所作所为非常清楚，远超过她俩——比索菲清楚得多是一定的。而且总有一天，他会开出一个高价，她俩谁都付不起。

3

六月的一个周日，帕特森对她们说，他要离开一段时间。他坐在那把折叠椅里，那把椅子是他的宝座，在多蒂的床与窗户之间，他两手交握搁在腿上。

"走多久呢？"索菲问，声音突然郑重起来。

"一个月吧。"他说。多蒂看他好像就要伸手抚摸难过的索菲，他望着索菲的眼神也怀着柔情。多蒂想自己该回避一下，正决心要起身之时，帕特森一脸严肃地看向多蒂。"我要入狱一个月。因为打架斗殴，我不该惹那个是非。"他说。

"为了什么打架？"多蒂问。

帕特森一耸肩，做出既满不在乎又有点生气的样子。"那场架是为了什么无关紧要。从来就是为了同一件事，我们斗争来斗争去，打的都是同一场战役，"他平静地说道，"就是怎么才能捍卫自由和尊严。那场架我不想多说——生活中痛苦的事情已经够多了，但是既然说起了，我还是要说明一下，对方已为他的恶劣行径受到严惩。你们人都太好了，接纳我来你们家。多蒂，索菲……还有哈得孙·帕特森·贝尔福！我想表表心意。如果你们允许的话。"

他说他知道她们计划自己买房子。听到过她们谈这个事，看她们平日的生活也猜到了她们在攒钱。他面带微笑说，仿佛她们谋划时粗心大意被他抓住一般。他说，她们计划得很好，这样就不会再受欺负她们的各种房东摆布了。他想帮帮她俩。他是生意人，有钱。她们如果愿意，需要多少钱，可以从他这里借，以后有钱的时候再还。

"你们考虑考虑，"他逐一看看她俩，"等我出狱后，你们把决定告诉我。如果决定从我这里贷钱，我来安排。我想帮你们，因为你们一直待我很好，也是为了这孩子……为着吉米。咱们是一家人了。"他略带不好意思地粲然一笑。他就此告辞，说还有很多事要处理。

"他是个好人。"索菲热泪盈眶说道。

多蒂对帕特森的提议震惊不已，没当时答复他。她曾想知道帕特森是做什么的，但一直没敢问。他一开始就没依照惯例礼节性说明自己的工作，多蒂因此生了疑心。她太清楚，她若是真的问了，他会大声甩给她这样一个答案：我还能做什么工作，在这个国家，允许黑人做的工作只有一种，就是给白人做牛做马呗。她脑子真是转得飞快！不是因为那个生意人给她讲了这么大一笔数目。她脑中飞速地计算起来。她俩刚决定买房时，激动地去找莫西亚牧师咨询，牧师说，她们如果能拿出三百镑左右，就可以找房屋互助协会贷款。三百镑！等于是让她们去摘一片月亮或者首相的领扣。帕特森如果能借给她们一笔钱，让她们的存款凑齐三百镑……多蒂真想追出去下楼找他，告诉他不用等一个月，能不能现在就借给她们。他能拿出三百镑吗？这么一大笔借款她们能还上吗？这可是一大笔钱啊。他的意思或许不是指这么多钱。

最初的激动劲儿过去了，心不在焉听索菲絮叨帕特森赞歌，哈得孙以尖声哼唧伴唱，此时多蒂方才醒过神来、细思帕特森为何要这么做。先叫自己不要多想，不要对人家送的礼物吹毛求疵。钱是借给她们的，她们一分一厘都会还上。多蒂想，他借钱给她们一定是为着哈得孙。吉米不在，他就顶上，吉米会为她们做的，他来做。

想到这里，多蒂不觉失笑。吉米才不会做这事，绝对不会。吉米与其他男人一样，有机会就播种，从不考虑后果。多蒂想，也许因为帕特森是非洲人吧。吉米即使都三十岁了，也只是个没长大的男孩，但帕特森还是非洲人，看他做事，似乎他是颇引以为傲的。多蒂听说非洲人对家人都很重视。

也许帕特森喜欢她们，想帮她们。多蒂觉得，他借钱给她们，是他的某个计划，是与她们玩游戏，而游戏的奖品就是索菲。多蒂知道他也考虑过多蒂，他看多蒂的眼神让多蒂发抖，又是兴奋，又是羞耻，因为他猜出了多蒂对他的欲念。想到用欲念这个词形容对他的感情，多蒂不禁微笑。她对他有欲望。想让他躺在她身边，抚摸她，爱她。尽管如此，多蒂对他虽所知不多，但也知道，他心肠很硬，还很暴躁。他会不会给了钱然后把她俩都占了？为什么不呢？他如果真做成了，那也只会是因为多蒂也愿意。多蒂不是索菲那种孩子，痴心一片想着他。想到这里，多蒂自觉残忍，看看索菲，不知索菲有无猜到她的坏念头。

索菲感到姐姐经过自己内心一番痛苦交战后已解决了问题，所以，淡淡地轻声哼起了《摇滚年代》，这是索菲高兴与感恩时必唱的歌。过了一会儿，多蒂也跟着唱了起来，自己唱着高兴，也为了让妹妹高兴。姐妹俩合唱，摇床中哈得孙站了起来，惊奇地望着她俩。

次日，多蒂按莫西亚牧师的建议，去见了房产中介。索菲恳求多蒂请牧师陪她一起去，多蒂没听。她找的中介就在贝德福德希尔与巴勒姆高街拐角的建材店隔壁。多蒂早上去公交车站路上经过那里，常看橱窗里摆的商品。那家中介办公室外观小小的，没什么特色，多蒂觉得这正合她的需求。中介一个满面笑容的年轻女人问了多蒂许多问题，其中很多都让多蒂自觉很可笑。她想买排屋、半独立屋还是独立屋？要带车库吗？要几个卧室？看中哪个区？有没有房子要出手？预算大概多少？多蒂答得怯生生，很多问题都给不出合适的答案，听她自己给出的一些答案，她竟敢希求这些东西了，更感自惭，也太自大了。三个卧室呢！那女人的笑容没有过一刻踌躇，更教多蒂担心她是不是笑话多蒂狂妄。女人按多蒂要求给了她一些布里克斯顿房子的资料，打发多蒂去一处房屋互助协会办贷款。

房屋互助协会的办公室在雷文斯通街——房产中介那女人告诉多蒂去找哪家房屋互助协会以及该怎么说。又是一个年轻女人，又问了多蒂很多问题，对多蒂说必须把钱都存到她们互助协会这里。她问多蒂做什么工作、工资多少。多蒂答了，女人一听，刷地停下了涂涂写写，对多蒂注视良久。问多蒂有没有想过换份工作。

多蒂走前，人家给了她一些表格回去填写。回家路上，走在车站路和贝德福德希尔上，多蒂告诉自己，自觉很傻没关系，两个年轻女人对她讲话的那种语气也不要去管。不过是她很穷，人家看得出来而已。或许她该等等帕特森，或听索菲的，请牧师陪她一起去……她觉得，那种工作倒挺适合她。穿着华丽坐在办公桌后面，整天高高在上问些问题。要几个卧室？想过换份工作吗？最好还是再等等，拿到帕特森说的那笔钱后，再回去拿给房屋互助协会那女人好好瞧瞧。多蒂本想全靠自己买房，但到底还是要等人家资助。

4

那周后来有个晚上，多蒂下班到家晚了。又到了夏日轮班时间，加班很多。工厂里拥满了临时工，多蒂跟一个临时工吵了一架，吵什么不行，偏偏要吵英联邦的事。这人认为非洲人不该纳入他珍贵的英联邦体系，因为非洲人与"我们的生活方式"不同。他对多蒂说，西印度群岛的人还可以，开化了，是女王的臣民。"西印度群岛人热爱大英帝国。喜欢板球，讲英语。不蒙昧，不管怎么说与我们价值理念相同。那些丛林里的科洛科洛部落人，在外头袒胸露臂的，这些人我们就不能要。这帮原始野蛮人，他们不喜欢的人，死后的遗体就会被他们吃掉。我们怎么能给这些人与澳大利亚、加拿大一样的决策权呢？"听着这人喋喋不休，多蒂感到自己缩成了一团，自惭竟想不出什么伤人的恶语还击。

"英联邦又不是你一个人的，"多蒂对他说，"他们凭什么要按你们的生活方式来？敬奉你们的女王？"他说："因为那破东西是我们养着的啊，不是吗？"多蒂喊道："再说我也不是西印度群岛人。""那你是哪儿人？"那人问，多蒂生气似乎对他没有什么触动，"我还以为你是……好吧，那你是哪儿人呢？大部分地方我都跟着部队去过。""英格兰人。"多蒂道，还好博得哄堂大笑，大家都笑此人。

多蒂回到家还生着气，气自己没好好反唇相讥。房屋互助协会那女人说得也许对。多蒂该找个新工作了。在这厂子待了这么多年，因为怕再从头开始，再去交新朋友，如果厂里这些人算朋友的话。厂里现在黑人女工多起来了，多蒂认识了一些，午饭时与她们坐在一起吃。麦克·巴特勒也还在，还是高高兴兴长篇大论讲起来没完，莫名其妙故作神秘地对你使眼色。但是，多蒂做的活儿，还有这个做活儿的地方，都教她灰心，反复自问，难道就只能做到这步了？难道就要永远受操纵她这种人生活的命运作弄摆布了？坐公交回家的路上，她几乎决定了要着手改变，离开那地方。现在因为有了哈得孙，回学校读书的梦想只能暂时搁置，但也不至于就只能做这个给汤粉用铝箔包装、把对虾分装进冰柜格的活儿。

多蒂进了屋，发现昏暗中索菲躺在床上，窗户开着，哈得孙已爬到了窗子边上。趴在地上，把地板上蚂蚁捡起来吃。他抬头看见多蒂，马上就哼哼起来了。多蒂把他抱起来，低声轻语哄他。走到索菲那边，低头察看索菲。索菲眼睛闭着，多蒂先是以为索菲在睡觉。轻轻推推索菲，索菲没有反应，多蒂才怕起来，怕索菲出事了。她放下哈得孙，慌乱中动作重了一些，顾不上哈得孙哭闹，急忙弯腰细看妹妹。猛摇索菲，大声唤她。索菲呻吟一声，眼睛仍闭着。

"怎么了妹妹？你没事儿吧？索菲！"

多蒂打开门，站在楼梯角，手足无措。应该打电话找医生，但是她不认识医生。她俩都没看过医生。医院说索菲应该带哈得孙去打疫苗，但是索菲没照办。多蒂听到楼上有开门的声音。索菲又呻吟出声，多蒂急忙退回屋里，经过哭喊的哈得孙，将他一把抱起来。回到索菲床边，蹲下来对索菲讲话，一边摇她。听到那波兰女人在她们开着的房门口，多蒂刚转身，那女人赶忙后退，朝楼梯方向紧跑几步。过了一会儿又回来了，夜晚昏暗下，多蒂分明看到她在咧嘴笑。她轻笑着连连点头。

"死了。"波兰女人试探着说，拿不准词儿。食指在喉咙那儿一抹，两眼翻白，做咽下最后一口气状。"死了。"她又肯定地指指索菲说，动作笨拙蹦了一下，两臂伸开模仿胖子的样子。

"你这个疯女人！"多蒂说。把哈得孙一摞，哈得孙滑到了地上，大哭，没想到自己这么惨。多蒂追出去，楼梯上到一半逮住了那女人，抓住她肮脏的外套，把她身子转过来，使足浑身力气劈头给她一耳光，痛殴这女人，发泄对她们生活的无比憎恶。扯住女人脑袋往墙上撞，又大喝一声将她甩了出去。女人吓得大哭，泪流满面。畏畏缩缩往楼上爬。多蒂追上去拽住她腿，想乱脚踢上去——逮哪儿踢哪儿，但是狠不下心下脚，痛苦叹息一声，自觉无比羞愧，退后一步。"你上楼自己鬼笑去吧。"多蒂吼道。

多蒂下楼回屋，发现索菲醒过来了。索菲眼睛睁开了，但是迷迷糊糊人不清醒。哈得孙躺在摇床边的地板上，吮着大拇指，可怜巴巴地哭鼻子。多蒂脑子里把自己知道的治病方法全过了一遍。给索菲裹了好几层毯子，索菲全拽掉了，说太热。给索菲做了蜂蜜柠檬水，索菲说柠檬味儿太重。把买回来晚饭吃的内脏切成小块炖汤，索菲说闻到那味儿想吐。索菲断断续续哭了一晚上，喂哈得孙奶的时候也在抽噎，哈得孙一边吃奶，一边斜眼看着满眼是泪的妈妈。

第二天她们出门去找医生，在巴勒姆街头找，后来看到了一家诊所。多蒂以为医生会跟她们说是得了伤寒。报上都是全国上下伤寒流行的报道。发烧病例极多，苏格兰就有数百例，都因食用了被污染的咸牛肉。有病人死亡，医院人满为患。索菲承认昨天在单位吃了咸牛肉剩菜，多蒂认定妹妹得的就是这个病。等着医生怪她们把这可怕的病带到他诊所。多蒂知道，她们这种人才得这种病。伤寒、霍乱、疟疾、黑水热、脓血、呕吐、无情疟状热。那就是她们对人类文明的贡献。她在报纸上看到，有人说，去年有数万印度和巴基斯坦人进入英国，英国今年就爆发了伤寒。

多蒂怕医生会怒斥她们没按医院指示给哈得孙打疫苗，索菲出院后也没再去复查身体。哈得孙吃母乳说不定也染上了伤寒。医生虽然不会明说，但一定也会为下列种种怪她们，席卷非洲大陆的军事政变，亚洲的腐败政府，贫穷国家对资源的浪费会耗尽全球资源，本应留给比她们高级的人享用。总之，多蒂是满怀歉疚诚惶诚恐地进了诊所，只等医生眼睛闪着敌意，语气强硬训斥她们。男医生是个大块头，脸红通通的。眼前一下子出现两个女人一个孩子，他一时有点吃惊的样子。他说索菲那是心脏病发作，血管有问题，要特别注意，否则还会发病。医生在纸上快速写下诊断。"贝尔福小姐，你上班的吗？"他抬头问，但没有直视她们。

"她在滑铁卢上班。"多蒂说，听了医生的诊断，脑子还一团糟。心脏！索菲还不到二十一岁。她代妹妹答话，因为在她眼里，妹妹突然成了病残人员，差点儿就……但愿不会。"在厨房工作。"她说。

"天啊，"医生说，又拿过一叠纸头，"那恐怕不行。你这身体承受不了那种强度。要换个工作，劳动强度不要那么大，少站着劳动。你回去休息两个星期，然后再来复诊。还要把体重减下来。这非常重要。不好减，但是必须要减。我给你一份减肥食谱，你就知道什么能吃、什么不要吃。懂吗？必须把体重减下来。我安排你去医院做些检查。"

索菲没照医生的安排回去复诊，一感觉身体恢复过来就去上班了，根本没到两个星期。她怕不早些回去上班会被主管开除。她说主管又老是批评她。多蒂求索菲，对索菲说，健康最重要，比生活本身重要。照医生说的做就能养好身体，为什么还要整天拖着病体过着不像样的生活呢？但是索菲一声不响坐那儿，默不作声好久，低头望着双脚。"我想给哈得孙买房，"索菲终于开口说道，"我活着就是为了他。不然我为了什么要忍受这种苦闷日子？我不回去上班，咱们怎么买房呢？姐，我会当心的，主也会照顾我们的。医生给的食谱和药，我都会吃的。体重会下来，身体自然会好起来。我身体感觉挺好的，我发誓，姐，一定要为哈得孙买下房子。"

索菲体重减不下来。即使已经回去上班了，工作很累，回到家病恹恹的，面色苍白，人还是没有瘦下来。在家她是按减肥食谱吃的，但在工作的地方，对那些名字好听的美味小吃，下放到她们吃剩菜的人这里，她抵挡不住诱惑。索菲的奶水也变味了，哈得孙吃不下去。他饿得哇哇叫，找妈妈吃奶，索菲涨奶，可是哈得孙刚吸到一口奶水，就气得大喊一声扭头不吃。医生一耸肩说可以改吃奶粉。

她们回到家，多蒂气愤地说："医生只知道说换成奶粉。"医生似乎都不清楚索菲的母乳为什么会变味儿，多蒂害怕了。"你发现没有，他一只手在抖，眼睛血红。他自己倒去试试奶粉看。你病成什么样儿了，他都不管。他只会说，给孩子吃奶粉吧，姑娘。那医生的话我才不信。"

哈得孙不喜欢吃奶粉，但是索菲不管不顾，哈得孙一哭，她就打他，下手不留情，也不管孩子还那么小。小少爷眼见得要成了又一个受虐儿童。孩子的惊恐号叫和满脸泪痕，教多蒂心疼不已，不管索菲多不愿意，坚决插手制止。多蒂心想，她们决不能再走上那条老路。多蒂担起了喂哈得孙的责任，母子俩的事儿她管定了。为了索菲省力，多蒂干脆早上把哈得孙送到乔伊斯那儿，晚上再去接。当她发现乔伊斯图省事儿，没给哈得孙冲奶粉喝，直接给他哺乳，多蒂把她狠狠教育了一番。乔伊斯用怪怪的责备的眼神看多蒂，好像多蒂欺负了他们似的，但多蒂一点儿没注意到。多蒂很瞧不起乔伊斯。谁管一个浓妆艳抹的妓女想什么？断奶大家都不好过，但哈得孙不得不接受了喝奶粉。能把哈得孙放下了，索菲也轻松不少，身体有一点儿好转。

哈得孙很不情愿地接受了新制度，优雅礼仪都丢到了一边。多蒂不在的时候，还会缠着妈妈要吃奶，索菲还会让他嘬嘬。他称心地呢喃着舒舒服服偎过来，可一吸到奶，就一口吐出奶头大哭大闹。然后还得多蒂来强制执行规矩。哈得孙极其不情愿地无奈接受多蒂的管教，见到多蒂被哈得孙排斥，索菲乐得哈哈笑，这些多蒂都看在眼里。

"你这个坏孩子，"索菲大笑不止，"多蒂姨妈要打你了。"

这未免太不公平，但多蒂也只好认了。不然还能怎样？再说什么还有用吗？孩子断了奶，索菲身体在好转，多蒂就很高兴了。她觉得，哈得孙很快会忘了这些事儿，回复从前小时候好脾气的小少爷样子。等索菲身体康复，她们买下梦想的房子，从此过上夏日般美满幸福的生活，快乐到永远。夜深人静，黑暗中索菲沉重呼吸声就在身侧，多蒂却不胜孤寂之感，她只怕她给出了太多，已把一生空付，担了许多事，奔走忙碌，终是了无欢意。

霍雷肖街上的家

1

　　帕特森上次见过她们后，随即入狱，至今已有四周。这一天正是周日，姐妹俩都等着帕特森来，等待的原因各有不同，展示的方式形成鲜明对比。多蒂坐在床边忙活，有点儿紧张，心中万般忧虑。妹妹已打扮得齐齐整整，穿上了去教堂的漂亮衣裳，脸上唇上妆容艳丽，闪闪发光，望去宛若养肥了又装点光鲜只待献祭的供品。哈得孙已有七个月大，被大人套了一件褶边白色袍子，还扎着紫色缎带，实在有失体统，他咬牙忍了，只是脾气就没那么好了。可是帕特森没有来。索菲毫不掩饰失望，闷闷不乐了几个小时，脾气暴躁，一见哈得孙犯调皮就吼他。

　　她那么期待再见帕特森，她自言自语似的说。女人总要这样为男人受苦，注定是多愁多难的苦命。"我们怎么了呢？哪儿做得不对把他赶跑了？"她哀怨地问，进入了悲情角色。哭得停不下来一般。多蒂一开始没理她，自己的失望情绪还没调整过来。她带哈得孙出门去附近的图庭贝克公园转转，心不在焉推着哈得孙走，安慰自己那笔钱还在的，帕特森下周就会回来。哈得孙咿咿呀呀歌颂美丽的夏日下午，眼神悠远迷离，全然不知姨妈的尘世愁闷。回到家时，索菲脸朝下趴在床上，呜咽声绝望，令人心碎，哈得孙也跟着大哭起来。多蒂坐到索菲身边安慰她，抚摸按摩索菲肩膀，怜爱地低声哄她。

索菲不听哄，失望早已转为自怜，抽抽噎噎哭个不住。哈得孙不哭了，着急地看着妈妈。看累了就爬到水池下面去玩了，平时不让他去那里玩，下水道的味道他闻着既恶心又惊奇。

到晚上，索菲慢慢地好了一点，但还不能完全止住。多蒂觉得她这样已不是因为帕特森。索菲是害怕了，怕的是什么，多蒂觉得自己知道。索菲常说胸口痛，有一天晚上，她发了一身汗，吓坏了，把多蒂喊醒，哭着说她害怕，她不想死。现在她一有事儿就哭哭啼啼，最后都会说到死。多蒂躺在床上，感到灰心了，只有听天由命。早就不在乎了，该来的就来吧。没力气再为一家人不断拼搏努力。

那晚她梦到了拯救解脱。天国投下一束斜光，一群天使，男的，金光熠熠俯冲而下来接她。她跟随天使飞升，暖风吹过她的身体，拂起身上细毛。后来，她独自飞翔，可随意去往任何地方，却躺在了一棵杏树下，杏花拌满枝头，如雪如粉。霎时一片沉静，她想她要在那儿等黑暗降临。慢慢的，她意识到她是在梦中，这梦要醒了。还没完全醒过来，就听得呼噜声越来越近，知道是索菲在打鼾。

索菲一整周都哭哭啼啼的。下班一回家，就瘫倒在床上，双眼紧闭，挤出痛苦伤心的泪水，让泪淌个满脸。多蒂胡乱给哈得孙弄点吃的，奶瓶塞给他，做上饭，就来给索菲按摩腿，等着饭熟。她劝索菲别去上班了，不如待在家里休息，索菲听了更难过。多蒂想过再去找医生求助，但又觉得那个红脸盘大块头男人不太会对索菲的哭哭啼啼状态感兴趣。多蒂也想过找莫西亚牧师。牧师是个好人，会愿意帮忙，但多蒂担心他会对索菲提出很多要求，用他那些布道说教来烦索菲。最终，多蒂还是寄希望于帕特森。

"你想帕特森来了看到你这个样子吗？他看到了会怎么想？他这周日就来了，你知道的。说不定会给你带礼物来。"

"你觉得他会来是吗？"索菲问。

"对啊，能有什么挡住他不让他来的，我倒要看看，"多蒂以母性本能要斗嘴似的，把声音提高了，愤愤表示坚信不疑，"他当然会来。大家就能坐下来好好谈谈咱们的房子……"

索菲注意力转移了一会儿，计划着周日下午怎么过，但很快又担心起来，多蒂暗自叹息，不知还能忍索菲这样多久。"他不会来了，姐，"索菲说，"我们得罪他了，我知道肯定是。借钱什么的，要他借钱给我们。不知道他现在对我们什么看法。他再也不会来了。"

周日到了，多蒂带哈得孙去教堂，离开房间，躲开索菲，留下妹妹在床上唉声叹气。多蒂心想，这姑娘，就欠有人好好教训一顿。多蒂惭愧，苦难与她们的生活如影随形，自己再没有力气和决心去面对。只于赞美诗及膝上娃娃的温暖中寻求慰藉。多蒂唱得激昂热烈，把哈得孙逗笑了。多蒂唱诵中对他微笑，心中一阵刺痛，溢满对孩子的疼爱。上一个哈得孙她没做好，害他死了，没能多留他在身边。这一个哈得孙，她一定会竭尽全力助他好好活着。

多蒂急着赶回家，精神抖擞，心中有了许多恢复计划。进了屋，下水道有味儿了，在初夏的暑热下蒸腾起来，多蒂的决心立时弱了下去，真想仓皇逃回空气干净的室外。看到妹妹垂头丧气歪在那里，她感到决心变成了不耐烦。哈得孙哭着要到索菲床上去，挤进索菲与墙中间的缝里，钻进索菲敞着的睡裙里开始吃奶。多蒂忍住不说。她想把哈得孙喊住，跟他说那样不对，但这是母子之间的事，与她无关。"哦，哈得孙宝贝，"索菲咕哝道，"我的宝贝，我的帅哥。"

索菲已经没有奶了，却又让哈得孙去嘬，多蒂心想这不是自找麻烦嘛。多蒂强压心头烦躁，收拾做饭，恨不得敲敲打打，只能忍着。嘬奶的声音停了，她过去一看，母子俩都睡着了。心中自责，怪自己心理扭曲，没有爱心。她也想对人温柔关爱，无私奉献，然而，看到孩子向妈妈求母乳安慰，她的反应却是不舒服，都是不好的想法。她想做个好女人。日子一天天地过去，她感到光阴一点点地虚度逝去，余生如能做成点事，才不负此生。她想把自己全部奉献，在无尽的给予与无私关爱中获得满足。与此相比，她所能做到的还有什么会更有意义？若只求实现自我的狭隘抱负，对自己对这个世界有什么益处？然而，若去改善他人的生活……

然而，在她自己看来，在她支持和帮助的人眼中，她没有一次做成做好。她想不负此生，但没能做到。对另一个哈得孙，她自我牺牲的同时总带着怨气。她愿意奉献自己的一切，帮他实现梦想，助他去纽约，当上海员等等。可怜的哈得孙，被丢在多佛陌生人家里，她如自己生命一般珍爱着弟弟。然而……然而……她心里始终有股怨气挥之不去，觉得没人想过为她做出这样的牺牲。她觉得，如果她也有这样的机会，她一定会把握得更好，这个想法她无法完全摆脱。这种埋怨和不满只会让她觉得自己嫉妒之心太重，没有那种热诚温暖，能让别人放松自在并且也温暖起来。

她多做了些米饭和豆子，万一吃饭时帕特森来了。吃饭时，炸鲷鱼她只象征性吃了一点，给帕特森留着。把自己这份让出来，不仅是因为她乐于奉献，也是出于待客之道的需要。医生说的应给索菲专门买的那些食物，她们决定了不买，多蒂有愧疚感。她跟索菲争过，心里也很清楚自己不会舍不得给索菲买身体康复所需的东西，但索菲就是不肯，一心只想为哈得孙攒钱买房。

那天下午，帕特森来了，来得比平时迟。索菲仿佛猜到他快到了，在他到之前半小时从床上爬起来，去浴室洗漱。出门洗漱时，她嘟嘟囔囔抱怨个不停，洗漱回来时，微笑着哼着小曲，满心欢喜感恩。临窗梳妆，擦一点腮红装扮欢颜。帕特森到时，她多日的灰暗愁容已消失殆尽。敲门声响起，索菲高兴地鼓掌，多蒂还没站起身，索菲已到了门口。

帕特森样子变了。剪短的头发刚开始长回来。这点他很在意，立在门口摩挲着脑袋。脸看着瘦了，更显沧桑。对索菲欢乐的面庞注视了一会儿，微笑点点头，眼光又扫过她丰腴的身体。索菲微笑着，帕特森哈哈轻笑，张开双臂拥抱索菲。越过索菲肩膀看到多蒂站在哈得孙摇床边，对多蒂也笑笑。多蒂不想动，不想去比较他问候索菲与问候她会有什么不同。

"我去跟咱们小爸爸打个招呼。"他松开索菲说。

"你来了真好，整天这样挎着你就好了，"索菲挎着他跟他一起走向摇床，"跟孩子打个招呼吧。他可想你了，对不对，姐？"

看哈得孙喜不自胜的样儿就知道，他笑着舞动小手，同时拉了一尿布。帕特森弯腰对他讲话，站得离多蒂只有几步远。多蒂全身渴望着，渴望他温暖地触摸一下，疼爱地拍拍她，或捏捏她肩，但他只瞟了她一眼，略微笑了笑。待他直起身，索菲又紧紧抱上来，他也笑着拥抱住她。多蒂赶忙去泡茶，又不能显出她急着回避。她觉得如果她不在场，帕特森就可以无所顾忌地表达对索菲的喜爱与渴求了。泡好茶，给哈得孙换了尿布，多蒂说该带哈得孙出去转转。她说本来也打算带他出去的，以防帕特森和索菲会说不必。索菲感激地对她笑笑，帕特森则随意地对孩子讲着话。

多蒂带哈得孙去了公园，一肚子怨气。尽量不去想家里此时会发生的场景。可怜的吉米，人不在，也被遗忘了。帕特森与索菲的激情，教多蒂想起了凯恩，想起与凯恩的往事。多蒂只有过凯恩一个男人，这让她感觉有些不好，好像应该多找几个男人似的。那对她又有什么好？别的男人就会不一样吗？不过，多经历几个男人，或许她会感觉更坚强，更懂世故人情，不会觉得自己独身有什么不对劲。多蒂逼自己开开心心的，见什么都微笑以对，自己不过是个受压制的职业女性而已。可怜的索菲，转向帕特森，又有何不可。吉米入狱后一个字都没写来。多蒂发现，打败自己的痛苦，逼自己走出孤单，把怨恨塞回脑子里的角落里，也是一桩乐事。

多蒂在外面尽量多待了一些时间。后来哈得孙又饿了才回家，到家看见帕特森坐在椅子里正吃米饭和豆子配炸鲷鱼。索菲站在水池边，为哈得孙冲奶粉，哼着摇篮曲。多蒂暗自露出讥讽的笑容。"来吃饭了，小爸爸。"帕特森说，挖起一勺米饭和豆子。多蒂没想到哈得孙还真坐在帕特森膝上吃了。

晚上，哈得孙在肚子痛和不消化好转以后睡着了，三人坐着聊天。多蒂很是惊讶于妹妹一个下午之间变得这么能说，厚着脸皮夸人家，硬做出轻松欢快的样子，话就没断过。盛情难却，帕特森也没推辞，既没有过意不去，也没有致谢，仿佛非洲君主坐听礼仪颂歌。多蒂问起他在监狱的情况，他不答，有片刻的怒意与冷淡。索菲对多蒂怒目而视。

"姐，那件事咱们不该谈，"索菲想做出厉声呵斥的架势，实际听着只是发脾气抱怨，"亲爱的，你回来了我们就很开心。咱们的大人物回来了太好啦。"帕特森只说这次入狱更不好过，边说边摸着自己的短发，避开姐妹俩的眼神。多蒂心想不知能不能提起借钱的事儿。

索菲靠在床上，有些乏了。帕特森说着话时不时微笑看她一眼。那眼神教多蒂害怕。那是一种占有的眼神，在他注视下索菲又高兴又喜欢地扭扭身子。多蒂看下来觉得索菲这举动实在太傻。都这个年龄了，还这样沉迷不能自拔。最后还是帕特森提起了借钱的事。多蒂把她们需要的确切金额告诉了他，也说了在房屋互助协会办贷款的情况。他点点头，说下次来就把钱备好。多蒂看妹妹已是筋疲力尽的样子，对她们已朝买房又推进了一步没有什么兴趣。多蒂努力劝自己，索菲那是还病着，抱歉地对帕特森笑笑。帕特森也看看多蒂，脸上却无笑容，多蒂不知他这是什么意思。

2

帕特森陪多蒂一起去见房屋互助协会的经理。经理人很温和，秃顶，戴眼镜，弓背俯身一脸严肃地听他们陈述，仿佛他们在与他谈一桩大生意。多蒂挺喜欢这经理，谈着谈着更有了信心。经理认真严肃地对待此事，还问了许多问题，多蒂很喜欢他这种态度。帕特森讲话不多，但有他在场，多蒂很高兴。让她觉得比较体面受尊重。经理给了他们一些数据，他们回去后仔细研究，计算每月还款的金额。

帕特森看到多蒂每周工资数额，对多蒂说："你该换个工作。"讲得如同来自上天的裁决。多蒂解释为什么一直做这份工，说不愿意离开这些工友等等。多蒂不喜欢房屋互助协会那年轻女人面带微笑干涉多蒂生活，也同样不喜欢帕特森讲话的语气。

帕特森陪她们去图庭看第一处房子。还没进屋，多蒂就知道这不是她们中意的房子。离百老汇巷与加拉特巷大交叉口太近，噪声大，不安全，对哈得孙不好。进了屋，发现房间都太小，客厅在房子后侧，厨房里有股不好闻的味儿。院子只是一片小小的水泥地，四周围了一圈花坛。她也不喜欢那对英国住户，觉得他们在笑话她们。三人又去斯特里特姆看了一处房子。帕特森很喜欢这套房，因为房子管道和线路全换了新的，重新装修过，价格也好。在房子里走动时，索菲直打哆嗦，说屋子里有东西。帕特森笑她，说这房子有段时间没有人住，所以有点冷。索菲还是不太信，在他背后对多蒂使劲摇头。

看的第三处房在布里克斯顿的霍雷肖街。一走上那条街，多蒂就感觉很好。那天阳光灿烂，有几个人站在自家房子外面聊天。大多是黑人女人，看见姐妹俩漫步经过，她们都面露微笑。到了她们看的这座房子，隔壁邻居对她们微笑讲话。邻居是个丰满的矮个女人，肤色较浅，正漫不经心倚着家里大门，看到了她们，冲她们打招呼。"你们是来看房子的吧？这房子不错，价格也好。我住在隔壁……我叫劳拉。你们敲门使劲点儿。老头子在家，耳朵有点儿背。你们是牙买加人？小岛上的？我是圣安斯贝的，老了我一定要回去死在老家。快去吧，回头我再找你们，好好聊聊这地方。"

多蒂瞟一眼索菲，两人都微笑起来。房主带她们看房，是个爱尔兰男人，虽然明显年纪大了，对她们仍礼貌性地很是殷勤。他对房子了解很透彻。房子是两个卧室的排屋，两上两下，楼下两个房间，楼上两个卧室，屋后有扩建，他讲了与房子相关的各种故事，给房子添加了意想不到的一个维度，赋予神话与历史意义。他讲了房子何时建成、历史上各任屋主。对房子的缺点和不足也知无不言，说要对房子进行各种改进，方可作为她们两位美丽女士的住处。他又带她们看院子，院子不大，但能放下一个秋千，多蒂一直想为哈得孙置办的物件有许多，这是其中一个。这次看房帕特森没来，所以她们可以与老人畅谈，不会感觉浪费时间。

"哈得孙宝贝，这房子你喜欢吗？"索菲问哈得孙，哈得孙热情地叽里咕噜，多蒂说一听就知道他是很喜欢的。老人似乎也很高兴。他说他想换个小点儿的房子。这房子他一个人住太大了，当年全家人都住在这里很快乐。"现在我做爷爷了，"他说，"只想住得太太平平的，清静一些。现在好多你们黑人搬到这里。亲爱的，我没有冒犯你们的意思，但是我年纪大了，吃不消。这不是你们的错，我没这个意思。别人待你们如草芥，你们自然要回击报复。只是你们有些黑人分不清爱尔兰共和党人和英格兰保守党人。白人住在这片儿可够胆战心惊的。我没冒犯的意思啊亲爱的。"

看完房，她们立即走路到房产中介办公室，出了价。与中介办公室那男人定好出价，多蒂自觉像个骗子，好像她能有那么多钱似的，但也莫名地满怀自豪。听着那年轻男人讲话，她心想不知这人有没有自己的房子。看着不像，他不像那种有毅力为了买房只吃菠菜和木薯的人。那个周日，三人一起庆祝了一番。帕特森带来两瓶酒，一瓶杜松子酒，一瓶朗姆酒，与她们共庆，共同筹划未来。他非要拿一杯杜松子酒倒在窗外后院里。"你们可能不信，"他说，"但是地下很可能就有祖先在，交好运的时候不应忘了祖先。"她们没与帕特森商量就做了决定，多蒂本来怕他不高兴，但他一点儿都没有。多蒂想到，帕特森出狱后，与她们真是亲近了许多。不再像以前那样警惕生硬，随时要走，泛着怨恨愤怒情绪的样子。

索菲四杯朗姆酒下肚，犯恶心想吐。帕特森叫她上床休息，索菲求他别走，他不肯。他走前注视了多蒂好一会儿，没有笑容，仿佛在考虑斟酌一个想法。他走后，多蒂身体颤抖地站着，被他那个眼神弄得既困惑又痛苦。他是在追她！如果追这个词用在他这举动上不算太过分的话……他来接近多蒂，多蒂会如何反应和理解，他没有把握，在等多蒂的态度和指示。多蒂觉得，他的意思是一切都会很谨慎。他们会很小心，索菲不会知道的。没必要让索菲不高兴。

那天晚上，熄灯后多蒂躺在床上，想着帕特森，想着他给她的感觉，想着他精壮的身体在她体内，他肉体的气味在她鼻中，他的气息呼在她脖上耳内。她想要他，想他与她做爱，即使会让她感到恶心肮脏。她想要他，又怕答应把他要的都给他。她一直就怕这是他所谋划的，他可以想来就来，利用她俩。帕特森与他包养的贝尔福姐妹。想到这里，觉得难堪又羞耻。正如她有时想起索菲完全抛弃了吉米，转而与吉米的兄弟交往，所感到的那种羞耻。

或许她会要他吧，就一次。她太久没与男人在一起了，总是犹豫怕被人利用，被侮辱，被抛弃。或许男人女人在一起也没有别的方法吧，不管她做什么，总有侮辱在等着，她只能咬紧牙关硬起心肠。除非她这辈子就不要男人了。她见到索菲经历一个又一个男人，对于这些男人，比如房东安迪和吉米，还有帕特森来说，索菲为他们所喜爱玩赏。入口浓郁，叫他们见了兴奋得两眼放光。而对多蒂，多蒂知道他们笑话多蒂，笑话她在他们这里的局促拘谨。

多蒂不明白男人喜欢索菲的什么，虽然觉得自己这样想挺刻薄的。索菲现在很胖，脸颊鼓鼓的都是油脂，身上一层层堆着脂肪。他们怎么会喜欢这些？当然，多蒂自己瘦骨嶙峋紧张不安的也不怎么样，但这不要紧。没人对着多蒂淌口水。多蒂在比较看得开的时候，或者对自己更批判挑剔的时候，又感觉对此是明白的。索菲就像莎伦。与男人在一起的时候，非常简单快乐，孩子般天真。这点上索菲与莎伦很像，但是莎伦在酒劲儿过去以后就满怀怨恨与痛苦。而索菲的男人所做的事儿，索菲都喜欢，看到他们柔情的行为，索菲一概乖乖地咯咯笑。多蒂是做不到这样。但是，或许就只要帕特森一次吧，只为再感受一次那种原始的快乐。

3

买房的事进展极快，不久就要搬家了，让她们有点手忙脚乱。她们告诉了安迪，安迪听了大吃一惊。起先还不太相信，后来不能不信了，竟难过起来，看着有些滑稽。多蒂看到他两眼含泪，明白安迪这些年生活也是慢慢潦倒。安迪临走前，约多蒂出去与他喝一杯。他说看在老交情分上。多蒂回绝了，他拉着多蒂手央求："我不会乱来，我保证，"他说，"就是叙叙旧……看看我能帮什么忙。如果你们需要什么的话。"

"不用，安迪，"多蒂说，"我们什么都不需要。"

"你们的地址呢？把你们布里克斯顿的地址给我吧。我去看你们，咱们一起去看电影。或者你们需要什么东西之类的，给我地址好吗？"

最后多蒂把地址给了他，因为实在受不了他这样求。他接过多蒂给的纸头，嗅一嗅，露出从前那种自以为是的笑容，目光意味深长扫过她身体，吹着不成调的口哨。"亲爱的你记得啊，如果你需要什么……"他说，把多蒂逗笑了。

工厂里的女工友纷纷提出送多蒂零零碎碎的一些家具和厨具：由于时下新流行易擦洗贴面家具的出现而淘汰下来的桌椅、旧床、免费的小型电炉灶，虽然她们更喜欢煤气。多蒂安排了一辆小货车，约好日期来把这些拉到布里克斯顿的房子。旧窗帘和床上用品这些小物件，则自己取了拿回家放着，等搬家时一起拉走。在集市上找了些干净的纸箱，带回家装东西打包用。要打包的东西并不多：衣服、餐具、一些装饰品、四箱书。多蒂对自己的藏书很自豪，听到索菲为之惊叹，心下颇为自得。

她把收藏文件的旧饼干盒放在了其中一个书箱里。放进去之前翻看了一遍盒子里的东西。上次看这些，是为了哈得孙申请护照找他的出生证。盒子里每一样东西，她都清清楚楚，熟记在心。凯恩走后，索菲回来之前，她有时会翻看这些泛黄的文件与褪色的照片，仿佛在翻阅自己的历史。其中有那张哈得孙在多佛悬崖边仿大卫·科波菲尔的照片。阳光照耀着他的欢乐笑颜，顺着他戏耍般对驴腹侧举起的手杖滑下。在他身后，越过悬崖边，大海远远地流光闪烁，反弹起一道道细长晶光。他的朋友，他的兄弟弗兰克，欢喜着这个美丽的下午，与他一起笑着。经过了这么长时间，他们还是那么高兴。尤其是经过了这么长时间、这么多事。她应该让哈得孙留在那儿，不该不断地烦他，害他死了。养父母待他不会比多蒂差多少，多蒂不记得曾见过哈得孙有这样快乐的笑脸。照片中另外那个男孩不知怎样了。他和哈得孙差不多年纪，现在应该二十岁了，就要成年了。

盒子里有一张照片，摸得多了皱巴巴折了边。照片中是一个女人和一个女孩，并肩站在花园里，背对房子。房门开着，幽暗模糊的门影下隐约能看见一个人。女人害羞地笑着，不太情愿拍照似的。在褪色的老照片中仍看得出是个美人。她的五官，眼睛与嘴唇，如月影花荫。右手搭在身边女孩的肩上。女孩年纪不过十二岁左右。女孩为把不自然的摆拍咧嘴笑容管理好，脸都僵了。女孩上衣正面饰有一圈窄窄的银色镶边。右手拿着一根棒棒糖，一部分罩在手掌里，但还看得出来。照片泛黄厉害，皱得不成样，但多蒂知道那小女孩就是莎伦。不会认错。

照片背面有手写的女人和女孩名字。不是莎伦的字迹，是谁如此从容沉着写下这两个名字，多蒂非常非常想知道，又无从知晓，常为此陷入沮丧绝望。女人后面的名字写着哈瓦，女孩后面的名字写着比尔基苏。两人名字下面写着一九三三年。此时，希特勒在柏林出任总理，开启确立德国在国际联盟中地位的历史重任，而母女两人羞怯地站在后院拍下这张照片。哈瓦与比尔基苏，一九三三年。这是她俩的名字。这样的名字她们从哪里得来的呢？多蒂把这两个名字记了这么多年，莎伦的名字她没告诉过别人，像会让她难为情似的。再说知道了又有什么好？莎伦自己也跟她说过，不要受过往时光束缚。

门口的人影给她一种不祥的预感。她觉得轮廓看得出是个男人，但是无法确定。或许是任性吧，或者固执地怀着浪漫想法，她认定那个人影是莎伦的父亲。她为何会这么在意，她也不清楚。莎伦的父亲与她们又不相干，再说很可能并不是他。为什么就不能是拍照的人呢？可能是个邻居或者朋友。照片中她们背后那所房子是不是莎伦说过的那个呢？是在卡迪夫吗？多蒂真希望从前认真听听妈妈病重时絮叨的那些话。但转念又想，那些事或许瞒着更好。这样她们就不会知道自己的来历，就不会有人为她们现在这样感到羞愧。

曾有多少次，她仔细凝视照片，希望还能多发掘些东西。莎伦对父亲积怨太深，提都没提过父母亲，直到最后贫病潦倒，才悔恨不已，讲起从前许多事，不胜痛苦。那时多蒂没有心情和时间听这些，羞耻于她们的生活，不可言喻，不知为何竟遭罚落得如此境地，心中只有憎恶，也厌恶自己。看着不幸的莎伦最后受病痛折磨多年，多蒂出于责任才听莎伦讲从前的事。

利兹那个男人，差点儿成了多蒂她们的父亲，莎伦就不能留下点儿这男人的东西吗，虽然其实也无关紧要！多蒂·白都伦·法蒂玛·贝尔福，顶着这一长串名字，又有什么用？给她们一百英镑，也比这包袱有用得多。然而，多蒂仍抽泣着想，这些名字的含义，那男人为什么给她起了这些名字，她是永远不会知道了。多年以来，她脑中有这样一幅画面，那男人在遛狗，她就跟在他身旁。她觉得一定有这样一张照片，但找来找去就是没找到。一定有照片的，因为这幅画面中有她自己，微笑仰头望着他。一定是混在莎伦留下的杂七杂八的东西里面丢掉了。多蒂只留下一条绣满银色小点点的裤子，材质乍一看像金属亮片或鳞片。她不记得在莎伦死前见过这条裤子。是十几岁孩子的尺码，她留下来是因为想着哈得孙以后能穿，每每看到这条裤子，只觉得这想法太好笑。有个盒子收着旧毯子旧布，盒子里有时会发现蟑螂蛋和小小的黑色动物粪便，裤子就压在这盒子的最下面，搁了这么多年，已是又脏又皱。她还狠不下心把裤子扔了。

她把饼干盒放进书箱。饼干盒里其实没有几样东西，零星几份文件而已，证明她们的存在，从而使她能够围绕着文件编织半真半假的故事，给她们的生活赋予内容与意义。原来她们还另有文章啊。文件、相片，还有象征着被遗忘岁月的物件。她们的落拓人生并非全部，并未完全反映她们的复杂特性。

期望

1

　　一搬进新房子，哈得孙一夜间长大了。还在塞戈维亚街那个房间住的时候他就会爬了，但只会爬到角落里和床底下，在寥寥几件家具间玩复杂游戏，藏猫猫。到了新家，刚把他放下，没几分钟他就不见了。搬到霍雷肖街几天内，他就能脱手独立走路了，勇敢探索新家宽广空间。本来他虽然脾气好，但一直很黏人，不肯一个人待着，离不开人，该睡觉的时候不愿睡。现在，他和妈妈住一个房间，在房间里一玩就是几个小时，玩到兴奋时高兴地大叫，欢喜无限。

　　他玩的游戏更生动详细、更巧妙，家里开阔空间随他安排，他小脑袋展开想象，把空间用得出神入化。声音的运用花样也多了起来，学用新的语调，也留神听熟悉的声音组合，自己学唱歌。摇床圈不住他了，爬进爬出轻轻松松。过去他进出摇床一直都很吃力。扒住摇床两边想爬进时，床跟着他动，每回都把他摔到地上。想爬出来时，摇床都毫不客气地把他直接翻到地上。现在他掌握了技巧，从床尾爬进去，手脚并用爬过透明格子，爬一下歇一下，像个亚马孙树懒。

　　乔伊斯现在有时会过来带孩子，省得多蒂来回跑，这个安排她不太开心。很少有事儿能让她开心，看得出来她日子也不好过。她还是打扮得像去赶派对，亮闪闪的裙子又紧又短，但专用服装都没了光泽。脸上总化着浓妆，妆容常暗沉无光，出汗或手蹭得有一块块的脱妆。有时，早上化的妆花了一半，显得很是诡异，银色眼影绿唇彩望去宛如尸体呼气一般。身上一股烧焦的苦果仁味儿，有时还有口气，是走味儿和疲惫，倒不是腐坏。她从前的模样一看就是活力满满又快乐，现在只让人感觉有不良习气。她现在的样子好不凄凉，仿佛已认命被人害，虽然架势还是泼辣的。

多蒂想，如果她都能感觉出来，那乔伊斯要诱惑取悦的那些男人自然也能。他们不用想就能把乔伊斯找出来，其中一个会成为实现她秘密命运的人。这想法让多蒂颇为震动，再看乔伊斯时就是全新的角度。自此看得清清楚楚，在乔伊斯的生气和抱怨之下，隐藏的是恐惧和依赖，不管她讲话嘴多臭，样子多凶，她心里其实害怕得很。

多蒂虽然很同情乔伊斯，但是乔伊斯在她们家时，多蒂都是一下班就赶紧回家。或许由于意识到了乔伊斯的脆弱现状，再遇到乔伊斯懈怠时，多蒂不再张口就责怪她了，但对乔伊斯还是不太信任。总怕乔伊斯在她们房子做别的事，做她的肮脏生意。多蒂到家时，家里基本是乱成一团。两个孩子兴奋得尖叫着满屋子跑。衣服、家具、做饭的平底锅，丢得到处都是，没有一样在原处的。乔伊斯则没精打采瘫在她们没几样家具的客厅，合着眼，不看家里这摊乱糟糟，包包和大衣拿好了就在身边，随时可以走。她看多蒂总带着居高临下的诡笑，多蒂已明白无需跟她计较，不会为了缓和赶紧堆出微笑。多蒂告诉自己，乔伊斯不过是个年轻女孩，是由于卖淫生涯才这样大胆无耻。

"我跑这么大老远过来，我图什么啊，"乔伊斯抱怨，"我就是想帮你们。你懂我的意思吗？大家共渡难关。否则我才不会费这劲。就为你们给我这点钱才不会。还得坐公交从巴勒姆过来什么的。不说了，反正我打算过阵子就去上秘书学校了，这个活儿到时就没法再做了。"索菲下班回家时乔伊斯如果还在，就会多留一会儿，拿吉米的事儿奚落索菲。在乔伊斯嘴里，吉米是"孩子他爸"："有孩子他爸的消息吗？他过得都好吧？"她说她几年前认识吉米，对索菲咧嘴一笑，略带得意在索菲面前走来走去。多蒂想，她做那个行当，小小好处之一，就是能把男人的恶劣看个彻底，自然会嘲笑索菲这种选择蒙蔽自己的女人。

"帕特森这些日子可帮你们大忙了，索菲小姐，"乔伊斯用着尊称，实为讽刺的反话，"现在他老来的，对吧？你们这房子真好。你运气真是好呢，索菲小姐。"

多蒂看妹妹似乎就是听不出来乔伊斯的挖苦讽刺。索菲微笑着有问必答，滔滔不绝地讲帕特森，讲他人多好，乔伊斯听得哈哈笑。关于吉米的问题，索菲从不回答，也不觉得难为情。有很多次多蒂真想问问乔伊斯她生意如何，但不想加剧她的敌意，也就罢了。搬家后不久，多蒂就决定要在家附近找个看小孩的。

搬家后第一周，邻居劳拉每天都过来，问她们过得好不好，有没有什么需要的东西。她们会去劳拉那里借些糖啊开罐器啊这种常常在搬家时找不到了的东西。劳拉告诉她们，碰到什么事了就过来，或者只是来闲聊都可以，不用担心会打扰她。邻里之间不用客气，她说，特别是在这个国家大家都那么冷漠，大门紧闭。“亲爱的，我刚到这个国家的时候，都不敢相信啊。你跟人一开口讲话，他们拔腿就跑，回家砰的一声就把门关上了。我老公说这是因为他们不喜欢咱们牙买加人，我觉得啊，他们就是喜欢把自己关在他们的小盒子里。你们随时过来啊，想来就来，真的。”

那段日子是多蒂的快乐时光，下了班就赶紧回家，拆箱整理，把家里物件摆来摆去，调整到最佳位置。发现房顶有阁楼，她搬来桌子，上面架张椅子，踩到椅子上看阁楼。索菲在下面扶着椅子腿，连连惊呼叫姐姐当心。多蒂小心翼翼探头进去，一股清凉气息扑面而来。点着一根火柴，发现是个大洞。屋顶一角渗入一缕月光，在多蒂看来很美，直到几天后下大雨，才明白过来小卧室天花板上一片片返潮的印子是怎么来的。

工厂的同事要她一五一十详详细细地把整个房子布局描述清楚，纷纷出主意配什么窗帘、哪里要怎么修补。麦克·巴特勒听到了多蒂讲查看阁楼的事，听到她说房顶有月光洒下，他就噘嘴知道不妙。多蒂当时如果来问问他，他就会告诉她为何不妙了。不多久这机会来了，他趁机打开话匣子，侃侃而谈毕生经验，分享他游历途中积累的阁楼及各种相关古怪知识。麦克·巴特勒铿锵有力娓娓道来，有个人在房顶平台搭了个小池塘。每天都泡在房顶精心完善小池塘。他做得着了魔，也不去上班了，家也不管了。有一天，这个可怜的家伙爬上房顶，却发现他的池塘被一个可怕的怪物占据了，那怪物两眼凸出，胡须庞大。“来自海底的妖怪。”麦克·巴特勒慷慨激昂，一脸不解望着听众纷纷离去。他穿插提示屋顶漏了有危险，可能导致天花板坍塌，然而此时已没有人在听了。

周末劳拉把她的割草机拿过来教多蒂用。劳拉有条阿尔萨斯狼狗，叫黛西，后腿站立隔着篱笆瞅她们，不时叫一两声吸引注意。多蒂觉得这狗看着很凶，劳拉对狗狗讲话却是当它乖小孩一般，摸摸拍拍，安抚它紧张的神经。她说养狗是防人入室抢劫，但可怜的狗狗比她们还害怕。劳拉和女儿两人住，怕有坏人入室抢劫伤害她们。她说女儿的爸爸还在牙买加，身体不大好，暂时过不来，说着瞟一眼多蒂，看多蒂有何反应。她们熟悉了以后，劳拉告诉了多蒂实情。那男人受够了英格兰，丢下她们回牙买加了。英国气候寒冷，阴雨绵绵，日短夜长，还要被人贬损，他忍不了了。走前给她们买了那条狗，叫她们三个快乐生活在一起。劳拉说，走了也好，反正他也没什么用，整天抱怨种族歧视，没有权利。

多蒂以为劳拉女儿还是小女孩，没想到已有十八岁了。在圣乔治医院做实习护士，劳拉在这家医院的洗衣房工作。听她们母女俩讲话，劳拉对医疗事务发表权威意见的姿态，会让人以为劳拉才是护士。做妈妈的倒是满嘴专业词汇，女儿反而说得磕磕巴巴。劳拉来英国与先生团圆前，在牙买加读护士培训课程，到英格兰后就放弃了。做这个决定很不容易。为了能买房子，劳拉决定去洗衣房做活。母女俩多蒂都喜欢，喜欢母女间那么亲，讲话柔声细语。夜深时分，多蒂透过两家相连的那面墙，能听到墙那边的声音，听不清讲的什么，但语调是熟悉的柔和温婉无疑。

女儿叫维罗妮卡，每周总有两三个晚上，有个年轻男子送她下班回家。男子外表非常年轻，灰色西装，打着深色领带。两人在前院树篱边聊天，谈笑间身子倾向对方。站那儿的时间若是长了，劳拉会从客厅窗子里探出头喊女儿回家。维罗妮卡打扮时尚，发型精巧，在多蒂眼里她神采焕发，非常快乐。

2

索菲的病不见好，搬家过程中又伤到了，于是经常不能去上班。搬纸箱的时候伤到了背，说背疼得什么事都做不了，觉都睡不着。她们觉得哈得孙最好搬到多蒂房间去。后来索菲在家做活越来越少。最后，多蒂跟她说不如换个兼职的工作，多在家休息，等身体好点再说。帕特森会在白天来看索菲。多蒂觉得帕特森现在来去倒简单了，不再按照周日来访的规矩。索菲有空的时候他就过来，有时晚上留下在索菲房间过夜。索菲现在挣的钱不多了，他就帮着付 些水电煤气费。家里的重体力活，他主动做了。修好了所有水龙头，把断了的窗框修好了。房顶的漏洞也安排了认识的人来修补。帕特森成了她们生活中的一部分。问她们都花钱买了什么，去哪儿买东西，乃至她们打算在哪儿买客厅的新家具。他认识一个开店的，刚进了一套很漂亮的家具，可能很适合她们。他不吝提出各种建议，有时还很坚持。多蒂想，这不就是帕特森与他包养的贝尔福姐妹吗？多蒂一直怕的就是这个。

有时他整个周末都在，做些她们需要的房子修缮。给阁楼通上了电，帮她们清理阁楼。阁楼里有个旧箱子，里面满满的报纸和衣服，纪念版的报纸和旧军服。还有一张坏了的钢丝床，奇形怪状地扭缠在一起。一个年代久远的铁罐锈得厉害，长在了柱子和侧墙上，只能留在原处，直到房子遭殃崩塌。各处裂隙和小洞里塞着布团和细条软皮，挡风遮雨，风雪吹不进来。四处都有其他人生活留下的废弃物，多蒂见了很是讨厌和烦心。动手去清除，却越理越乱，弄得满阁楼都是灰，最后自己也逃跑了。

　　帕特森帮了很大忙。帮她们找到补助金，市政部门派了房屋检查员上门勘察，帕特森陪着人家看房子。两人聊得像朋友一样，即便多蒂跟在后面寸步不离，也顾不上理她。帕特森找工人装了室内浴室和卫生间，费用由市政部门报销。把室外的卫生间改造成小屋，撤除管道，重铺地板。闷头做活，有条不紊，强悍顽固。

　　帕特森基本不与她们讲话，偶尔说话时倒很客气，强硬利落。他想来就来想走就走。她们也知道不去问他的事，不问他不在这儿的时候都去了哪里。帕特森教她们明白了，他选择为她们做什么，她们只管接受就是。她们也知道，除了他选择告诉她们的，别的他一概不会说。除了她们看到的和他告诉她们的，她们对他的生活、他的工作，都一无所知。多蒂知道，在自己心里，帕特森是一大障碍，总在那儿对她做评判。即便他不讲话时，也不难猜出他的真实看法。他脸上一个苦恼的笑容，或是无奈地摇摇头，与开口批评指责没有两样。她们的生活由他操控，多蒂已经认了。他的影响已将她们笼罩，多蒂阻挡不了。在他面前，多蒂感到自己畏缩起来，越来越弱。

照顾哈得孙的事儿索菲完全不管了。多蒂心想："是啊，干吗不好好放个假？既然有人代劳了，为何还要自己动手呢？"多蒂自己全身心放在孩子身上。哈得孙总是找索菲求哄抱，索菲一从外面回来，他就扑上去要妈妈。但是，对多蒂来说，只要哈得孙是自己在照顾，这就够了。还要留心，不能在专心照料之下变得太独断专行，以前她对那个哈得孙就犯了这个错误，认为是为了他好。从前对自己弟弟的简单粗暴，现在不能重演，她要好好弥补。最重要的是孩子，多蒂自己的感觉或对孩子妈妈的看法并不重要。她不再相信索菲还病着，也讨厌为此而不得已担下的事。帕特森像是知道她会抱怨，所以哈得孙捣蛋时，帕特森脸色就很严厉，还与多蒂殷切恳谈牺牲奉献。多蒂嗤之以鼻，咱们这儿出了个伟大的帕特森牧师呢，霍雷肖街万劫不复教堂的牧师。

现在再听到妹妹唠叨这里疼那里痛真是活受罪，很难再唤起多蒂的同情心。为进一步修炼自我，多蒂还列出了若不是因为索菲和哈得孙，她本可以去做的事情。她可以去读书考试。麦克·巴特勒力劝多蒂去，还请她见见他夫人，他夫人是学校老师或者顾问之类的，会告诉多蒂可以读什么课。他对夫人讲了不少多蒂的情况，夫人也很乐意见见多蒂。多蒂谢绝了。何必呢？她怎么会有时间读书呢？搬家后她连图书馆都没去过，有些书还没还。她为什么没有时间，还不是因为这样妹妹就可以待在房间里与帕特森玩肮脏的游戏。

多蒂讨厌自己这种怨气。让她整个人别别扭扭的，很拧巴，感觉人家都能看出来她在别人面前浑身不自在，羡慕人家的平静正常生活。牢骚满腹使得她很容易着急，应对失措，做不到像人家那样交际应酬起来轻轻松松。工友说她像病了的样子，有人建议她别做这个活了。她们说，多蒂脑子好用，又读了那么多书，找份办公室文员工作不在话下。多蒂感到自己听天由命，渐渐意气消沉，恨自己这样。她这一生本也没有多少前行的动力，然而现在似已丧失了信心与锐气。

多蒂总能找到一种说法，一种文字表达，来对抗萎靡消沉。有时想起一句歌词，或是忆起从前某个快乐的时刻，藏起来的碎片没被时间吞噬。此时，她欣喜于自己奇迹般活下来而且还机敏灵动，于是从前的力量暂时回来了。会有那么一小会儿，又有了宽宏包容的力气，体谅妹妹，责备自己狠心自私。然后，回到家，看见妹妹大白天躺在床上，散发出混着香水的油脂和糖果味，立时又不满和恼火起来。多蒂看索菲明明气色健康红润，索菲却总可怜地哼哼唧唧。多蒂想到自己可能这辈子都要被索菲拖累，多年下来被他们当仆人用，不禁心寒。真害怕会失去自己争取来的那一点点独立，想到这里心就沉到了底，胸口闷痛。为哈得孙小宝宝和哈得孙弟弟，为索菲自己做事不带怨气时就不会这样。

有时晚上把哈得孙哄睡着以后，多蒂缩在自己房间，静静坐着，听索菲在她房间怨天怨地，因为帕特森不在。多蒂真想一走了之，自己找个地方住。这天晚上，索菲到多蒂房间找她。那天多蒂上班时遇到件烦心事。有个工头，一张脸非常粗糙，是个色鬼，胳膊搭上多蒂的腰，亲了多蒂脖子。多蒂调身对着工头痛骂，差点儿动手揍他。让她懊恼的是她把自己肤色问题也扯了进去。"你以为我是黑人，所以你这种恶心人的臭老头子就可以随便动手动脚了吗？"她这样说。她知道那人其实见到女的都那样，然而她还是这么说了，其他女人本来愤愤地替她打抱不平，此时声音却弱了下来。她这句话的歇斯底里反教自己显得可笑。那人借机嘲笑她："对啊，你这个可怜的黑鬼，就是你。怕热就别进厨房啊，滚回你们黑鬼国啊。"

多蒂回到家，什么都不想跟妹妹提，不只因为她觉得索菲理解不了她的伤痛，还因为她实在提不起神闲谈说笑，没心情搞好气氛方便她倾诉。一脸疲惫做完了家务，甩脸子给索菲和哈得孙看，别找她搭话，不会有好脸色。老早打发哈得孙去睡觉，把他塞上了床，哈得孙企图造反，被多蒂坚定不移予以镇压。对索菲草草讲了两句，就回房休息了。索菲跟着她进了房间，惊动了哈得孙，他本在装睡，此时睁开一只眼小心地偷看。

"你没事儿吧姐？"索菲站在门口问。

多蒂坐在床上，手里拿本书装着在读。索菲胖胖的脸上那个难过的神色，像小丑的眼泪，多蒂心软了，脸上现出微笑。索菲松了口气，微笑着进了房间，坐到床上，突然无限怜爱地拥抱多蒂。多蒂竟哭了起来，教索菲大吃一惊。索菲抱着她轻轻摇着，对她柔声低语："没事儿的，亲爱的。可怜的，可怜的宝贝。干吗弄得自己不开心呀？可怜的孩子。"多蒂哭着哭着又快被她的话逗笑了。躺在妹妹臂弯里，被妹妹孩子气地疼爱着，多蒂心里好过些了，但转念又想，索菲这种温暖关爱是不走心的，随随便便就给了。尽量轻轻地抽身出来，不让索菲误解她的抽身。索菲两眼也含着泪，多蒂对她微笑，摸摸她脸颊。

"我没事了，"多蒂说，但觉自己与胖胖的憨妹妹，前程去向，渺茫难知，"只是倦了而已。"

哈得孙仍不肯安生，或许是想趁乱混到晚睡几个小时。他又叫又闹，吵翻了天，真哭出了眼泪，怒气冲冲踢摇床，她们只得放小可汗下床，由他在房间里跑。两人一边等哈得孙玩累，一边聊了聊。多蒂说起工作为什么这么难受。工作把她一整天的时间都占了，把她的能量吸得一干二净，她只落得个筋疲力尽，一无所得。讲了一会儿，多蒂就知道索菲不再认真听了。索菲露出无聊的样子，仿佛这些她早听过，而且她很清楚把这些讲来将去没什么用。多蒂吃惊之余意识到，索菲确实早听过无数遍。多年来多蒂一直用这样那样的方式，不断地在讲这些。即使与那晚她用的词不同，索菲也早就清楚她的意思。

多蒂现在倒要索菲来给她安慰了，想想也是好笑，不免自嘲又自怜。一直自觉很坚强的是她自己。多年来也觉得自己未曾辜负期望，妹妹的低能，弟弟的幼稚与恶意，她都能一力担当。这些人都依赖着她，她觉得累了，倦了，很不痛快。可能就到头了，从前去拿去拼的冲劲和热情，现在都没了。被哈得孙和房子掏空了，还有索菲和帕特森……

她认为，一切都可以追溯到帕特森。就是因为他用那种方式掌控了她们的生活，才让她感到倦了。如果她是男人，就出海浪迹天涯，逃离一两年，把压抑感排出体外。再回来时，已是一身轻，也老练多了，生活自会重回正轨。至少也能把主动权拿回来。多蒂现在意识到了，这种掌控感正是对她负担那么多责任的补偿，却被帕特森夺走了，把她们变得都离不了他。他故意做给她看，轻轻松松就教她知道，她们没有出路，处境堪忧。靠她们自己供不起这房子。多蒂找不到能增加收入的途径，除非找份更好的工作，至于怎么才能找到，则毫无头绪。在报上找招工广告，都申请了，还按广告的要求打过电话。上次与那男人发生矛盾后，她更坚定了要离开的决心，但是申请了很多工作，没有一个是她真心想做的。能让她摆脱那工厂的工作，要到哪里去找呢？她想，可以去问帕特森吧。或者莫西亚牧师。她该怎么做才好，男人一定知道。

3

一切都可追溯到帕特森。她们的生活已完全在帕特森控制之下，这点已显露无遗。多蒂心里非常清楚，帕特森不是她们应付得了的，她也知道，帕特森自己的生活实际凶狠残暴，是瞒着她们的。索菲已经一心扑在帕特森身上了，因为索菲的心总是要交给某个人，对细节问题从来分辨不出，也不在意。反正在多蒂看来是这样。不然的话，时不时来找帕特森的那些人如此可疑，索菲怎么会毫不警惕？那帮人不只样子可怕，而且对帕特森毕恭毕敬，惟命是从，似乎听命于他。来时都是与帕特森急急附耳低语，有时留下几个包裹和箱子。从前哈得孙那时候，多蒂对这种勾当没有意识，但是现在她很警惕，看得出帕特森做的是非法勾当，某种违法犯罪活动，可能还是头头。有一次，多蒂看到索菲房间地板上有个长长的包，用油乎乎的麻袋包着，看着很像是枪。枪啊！后来就不见了，多蒂始终没能鼓起勇气问帕特森，连是不是真的是枪都没敢问。

多蒂心中非常不安，苦恼于她们生活被帕特森掌控，尽管如此，帕特森对她们的态度始终没变。还是彬彬有礼，主动帮忙，多蒂有时仍盼着他来到自己房间，不要去索菲房间。梦见帕特森与自己交媾，可怕的梦，醒来为自己的欲念感到恶心。冬天，她能听到索菲与帕特森在地板上翻滚的声音，以及他们转到床上做爱，床的嘎吱作响声。她想忍着不去听，但欲望上来时，就管不住自己了，听到索菲放浪的笑声穿过屋子梁柱，羡慕与情欲交织，方寸迷乱，兴奋异常。

4

到了秋天，多蒂在肯宁顿工厂附近的莫利学院报了夜校秘书课程。这个学院是图书馆那个管理员告诉多蒂的，多蒂以前问过她默里医生的事，见到多蒂又出现在图书馆，她面露微笑。又见到多蒂她很高兴。"我正想不知你怎么样了呢。"她说。多蒂一时心血来潮，问她有没有多蒂能读的文秘课程，她拿出一堆宣传小册子和参考书，与多蒂一起研究了半小时。多蒂当然不是真的心血来潮，但是若不是她先与多蒂打招呼讲话，多蒂决不会问起这事。多蒂选了莫利学院，因为图书管理员力荐这所学校，说这是伦敦最好的夜校之一，离工厂又这么近，多蒂不用跑到不熟悉的地方去。

秘书课程比多蒂想象的简单得多，老师很欣赏多蒂，对全班大夸多蒂进步惊人。班上都是女生，下课后，全班会去学校隔壁的酒馆泡半个多小时。有些学生非常年轻，也有几个像多蒂一样二十多岁。有个学生年纪比较大，这门课读了好多年也没什么进展，她来上课不是为追求什么目标，而是奔着有伴儿来的，照顾着全班人，同学们感到热情消减和气馁时，她给大家加油鼓劲。她叫埃尔克，喜欢历数年轻同学习以为常不当回事的种种便利与舒适条件，说这些都是她那个时代所没有的。她的励志大道理没什么新意，不过她总能神奇地知道，哪个人最需要来杯啤酒或柠檬汁啤酒，听她鼓舞勉励一番。年轻女同学被人强行搭讪时，她还是保护她们的监护人。

大家免不了聊起自己志向，以及出于什么迫切需求来读夜校。同学们说起各自的遭遇，令多蒂听了自惭，有人被不愿协助的亲戚设置各种障碍，有人则是父母认为她们不自量力，自私地扯她们后腿。有人婚姻不如意，丈夫自己懒不说，还很苛刻，连个鸡蛋都不会煎，还很不情愿妻子每周抽两晚时间出去上课。有人小时候就被遗弃。有人每天要面对暴力与压制。她们立誓要自强自立，自己立足社会，其精神令多蒂自愧弗如。多蒂反观自己，并没有什么阻拦自己，这么多年却只会一味自哀自怜，蒙昧无知，没为提高自己做任何事。

老师与多蒂年纪差不多，也和大伙一起去酒馆。多蒂起初对老师怀有戒心。学年开始时，多蒂收到学校通知，说她的班由斯特拉·霍格思教，这名字教多蒂心生恐惧。听上去太可怕了，使她联想到一个体型庞大的女人，发如金属，声如洪钟。开学第一天，老师微笑着自我介绍，才发现斯特拉·霍格思教其实是埃斯特拉·霍加尔。老师说，即使她把名字全部大写，学校办公室还是会弄错。老师不是白人，也不壮硕，是个苗条的黑人。脸型线条优美，非常迷人，五官轮廓清晰，有点瘦削。初见给人一种纤弱之感，身材娇小，是个很谨慎的人，有强迫性习惯，但其实也并不是。多蒂站在埃斯特拉·霍加尔老师身边听她指导时，发现老师比多蒂高，胸臀也基本都比多蒂大。

与老师熟了些，得知埃斯特拉的父母住在伯明翰，每个月都会去看父母一两次。她这样的人生在多蒂看来非常圆满。埃斯特拉本来就是学校老师，后来到伦敦找工作，初来时比较困难，现在觉得很高兴搬来了伦敦。多蒂喜欢她的热情和不做作的好品行。她讲话方式有时有点儿怪，出人意料，很夸张，但总会以愉快的笑容收尾。有种直率和自信的气场，一开始有点儿令人望而生畏，但很快就能感到她的友善，消除了多蒂的戒心和猜疑。

有时下课后埃斯特拉会让多蒂搭她车回家。她住在温布尔登，深夜路不堵，走布里克斯顿对她来说不算太绕路。"我很喜欢布里克斯顿，"她说，"你也喜欢吧？特别乱。"多蒂说她觉得布里克斯顿很有可能就是人类文明的摇篮，上帝的第一座花园就建在那儿。过了一会，多蒂又说，听人说，布里克斯顿可能还是传说中全世界大江大河地下汇流之地，即天下闻名的地下湖。埃斯特拉听了这话，侧头对多蒂欢喜一笑，说多蒂真是疯了。"彻头彻尾！"

埃斯特拉开一辆轰隆作响的大众甲壳虫古董车，那时这是品味入时的标志。这台吓人的机器，她十分喜爱，车子有时吭哧吭哧开得好像很吃力，她会怜爱地对它轻言细语。埃斯特拉的一切都深深吸引多蒂，最佩服她的自由生活方式。她这样一个美丽动人的女子，自己住在伦敦繁华市区。有一份很好的工作，开一辆潇洒不羁的车子，真有格调。连名字都教人好奇。她身上有许多教多蒂好奇的，从名字问起最稳妥，于是多蒂问她名字的来历。埃斯特拉微笑说这是法语名字。又说了一两件她自己的事，但显然不想深入多谈，把话题转向别处，多蒂也松了口气。经过此次，多蒂决定要沉住气慢慢来，不能去窥探人家生活，管人家闲事，把埃斯特拉吓跑。这不是埃斯特拉的问题，多蒂自己如果碰到这种情况，刚帮了别人一个忙，这人一下子就凑上来要把多蒂什么都问个遍，那多蒂也会回避不愿说的。

5

多蒂在夜校上课得到许多鼓励与称赞，埃斯特拉对她又特别友善，都使得她在当下日渐恶化的境况下还能过下去。年底前，哈罗德·威尔逊作为工党领袖，率工党在议会以微弱多数优势险胜，当选首相。工党在野已有十三年，好不容易以几票优势赢得大选，抓住机会乘胜追击，谋划在数月后的下一次大选中扩大优势，稳住地位。与此同时，对几次失败进行了反思，迅速吸取教训。大选中，拟任外交大臣的工党忠诚分子帕特里克·戈登·沃克，败在保守党候选人的口号"想和黑鬼做邻居，就选工党"之下，失去了斯梅西克选区的席位。在匆忙举行的补缺选举中，本是工党稳拿的席位，不料帕特里克·戈登·沃克再次落选，至此工党不能再无动于衷，工党政府不久即向英国人民证明，本政府也对黑鬼施加严厉措施，毫不留情，不逊于他人。一九六二年，工党曾强烈反对麦克米伦的《一九六二年英联邦移民法》。而一九六五年，在全国性灾难时期，工党政府却出台新措施巩固该法案。斯梅西克之后，拉格比、考文垂、伯明翰、伦敦均发生殴打和示威支持活动。有人在黑人居住房屋的前院焚烧十字架。北肯辛顿有个男孩，父母是特立尼达移民，他被一帮英国青年手持铁棍与碎玻璃瓶殴打，差点被打死。

报界大肆渲染耸人听闻的报道，称大批野蛮人一波波冲上英格兰海岸，如大自然的海浪拍岸极难平定，亟须高度警戒，调动英国天才的斗牛犬式优秀品质，将他们赶回大海。埃塞克斯、肯特和萨塞克斯的警力在英格兰南部海滩和临海小镇街道巡逻戒备。冷藏车中发现藏匿的巴基斯坦人，集装箱中藏着印度人，还有移民局官员及海关官员抓获的持伪造证件或无证件的各类人员。整座文明大厦岌岌可危，将倾覆于原始的泥沼。

报纸每周都发布数据，显示问题仍在肆虐蔓延。政府相关部门则发布自己的数据，提供更全面视角，表明有多少巴基斯坦人或牙买加人被拒绝入境，多少还在自己国家苦熬，使尽阴谋诡计还是无法拿到入境英国的许可，只落得颓丧发狂。亲善人士组织各种大会集会，予以谴责，表达不满，举办街头聚会，声援被排斥轻视的移民。路过的人中，凡是深色皮肤的，都奉上一杯茶，一小束石楠。多蒂学会了看报纸时眼睛跳过那些可怕的报道，工友激动起来说些凶狠的话她也不去听。然而她并没表达自己的意见。收到选举登记表后填上了她的名字，但是没去投票。索菲也没去。即使去了，又会投给谁呢？

帕特森见多蒂如此愤慨，只是摇摇头。"你还以为会怎样？"他说，"这些人把我们拴上铁链拉到市场上卖。拿牲畜都不如的条件运送我们，用极度过分的方式利用我们的身体。你还指望他们会怎么好？他们现在是客客气气的，但是不久就会厌烦，就会要求我们携带证件，住贫民窟。他们只懂暴力与压迫，想让他们不来干涉压制我们，唯一的方法就是要让他们怕我们。以其人之道还治其人之身。"

帕特森这番偏激的总结陈词，多蒂仍心存疑虑，但是能感受到它的分量。她觉得，对报纸上那些残酷无情的判定，就该如此批判。她认为，此时那些人自己喧嚣鼓噪之声不绝于耳，不可能听得进理性的声音。她对帕特森讲了这个观点，他耸耸肩。"你这么说也有道理。"他看了多蒂一会儿说道。这个眼神多蒂明白，最近他常这样打量她，感到其中的意味，不禁大为兴奋。

一个春日下午的近晚时分，事情终于发生了。那周多蒂休假，在家帮帕特森装修卧室。这点活帕特森一个人就能做，但是多蒂不想自己不在时，帕特森在她房间乱翻。她要守住自己的一角，属于自己的小小空间。客厅已经让给帕特森了，在客厅办他的事，他的伙伴留宿过一两次，第二天继续做他的不明秘密事务。院子里的小屋塞满了帕特森的盒子和一捆捆东西，上了锁。他成了一家之主，掌管她们的命运。来来往往看帕特森的人，把多蒂和索菲当成帕特森家人，对她们很尊重。乔伊斯也开始叫她多蒂小姐。这无疑是帕特森的功劳，她们的生活都由他指挥安排。装修到卧室时，多蒂不想自己的小零碎随便他翻弄，就请了假在家。

两人做活倒是配合得很好，干脆利落，目标明确不啰嗦，都想把事情做好。多蒂希望得到他的肯定，被他表扬后很高兴。与他密切合作，有时索菲在房子其他地方，留他们两人单独在一起很长时间，多蒂难免感到意乱情迷，又唤起了对他的渴望。索菲每两周去见一次医生，这个周四下午，她照例去看医生。帕特森让她带上哈得孙，因为留哈得孙在家会影响大人做事。索菲带着哈得孙出了门，大门一关上，帕特森就放下手上正刮墙的刮刀，向多蒂凑过来。多蒂没有感觉意外，转身对着他，没有勉强也不惊讶。他一把扯下床上的防尘罩单，一言不发与多蒂做爱。

她匆匆想道这姑且算是做爱吧，不愿多想自己体内的反应。她已沉醉，感受他在她体内，他没有铺垫也不缠绵，长驱直入。她紧紧抱住他，知道被他利用，感到被他利用，更感刺激与快感。她鼓励着他，假作放荡在他身下扭动，呻吟喘息，沉溺于臣服的甜蜜羞耻感。他挺起身子，仍在她体内搅动着，两眼欢喜又惊愕地注视她。她感到他射了，快感冲上巅峰，放声叫了出来。

事后，他靠床一侧坐着，低头看她，她稍稍离开他一点躺着，两腿紧夹。她看到他满足的微笑，会意的鄙视之色。看到他一只手摸摸肚子，这是欲望得到满足的下意识动作。"做得真爽啊，老姐。"他说。

此时此刻，多蒂意识到自己没把持住，被诱做下了这等勾当，恨不得一死了事。他明白她招架不住，知道她迟早还会再做，知道她想要他很久了，看不起她。她没必要给他那么多，但是她给了，他会利用这点。他起身穿好衣服，又开始干活，还是一句话没说。多蒂也马上起身，去浴室冲洗，留他一人在她房间。从此以后，多蒂由于羞愧，见了他都躲着，他不时看看多蒂，看她内心煎熬，脸上现出微笑。有他在时，多蒂就垂下眼睛，他一进房间，她就尽快离开。他有时会在走过时蹭到她，有一次，两人都站在厨房等水烧开，他一只手搭上了她的肩。大部分时间他都对多蒂视而不见，知道她已在他掌控之中。

自那天起，多蒂感到帕特森始终埋伏着伺机而动，要将她彻底制服。多蒂也有点儿认了，但还是尽可能不单独跟他在一块。他并不是真想要多蒂，她觉得那不可能。她对他来说只是个消遣吧。他不声不响坚持不懈，按他的想法摆布她们，多蒂竟放任自己被他算计了进去，令自己骇然。

6

那个春天过得很乱，多蒂有两个星期没去上课。到了第三周的第一堂课，她还是缺课，埃斯特拉下课后到多蒂家找她。帕特森来开门，叫埃斯特拉在门口等着，他去喊多蒂出来。多蒂与埃斯特拉在屋外聊天，各自欢喜地相对微笑。让朋友如此担心，多蒂既不好意思又喜出望外。编了个借口，说本周内就来上课。埃斯特拉在来的路上曾担心自己多管闲事，想中途折回，还好没被误解，也很高兴。"那你都好吧？没出什么事儿吧？"她放低了声音问，做秘密共谋状。

"我挺好的。家里事情太多。"多蒂被埃斯特拉的夸张逗笑了，把话题引向别处。埃斯特拉也笑了，眼睛在路灯映照下晶光闪烁，好像也意识到了她俩讲得离奇虚幻了。

"那就周四见，"埃斯特拉说，郑重点点头，表示很重视，"我可不想失去班上最优秀的学生。"

多蒂目送埃斯特拉轰隆隆开着她的大众车走了，又对出现在隔壁窗口的劳拉挥挥手。劳拉以为是男人来找多蒂，露出调皮的样子。多蒂回屋后，帕特森从客厅向她喊话。他正与索菲看电视，多蒂不肯进客厅，他从椅背掉头看多蒂。

"是谁啊？她想做什么？"

他问话语气不重，不像盘问，倒像同情多蒂被人打扰。多蒂知道，他接着要讲的话，又会泛起"白人啊"这种老生常谈。她想说她没必要回答他的问题，他既不是多蒂父亲又不是她的主人，但又怕显得反应过激。"是我老师。我缺课了所以她来看看我。"她说，下巴抬起，看他敢说什么狠话嘲笑的话。

"姐啊，你不能旷课的，"索菲声音痛苦说道，"不然你永远拿不到文员工作了。"

这场景如此诡异，多蒂差点笑出来。她感觉自己像个犯了错的青少年，被父母责骂。脑子不太好使的妹妹和她的黑帮男友竟然把多蒂当成没脑子的小孩一般。"她说我是她最优秀的学生。"多蒂说完转身就走。听到帕特森在背后偷笑，一时气愤得很，她夸一下自己，他反觉得好笑。

　　这样子简直是过不下去了。帕特森不走的话，多蒂就考虑自己搬走。但认真想想，那又如何！太荒唐了——她吃苦受罪，一手操持起来的房子，她却要搬走。只能在逼不得已时才做此考虑，万般无奈的做法。荒唐之至！她走了谁来照顾哈得孙？这也是她的房子啊。虽然买房子的钱大部分是帕特森和房屋互助协会借的，她也付了自己那份抵押贷款的。吃木薯咽菠菜，饿着肚子睡觉。日复一日，多蒂怨气越来越重，与索菲和帕特森进行最简单的日常对话都做不到。有时，她晚上不去和他们一起吃晚饭，宁肯在自己房间啃几口饼干和葡萄干。进屋撞见他们，也好像打扰了他们似的，他们马上住口不说或换了话题。有多蒂在旁边时，索菲做点小事都噼里啪啦动静很大，呼哧呼哧压着火。多蒂觉得他俩是想赶她走或让她听话，嫌她这疯婆子太麻烦。

　　去夜校上课是一大慰藉，与埃斯特拉日渐亲近，这友谊也来得及时。其他同学微笑欢迎多蒂回来，起哄欢呼，埃尔克怪多蒂不负责任，将她严厉教育一番，再塞过来一袋糖果拉拢她。老师得意地微笑主持大局。课后在酒馆，大家聊考试和工作，都不好意思地笑，只怕不自量力，不久即被人家看出底细。开车回家的路上，埃斯特拉邀请多蒂周六去温布尔登一家剧院看戏。她有认识的人出演该剧，只得买了两张票。"可能很无聊的。不无聊才怪，但是咱们看完剧可以去吃饭。"她说。

那剧演了些什么，多蒂不太记得了。她不只观赏台上的剧，还小心翼翼贪看台下四周观众，都是生活富足、逍遥快活的人。这是个小厅，冷风阵阵，让多蒂想起以前参加过的学校活动。听不大清台上演员的声音，隔着老远看，还分神去看观众，只大概猜出剧情是讲一个探长恋上了谋杀案的凶手。又是杀人！书店卖的书也都是写杀人凶手被各种警察、警探和侦探追拿。电影院放的也是谋杀案，还有电视和剧院。报纸上也全是这些杀人案。"人家以为咱们不干别的了。"看完剧出来两人去吃饭，她对埃斯特拉说。

埃斯特拉带她去南菲尔德一家名为丽晶的印度餐馆。多蒂是第一次去印度餐馆，非常喜欢幽暗朦胧的灯光、浆挺的锦缎桌布、血红软面立体纹墙纸。服务生过于殷勤巴结，她起初有些不安，还好服务生很快就去招呼其他顾客了。菜肴浓香四溢，就餐者轻声细语，一道道色彩浓郁的咖喱与蔬菜从厨房传到各处餐桌，看得多蒂不胜惊奇。凯恩走后，她隐遁多年，已忘记了在餐馆等上餐的乐趣。

"你想吃点什么？我请客哦，不用看价钱。今天我发工资了。"埃斯特拉说。多蒂说不出要吃什么，埃斯特拉很乐意给多蒂建议，展示一下她的印度美食知识："洋葱咖喱不要碰。吃不惯的话会消化不良，洋葱太多。有贝类的也不建议点。吃了肠胃不适，而且这家店的大厨也不太会做。要我说呢……这家的炸蔬菜巴哈吉真的不错，腌椰子也很好吃。我就来一个烩咖喱配米饭和抛饼吧。"多蒂也点了一样的，入口鲜美无比，细品美味，直吃到再也吃不下，肚腹鼓胀。

埃斯特拉也不客气，多蒂不想吃的，她随意取了来吃，说说笑笑，心情畅快。

"你刚才说到杀人的事儿，"埃斯特拉说，"有人会说，纵观人类历史，所做惟此一事而已。从古至今，人类互相残杀，也眼睁睁看着他人被杀。把这个变成某种仪式，这样不太会引起争议，就像这部剧，这部侦探惊悚剧。难道不是吗？你觉得我这是胡说八道？人类对凶杀的这种极大兴趣，出发点的角度有很多。比如为了看到凶手落入法网，这是道德剧的题材。罪有应得，杀人不对。或者是为了看追捕过程，看凶手与警察斗智斗勇。又或是借此把自己的幻想写出来，觉得自己真有能力造成那种程度的伤害。警察、病理学家、律师、记者，都出于这种心理。大家都幻想过对别人施虐吧……你肯定觉得我危言耸听了，对吗？现实中确确实实有人杀人啊，很多人干过。所以，这些书啊剧啊或许只是反映了现实生活。"

说到这里，埃斯特拉停下，沉吟了好一会，捏着撕下来的一块饼停在半空，把时间静止下来等她。多蒂屏息凝神。"关于凶杀，我自己就有切身经历。"埃斯特拉挥着手里的饼强调道。埃斯特拉习惯用比喻，多蒂很了解她这点，听了她这句话并没有大惊小怪。可能说了一声："哦是吧，不会吧！"多蒂耐心等待埃斯特拉讲下去，把故事编完。看到多蒂这般冷静不动声色，埃斯特拉既赞赏又有些失望，脸上露出一丝不易察觉的得意微笑。"是真的！"埃斯特拉说，把饼塞进嘴，装无辜地对多蒂使个颜色。

"真的吗，不会吧？"多蒂微笑说道。

然后，不知怎的埃斯特拉就讲起她自己了，这次语调完全不同，省去了铺陈烘托与手势渲染，平淡讲述，不加修饰。多蒂认真听着，感到自己正在见证一个重要时刻，这无疑象征着埃斯特拉对她的信任，确立了两人的友谊。

7

埃斯特拉的父亲是法国人，一九四〇年五月后，于法国沦陷的震惊惶恐下来到英国。德军入侵时，他刚应征入伍，官僚体系效率低，法军投降时，他还在接受入伍训练。与几百名法国士兵来到英国，驻扎在苏格兰阿伯丁北部荒野。在爱丁堡军事演习或类似活动时，认识了埃斯特拉的母亲。他们常组织这种演习活动，保持战斗力。好像也没别的事可做。有时突袭一下距他们不远的波兰兵营，波兰人有时突袭他们。

埃斯特拉的母亲也是法国人，她是犹太人，德军逼近家乡小镇时，镇长怕惹怒德军，把小镇所有犹太人都赶走了，她与妹妹逃离了法国。埃斯特拉的父亲叫马塞尔，认识了乔治娅·西蒙——这是埃斯特拉母亲的名字——以后，一有假期就去爱丁堡，追求乔治娅，在乔治娅象征性的短暂抗拒后，赢得了她的芳心。他计划等战争结束后再结婚，当时盛传德军即将入侵，没必要害乔治娅做寡妇，可以等到时局稳定了再结婚。埃斯特拉就出生在他们等待的期间。

马塞尔参加了诺曼底战役，活下来了，回到爱丁堡娶了爱人。搬到伯明翰，他有个表兄在伯明翰做银匠生意。表兄表嫂请他们住到自己家，于是，马塞尔和乔治娅带着乔治娅的妹妹和埃斯特拉，搬到了表兄那里。他们以为，等形势稳定以后会搬回法国住。但是，后来两人情况就不好了。马塞尔开始经常不着家，与同在英格兰放逐的法国朋友在外面厮混。乔治娅认为他这些朋友不喜欢她，因为她是犹太人，但马塞尔说没有。马塞尔有时晚上也不回家，和朋友在外面过夜，或跑到英格兰其他城市。乔治娅心烦意乱，生了疑心，说马塞尔不爱她了，认定马塞尔有了别的女人。马塞尔跟她说绝对没有，乔治娅控诉声讨不休，他一笑了事，实在应付不过去了就拉上乔治娅的妹妹联手对付。结果乔治娅连自己妹妹也一起怀疑上了。埃斯特拉说，妈妈这些怀疑其实有些根据的，但是此时马塞尔对妻子已经没了怜惜，对她冷嘲热讽。恼怒和不满之下，渐渐地话越来越少，这越发刺激了乔治娅，不时发作起来又吵又闹。马塞尔终于开始动手打她，开了这个头以后，就不问缘由随时劈头盖脸打下来。他喝醉了也打，乔治娅没给埃斯特拉收拾干净也打，不喜欢乔治娅做的饭或者乔治娅对他讲话不客气了也打。他打乔治娅，因为他找不到工作，因为他讨厌住在英格兰。妹妹玛德琳说这都是乔治娅自己的错，玛德琳搬出去了，去伦敦找演员工作。

最后，马塞尔的表兄求他们回法国去重新开始。可以把埃斯特拉留在伯明翰，安顿好了再说。乔治娅对重新开始满怀希望，特别是能不带孩子，两人单独相处几个月。最后却是搬去和马塞尔一家人同住，在普罗旺斯一个叫布兹的小村子附近，并不是乔治娅所预想的。说只住几天，结果一住就是几个星期，后来就没法再提他俩搬出去自己住的事。马塞尔住回了自己老家，乔治娅的抱怨，他要么置之不理，要么就用男人的方法予以制止。他自己的家人也很厌恶他，但是乔治娅自己什么都做不了，只有默默忍受殴打虐待。这个小小的家庭农庄，处在多石的山腰，摇摇欲倒，一家人生活贫困。

终于，乔治娅拿了她公公房间里的枪，对丈夫开了一枪。他没马上死，像个受伤的动物跟跟跄跄在屋里追乔治娅，追上她一番撕扯，把她脸上的肉撕下几块。她冲他又开了一枪。他跌倒在地，在恐惧与绝望中大口喘息，苦苦挣扎直到生命最后一刻。

乔治娅的律师以限制行为能力为由，使她免受处罚，连法官都同情她受马塞尔虐待的遭遇。当地报界没有这么宽容，特别强调她是犹太人，公开影射马塞尔可能死于慢性中毒或被施了巫术。

乔治娅在精神病院过了一年，出院后去律师家住，做律师家的管家。多年以后，埃斯特拉快十四岁那年，去看妈妈，见到的是一个创伤深重蓬头垢面的女人，精神明显是错乱的。不会说话，只会动物般嚎叫，差点就扑上来打埃斯特拉，还好律师站起身动手去抽他身上腰带。当年埃斯特拉不久即被马塞尔表兄表嫂收养，他们想多要几个孩子，但是自己只生了一个。"他们让我姓了他们的姓，我很感激。"她说。

餐馆出来，埃斯特拉邀请多蒂同回她的公寓，两人坐在大客厅里，一人一张椅子，多蒂感觉相隔千里一般。埃斯特拉冲好咖啡，微笑着看多蒂欣赏家具与摆饰。"这是玛德琳的公寓，"她说，"我妈妈的妹妹。她让我住这儿。她现在加拿大，下个演出季会去纽约。玛德琳·库珀，她是演员，你可能听说过她。"

多蒂摇摇头。埃斯特拉耸下肩。"如果她不是我阿姨，我可能也没听说过。那不是她的真姓。为了工作她改姓库珀。我父母……我养父母……"她顿了顿，随即微笑意识到口误说错了，"我老是把他们叫成父母，因为我只认得他们。另外就是乔治娅和马塞尔。我父母觉得玛德琳改姓就是背叛。我问妈妈，她结婚后改姓夫姓霍加尔难道就不是背叛，但妈妈不理我，叫我不要瞎说。他们对自己的姓很自豪，别人劝他们改个好叫的姓，他们坚持不改。英格兰这儿每个姓都得被折腾一番，收拾成工整的制式和声音，比如库珀或霍格思。霍加尔……我觉得应该是以阿尔及利亚的阿哈加尔命名，祖上是来自那儿，你说是不是？这么好的姓，谁会愿意改成霍格思？"

不觉时过午夜，多蒂才不太情愿地提出自己该走了。她可以留下来过夜的。埃斯特拉已经说了请她留宿，说家里房间很多。但是多蒂知道妹妹和帕特森会担心，哈得孙也要有人照看。埃斯特拉开着轰隆作响的大众送多蒂回家。

"这车也是玛德琳的，"埃斯特拉有点不好意思咧嘴说道，"你知道玛德琳怎么说乔治娅的吗？玛德琳说乔治娅成了那个样子，是因为没有志气。乔治娅没有想达成的志向，没有想做的事业。正因为她自己没什么想要的，所以遇到外界任何事都会让她恼火。刚从法国到英国时，乔治娅要为玛德琳和她自己两个人担起责任，后来加上了马塞尔和我。她习惯了牺牲自我。生活成了不得不承受的负担，积年累月，她已经习惯了，离了这种痛苦，日子反倒不知道怎么过。我不是说她没有才华，但是她自己只要有一点点追求和志向，都被她自己扼杀了。她认为那样是自私的。最终她没有方法也没有决心去坚持追求了，因为都没有意义了。除了继续牺牲自己忍受虐待，活着已没有什么意义。埃斯特拉小宝宝看着也像个将来牙齿长全了来虐待她的。玛德琳是这么说的。我觉得很有道理，你说呢？是不是？"车子开在布里克斯顿山路上，埃斯特拉转头注视多蒂问道。

多蒂点点头。暗自思忖埃斯特拉是不是猜到了多蒂的生活情况，才特意讲了乔治娅的故事，给多蒂吸取教训。转念又想这不可能，自己未免太多疑了。不管怎样，乔治娅这可怜的疯女人，生命中重担一个接一个压下来，把她变成那样一个骇人怪物，多蒂听了为她无限惋惜。多蒂自己或许也已做了有点类似的事，虽然程度完全不同。总之，埃斯特拉不可能猜得到她生活这些情况的！她从没跟任何人讲过自己的生活，就算给她上刑她也不太可能会说。

车子驶入房前路边停下，埃斯特拉问："多蒂，你有什么志向吗？"她微笑着，带几分玩笑态度，"我肯定是有的。当然不是当老师，没人想当老师吧。教学太死板僵硬了，对学生一点都不公平，像演戏。我想法倒是一直有，一时想要做这个，一时想做那个，都不长久。愁啊。我都这个年纪了，该体现出一些实力迹象了吧，你不觉得吗？不说了，今晚过得很好呢。我唠叨了那么多，没有太无聊吧。咱们找时间再聚啊。"她探身过来摸摸多蒂手。

英勇斗争

1

她应该于某日傍晚，下班回家，走进他们卧室，拿起他留在卧室用油麻布包着的那把枪，一枪毙了他，她心中寻思。一枪穿透他的心脏。她在他们卧室看到过那枪一次。如果进屋没找到，那么院子小屋里肯定还有一把。黑帮都有枪。她不会坐等他像无头怪兽使尽生命最后一丝力气那般满屋子追她，她要再补上一枪不留活口。你这个吃腐肉的家伙吃我一枪！然后看他指甲乱抓，挖下她脸上成块的肉。这做起来不难，她只需轻松一跃，就可以解放自己了！

帕特森不喜欢她和埃斯特拉多往来，想制止她。他固定套路的长篇说教，絮絮叨叨的责任之谈，把多蒂快逼疯了。他说，哈得孙需要多蒂在家，索菲身体不好，多蒂是没脑子吗，怎么能跟白人交朋友？不知道那坏女孩打算利用她吗？

"你说什么呢？"多蒂猜量他的意思，"你说坏女孩是什么意思？"

"什么意思你以后就知道了。"他说。

多蒂心想，他一个毒贩子，说不定比毒贩子还差劲，居然说别人坏，够可以的。"你是说我有危险喽？"她嘲弄地问他，"你是这个意思吗？"

"你以后会明白的。"他觉得很恼火。

他反对也没用，完全束手无策。多蒂还做不到对他一点都不怕，但对他的害怕一直是比较笼统的一种感受，不是很具体。没有那么确切，她实际想做的事，不会因为忌惮他就不敢做了。更像是一种压制，阻挠她其他发展机会，按帕特森的想法强行设下条条框框。埃斯特拉这样的事，是头一回发生在多蒂身上，帕特森还来插手不许她交这个朋友，她真气不过，自然有勇气反抗他。帕特森说起埃斯特拉什么，多蒂一概不听，也懒得解释或找借口。在家里忙自己的事，去夜校上课，与埃斯特拉约了见面。

索菲也与多蒂作对。索菲受病痛折磨，状态越来越不好，脾气很差，没精打采，大部分时间不是在床上就是斜倚着躺在电视机前长沙发上。是她吃那些药的副作用，多蒂劝她去问问医生，她却哭起来。还跟帕特森讲了，帕特森来怪多蒂不体贴心疼妹妹。"你想害你妹妹死吗？"他以阴沉老朽的嗓音说。多蒂估计索菲迟早要住院治疗。不需要医生来做这个诊断。也没必要多劝索菲，因为索菲只会认为多蒂就希望她倒霉。多蒂眼里，索菲已经在腐烂了，庞大如山的身体内已有部分消融，化成果冻。望着索菲可怜地躺在沙发上，白天帕特森还不时来吞吃她，多蒂又是厌恶又是痛惜，几乎要哭出来。

这些事多蒂还是无法对埃斯特拉谈起。与埃斯特拉的友谊，使她感到心头清爽，从被淹没吞噬的窒息感中振奋起来。有时她觉得这幸福感不太真实，是种假象。与埃斯特拉在一起时，多蒂倒没有特意假装或者做出无忧无虑的快乐样子，虽然是有那么一点点，与埃斯特拉在一起，多蒂不会感到无望颓丧。埃斯特拉大谈各种宏大计划，也自嘲这些宏图大志脱离实际，但是她敢于为自己规划远大目标。两人说着说着就会回到这个话题，多蒂能感到埃斯特拉的急切心情，很欣赏她这种追求。多蒂看着埃斯特拉自己努力奋进，不荒废人生，力求有所成就，并且不止步于此。还把多蒂的生活也安排起来了，怪多蒂忽视了自我，笑多蒂不该那样自贬胆怯。在她的鞭策与鼓励下，多蒂申请了许多极有意思的工作职位，把这些职位列出来一看，实在太离奇了，不禁哈哈大笑：萨默塞特公爵府给她寄了一整套表格，同时暗指此工作涉及《官方保密法》；英国广播公司回了一封破破烂烂打印出来的信，客气地叫她滚一边去；外交部隔了许久回复说很遗憾她的申请欠妥。其他则多数连个回音也没给，一封拒绝信都没发，那种打在厚厚的带抬头的羊皮纸信笺上的拒绝信，足以吓退没有自知之明，竟奢望跨越自己阶层的人。

　　好在有一份申请运气奇好，收到了回音。请多蒂到黑衣修士桥旁边的利华大楼面试。多蒂向埃斯特拉借了正装，没抱任何希望去了。走进去时，面试官看似觉得好笑的样子，把她得到面试机会的那个问题又问了一遍。"你到底出于什么原因认为这个职位会录用你？你的背景资历完全不够格。这点你清楚的吧？"多蒂恶作剧成功，欢喜得很，咧嘴笑了。那人也笑了，摇摇头。我希望你不会浪费我的时间，他说。

　　面试过程非常令人兴奋。面试官没有手下留情，问得她羞愧到满脸通红。提的问题十分严厉，毫不客气，多蒂有的问题转移话题，有的正面回答，仿佛面试过许多次一般驾轻就熟。面试官频频摇头感叹赞赏，想起有许多人表面上看着不太可能，但其实命中注定能成。他说他们招聘的这个职位不能让多蒂做，因为需要有工作经验，但是多蒂可以加入打字组，前提是她通过打字和速记考试。这份工自然很辛苦，但是她可以以此为起点，积累工作经验。

有了新工作录用在手，多蒂打起了精神，生活中的挫折也好忍一些。她感到一个新纪元即将开启，生活能够好起来。把考试考出来就行。有了新的信心，在工作的地方也能自如穿梭于肮脏污秽而不沾身：肉类干燥区、鱼类贝壳冷库、蔬菜装罐线。在这些杂污中谋生的日子不会久了。新工作的起薪会比现在低，面试官说有上升机会，不管怎样，有了这份新工作，她的人生就不一样了。埃斯特拉提醒她不要期望太高，但是多蒂并没抱幻想。多蒂只想重新开始，全新的开始。埃斯特拉点点头。"然后呢？"她问。多蒂只耸耸肩。"以后有的是时间去想这个，管他呢。"多蒂说。

多蒂去温布尔登看朋友时，有时会带上哈得孙，哈得孙不认生，一下就与埃斯特拉混熟了。多蒂与埃斯特拉聊哈得孙的事，由此讲起了自己的生活和生活中发生的事。她讲得很慢，一点一点地展开，每次推进一点点。仍然只是讲了个大概，每次只讲一点点。要讲的实在太多，全讲出来大约也并无多大好处，但多蒂讲了弟弟哈得孙，讲了索菲，讲了凯恩。听着凯恩的故事，埃斯特拉的眼睛湿润了。"你真该写下来，"她说，"你讲得那么优美。"多蒂讲了帕特森，讲了她下定决心要摆脱帕特森，如果不成，她就搬走重新开始。她说，极有可能不得不搬走。

"咱们在丽晶吃饭那晚，你说了你的事，当时你是不是就猜到我的经历了？我觉得你肯定是猜到了，因为就好像你牵着我的手教我一样……我知道这不太可能，但是我们总是这样突然在别处照见自己的人生吧？你说的那些事，似乎说的都是我啊。"

"马塞尔呢？你生活中没有马塞尔吧。"埃斯特拉也惊叹不已，多蒂的强烈情绪教她有些不安。

"不是每个细节都与我完全一样，"多蒂开始觉得有点不好意思，仿佛她贪心把人家埃斯特拉的故事全挪用在自己身上一般，"当然不是那种。不是真的讲的都是我。是指给我看，我自己的人生会是什么结局。你懂我的意思吗？你玛德琳阿姨说乔治娅自己没什么想要的，我觉得，就连这点讲的都是我。她真的这么说的吗？"

埃斯特拉微笑摇摇头，多蒂愿意赋予她这样的洞察超能力，她不禁有些紧张。"玛德琳阿姨有时对我很有帮助。我自己不太敢说的话，能让她替我说出来。我对你说的那句话，其实是我一直这么看乔治娅。可是我几乎没怎么接触过乔治娅，所以让玛德琳这么说更简单些。"

"埃斯特拉是你的真名吗？是你的教名？"多蒂突然问，倾身向前催她回答。

"是的，为什么问这个？我跟你说过我父母很重视名字，"埃斯特拉看似很惊诧，有点起了疑心，"怎么会问起这个呢？"

多蒂一耸肩，似乎有些失望。"我对名字很感兴趣，"她轻声说，回避正面回答，"名字都是怎么从一个地方传到另一个地方的。比如霍加尔这个姓，从阿尔及利亚的阿哈加尔一直传到了这儿。埃斯特拉这名字又是从哪儿传来的呢？我还在想你是不是自己起的这个名。"

"是玛德琳给我起的。我出生时马塞尔在法国，"埃斯特拉说，"我那么小，没法自己起名。这名字就是玛德琳会选的那种，是不是？她很得意替我选了这名字。对你说了那么多玛德琳的事，都忘了你还没见过她呢。希望她去过纽约以后就回家。她这人说不准的。说不定就爱上什么人，跟着人家去墨西哥之类的了。她到处都有爱人。"

两人默不作声一会儿，多蒂又接着讲帕特森，把她的各种猜疑讲得绘声绘色，听得埃斯特拉哈哈大笑。"你哪里来的这些想法啊？"埃斯特拉说，"必须要写下来。"

多蒂说起习惯了定期去那家图书馆，最近有好几个月没去了。她现在搬到了另一个区，不知巴勒姆图书馆的会员资格还能不能保留。想起要去布里克斯顿这边的图书馆办会员就紧张，要回答那么多问题，她记得好像还要医生在她申请表上签名。第一次办巴勒姆图书馆会员卡的时候，签名是多蒂自己假冒的，当时布伦达·霍利没理会，对申请表挥挥手，叫多蒂自己签了就是。总之，多蒂对从前的图书馆有感情了，教堂出来那条路上就是真基督神圣教堂，教堂隔壁的排屋窗子开着，屋里坐着衣衫不整的女子。她思念缅怀的不是那个地方，而是那段时间，那时一切似乎都还有其他可能。多蒂感伤，不是痛惜时光逝去，她说，她是抚时感事，伤怀往事，往昔种种事与感情已成云烟，摸不到也改变不了。埃斯特拉说她们该回去看看那家图书馆，那条街和街上的教堂，至于懒洋洋倚在窗口的美人儿，她半信半疑，不过还是很好奇。

"咱们可以去圣地朝圣。"多蒂感到有些不自在。她觉得自己对乔治娅的认同过于强烈了，在追思纵谈往事时一定带了歇斯底里的语调。多年来没有人可以倾诉。她得小心不能太热情投入，别把埃斯特拉吓跑了。

"只要不让我去教堂拜神就好，"埃斯特拉说，皱了皱眉头，"你知道我是不信神的。"

多蒂大为震惊的样子，埃斯特拉见了笑起来。她觉得多蒂是开玩笑。

2

多蒂总不在布里克斯顿的家，帕特森颇为恼火。索菲干脆不跟多蒂讲话了，对着哈得孙唠叨抱怨："你姨妈忙着陪朋友呢，顾不上你这个调皮捣蛋的小宝宝喽。你姨妈不知道吧，老话说得好，骄傲必摔跤失败呀。"多蒂不太清楚这句老话的确切意思。以前也听到过：为什么骄傲必会摔跤失败？怎么摔法？摔的时候我是站在哪儿的？不过，妹妹这话抱怨的意思她是懂的。多蒂一般都不去回答。只当是索菲借感伤挖苦她。有时觉得对不住索菲，索菲只是想从她这里得到些慰藉，可惜姐妹俩已渐行渐远，靠拥抱、亲吻和软语温言，是找不回来了。多蒂知道他俩不想她在家里，他俩要让她明白，再对着干早晚会把她赶出去，借此让她乖乖地遵守规矩。他俩掉在不满情绪中无法自拔，到后来教人看了觉得可笑。

多蒂对他们说找到了新工作，他们听完漠然不语。索菲挤出一句："真为你高兴。"这在他们看来是多蒂的终极背叛行为，实在忍无可忍。多蒂猜想，他们一定认为多蒂心比天高，会有多蒂难过的时候。劳拉和女儿倒更为多蒂高兴。也征求了狗狗黛西的意见，黛西礼貌叫了一声表示祝贺。

多蒂对着邻居终于可以说个痛快了，把她面试凯旋的每一刻都细细地描述一番，她们理解这意义的重大，懂得欣赏她的胆略。对埃斯特拉她都没太流露激动心情，故作淡定，装作本人一向心怀大志，没什么稀奇的样子。劳拉要多蒂详详细细地讲一遍，提供种种细节：面试官办公室地毯什么颜色，他叫什么名字——多蒂当时根本没听进去，所以自然不记得，多蒂新工作的职务是什么，办公楼在哪儿，有多大。还要多蒂再现大门口傲慢的门卫给她指电梯方向时所用的语调，多蒂还得模仿那个秘书是如何看到多蒂出现惊得目瞪口呆。劳拉和维罗妮卡齐声啧啧不屑，然后与多蒂一起哈哈大笑共庆。

在多蒂自己家里，她的行为却只引来指责。她一进房间，帕特森和索菲就闭口不讲话了。吃饭也开始与多蒂分开吃。多蒂做好饭去叫他们，他们叫她先吃，他们晚点再来吃。

厨房橱柜里的东西渐渐地也各放各的，一格放多蒂的，一格放他们的。多蒂吃完后，索菲再来做他们两人的饭，帕特森从来不做饭，只负责洗碗。几个月前，在他掌权的早期，家里的账单处理工作他都接管了，燃料费、按揭还款、房产税，只让多蒂付她自己的那一份。现在账单来了，他就留在厨房桌子上，附一张纸，上面写清多蒂该付的金额。多蒂把钱放在旁边。如果多蒂手头紧，暂时拿不出钱，把账单和那张纸一直搁在桌子上，他就会对她怒目而视，直到她付好钱。晚上，他们的咕哝低语声透过地板溜进多蒂房间，不像从前热恋时那种咯咯笑声。

帕特森对她的怒火越来越大，终于开始来找她。把她堵在厨房或餐厅，他自己堵在门口，不让她过去，逼她听完他的话才放她走。种种指责说得太过分时，多蒂会当面嘲笑他，多蒂能感到他克制着冲动。

有一天晚上，他凑了过来，将多蒂一把搂进怀中，气冲冲吻了她，然后又怪多蒂招惹他。房子这么小，他决心要来追她，她是躲不过去的。他发起这场消耗战后没几天，晚上多蒂正在厨房洗碗，他进来了，要硬上。多蒂预感到会发生这事，多蒂渐渐不再依赖他，他会受不了，会想用这种方式镇住她。他以前见过他一爬上她身子她的样子，见过她没有尊严地失控放纵，从反抗变为急切叽咕着臣服的样子。

多蒂还没意识到他进来，他就已经上来了。一只手捂住她嘴不让她叫，胳膊和肘将她推到墙上，另一只手来脱她衣服。挣扎推扯一番，他直接下手去撕她衣服。她拼命反抗，激烈猛力，让他大吃一惊。她没呼喊求救，也没像被吓坏的无辜受害人那样尖叫。她只是又抓又踢，与他扭打，咬他，他只得松开了她。最后，他举起双手投降，退后一步，假装好玩儿似的微笑。接着又踏前一步，佯作挥拳。多蒂背靠墙站着，这番自卫搏斗下来，又是害怕又是累，大口喘着气，怒气冲冲，两眼冒火，含着眼泪，紧握双拳随时准备继续战斗。他发出一声不知是暗笑还是哼哼的声音，走了。

多蒂的恐惧稍稍消减之后，才放心坐在地板上，浑身颤抖。不敢相信刚才发生的事，不敢相信他真这么干了。她坐在地上很久很久，全身上下肌肉都绷得紧紧的。她在发抖，撕破的衣服胡乱拉在一起攥在手里，心里还觉得这不可能是真的，但全身吓得打战却不会是假的。

多蒂觉得，帕特森因为称不了心，他禁止的事多蒂还是做，他管不了，所以就大发脾气。所以他就大动干戈，故技重施把多蒂按住，要把她的反骨一条条都筛出来，拿出力量征服她，用可怕的男性麝香淹没她。多蒂知道自己奋起反抗把他赶走了，很是欣慰自得。曾经，在她眼里，他天性高贵，总感觉一举一动都被他评判。现在，他是个由于控制不了她而恼羞成怒欺负人的家伙，只想出手把她摧毁。

自那次以后，他再来诱惑多蒂时，传达的更多是鄙夷不屑，而不是真的被她吸引，表现出他对她用强不过是随便挑逗一把而已，没有认真的意思。他会从她身后走近，手伸进她两腿之间摸她阴部。走过她身边时，伸手捏她乳房一把。她走近时，对她低吼，身上一股阴湿泥土的臭味。现在多蒂尽可能待在自己房间不出来，可是索菲又病了，免不了要进他们房间照顾索菲。有次埃斯特拉与她约好了周末去找布罗德斯泰斯开高尔夫球场的朋友玩，她只得取消，但是不管索菲怎么哼哼唧唧，夜校的课她一次都不肯缺课。

帕特森开始不太在家，有时两三天都不过来。他不在家，多蒂暂时能缓一缓喘口气。他把客厅锁上，钥匙带走了。他回来时，就开一个罐头吃，什么都不问，也不理人。连哈得孙都知道躲着他。他的模样让多蒂想起他刚出狱时的样子，下巴冒出点胡茬，嘴巴习惯性挂着冷笑。他睡在客厅，留索菲一人睡在楼上病床。多蒂心想，弄得好像他才是受伤的那一方，随意来去，不是在家里阴沉着脸就是不回家。账单来了他也不管，多蒂不得不求他把他那份钱付了。恳求他不要给客厅上锁，索菲好下楼到客厅看电视。

多蒂尽量削减开支。她不再送哈得孙到乔伊斯那儿了，有时请劳拉照看哈得孙，其他时间他就和索菲待着，两人凑合着过。多蒂找过社会保障部门，但没拿到什么补助，因为还有帕特森和她们同住。埃斯特拉来看她时也帮着出主意，但她对多蒂最大的帮助还是和她们一开始交往时一样，有她的乐观开朗和理智，多蒂不至于被一生中不断出现的重担压垮。

3

多蒂就是在这段时间开始了新工作。接收她的女主管看样子完全不知道招多蒂进来做什么。沃特森太太翻看多蒂的档案，多蒂耐心地等着，没有一点不耐烦。坐在沃特森太太桌子旁舒适的椅子里，心里却是忐忑不安。眼前就是沃特森手下的其他打字员和秘书，都在伏案工作。沃特森太太抿嘴读着手头档案，轻轻摇头，同情地瞟一眼多蒂。似乎是在说，不能怪她啊。多蒂随后几天就被安排跟着沃特森太太学习。沃特森太太小小的个子，说话轻声细语，皮肤看得出因日晒变得黑而粗糙。她对多蒂说，她在东非住过很多年，非常喜欢那儿。地域辽阔，野外的生活，美丽乡间。男人自然喜欢狩猎。她先生在莫希的公共工程部任工程师，坦桑尼亚独立后就退休了。"当地人要自治。"她微笑表示完全理解。回到伦敦他们莱顿斯通的老家后几个月，她先生就去世了。她说，在非洲住了那么多年，他受不了伦敦的苦。

沃特森太太在办公楼里走到哪儿，多蒂就跟到哪儿，跟着她去餐厅，在温暖的办公室里坐在她边上打盹儿，看她打字，听她分析请假单的奥妙。过了几天，沃特森太太就明显喜欢上了新来的这位打字员，对她讲起她两个已成年的孩子，还带了一些照片来。她女儿是老师，住在利兹，家里房子很漂亮，就在海丁利板球场那条路上。儿子在赞比亚做采矿工程师。动荡年代一直在那儿，还去刚果亲眼看过一两次，去了雇佣兵造成诸多冲突混乱的加丹加。儿子热爱帆船运动，一有机会就出海航行。曾与几个朋友开船从德班一直开到蒙巴萨，那种船沃特森太太不知道他们叫什么。双体船什么的。环岛一圈，沿着东岸暗礁航行，去了一些可能人类从没到过的地方。可惜他是做采矿的，沃特森太太说，因为他对大自然的东西很有天赋，比如动物、大海，这一类的东西。

多蒂发现面试官决定录用她其实轻率了，还好没出什么事。多蒂不急不躁，恭恭敬敬，沃特森太太很快就放她独立去办公室了，给她安排了工作。办公室其他女同事还算友好，但心有戒备，初期多蒂还在沃特森太太庇护之下，有沃特森太太微笑致意和专门打招呼。工作与她以前习惯做的活儿相比并不难，她很勤奋努力。

新工作开始那几周，过去七年的生活规律变了，整个生活随之变样，此时，索菲住院了。周四下午，多蒂接到了索菲医生打来的电话，那天索菲去医院例行查体。多蒂得站在沃特森太太办公桌旁接电话，听电话中医生讲索菲的病情，意识到办公室经理的不乐意。医生说索菲查体时突然晕倒了，医生已把她作为急救病人收治入院。医生建议，索菲需要长期护理，应入住专科医院。当晚，多蒂赶到索菲住的图庭那家医院。索菲吃了药很困倦，见到多蒂和哈得孙很高兴。此后几天她们每晚都去看索菲，然后索菲被转到了更远的在彭奇的一家医院。

劳拉帮多蒂找人白天照看哈得孙，晚上多蒂去医院看索菲时，哈得孙由劳拉自己照看。那是秋天。多蒂从公交车站走到病房，经过医院的开阔地，冷风袭人，卷起秋叶打着旋飞落。索菲没有精神，心情低落，有时多蒂在时她都乏力得睁不开眼睛。埃斯特拉晚上没课时会开车送多蒂到医院，在风中停车场等多蒂，留在车里打瞌睡。有一天晚上，病房护士来找多蒂谈话，告诉她不要老是晚上跑过来弄得那么累。护士把多蒂带到休息室单独谈话，多蒂坐在小桌子旁，泪如雨下。

"好啦，不哭，"护士见这个紧张焦虑的姑娘遇到一点点关怀就忽地软了下来，自己眼睛也湿润了，"天天这么跑这么担心，对你多不好啊，是不是？"

多蒂怎能对这好心人说，她觉得索菲就像莎伦临终前的样子？她不能丢下索菲一人不管，有药有护士也不行。护士安慰多蒂，对她说索菲是病得很重，但是多蒂没必要把自己也累病了。每周来看望两三次会好一些。"跟你说实话啊，亲爱的，索菲这个状态，你来不来她都不会知道。"

劳拉和护士看法一致，她自己也是医院工人，发言有专业性。维罗妮卡同样支持，她们还问了埃斯特拉，埃斯特拉也表示鼓励。在大家的支持下，多蒂不再为没有每晚来看索菲而感到过分愧疚。帕特森发现索菲住院了，来找多蒂。他没讲什么话，脸上显出深深自责的神色，坚决要给哈得孙留下一大笔钱，这是间接帮她们。他去看过索菲两次，后来就没再去。不时来家里取走他为数不多的几件东西，不过在他走后几个月，多蒂还常在家里撞见他的东西。

一个周六的下午，原来的房东安迪也到霍雷肖街来了。他看上去很疲惫，但还是笑容满面。他说他之前来过一次，但是帕特森对他说她们都不在家。安迪想留言，但是帕特森发火了，让他快走。多蒂看得出安迪开始有点脱发了，眼睛充血含着水。他来布里克斯顿的房子收租，就在索尔顿路上，他想既然离得那么近，不如顺路来看看，他请多蒂看电影。

"你今天去的就是收了很多黑人租客的那房子吗？"多蒂问他，"被租客弄得脏成非洲村子的那个？"

"你还记得啊！"他鼓掌大笑道。

多蒂对他说了索菲的情况，他一时默默无言，深感同情。那多蒂还愿意去看电影吗？等哪个晚上她不去医院看望索菲的时候？他情绪低落意气消沉的样子，教多蒂不知如何作答是好。最后伸手摸了摸他脸颊。

"抱歉啊，安迪。"她说。

"没关系，你需要什么尽管跟我说，"他说。他耸一下肩，落寞挥挥手，感伤得泪水满眶，"代我问你妹妹好吧。你们在巴勒姆住过的房子，现在成垃圾场了。全是巴基斯坦佬，做他们恶心的咖喱。"

4

多蒂每隔一天去医院看望索菲，次次都是一样，也明知无补于事。此时看来，病房护士的建议倒也不像初听起来给人感觉的那般自私了。多蒂找市政局的人寻求帮助，特别是在照看哈得孙的事上，还想申请房产税折扣。她去房屋互助协会，找过去认真接待她的那个秃顶经理说明她现在的情况，他同意延长还款期限，降低她每月还款额。她筹划调动资源，根据经验和他人建议寻找一切能获得的帮助。表面看来，什么都吓不住她，适时微笑着开展魅力攻势，仿佛人生练就了她这一身本领，对她也唯此一项要求而已。埃斯特拉对她赞赏不已，夸她有计谋有胆略。

"哪有什么胆略！"多蒂说，"你看错人了。瞧瞧我花了多长时间才仅仅学会自立啊。"

不过多蒂心中却偷偷地庆幸，遭遇这次不幸，她竟都应付下来了。索菲住院后身体慢慢在好转，虽然还是经常不高兴，总想着出院。帕特森消失不见了，或者只偶尔来看望一小会，他在别处给自己又筑了个巢吧？劳拉成了好友，常过来看她们，讲讲笑话，带来为她的小伙子哈得孙做的小点心。劳拉风风火火走进屋，一边喊着，我献殷勤来啦。找到她的小伙子，用指尖戳一下他的蛋蛋，闻了闻，打个大喷嚏，以示小哈得孙阳刚雄伟。"我丈夫呀！"她陶醉地喊一声。哈得孙乐于助人，一见她出现，就主动送上他的腰，请她来闻。第一次这么做时，劳拉后退一步，盯着他看了好一会儿。"我猜他见了所有女人都这样。"她说。

然而，生活又给多蒂来了个意外，埃斯特拉说她拿到了伯明翰电视行业的一份工作，已向学校提交了半学期离职申请，新年后开始新工作。一番祝贺与惋惜后，她们说起还有许多事想着要做但一直没时间做。埃斯特拉说，要等到两人互访时再说了，感觉丢下多蒂像是背叛了朋友似的。"我又不是跑到什么偏僻地方。你们伦敦人觉得出了你们肮脏城市就都是边远地区了，"她说，"一定来看我呀，我带你看看真实英格兰的奇妙。"

"我不是伦敦人啊，"多蒂说，又感觉似乎有点对不住这座包容了她多年的城市，"我肯定会去看你的。可惜见不到你玛德琳阿姨了，那次也没能去布罗德斯泰斯高尔夫球场。"

"那次不是要去高尔夫球场，"埃斯特拉耐心说明，"我朋友是开高尔夫球场的。那次计划是住在他家，他家有花园，种了各种植物，还有其他很正常的东西。离这儿只有几英里，不是要翻过什么火山山脉、有獠牙老虎与身披彩绘的蛮族在山坡游荡的那种。你为什么要说成像去做人类学实地考察似的？"

"去苏格兰野营！这个咱们还可以去的吧，"过了一会多蒂说，"还有多瑙河之旅，迦太基古城徒步旅行。"

"这些咱们都计划上了吗？谁想去迦太基呀？"埃斯特拉咧嘴笑她们太天马行空，"咱们去巴勒姆公共图书馆那边的妓院门口溜溜总没问题吧？我还不太相信呢。一定要去那图书馆圣地看看，那第一缕知识微光洒落在多蒂姑娘身上的圣地。"

埃斯特拉就要走了，多蒂非常难过，不知如何开口与埃斯特拉讲，怕惹两人尴尬。跟着埃斯特拉，多蒂摆脱了胆怯，发现进出办公室和商店完全可以趾高气扬昂首阔步。这事本身不难，奇怪的是，人家想都不想就做的事，多蒂竟花了这么久才做到。看着人家年轻人做事大胆，毫无顾忌，她不胜羡慕。轮到自己却是顾虑来顾虑去，缩手缩脚，就怕教人笑话，结果基本什么都没做。埃斯特拉把她这些小小忐忑担心都打发走了，从来没注意过，或许都不知道多蒂有过这些。多蒂想，这样一个好伙伴就要没有了。

多蒂都这个年纪了，还有那么多不确定，也是颇为不可思议。内心深处她感觉自己完全没有长大过，尽管大脑持续获得新认知，每天都认识新事物。埋在内心深处的那个她，仍是那个笨笨的胆小姑娘，密切关注着妈妈，逼着自己上前照料妈妈腐败恶臭的身体。那种死亡与污秽的恶臭她怎么可能摆脱得了？别人肯定闻到了她身上的臭味。她像成人一样担起责任做的那些事，细想起来，即便在现在，也觉得有点演戏的感觉。去见市政局和社会保障部门的官员，要钱要资助。没人笑话她把她赶走。她是怎么蒙混过关的？又是怎么能够侥幸走进黑衣修士桥边办公楼，跨进人家沃特森太太和其他女人正经办公的房间的？

她不仅骗过所有人，成功进了他们的办公楼，而且给他们的印象还很好，自己想想不禁美滋滋的。大家甚至还夸她优秀，有人把要打的文件直接拿给她而不是先交给沃特森太太。面试她的奥布赖恩先生在走廊遇到她总是停下跟她和气地聊两句。有次他说听说多蒂工作表现非常好。

"谁跟你说的啊？"多蒂问，接着又觉得不该问，显得她不够低调自信，就盼着人家表扬似的。奥布赖恩先生喜笑颜开，做出秘而不宣的滑稽样子，敲敲鼻翼说："我不能说哦。"这句傻话多蒂就不与他计较了，因为他对多蒂那么关照，给了多蒂这份工作，特别客气，一直鼓励多蒂。多蒂不时被调去帮他的秘书伦顿太太赶一些急活，也是借此机会显示她潜力可嘉。沃特森太太是这样告诉多蒂的，仿佛是她决定这样调派多蒂的。其实多蒂已从伦顿太太那里得知，是奥布赖恩先生要伦顿太太多带一带多蒂。伦顿太太不在时，工作就由多蒂接替。

多蒂想不出奥布赖恩先生为什么会这么安排，他平时是个非常严厉，要求很高的人。他还很受人爱戴，率部下在法国北部取得辉煌战绩。沃特森太太说是首领决定胜败，多蒂不太懂是指什么。她怕哪天他恍然大悟明白过来，会发现多蒂其实是个冒牌货。伦顿太太又怎么想的呢？他有没有想过，把多蒂硬塞给她，她可能会讨厌多蒂？伦顿太太挺好的，喜欢聊天，很照顾人，但是也不见得就不会暗中开始酝酿什么害人的阴谋。

多蒂的生活若是凑近了细看，不去管近看下的变形失真，的确没什么太大问题，尽管有索菲生病，埃斯特拉又即将离开。她人生才走过了一半，前面还有一半要过。她想象自己能活到五十岁，现在二十六岁，才到巅峰期吧？对这个数字她没有什么特别说法。二十六岁这个数字，既带着希望也有一些追求，虽然一直恐惧着死亡，但不肯就此让步。这个数字，不会显得太过自负，也不会太贪心，只是顺从天命而已。二十六是个整数，还有时间能做一两件她渴望的事，能看着哈得孙长大成人。

5

到了十一月，一个周六的上午，天气晴朗，日丽风和，多蒂与埃斯特拉和哈得孙一起去了巴勒姆。计划先去图书馆，再去集市。哈得孙两岁了，大多数事情都有自己的想法。他没怎么去过图书馆，这家图书馆一进去就很喜欢，在儿童角安心坐下来，其他小孩子友好随和地欢迎他加入。有个年轻的图书管理员在讲图画书，哈得孙被她讲的《猫头鹰和猫咪》吸引住了，聚精会神听，仔细盯着她一举一动，沉浸于表演的细节展现，期待她揭示宇宙的重要真相。多蒂和埃斯特拉与其他大人一起站着看了一会儿，又信步走到了图书馆主要区域。多蒂想看看那儿还有没有老面孔在。与多蒂相熟的那个管理员果然在，见到多蒂非常高兴，笑容满面从柜台后走出来与她讲话。多蒂又为人家的友谊感到小小的震动与意外。

"你收到我的信了啊，"图书管理员不好意思地微笑说道，有点结结巴巴，"我怕……你可能搬家了，真高兴……

你来了。地址在我这儿，还有电话。"

"抱歉。"多蒂听糊涂了。

"你没收到我的信吗？"她满脸沮丧问，突然很是不安。

"没收到，抱歉，"多蒂说，感觉自己无意间造成了重大危机，"我搬走了，不在原来那个地址了。"

"哦，没关系，"图书管理员说，脸上高兴了一些，"我现在跟你说也是一样的。你有时间的话……"

埃斯特拉回儿童图书馆找哈得孙，图书管理员则对多蒂从头细说。她写信告诉多蒂有个男人来图书馆找人。这人叫迈克尔·曼，来图书馆问有没有人知道默里医生的事。"你还记得他吗？每天来看报纸的那个老人。那时听我说了他去世的消息，你……你很难过。因为这个，我一直记得你。曼先生说是默里医生的家庭医生让他来图书馆问。我问他为什么要问起老医生的事，他说他是医生的外孙。太不可思议了是不是？太奇妙了不是吗？我把他可能感兴趣的所有细节，详详细细都告诉了他，提到了你。他想见见你。他说想和你见见。他住在默里医生在克拉珀姆的房子。那房子租出去很多年，现在他回来了，住在里面。他说住在其中一套公寓。我有他的地址和电话。他问你能不能联系一下他……"

多蒂耸耸肩，有点不安和勉强。这事本身蛮好，但是她对默里医生其实一无所知。能对他外孙说什么呢？说默里医生是位绅士，十分恭谨，风度翩翩，见到他的笑容，多蒂一整天都心情舒畅。说他对多蒂抬帽致意的样子，多蒂真想奔过去拥抱他，抚平他那样向她点头的伤痛。

图书管理员面露失望，瞟一眼埃斯特拉，埃斯特拉已经回来一会儿，听到了一部分故事。她也露出失望的神情，垂下眼睛看哈得孙，哈得孙不停地拽她，要她带他回去看《猫头鹰和猫咪》。多蒂又耸下肩。当然，默里医生不只是对多蒂脱帽致意的老人，他不认识多蒂，却对多蒂关爱备至，更教多蒂意识到生活中缺少关爱。说这些对他外孙有什么用？既然大家都坚持，那见见他也无妨。但她觉得没什么可告诉他的。

图书管理员面露喜色，高兴极了，多蒂奇怪这事何以会教她如此高兴。多蒂没拿曼先生的电话，留下自己的地址让他联系她，也留了工作的电话，可以打电话给她。随后她们去集市买鲷鱼和新鲜蔬菜做晚饭，埃斯特拉请客，多蒂对她讲了老医生的故事。说起这位黑人老人温良和善，殷勤有礼，对多蒂十分友善，恭谨又随和，多蒂一生从未被人如此对待，回想起来，从前那段暗淡的日子里，他对多蒂是何等重要。埃斯特拉拍一下多蒂手背，眼色中有生气的意思。"那你还不肯见他外孙。"她说道。

"从他那儿，我第一次听说阿尔及利亚，"多蒂回忆道，"我一点儿都不知道那儿在打仗。他在图书馆看报纸，我进去了，他得意地举起报纸，指着报上大标题。法国失去对阿尔及利亚控制什么的。他满面喜色，手指轻轻戳戳报纸，教我看清楚。我找百科全书查了阿尔及利亚……不过不记得看到过有关阿哈加尔的内容。自那以后报纸上每天都看到阿尔及利亚，看到抗法战争鼓舞了其他人争取自由独立。"

"你从来没跟他讲过话吗？"埃斯特拉问。

多蒂自觉惭愧地摇摇头。

水月幻境

1

多蒂把从图书管理员那里听来的又讲给索菲听，索菲惊诧得屏住了呼吸，目瞪口呆，夸张地表示惊讶，但并没有讽刺的意思。只是要多蒂晓得，她盼着多蒂再多讲一些。默里医生失散多年的外孙来找她们了！索菲想象着医生给她们留下了一大笔遗产，藏在委内瑞拉某个山洞最深处的百宝箱，澳大利亚的金矿，阿根廷平原上富饶的农场。他一定是偷偷地爱着她们的，或者希望他是的。也许她们使他想起了失散多年的什么人。这真浪漫得不可思议呀！

多蒂对遗赠一事表示怀疑，并且说明了自己的理由。她立刻发现索菲很不爱听，还是接着说。她说，这不是什么浪漫故事与历险记，这是愧疚与赎罪的问题。索菲意识到这故事讲起来复杂，却没什么戏剧性离奇情节，心思不禁就飘走了。那种故事索菲不感兴趣。故事里一定有太多的可能和也许。事情由多蒂讲出来，总是这样走了形，显得世上没有她不懂的，别人都是无能傻瓜。

索菲现在身体好多了，她将此归功于一位叫牛顿的帅哥医生。是他停了索菲的镇静剂疗法，硬要索菲把让她萎靡痛苦的情绪都讲出来。他说，索菲的医生为索菲病情做的针对性治疗极少，令他震惊。他想了解的，索菲一五一十全告诉他了，经过几次谈话后，他说他对索菲的情况比开头清楚多了。这是他对索菲当面说的，讲得有点磕磕巴巴，脸也红了，好像做了什么不规矩的事似的。索菲看得出他想把索菲的病归咎于多蒂，认为多蒂控制欲太强，不愿让索菲成长，自己做出决定。他大部分是用提问的方式说的，但是索菲明白他的意思，坦率问他是不是认为她的病与多蒂有关系。医生耸下肩，又摸摸下巴，这两个动作对索菲来说就足以说明问题了。

无需牛顿医生多加鼓励，索菲就一吐为快，大谈对姐姐的各种不满。姐姐把她从黑斯廷斯的寄宿学校弄回来，那个地方很好，就在海边，阳光映着海边悬崖，落在水面上波光粼粼。她们去野餐，骑驴子，有一次还去悬崖下洞穴中探险。学校的人在教她游泳，新年后就要和朋友一起上音乐课。可是多蒂把她从那儿弄走，让她上旺兹沃思一个专收笨蛋的学校。学校里什么都不教，光让他们干活，嫌他们做活不卖力对他们大吼大叫。还有，她病得厉害的时候多蒂还让她去上班，干涉她恋爱，把她真正爱过的两个男人都赶跑了。她最初生病就是因为这个。多蒂可能想把这俩男人据为己有，可是没有男人愿意要她。

出于某种原因，事先没多想，索菲没提哈得孙是她的孩子。医生也没问，没有理由去问。索菲想到这么隐瞒真是莫大的罪过，会被人发现，就害怕得喘不过气来，过了一会儿，却感到一种没有过的自由。她意识到，如果她想，完全可以装作哈得孙根本不是她的孩子，装作是多蒂的孩子，没有人会知道。医生不会知道，姐姐不会知道，谁都不会知道。装一阵子总没事的。然后她就可以重新开始，不用操心孩子这些事，找回自己的生活。

牛顿医生边听边记，把病人讲的都记在笔记本里，虽然职业训练自控力很强，还是偶尔克制不住露出惊讶神情，或不自觉咬紧牙关。他想，人类沉沦与肮脏悲惨竟可至这等境地，有时简直令人不敢相信，而且他是最不可能轻易为一点点痛苦不幸就激动的人。谁都看得出来索菲天真单纯，折磨她的竟然是她唯一的姐姐，难以置信。难以置信但是可以预见！然而，数百年来，过分乐观的知识分子以及没有头脑的哲学家却胡扯什么人是高贵的。还有神性，天啊！真想请他们先来看看这位女神及她的戈耳工女怪姐姐。

索菲所说的，大部分内容自然是表达她感到自己是个受害者，都怪到姐姐身上，像多数患病女性一样把自己当成情节剧的女主人公，但是主要内容大致是准确的。病人无意泄露的一些关于家庭史的信息，可能正是问题核心所在。这点没必要去反复强调，会给那批政治上的尼安德特人，自鸣得意的右派恶棍留下不必要的把柄，索菲家这样满是挫败与不堪的历史，挖不出什么特别的东西来。从他听到的零星信息可知，索菲母亲可能是个酗酒的妓女，看外表应是印欧混血或欧亚混血。孩子们没人照顾，最终被送到收容机构。可以想见心理都深受伤害，对外界很敌对。

医生继续温和地探问，非常欣慰地看到，只做了几次谈话后，索菲就不再盯着讲姐姐了，而是要深挖埋在精神深处的问题。他不是精神科医生，连分析师都不是，但愿不会是——他认为那些人就是分析师，热衷研究排泄物与性。所以他对探究这方面的问题并不感兴趣，转而问她对在她这片病房工作的高个子黑人护工怎么看。他知道索菲对这人有兴趣，想弄清楚他们的关系。她的问题当然并没有因为她对这人的新兴趣就此消失，但那不是他的问题。这至少说明她还有健康的自然欲望，老实说，她这样智商的人会这样并不奇怪。

他是内科医生，不是精神科医生，但需要就什么样的环境对病人最有益做出决定。对索菲的肺气肿，治疗手段不是太多，但合理饮食加上审慎治疗和服药，她还能活很多年。问题在于哪种安排对索菲更好，是与姐姐一起生活更好，牛顿医生虽然没见过她姐姐，但听着感觉此人像是个恶妇，还是住在医院支持的在医院半监护下膳食自理的病房宿舍好。这些病房获得当地部门大力投入，减轻了医院的财务负担，医生护士能腾出时间处理其他更重要的病例。他认为这个安排很好，医院如果不加以利用，势必会被撤销。这些病房不仅能实际解决问题，还是病人的过渡住房，可以在回归社会之前做一些过渡性适应。他认为索菲非常适合入住这样的地方。

所以，看到索菲对那个护工感兴趣，医生也很高兴，因为护工自己原本就是病人，后转入过渡性监护治疗病房。他现在在医院工作，将来就能顺利回归社会，成为有用的人。或发挥他最大潜能成为人才。牛顿医生接触的病人大部分智力有问题，他自己并不回避这个事实，他知道自己是个热心的人，但并不感情用事。智力迟钝就是智力迟钝，没什么办法。他们难道就不配有幸福快乐吗？这个不幸的女人，有机会得到一点点幸福，他有什么理由反而要把她送回那个对她不利的环境？他并不认为医生就应有道德权威来干预病人的生活，冠冕堂皇的自爱自大那一套，但是，如果他能不引人注意地用一点巧妙手法，就能减轻这些不幸的人的痛苦……

索菲对多蒂说起这个医生和他爱抚般亲切温暖的嗓音。说她怀疑医生喜欢她，还说姐姐瞪她的眼神分明是因此产生的酸溜溜的嫉妒。"他老是过来跟我聊天，还问了那种问题！他来了就不想走，我那牛脸姐姐嫉妒坏了。为了得到他，她什么都做得出来。那天我看见她给他擦眼镜，厚着脸皮跟他搭讪。他认为害我生病的就是你呢，姐，"索菲说，停下片刻，看多蒂对这话什么反应，见多蒂吃惊地瞪住她，她哈哈大笑，"他说你把我欺负得生病了，从我小时候起你就控制我。因为没有妈妈照顾我们。我觉得他怀疑你干涉我。你把我的男人都赶跑了……"

"他竟然这么说！"多蒂大呼道，震惊下感觉脸色惨白。

"他认为你自己生活过不好，所以你就想通过我来过你的生活。"索菲字斟句酌地说，似乎是把她背下来的观点原样搬出来。有些用词是照搬护工教给她的，医生用的是不太明确的暂定表述，护工教索菲在此基础上加以修饰提炼，还劝她对姐姐坦白方为美德。"你为什么明知故犯害我这么惨？为什么欺压我？我让医生告诉我，但是他不肯。他摇摇头，叫我自己想。可是姐，我还是问你吧，对咱们俩都好。咱们不能再假装没事儿一样了。"

多蒂很想与索菲理论，为自己辩解，但还是忍住了。她心想自己应得此报，不是因为那些无中生有对她的指责是真的，而是因为多年来，人家这样对她，她都忍下了，所以人家没有理由不继续这样对她。她看一眼哈得孙，看他有没有在听，有没有听进去这些话。哈得孙也跟着一起来看索菲，正舒服地坐在床脚，身边围了一圈真的和假想的玩具，专心玩他复杂的游戏。埃斯特拉也在，很不自在地听着索菲抱怨。

"医生没有权利说这种话。"埃斯特拉说，望望多蒂，希望多蒂出面反对。

索菲没理这话，过了一会儿，多蒂换了话题。就是在这时讲起了默里医生外孙的事，教索菲听得惊奇不已。埃斯特拉已经知道部分情节，但仍全神贯注认真地听着，像第一次听到一般。她听得如此热切，不仅是因为这会消除她刚看到的不愉快，忘记自己干预无效，也是因为她觉得老医生的故事真的很美好，一波三折教人意料不到。她觉得这是个给人欢欣喜乐的人。

这是埃斯特拉搬去伯明翰前最后一次来医院了。不管走到哪里，做什么，都让她很伤感。离开住的公寓很舍不得，她始终拿不定主意该不该离开伦敦。她好不容易成长为今日的样子，怕一回到老家就再也做不回自己，回老家后她要努力工作才能过好自己生活，不让父母操心。远离父母生活其实更容易，虽然她对父母说的完全不是这样。父母担心她身上会再现马塞尔或乔治娅的问题，见着她就抓着问个没完，用各种规矩管着她。埃斯特拉觉得自己可能长得像乔治娅年轻的时候，在乔治娅还没有被逼近的可怕与不幸最终吞噬之前。玛德琳说埃斯特拉确实像乔治娅，埃斯特拉心里很高兴。她因为对母亲没有感情也没有依恋而感到的愧疚因此减轻了一些。

她发现自己已经开始想念多蒂。她还有那么多事没有问过多蒂，就像她一样藏下了自己的许多事没有讲，不禁反思自己是不是太自以为是、太自私，自觉是为多蒂好，却没充分考虑到多蒂会不会多想。离开后，她会把一切都写在信里寄给多蒂，也已让多蒂发誓要写长长的信给她，寄到伯明翰，不管什么事都要一五一十告诉她。虽然两人信誓旦旦互相保证要保持联系，但埃斯特拉在她们去过的地方依依不舍的样子，似是做好了一去不复返的打算，似乎觉得今后相隔太远，又会忙于期待中的种种新体验，热情自会淡去。

"我上班时接到了他的电话，他问能不能来霍雷肖街咱们家见我，"多蒂对索菲说，虽然索菲已经明显不感兴趣，"我当然没答应，我又不清楚他是什么人。电话来的时候我在打字室，所以只得又在沃特森太太桌子边上接电话。这地方可不方便讲电话。老婆子装着在做账。整个办公室就一部电话，在她桌子上。知道为什么吗？她觉得啊，要是把电话装到我们自己这边，我们就会整天泡在电话上打给我们的追求者。我能感到她整个身子都绷紧了听我这个电话里在讲什么，特别是她听出来这是个私人电话，而对方是个男人以后。她听我说到最好是在别处见面，酒馆或别的地方，不要到家里时，发出一声讥讽的窃笑，在椅子上扭动身子。"多蒂说着模仿沃特森太太的动作，自以为是、故作庄重地左右摇晃身子。索菲觉得好笑，微笑看着。

"这个你之前没说哎。"埃斯特拉说。

"该如何应对这种邀请，她这种阅历丰富的女人知道啊。我猜她在边上动来动去就是这个意思。我觉得她这人还可以，真的，"多蒂说，对埃斯特拉微微露出一个讽刺的微笑，"你觉得我是瞎编的吗？总之我们约好了在克拉珀姆高街上一家叫威尔伯的餐厅见面……索菲你还记得那家店吗？往公园那个方向，就在大家具店边上。我们每天早上坐公交都经过。"

索菲点头微笑，又特意转开视线，盯住站在病房门口的那个人。多蒂不禁浮起嘲讽的笑容，心想索菲这是故意展示她的感情，如果说那是感情的话，像个生闷气的孩子任性放肆。索菲发出一声痛苦的叹息，她苦苦爱着的那个护工，正倚着病房门进来那面墙站着。他一身白衣。白大褂大了一两号，扣子没系，人一动就飘飘飞动起来。口袋露出几个管子，大约是想让人以为是听诊器，或医生的其他必要工具。他脸上有一丝风霜感，似乎以前常在户外活动。从肤色看似有一点黑人血统，多蒂猜，还有他的赤褐色粗硬头发，发际线开始后移，露出饱满的额头。黑框眼镜紧贴着脸。他给人一种焦躁不安的感觉。说话嗓门很高，随时要吵起来似的。

他由护士差遣，对派给他的活，他调侃地闭嘴戏仿快活状去执行，打趣自己受人欺压。护士们感到他的不满，于是设法回避，说些不痛不痒亲近的话。然而她们的态度显得很勉强，明显带有居高临下的傲慢。没有丝毫的喜欢或鼓励。在多蒂看来，他似乎曾颇多坎坷受过伤，甚至可能有点危险。每次要动身，脑袋就点一下，似传递从某个更深的地方发来的信号。他的位子就在病房中间护工桌子至病房尽头护士的玻璃隔间这条视线的边缘。不时从他的有利位置探身出来看看病人和病人的访客，均投以讥讽的眼神，盯住人家好一会，眉毛夸张上扬，仿佛看不惯人家行为。随即又靠回墙上，咧嘴偷笑。多蒂有一种不祥的预感，这人就是索菲下一个男人，索菲出院时会带着他回霍雷肖街。多蒂这样忧虑，既是为哈得孙，也是为她自己，为将降临到她们中间的危险。

"总之，昨晚……我见了……医生的外孙了，"多蒂把视线从护工身上移开，说道，"就在约好的那家餐厅。"

2

多蒂本想晚点再到，结果还是提前到了威尔伯餐馆。为抄近路，匆匆穿过一条条光线不足的暗巷。到了餐厅，发现若站在外面或者假装呼吸新鲜空气在垃圾遍地的高街上溜达都太冷。这里离贝德福德希尔性交易市场很近，一代代妓女在那里从事屈辱的买卖，堕入万丈耻辱深渊。多蒂想，如果她在人行道上徘徊久了，一定会有嫖客上来与她谈价钱。或者可能会有警察出现，自视道德高尚来欺压她。所以，她别无办法，只能走进灯光幽暗的餐厅等着。服务生一定会拿那种傲慢眼神看她，她实在不想一人面对。她更愿意让他等上七八分钟，开始怀疑是不是记错了日子，此时她才仪态优雅地走进来。他如果不来那怎么办？她的钱够不够让自己体面地结账离开？她忍住不去看柔和灯光下的长卷菜单。菜单挂在凹进去的门口，字母很小，数字很大，都在嘲笑她装模作样。她暗自庆幸，现在不像从前了，她至少不至于不敢走进去。

这家餐厅是商店改造而成。前面玻璃上方黄铜挂杆上垂下深色厚重布帘。两排餐桌分列两侧，中间有条过道，走道尽头是个吧台。室内灯光幽暗如身处洞穴，悬挂着渔网和浸油麻绳作为装饰。柔和偏斜的光束在通道与井穴间反弹交织，勾画出石潭上方一个空间。各个角落竖着硕大贝壳和整篮的鹅卵石与旧麻绳。这洞穴就在永无宁静的大海边上，竟如此幽静。桌子都空着，奶白色餐布上铺好了亮闪闪的刀叉和锃亮的餐盘。吧台后站着一位年长的女人，低头轻声读着什么。一个胖胖的年轻男人身子前倾，胳膊肘撑在吧台上，显然是服务生。看到多蒂，他缓缓直起身，面带亲切微笑向她走来。他态度是欢迎的，但并不十分热情，仿佛如果多蒂只是问他时间随后就走，他也不会觉得意外。他穿着晚礼服，在内行人看来明显太闪亮，不够整洁，多蒂看来却觉得华贵得很。她的勉强淡定扮不下去了，结结巴巴说了几个字。

"是贝尔福小姐啊，我们正恭候您光临，"服务生说，讲话带一点口音，略略作势鞠躬，胖胖的脸上笑容有点窘，觉得她一定看穿了他的行为，"这边请。"他叹一声，在前方带路，仿佛带领多蒂穿过塞满众多喧嚷食客的餐厅。多蒂落座尚未坐稳，服务生又出现在身边，请她点酒。她点了一杯葡萄酒，定定神等。如果发生最坏的情况，她知道她的钱够付这杯酒的，虽然这担心似乎有点多余。这位子自然是曼先生订的，她希望餐厅能看出来她就是曼先生请的客人。转念一想，她先到或许更好。这样她就可以沉着平静，而他成了慌乱紧张的那个。

结果他还是弄得她很狼狈，就在她垂眼回避吧台后年长女人的微笑注视之时，他出现在她面前。多蒂原本在观察那服务生和女人在读什么，心里想不知他们这么严肃伏案阅读的是什么。最后得出结论他们是意大利人，正读到里拉暴跌的悲惨新闻——现在她在大公司工作，也知道这些事情了——此时，那女人抬起头，发现了她，脸上现出微笑。多蒂赶紧收回视线，慌乱中没发现她等的人已到眼前。他笑容满面，倾身隔着桌子与她握手。"我是迈克尔，"他说，"你就是贝尔福小姐吧。"

"叫我多蒂吧。"她说。多蒂即便在慌乱中，还是颇为他的从容自若与自信叹服。他非常沉着，一点都不慌张。多蒂只匆匆向他瞟了一眼，对他有了大致印象，他身材瘦削，头发泛着点红色。服务生站在他身旁，为他脱下外套，很高兴见到他。服务生这次说话带了点美国口音，与相熟的客人寒暄问候。迈克尔·曼点了一瓶葡萄酒，两人等正餐，他把隔在两人中间的蜡烛挪开，方便他探身与多蒂谈话。

"多蒂。"他点头重复了一遍，似乎很喜欢这名字。除了眼睛，多蒂看不出他哪里长得像默里医生，不过她对老医生所知甚少，自然不会知道医生年轻时是什么样子。迈克尔一点不像老医生那样肤色深黑，胡子稀稀落落的，没有老医生那样浓密有气派。多蒂觉得这倒无所谓，她又不是来见老医生的。默里医生是她理想中超群拔俗的人，而现在坐在她面前的只是他的一个亲属。"这儿没什么特别的，只是我比较喜欢。我是说这家餐厅。希望你喜欢吃鱼……他们是家族企业。特别热情，对吧？我第一次来了以后就喜欢上这儿了。"

他絮絮讲了几分钟，微笑着与她闲聊。她想，他们就像画中的两个人，在餐厅倾身相对晤谈。看客观赏这幅画，或画家描绘生活时，会从这个角度解读入手。他们在讲些什么呢？他可能在阐述艺术的力量足以改变生活，而她可能在说明人类社会需要经济重组。或者，他们可能在对黑格尔将非洲排除在人类历史及人类自身之外展开思考并深表失望，或重温记忆中他们曾共同度过的柔情时刻。在画中，他头发的红色看着更突出，胡子可能也要画得厚一点，强调一片片的感觉。他两肘撑在餐桌上使肩膀耸起过高，所以需要把肩膀画得松弛一点点，但又不能破坏他做出的热切紧绷姿态。

她在画中则随意得多，可以画出她对他的迫切姿态略表不解的样子。她两手交握搁在桌上，手指交叉将心中或有的不安隐藏起来。穿着一条暗紫色长袖 V 领裙，埃斯特拉说这条裙子她穿着显瘦，气度高雅。戴一串银项链，左前胸别了一片橡树叶形状亚银胸针。头发梳到后面，两侧以紫色小发卡别起，不遮住脸。她的眼神略带几分诧异，惊奇自己竟身在此处，这在画中要画得只能稍微看出一点点。

她的眼睛会是什么颜色呢？他的眼睛呢？她觉得眼睛的颜色是没法画出来的。眼睛要完全静止不动才能将它的颜色捕捉记录下来，而这样就抓不到眼睛中的活力与生机。她觉得任何绘画都抓不住生命的色彩。

"你对他很熟吗？"他问道，脸上笑容消散，转入正题，神态中的不安也略消减。发现他竟也很紧张，多蒂更关心他了。"图书馆那个女的说……你得知他去世后哭了。她说你去图书馆问他的消息。你是他的朋友吗？"

"不是，并不是，根本算不上是。以前我常在街上……和图书馆里见到他。"多蒂说，感到她答应与医生的外孙见面是骗人家似的。她应该拒绝的。关于默里医生，她没有什么可以告诉面前这男人的。她出来是出于好奇，这对他不公平。"我们从来没讲过话。他常对我打招呼。人特别好。我猜可能是因为我们都是黑人。"她说道。

"你没跟他说过话啊！"迈克尔·曼脸上闪过一丝痛苦与失望的表情。

"真对不起。"多蒂说。他痛苦的神情让她觉得是她给了人家虚假的承诺，把人家骗出来。"我不知道图书馆那人怎么对你说的。电话里我应该提醒你的。"

他摇摇头，这时服务生端上了酒，他只得先停下不说。酒盛在陶罐里端上来，服务生自然要对多蒂介绍这种上酒方式。一番宣讲下来，服务生自己甚为满意之后，开始给他们点菜。都由迈克尔应对，他精通此道最有权威，每点一道菜都看一眼多蒂，确认她同意。他是友善周到的主人，笑容满面，魅力十足。她觉得又在画中了，由他为她做出各种决定。这还是必要的。否则，如果人家这位头发带红的黑衣男人只点一样爱吃的蔬菜，而一身紫裙佩戴橡树叶银胸针的苗条女士却为自己点了个大拼盘，那就不太好看了。若是那样，她在画中就得画成淌着口水的恶心形象。总之，她希望他来买单。

"图书馆那人只提到你当时哭了……这是我误会了，错在我，"服务生走后他说道，"他与你打招呼我不感到意外。他没和你说过话吗？一次都没有？"

多蒂摇摇头。"有一次他正在读报纸，对我指了指报上的一个标题。标题是讲法国失去阿尔及利亚，"多蒂说，迈克尔露出了微笑，点点头，"有时我觉得他想与我讲话的，但是我也许是有点儿怕他，没给他机会开口。他每次在图书馆见到我都会起身抬帽致意。他每天都去图书馆看报纸。图书馆的人跟你说过吗？在路上遇见，他会把帽子脱下来，弯一下腰。我真希望有一个像他那样的外公。有时，我走过他身边，他头垂下来，好像……好像他为了什么很愧疚或抱歉的样子。看着像是。但是我记得他从来没开口讲过话。"

"你知道他为什么会关注你吗？"迈克尔·曼问。刚才多蒂还看到他眼睛红了，有些湿润，此时已露出灿烂笑容。"你说到这个真好，他愧疚地低头那个事儿。你想过他这样是什么原因吗？"

"我的……"多蒂差点脱口而出"社工"，第一个字刚出口马上住口，被自己惊了一下，这词竟已如此陌生，也很是意外。太长时间没对人说起这词了。"我的朋友布伦达……我对她说过这事。她说我一定是让老人想起了什么人，但我觉得老人是和气。他总是那么和气。"

迈克尔·曼点点头，眼睛中露出痛苦。对了，多蒂想到，是他的眼睛。他眼睛中的温暖与体贴，画出来很难不被误认为软弱或自怜。在老人那里，老人眼睛中的痛苦，多蒂见了就想避开，躲开医生背负的沉重包袱。而在年轻外孙这里，他眼睛中闪动亮光，多蒂看着那亮光即将转为泪水，却不愿移开视线。她想，在画中，这双眼睛会是灰色的，如暮色下池塘，波光潋滟，将暮光尽收，秘密却只留给自己。

"曼先生，他去世好几年了，"多蒂想着安慰他，"有五六年了吧？你一定找到不少人，听他们讲从前与他的交往吧。他知道你一路追寻往事一定会很高兴，我敢肯定。"

"这我可不敢想啊，叫我迈克尔就好，"他苦笑道，"我觉得他会认为我这样盯着找他是种干涉，完全没必要。别人对我这样我就会这么想。可是我没有别的办法找到他……知道他最后几年是怎么过的。我现在就住在他的房子里，我跟你说过吗？楼下住了个老太太，二楼住着两个女人。老太太打理花园。她非常肯定告诉我的。她说清楚地记得他，但是我问不出什么东西来。不知是她年纪太大了呢，还是老太太狡猾不肯说。他在世时老太太是那儿的房客，但她说与他没有什么接触。"

后来，酒食尽兴，两人放松下来，自在许多，多蒂忍不住了，于是问他，最后那几年，他怎么会与默里医生失去联系。他眉毛一扬，说："家人之间嘛，就是会这样，你知道的。"多蒂追着又问了一个问题，他只微笑摇摇头，意思是这种琐碎小事无需细究。多蒂仍不太相信，但也不能怪他不想把家庭纠纷隐私细节向她和盘托出。他问她做什么工作——只是个秘书，她说，乐于自嘲。没一会儿她就讲起了索菲生病，自己要上班，找不到人带哈得孙。

"你有没有在本地报纸上登个广告？"他问，"试试看。非常便宜，不喜欢的人就不用。说不定你家附近几条街就有人在找零活，正适合你。"多蒂还有点怀疑，他再三劝她试试，最后说他来帮她安排。他说他就在报社工作，这种事并没那么吓人。

"你就在本地报纸工作吗？"多蒂问，发现他提出帮忙的隐约逻辑联系。

"没有，"他说，仰望上天好一会，由衷感谢，"以前在，现在我在弗利特街上班。"

从他的话中，多蒂感觉到他不会再多说他自己的事，只是客套应酬。他肯定很失望，后悔安排这次吃饭。想到这里她觉得自己很傻，真教他烦，他又摆脱不了。鱼上来了，她觉得味道太重，觉得是酱汁不太对劲，迈克尔对酱汁却最是赞不绝口，她没多说。宴毕，多蒂很快就乘机起身告辞了。

3

周五下午，他打电话来了。沃特森太太很不高兴，毫不掩饰不满，盯住多蒂看，要用眼神把多蒂从电话上赶下来似的。他问多蒂是否愿意一起去看戏。他刚拿到两张周六晚上的免费票，怎么来的就不提了，如果多蒂有兴趣……多蒂不假思索就答应下来，自己也没想到会这样急不可耐欣然应允。回头再安排人带孩子。劳拉或埃斯特拉，否则就麻烦了。好的，好的。她本已在劝自己，其实并不真的喜欢他。她觉得他只关注他自己，只想着他自己。此外，他身上还有某种东西她不太喜欢。是不是他头发带红这点？不可能是他的天然发色，她还是有点迂腐，总觉得染头发的人会出轨。

还有，他以为用几句俏皮话和夸赞的场面话，就能蒙混过去，什么实在话都不对她讲，这点她也很不喜欢。大约是个天生的猥琐男，很会敷衍搪塞，顾左右而言他。所以他才做记者，一定是。然而，他打电话来，她立刻就答应了，听得出他放下心来，很是高兴。

劳拉笑着答应帮多蒂带孩子，开玩笑叫多蒂提防着点饥渴的男人。多蒂又向劳拉女儿维罗妮卡咨询去戏院的着装。多蒂所有衣服中，只有上周去餐馆穿的那条紫色裙子没有招来维罗妮卡挑剔的不屑眼神。维罗妮卡说这次万万不可再穿那条裙子。最后没有别的办法，只能试试维罗妮卡的衣服。试过发现要做几处小改动，没多久改好了将多蒂打扮起来，这是条淡蓝色礼服裙，装饰着缎纹小花，闪闪发光。多蒂觉得很不好意思，不该向人家求助，但是已经麻烦了人家这么多，不好再推辞不穿。裙子上身很紧，倒没有不舒服。让她觉得有些放肆和做作。

她到剧院已经迟了，脑子里还想着刚付给出租车司机的钱。迈克尔急忙带她落座，全场几百名观众肃然端坐，台上演员走来走去饰演虚构人生。在众人观看下缠绵悱恻，呼号喊叫，多蒂实在入不了戏。剧院里很闷，一股地毯和旧衣服味儿。多蒂看台上戏演得热闹，心神却是不定。刚才急急忙忙弄得浑身燥热，热气激活了维罗妮卡裙子下蛰伏的物质。裙子散发出主人的香水味，还有一丝陈年汗渍的酸臭味。

出了剧院，风雨欲来。狂风大作，横扫大街小巷，卷起路上箱子和垃圾，呼啸着扫过街角，穿越空地。此时大雨倾盆，将路灯浇得暗淡无光，望去相隔很远。天穹似已塌陷，悬在头顶仅有几英尺处，开始动荡翻腾。突然迸出一道闪电，划破天际，教人忘了呼吸。天空倏忽之间映得一片通亮，其摇荡混乱，望去如太初混沌，生命起源之初的纷乱无极。他们躲在有山墙的门檐下，屏息凝神等霹雳惊雷炸响。这时又有一道闪电划破天空。

"如果不是这么冷，简直就像春雨来临前啊，"迈克尔喊道，被雷声惊得一缩，哈哈大笑，"在热带草原上那种。英国土地泥浆太多。在草原上，暴风雨中，能闻到土地烧焦的味儿升腾起来。"

暴雨中他们叫到了一辆出租车，坐车回家。都浑身湿透了，维罗妮卡的裙子大约是毁了，不过，由于暴雨带来的兴奋，加之同坐出租车突然很亲密，两人仍是暖暖的。在多蒂坚持下，出租车司机先送迈克尔到家。"我会打电话给你。"迈克尔拉起她的手轻吻。开回布里克斯顿这一路，她这只手都感到烫烫的。

4

索菲告诉多蒂，人家给她安排了附近一家膳食自理的宿舍。她说住那儿对她恢复身体好，可以在新年搬进去，开始新生活。这个消息索菲是挑衅地宣告的，预备着多蒂会吓唬她不让她去。"在那儿我就自由了。"她背挺直了靠着病床床头顶板坐着。

"那哈得孙呢？"多蒂问。

"暂时先不带去，等我好点儿了再说，"索菲说，呼吸急促有点轻喘，声音感伤而辛酸，"你以为我不要他了吗？姐，你不懂做妈妈的心，否则你根本说不出那种话。你自己没生过孩子，你不知道妈妈宁愿死也不愿孩子受伤害。"

多蒂看看妹妹噘嘴绷脸的样儿，差点忍不住笑出来。作为莎伦的女儿，索菲怎么能说出这种话？她不记得莎伦那时深陷绝望，完全想不起伤害这回事了吗？说什么妈妈宁愿死，多蒂痛苦地想道。人生悲苦，我们历尽艰辛才能生存于世，于是用这些冠冕堂皇的话骗自己忘记生活险恶。"医生说怎么安排哈得孙呢？"多蒂问。

索菲微微点头，垂下眼睛。多蒂也点点头，猜到了医生还不知道。多蒂又问了一些宿舍的情况，不想与索菲有冲突。索菲是成年人了，喜欢做什么就做吧。她若认为自由就是与其他病人同住在宿舍，那么事实是什么情况，只有她自己去发现。这样多蒂倒能有一段时间不用对着烦人的索菲了，不得不承认心下竟一阵暗喜。而且哈得孙还留在多蒂这儿。多蒂还是担心着市政局和社保部门会停止发放给她的各种救助。这些救助如果没了，她就维持不下去了。

离开前，多蒂去病房尽头的玻璃隔间见护士。就是告诉她不用每天来的那个护士。那次以后多蒂对她十分感激，有回还梦见了她，梦中她美丽五官华光烁烁，发出天使雕塑般明亮金属光泽。盘桓在附近，天使般的微笑映亮脸庞，祝福的右手食指指向水边。最后天使召唤多蒂，手臂在湿润空气中划出一道弧线，留下几丝火花。这只是个梦，每次看到疲惫不堪的护士，多蒂都笑自己想入非非，竟在梦境中把她的脸想成莹润细腻有光泽。护士累得两眼发红，皮肤粗糙既干又泛红。她露出虚弱的微笑，长叹一声，告诉多蒂，医生想找她谈谈妹妹转院的事，讲一讲所涉及的事情，希望能安排在她下次来病房时面谈。

"这样也省得你多跑，你说是吧？"护士疲倦地微笑道。

"那种地方什么样子的啊？"多蒂问，"索菲要去的地方。"

护士犹豫片刻，脸上掠过一丝恼火。"我不太清楚，亲爱的。医生他知道得多一些，我看索菲是很想住过去。这点有时比什么都重要。"

5

下周迈克尔又打电话来了。这周是圣诞节，他请哈得孙和多蒂圣诞前去克拉珀姆公园吃冰淇淋。这是个晴朗的下午，寒气逼人，迈克尔与哈得孙在公园池塘边初次结识。哈得孙一开始有点儿冷淡。帕特森对他们变得粗暴以后，哈得孙就不太喜欢与男人相处了。他现在觉得男人都刚愎自用，动不动就吵架。迈克尔连忙向小少爷致敬，膝盖跪在冰冷湿地上，真可谓近乎谦卑了。得知大冷的天出门到克拉珀姆公园是为了吃冰淇淋筒，哈得孙残留的疑虑被抛到了九霄云外。眼前这男人可不是寻常人，这是个懂得充分享受生活的人。哈得孙屈尊允准与他结交，不一会就提出与他交换冰淇淋筒吃。

"我走之前一定要见见他，"埃斯特拉得知后说，"你为什么这么自私呀？哈得孙都见过他了，哈得孙根本无所谓的。他俩都握过手换着吃冰淇淋筒了，你还瞒着我。咱们可以安排个送别晚宴庆祝一下。"

"别太期待啊，"多蒂担心地说，命运捉弄过她太多次，难免谨慎小心，"说不定最后没有什么结果，那我就傻了。"

"哎呦，大冷的天儿在公园散步吃冰淇淋——除了情侣和傻孩子，谁会这么干呀？暴雨中都手拉着手了，你还说什么没结果呀，"埃斯特拉笑她，"又是打雷又是闪电的，就是预示着你们的命运密不可分呢。他还说到了土地烧焦……这大概有点儿性象征在里头。你俩漫步公园边大道的时候，小鸟都为你们吟唱了吧？咱们不是庆祝他出现在你生活中哦，是庆祝我走。你好再见这样的。我不想在公寓里办告别聚会，太沉闷了。对了我跟你说过没有？我父母在伯明翰高兴得直搓手呢。甚至给我找好了一处公寓，离他们住的地方不远。脏衣服拿回家给妈妈洗，要装什么架子爸爸过来装，一点都不麻烦。真是一听就想逃。"

6

与多蒂谈完，牛顿医生就知道自己错了。多蒂非常配合，人很聪明，从容自若，医生发现自己竟有点张皇失措。也不算失措吧，但绝对吃了一惊。而且，他还挺喜欢她的。他也确实不知道索菲有孩子。他本想在完成索菲的病历之前，亲自对多蒂做个评估。见了多蒂后才刚得知索菲有孩子，这就使情况大大复杂，他不可能视而不见。他想多问一些问题，但是当他试探着问起她们童年时期的问题时，多蒂的神色就冷峻起来。他一时以为多蒂要讲不客气的话了。多蒂嘴唇颤抖，明显大为不悦。他能理解她的痛苦，不动声色改了话题。

"当然了，这完全由索菲自己决定，但我也想和你先商量一下。这事不是定下来就不能变了，"他说，停顿一下看多蒂有没有问题，"随时可以改主意。我觉得这样她有机会自己独立做成点事情，特别是她最近似乎在与人交往，确立恋爱关系……我猜她以前没做过。孩子的名字能不能告诉我？还有孩子的生日，谢谢。"

送多蒂走时，他有一丝的伤感，不知为何。他大约有点出丑了，多蒂眼中看来也许是的吧。他觉得他对索菲的评估也不算差得太远，虽然不知道她有个孩子哈得孙。他们为什么都给孩子起一些堂皇的名字？医生暗自叹息一声。医生自认是挺喜欢他们的，即便如此，还是无法不觉得他们起的这些名字太荒唐。像那个拳击手，叫什么小卡修斯·马塞利乌斯·克莱！不伦不类地用一个历史名人的名字！

总之，给索菲做的安排现在不能取消了。取消了会伤害索菲，而且极为不妥。姐姐虽然并没有像索菲讲的那样控制着索菲，也不是出于医生认为的那些原因，但是，她的控制方式确实对索菲不好。反正索菲是这么看的，这点最重要。牛顿医生毕竟还是以病人的幸福安康为重，至于莫名想在病人聪慧的姐姐面前表现自己，可以搁在一边。为病人着想，最好给索菲一点成长空间，不受外界骚扰影响。这大概是她人生中第一次，即将开启一段认真的感情关系。牛顿医生很看好护工奎克塞尔，奎克塞尔对索菲的关注，医生看在眼里颇感欣慰。索菲说多蒂干涉她恋爱这事如果是真的，想必是真的，或者至少蕴含着真相吧……总之，她姐姐这样的聪明女子，自己受挫失意，会做出这样的事也很正常。

牛顿医生认为，索菲最终可能仍会被收入专科医院。她病情迟早会加重。他把这点写进了报告，但添了许多限制条件，确保不会对索菲将来可能接受的治疗产生不利影响。

7

圣诞节那天，多蒂和哈得孙到埃斯特拉家公寓与她一起过节。下午时分她俩就喝醉了，哈得孙分外开心。她们决定去温布尔登公园走走，哈得孙丝毫不感觉意外。他叹一声，看看她们这样子，人家还以为她们从不知何为自制力呢。外面自然是天寒地冻，他可以戴上新手套新皮帽出门了。这顶阿斯特拉罕帽是他自己选的，戴着显得很帅气，他特别喜欢，本来个子太小实在恼人，这帽子一戴上还是英气十足。他收到各式各样许多礼物，没有一个比得上这帽子。

次日，他们回到布里克斯顿后，迈克尔来了，带了一辆三轮车给哈得孙。是送给哈得孙的圣诞礼物。他在院子里凉亭中找到的，擦洗干净了给孩子。

"凉亭！真……浪漫呀，像童话故事，"多蒂说，"幸好我们在家。"

"你们来我家玩啊，"他说，"我说过楼下那老太太打理花园。凉亭她也照管得好好的，还非让我们大家都来用。这种天气也不例外。"

多蒂点点头，不知该接什么话。又说了一遍"幸好我们在家"。

"你们如果不在家，我会把东西留在邻居那儿的。"他说。哈得孙骑车载着他各式各样的毛绒玩具，从厨房冲到大门，又冲回来，来来去去，迈克尔看了好一阵。多蒂依稀记得有个迷信的说法是室内戴帽子不好，所以不让哈得孙在室内戴他那顶阿斯特拉罕帽。

"我要去外地几天。"迈克尔说，有点不好意思的样子。又觉得自己怯声怯气犹犹豫豫有点可笑，便突然微笑起来。多蒂也笑了，走上前来，拥抱了他。"新年回来以后我来看你们。"他抱着她说道。

林间小径

1

他没全对多蒂讲实话，迈克尔回来后这样说。他来看多蒂，多蒂请他留下吃午饭，他答应了，显然很高兴，但随后情绪有些低落，多蒂没急着问他是怎么回事。她第一次做千层面，为避免做砸，她想还是集中精力不要分神为好。可以过后再细问。她问是不是出了什么事，他说他只是累了。没什么事，无需你操心，姑娘，去做你的意面和白汁吧。多蒂回道，那回头再说。他特意教她知道，出了车站他就直奔布里克斯顿来了，她听了放心许多，结果白汁做得少了，很快发现倒是好事。第一次做千层面很容易把白汁做少。他本想就此说点什么，但适时闭口没说。

哈得孙在屋子里进进出出，院子里骑上几分钟三轮车，就举着大自然里发掘的某个宝藏冲回屋：一只不小心踏进他设的狡猾陷阱的蜘蛛，一把腐烂气味特别大的湿树叶，或者他觉得会给厨房里这俩老古董带来点生活热情的其他东西。此时正是年初，天晴气爽，看着有人过得起劲，没想到生活还可这样有意义。

饭后两人坐在客厅，迈克尔说："我没全对你讲实话。"千层面做出来挺好吃，迈克尔洗了碗，泡上茶，还拦下哈得孙叫他别吃抓到的蜘蛛。

"实话？关于什么的实话？"多蒂问。脑中已闪过无数可能。他是已婚的。他是已婚的。他家是天主教徒，他让人家女孩怀孕了。现在生活全乱套了，深受负罪感折磨。他不是记者，他是毒贩子，勾引男孩。她耐心等他开口，他蹙眉默坐，不知如何开口。

"你问过我最后几年为什么会与外公失去联系。还记得吗？我们第一次见面那晚你问的。大概是这个意思，当时我没回答，"他直视多蒂说，那是坦白的神情，"我从来不曾认识外公。从来不曾见过他。一次都没有。所以我才来找他。讲起来真是羞愧，也为我妈妈羞愧。"

说到这里，他似乎觉得解释得已够清楚，在椅子里侧身向窗外望去。两人默不作声好一会，多蒂好几次差点忍不住，几句安慰他但没什么意义的话都到了嘴边，硬是咬牙吞了回去，终于他又开口了。这次他讲话的调子很意外，多蒂花了一会才调整思维适应过来。他讲得很慢，有时停下很长时间，仿佛已经讲完。"世间万事，不为人所知的何其多，"他说，"无底深渊，无极之库仓，无穷之事物……即使你以为自己知道，以为自己已完全掌握，结果还是栽了跟头，给你一脸难堪。我们的无知无识，触目惊心。世人何其可笑，奔走忙碌真拿自己当回事。其实，真正有重大意义的事件，就在当下发生，就在其他地方发生，包括这个国家也有。历史正被书写，我们正身在其中。天下大乱，就发生在我们眼前。"

"尼日利亚政变你听说了吗？还有上沃尔塔和中非共和国的政变？单是一月份，非洲就发生了三起政变。明天就会是加纳、印尼或阿根廷。光天化日之下，昔日贵族被杀。老一批强盗被逼下台，与此同时，新暴徒势力自受压迫者中崛起，试图以血腥暴力夺取高位。这是一个奇迹频现、悲痛无尽的时代，历史如神话，残虐劣行激增。改造荒野之雄图大志，须对抗对富贵奢靡之贪恋。真可谓包罗万象！个体的关注与感情却为自身琐屑之事掌控。只顾自身小伤小痛。自己这样那样格格不入。凡事只有切己才格外关心，其他都触动不了我们……实在令人惭愧。"

多蒂犹疑地摇摇头，不敢苟同。他瞟一眼多蒂，惊讶之下眼睛发亮。"你这是什么意思？你不同意？"他问。

多蒂怕自己误解了迈克尔的话，不太想说。埃斯特拉对多蒂说过，有时埃斯特拉话还没说完，多蒂就打断她的话发表意见，但是迈克尔现在就巴巴地等着她开口。"不是那样的，事实并非如此。并不是每人只关注自己小伤小痛……你不能这样一概而论，这有失偏颇。"多蒂说。她讲得犹犹豫豫，怕自己闹笑话，"你的意思也许我没太明白。你说人们只关心自己。可是，人们是会为了某个目标奉献一生的，有献身精神。献身自由或上帝自不必说，而且也会致力于追求某种生活理念或知识。你怎么能说没什么能触动我们呢？这种话说说容易……"

"我那是给自己营造起感伤的情绪氛围，"他微笑说道，神情却颇沉郁，"这下都给你破坏了。你说的或许没错……就是我最近常想起外公。想说说这事，千头万绪，不知从何说起。想只跟着自己心意说，不想说得走了形，要齐齐整整的。可是总有参差不齐的东西冒出来，把它塞回去以后，又有别的东西鼓出来掉下来了。”

他叹息一声，转过脸去。多蒂默不作声等着，此时街上喧闹市井声，隔壁阿尔萨斯狼狗的叫声，听来如在梦中。她听到劳拉呵斥狗狗黛西安静不要叫，脑中现出一幅礼拜日村庄空地的古老场景，狗狗与女主人争辩礼仪问题。

迈克尔突然回过头来对着多蒂，主意坚定。“是我妈妈主动与外公断绝关系的。那事以后，妈妈就走了，再没跟他讲过话。就在二战爆发前，外公在五十多岁的年纪再婚了。新娶的妻子只有二十岁左右。比我妈妈小六个月。她一气之下离家出走了，我妈妈……她觉得很恶心，非常愤怒。我小时候，妈妈从来没提过外公的事，在我这儿好像就没有外公。我模模糊糊知道一点儿，但爷爷奶奶好好儿地都在，他们……实实在在摸得到，相形之下，外公的事就更感觉不真实似的。

“小时候我家住在加纳，黄金海岸。爸爸在国家银行工作，我们离英国那么远，联系自然就更少。逢年过节回英国，但那是旺季……不久就不回英国了。年复一年，不断地有事耽搁，直到外公去世。外公把所有的钱都留给了妈妈，数目相当可观，房子则留给妈妈的孩子。就是我了，”他微笑着轻拍自己胸脯，“孩子只有我一个。我曾有个弟弟，一九四八年在黄金海岸没了。非常不幸。他还那么小。我一直很想念他。总之，律师花了一年多才找到我妈妈。想必他们并不太过着急。当时我不在国内，第一次外派到国外。外派说得有点美化了，就是在外国工作吧。派驻刚果，当时那儿是全世界关注的焦点。在那之后我真的太忙了。在东非度过一年，随后向南去了赞比亚和罗德西亚。那时风云变幻，变故迭起：革命，独立战争，强迫婚姻。经济崩溃，监狱人满为患，新巨头制造一出出悲剧肥皂剧，直教追逐人类戏剧性的学生看得目不转睛。我每次回曼彻斯特——我们住在曼彻斯特，其实是威姆斯洛——都只待几个星期，就又要回去工作了。英格兰这个地方只关注自己，行动迟缓，抱着自己的遗产不放，就怕被别人肮脏的手弄脏或偷了去。他们当然明白，因为他们为给自己增添荣耀，把别人的神殿洗劫一空。英格兰似已与时代脱节，沉浸在一个已逝去世界的幻象中，不断抱怨人家无礼侮辱它。妈妈告诉我，有所房子传给了我，我对她说租出去即可。我太忙了，顾不上打理房子，我全身心都在真实生活中，压根不想碰那些物质主义什么股票股份的玩意儿。我们理想主义者讲话就是这样，你知道的。"他自嘲道。

"妈妈说起他时用的什么称呼，我都不记得了。她说的是'你外公去世了'，还是'我父亲去世了'？不记得了。我在坎帕拉住院期间想起了这事。那次我因为发烧和其他奇怪的并发症，卧病近三周，有的是时间。本想写一篇刚果西部边境地区叛军的报道。当时大家都想报道叛军和雇佣军，都想听听这些刽子手自己怎么说，都想尽可能贴近了看看他们血腥杀戮的视野。当地一个记者为我联系安排好了，但是这些人都太贪，一个个暴跳如雷。我们差点吃枪子，被教训毒打了一顿。这帮'土著'可没来什么仪式怪舞和无法言表的宗教仪式。哗啦！砰！揍你个混蛋！是这种的。我们夺路而逃，穿过从没走过的地带。待找到支援时，已吓得魂飞魄散，我得了一种热疾。时至今日我还是不明白他们为什么轻易就放我们走了。"

2

迈克尔觉得自己是反向走了一趟康拉德的非洲之旅。运气若够好，一切也顺利，他会一直走到基桑加尼，即过去的斯坦利维尔，此前一站就是斯坦利瀑布站。即康拉德所称的内陆站。黑暗的心！这是一条古老的贸易之路，起自东海岸，已有一百多年历史。奴隶贩子和猎象人跋涉山路来此，建起他们的邪恶短期王国，收割这片土地的资源。河流上游散布着许多古老要塞，也有斯瓦希里盗贼匪首为部队建起的那些城镇的遗迹，已是蔓草丛生。只有从另一端来看，这里才算是黑暗的中心。

他们贿赂了边防卫兵，这世界走到哪里都是这个规矩。边防卫兵认为这是自己应得的，如果不给卫兵手里塞上一笔数目到位的钱，那就是对卫兵的无礼冒犯。没人训话也没人盘问他们，肯定认为他们是走私的或雇佣兵，科学家或和平部队志愿者。当时的动乱之下是什么身份也无关紧要了。他们开着小货车到了提前安排好的地方，等了两天。安排这次行程的人叫莱缪尔·姆皮拉，是来自蒙巴萨的卢奥族人，为《旗帜报》工作。他不会说当地语言，但他的斯瓦希里语基本能应付他们的需求，他法语讲得极好，非常流利。会这两种语言，他觉得应该能凑合了。迈克尔只是个旅客，之所以加入此次旅程，是因为他与莱缪尔成了朋友，莱缪尔邀请他同行。

到了叛军营地，与他们见面的是一群杂牌军，营地拥挤不堪，脏得不成样。这些人倒是很愿意讲，可是他们说的那些，迈克尔没法信以为真。有时他以为他听错了，以为自己法语不够好，但是有莱缪尔给他翻译。他们的大吹大擂听下来就知道，关于修女被扒了衣服推倒在树林地面强奸，敌军士兵死后被分尸，这些可能都是真的。他们讲的是些心理不正常精神错乱的话，用正义自由等字眼加以伪装。

他们说，共和国情形堪忧，善意的人不能坐视，只有拿起武器反抗专制。这不能再交给个人决定。需要统一采取行动。反抗并反击！必须走这条路。

一直要打到什么时候？最后如何结束？

不结束，没完没了，他们说，齐声同喊这句口号，高兴地咧嘴笑，共庆团结力量大。

他们一定觉察到了迈克尔的怀疑态度，迈克尔提的问题或许暴露了对他们的反感。

3

"我听说了你妈妈的事，还有那个年轻后妻，"多蒂后来说道，"但我不知道你妈妈是因为这事离家的。我朋友布伦达……她碰到一个人，那人以前是你外公的邻居。她在英国退伍军人协会的聚会上认识了这邻居。邻居家从前住在布鲁姆菲尔德路，离你家不远。"

迈克尔惊讶地微笑着注视多蒂。"邻居们怎么说的？你怎么没早告诉我？"

"那邻居以前是学校的老师，她先生是银行家。她教过你妈妈，是你妈妈的老师。真是太不可思议了，"多蒂说，停下沉思片刻，"她说你妈妈很有天赋……音乐方面。默里医生常来学校音乐会听女儿演奏。老师说，他眼里只有女儿。"

"妈妈也爱外公。我从坎帕拉回家后，病还没好，妈妈请了假在家照顾我。我让妈妈别请假。我觉得没必要。那时候我也需要一个人待着。再多承受一点点事我都受不了……也因为我知道，职业女性这个身份对妈妈非常重要。离开外公后，她一直都在工作。后来我才意识到，她请假照顾我，可能也是想到了她另一个儿子，我弟弟。弟弟在时我们在加纳，她也是老师。当时她没中断工作。她从来没提过，但是照顾我的时候她可能是在想着弟弟。

"那几个星期，我们聊了很多他的事。我外公的事。妈妈说，他像个皇帝。妈妈踮着脚尖站得高高的，抬头展臂。去学校音乐会的事，妈妈也对我说了。他来听音乐会，对女儿激赏不已，那气势把老师们都吓住了。妈妈说了她小时候其他一些事。她说，她只记得母亲身上有药味，经常哭。在外公留下的文件中看到她母亲的一张照片，才意识到对母亲一无所知。甚至不记得母亲长什么样子。妈妈聊的大都是外公。外公走到哪里都带着她，守护着她如同守护珍贵的物件。她如果没照顾好自己或忘了力争上游，他会大发雷霆。他鼓励她，非常非常爱她。妈妈说时眼泪流个不住，我也跟着流泪，为着自己不曾认识他。"

"邻居还说了妈妈什么？"他等了一会又问道。

"说其他孩子因为她是黑人取笑她，"多蒂说，与迈克尔相对会心微笑，"不过好像没有恶意。老师说的是同学开她玩笑。起初我听说她在二战期间遇难了。我记得是图书馆那女的告诉我的，但邻居说她去北方了，做了老师。"

"去了卡莱尔，"迈克尔点点头，"那是她第一份工作。"

多蒂想着说说卡莱尔，提一提自己的经历，转念一想还是没说。"后娶的年轻太太带孩子去海边某城市走亲戚，死于轰炸。南安普敦或朴次茅斯什么的。"多蒂说。

"她有个孩子？这我倒不知道。他们结婚后，妈妈就没再见过他们。她是外公诊所的护士。他娶的那个女人……他们应该是在妈妈去诺丁汉读教师培训课程的时候开始的。那女人……护士……我不知道该叫她什么……学期中间住到了外公家里。妈妈假期回家发现了。我不清楚她具体发现的什么，不过你想象得到。她去质问外公，他大怒，被妈妈对那女人的指责气得结结巴巴说不出话来。然后，他上前一步，扇了她一巴掌。

"'你太不像话了。'他说。妈妈也许是害怕，也许是气愤，对他大喊道他才不像话。他要敢再碰她一下，她马上就走。谁都不能这样对她。他回过神来，意识到自己竟对她动了手，又上前向她解释，道歉，喃喃说着爱她的一些话。她不理他，好多天都不跟他讲话。他想把这次争执付之一笑，讲话去逗她，装着好可怜懊悔不已的样子。为哄好她，他再也不提那年轻女人，也不让那女人来家里。几天过去了，他发现开玩笑逗乐都不起作用，于是找她认真严肃谈话，想打破她的沉默。她的敌意教他大为震惊，他害怕了，担心随后可能出现的局面，担心说出去的话收不回来。她占了上风更无所顾忌，发现他是求着她回家，遂提出条件，他必须断绝与那个年纪不足他一半，比他自己女儿还年轻的女人的关系。至少那女人不能再在他诊所工作。那女人找他只是为着他的钱，他难道看不出来吗？她还说了别的一些话，这些话冤枉人太甚，他终于再也压不住火，又打了她脸。

"'好了，够了，你这恶心的老家伙。'她收拾了几样东西，半小时不到就走了。他没拦她。那是她最后一次看到他，就是他上前打她的样子，他脸上是厌恶的神情。后来，从与她还有联系的人那里，她得知他要娶那女人。那样她是不能再回家的了。她想，这事弄得大家太荒唐了，像一帮好激动的外国人似的。她要走得能离他们有多远就多远，便接了卡莱尔那份工作，因为所有录用她的工作中，这个离家最远。那时工作机会很多，她本可以找一份近一点的工作。

"妈妈这样一个清瘦的黑人女子，一气之卜跑到了卡莱尔一所学校教音乐，你能想象吗？她在那儿认识了我爸爸。爸爸在银行工作，是当地的击剑冠军。他说他如果真想，是可以在这个领域走得更远的，不过我不清楚。学校有个老师也是击剑爱好者，所以爸爸经常去学校体育馆练剑。我听大家说，爸爸追求妈妈非常激烈炙热。他们第二年就结婚了。爸爸的父母从坎布里亚过来参加婚礼，儿子要娶一个黑皮肤新娘，他们十分高兴。爷爷是文法学校的校长，治安法官，当地社区的中坚人物。他的妻子年轻时是专业演员，与贵族之类有远亲关系。直到现在奶奶还不肯明说，只给一些侧面提示和隐隐约约的线索教人猜测。

"在我父母结婚仪式后的宴会上，有个当地守旧的老古董来向爷爷表示同情，同情爷爷家花坛不久就会被咖啡色皮肤的黑人小孩胡乱踩踏了。爷爷不屑理他，叫他走开。爷爷原话是'你这人真讨厌，赶紧给我滚蛋'。

"爷爷奶奶人非常好，对妈妈很周到，帮妈妈忘记外公的事。后来有了我，又有了弟弟，战争爆发，我们搬去了黄金海岸。开始新生活，重新开始，也不难。世上一切都在变，整个世界都变了样。"

"你妈妈她就没想过吗？没试过联系他吗？"多蒂问。此时天色已暮。两人已谈了很久，她知道快该结束了。她想，以后另找时间和他谈谈她自己，谈谈莎伦，听他讲讲他自己和他去过的地方。哈得孙在她身边长椅上睡着了，安心地打着小呼噜。她想，过一会再把哈得孙搬到床上去吧，不愿错失眼前这一刻。

"我问过她，"迈克尔说，听起来很疲倦，好一会没再说话，似乎不想讲下去了，"我们聊起外公的时候，我问了妈妈。她什么都没说，但她的心情我看得出来。我不该问她，太不体谅她了。她以为，对于她与外公之间的事，我这是要她承认自己有愧……后来，她对我说，二十多年了，她每天都想起他。整整二十二年啊！那次吵架太傻了，就为这么件事翻脸再没见面！"

4

迈克尔祖父母住的村子有座修道院。他去看爷爷奶奶时，就会去修道院。那儿已是一片废墟，仍有一些残垣断壁。小时候他常钻进地窖里玩，有些地下室，顶上的地面部分已经没有了，成了地里的井。青春期的他在废墟的荒芜中找到了心灵的安宁，想象着遥闻冬日寒风中修道士忧郁的诵经声。冬日阳光下斜倚残墙而立，构想以自己为主角的故事，故事中他是路见不平拔刀相助的侠客。幸好有他在，一个住满无辜居民的美丽小镇才没有被土匪占领并夷为平地。他总是爱上一位维京公主。爷爷奶奶逗他，说他头发带红色就是他体内的维京海盗冒出来了。小时候，爷爷奶奶常给他起维京外号：尿裤子卡纽特，哭鼻子奥拉夫森。奶奶给他讲毛骨悚然的劫掠屠杀故事。维京人扫荡沿海村落与河边村庄，抢掠奸淫无恶不作。她讲维京人的奇幻之旅，自欧洲西北部云雾弥漫的海岸起航，驶向世界各个角落。诺曼底、利比亚、安纳托利亚、美洲。

他最后一次去看那修道院，是与父亲一起去的。迈克尔从坎帕拉回来后，全家人回祖父母家住了几天。有一天下午，父亲陪他出去散步，挽住他胳膊扶着他。父子俩平时相处都很自在舒服，两人有很多共同兴趣和见解。互相也比较注意，很当心不去质疑或冒犯对方。迈克尔指着将修道院地平线切断的高压电塔和电缆，说做出这种决定的人，管他是官僚、工程师还是电力局的人，太不为他人考虑。完全可以把电塔电缆设在其他地方的，他生气地说。

"不是新建的，"父亲说，"都有年头了。"迈克尔起初不信，但看父亲并不是开玩笑。

两人说起默里医生以及老医生与女儿之间的事，迈克尔撑不住了，一时沮丧不能自已。两眼发酸，掉下泪来。父亲在石墙上他的身边坐下来，默默不发一语。没来靠近他或安慰他，只是垂眼坐着。迈克尔眼泪流到了嘴里，说他难过的不是老医生与女儿的不和，而是老人生命中最后几年不知是何等荒废，又该是何等孤单。

"我又脆弱了。"他对父亲解释自己的痛苦。他觉得应把眼泪擦掉，不该看着好像很享受痛苦一般，却突然没有一丝力气。感到泪水已经风干了。"那次在叛军营地被他们害惨了。现在看什么都消沉。也许是有点看穿了之类的。"

在营地，那帮人把他俩推倒在阴暗林间小径上，喧闹嘲弄一顿拳打脚踢。四周的树如悬崖峭壁，恍惚间他几次望见了星空。他听见他们的声音在寒山冷夜中渐渐远去，迈克尔知道，他俩还活着，很幸运。听到身边莱缪尔叹息的呻吟声，痛苦悲凉。一声接着一声规律地叹气，甚是凄惨。也听到自己的呻吟声伴着同伴的极度痛苦，两人的哀号使地下升起的低吟愈加显得低沉。

父亲的眼神教迈克尔想起他们说起弟弟时父亲的悲伤。这一日天气晴朗，父子俩坐在小山丘上，寒风仍是凛冽如常。父亲没说话，指指远方一小片粼粼的水波。迈克尔也看到了，点点头。

"大海啊，"父亲说，欢喜得两眼发亮，"是光线折射出来的幻景。"

"是海市蜃楼。"迈克尔微笑说道。

父亲良久方才说道："你不在的时候，她常说起她父亲。她说，她与父亲两人之间的矛盾，不想把孩子也卷进来。所以她什么都不让你们知道。有时她也会对父亲很怨恨，平时她不太会。这事给她的影响和伤害非常深切。和父亲分离，她是很懊悔的，即使心里还有气，说起来仍是很痛苦，然而已无可奈何。她讲了父亲继室那些话，想必父亲那里不会再欢迎她。她根本想不到那年轻继室已死了。她痛苦自责了那么多年，却没人知道她父亲其实一直是一个人。就在我们得知她父亲去世前的一两年，她说起过要给父亲写信。有一次，我们在伦敦，商量了半个晚上，计划第二天去克拉珀姆看她父亲，将怨恨就此了结，可事到临头，她却说算了，下次吧。她做不到。那次如果去了就好了，可惜没能成行。"

过了一会，父亲站起身，又扶迈克尔站起来。

5

多蒂把哈得孙在床上安置好，急忙又下楼来，但她不在的这一会儿迈克尔已经走了。她在楼上时好像听到了大门咔哒一声。他大概觉得自己教人烦了，或者显得自己软弱了。又或者这番倾谈使他十分痛苦。她并不想追出去或第二天就匆匆过去抓着他又是表示关爱又是提要求。听他描绘那些痛苦，多蒂也不禁心灰意懒。他被痛打的情景，给她极大的冲击，犹如她自己亲身经历过的一刻。若大家都是如此结局难逃，又何苦费力挣扎，焦躁煎熬？难道她都错了？种种狂热激烈或许不过是做好准备，将自己养肥了，供人杀戮。过一两天吧，到时再去找他，让他知道，和他在一起她十分安心。她会以手抚过他深受创痛的身体，愿与他分担伤痛。但现在他要先想清楚自己想要什么。

次日晚上，多蒂下班回家没多久，有人敲门。那天一整天多蒂都想着迈克尔，他颓丧情绪的影响既已消散，多蒂原决定多给他一些时间的想法就显得不太明智了。假如他又远走他乡了，或把她的低调自谦当成不关心他，该怎么办？如果前方等待他们的命运即是在林间小径与杀手相遇，那么面对虽短暂却真实的欢乐，就在眼前却不去享受，岂不可惜？不知怎的，从他的醒悟中，她也领会了某种东西，并感到了其中隐含的绝望。她飞奔下楼去给他开门，决心要顶住诱惑，两人不必再无聊地故作姿态绕圈子。

站在门口的并不是迈克尔，而是帕特森，耸肩曲背抵挡外面冬雨。多蒂感到刚下好的决心消去了，失望又生气，恨不得直跺脚。但她仍然十分欢喜地连声招呼他进屋来，虽然心里把他骂了不知几遍。他给哈得孙带了一份迟来的礼物。多蒂觉得他看着比上次见他的时候好，也许是不那么愤激了。多蒂说去泡茶，他微笑致谢，在客厅与哈得孙讲话，多蒂去泡茶。她感觉到帕特森不会久留，心里还稍稍好过一些。哈得孙见到帕特森好像很开心，教她不免有丝失望。她看见哈得孙坐在帕特森脚边地板上玩一辆玩具卡车。

坐在人家脚下看着可怜巴巴的，多蒂把他轰开了，问帕特森：“你最近都怎么样？”帕特森微笑，有些感伤，但没有不高兴，下巴朝哈得孙方向一斜。

“他看上去很好啊，”他说，“你也是。希望索菲也好，她身体好些了吧？”

他的客气恭谨和带的礼物，让多蒂想起了从前他的周日拜访。想到这里，她脸上现出微笑，帕特森微笑回应，亲切得出乎多蒂意料。“这天气真是糟糕，是不是？”她说。

她听到帕特森轻笑表示亦有同感。“英格兰真是！我家里人都来英格兰了，他们刚来的时候都以为要冻死了。我太太腿都抽筋了，半夜一身大汗痛醒。”

“你家里人都来了啊！”多蒂惊叹，一下轻松许多，毫不掩饰地高兴。

“老家那边日子很不好过。食物短缺又极贵，孩子也上不了学。都是那些政客和军人害的。十年前，我们国家还很富裕，现在，人民饭都吃不上。这点我们决不会让他们忘记。他们让我们勒紧腰带，为了未来，现在将就点过苦日子。他们自己呢，住带网球场游泳池的大房子，孩子送去国外读私校。整个非洲都是这样，不等他们折腾完，非洲人民都要被他们害得沦为贫民和乞丐了。”他满脸愤怒地说，过了一会又微笑起来，“家人来了都很高兴。孩子们守着电视看个没完，太太想把超市里所有东西都买回家。我跟她说这儿东西不紧缺，但她就是不习惯。我给她五十镑作为一星期的花销，她拿上就去商店全花光了。大米和糖一大袋一大袋地买，还有加仑装的罐装油，成箱的番茄罐头……前两天，她买了一大箱的大盒橙汁回家。”帕特森轻笑说道。

"家人来了你很高兴吧，"多蒂说，"我不知道……"

"男人没有家算什么呢？"帕特森轻轻打断多蒂，"索菲有什么消息吗？希望她很快就能回家了。"

多蒂给他讲，索菲住进了膳食自理的宿舍房间，他认真听着。起先他没说什么，但多蒂知道他持怀疑态度。"索菲自己想住的。"多蒂说。

"那种地方有时很差。"最后他说。

"你说的差是指什么？"多蒂问，"这是一个新计划，给病人提供逐步回归社会的适应过程。医生自己告诉我的。索菲说她想去那儿，一直住到她完全好了。"嘴上虽这样反驳，多蒂心中还是内疚，在自己得知索菲暂不回家顿感轻松之时，就已负疚在心。尤其是还有那个怪模怪样的护工跟着。她后来发现他叫弗农·奎克塞尔，这名字实在怪诞。多蒂又有什么办法？索菲把遭遇的问题都怪在多蒂身上，指责她嫉妒。这些多蒂自然不会讲给帕特森听，那只会招来他继续反对。

"或许她很快就回家了，"他说，"下次来的时候说不定她就已经在家了。"

他要走时，把哈得孙喊过来，给了他一张五镑纸钞。多蒂说不要，他摆摆手，仍把钱放在哈得孙掌心，再将哈得孙手掌合上。到了门口，与多蒂握手告别。"又见到你，我很高兴，姐。"他轻声说，犹豫片刻方说出最后那个姐字。

第二天迈克尔没打电话到多蒂公司，多蒂确信他晚上会来家里。那日天朗气清，虽然还有冷风袭人，树木枯空，但空气中已有春的气息。午餐时间她在堤岸散步，观赏河面波光渺渺。傍晚时分，下起雨来，她坐公交车回家，本确信迈克尔定会过来，此时已转为希望他会过来。家里有部电话就好了！今晚这天气，他若是决定待在屋里，在壁炉前烤烤脚，她也不会怪他的。如果她不用守在家里看哈得孙就好了……她想到可以请劳拉帮忙看孩子，但是公交车离布里克斯顿越近，就越拿不定主意。这种天气下，她如果晚上出现在他家门口，他会觉得她不像话。她做出如此卑微举动之后，他会非常清楚可如何利用她。或许他对她并没有那么大兴趣，亦未可知。

多蒂给哈得孙弄了些吃的，自己也随便吃了点东西，已确定迈克尔不会过来了。此时，有人敲门，她不敢相信地咧嘴一笑，从餐桌旁站起身。对哈得孙竖一下大拇指，急急忙忙去开门。令她惊诧又万分失望的是，站在门口的不是迈克尔，而是帕特森又上门了。她看到帕特森身后雨水已转为雨夹雪，路面积雪泥泞。他犹豫了一下，向前迈出一步。多蒂只得让他进屋。他陪他们在厨房坐着，等他们吃完饭，又与多蒂一同喝茶。

"我正好就在附近，就想顺路来看看。"他说，现在只剩他们两人了，他站过来离她更近了些。多蒂警惕起来，非常不安。他们在此相遇过。就是在这个地方，他曾要强迫她。"昨天有句话我忘了说。你们需要什么的话，或者我能帮上什么……"

多蒂侧脸对着水池，感到他立即凑了上来，身体轻轻蹭上她。随后立刻就挪开了，脸上现出微笑，确定他已把意思传达清楚。多蒂不敢置信地盯着他，不能相信发生了这事。

"你怎么这么恶心！"她又惊又气，声音发抖。站在她面前的竟然是他而不是迈克尔！"过去那么多事，而且你家人……"

帕特森轻蔑一笑，把名片放在厨房桌上。"万一你需要联系我。"说完就走了。

6

"我觉得，你长得有点儿像她。"迈克尔说。

白天他打电话到多蒂公司，问可否晚上前来拜访。他会带唱片来，路上经过布里克斯顿路那家黎巴嫩糕点店，买一些好吃的点心带过来。只是他有一个条件要申明，那就是晚上她可不能让他说自己的事。

沃特森太太对多蒂做出询问的神情。此前多蒂不高兴的样子，她都看在眼里，也听到了多蒂长吁短叹，她深通世故，怎会不懂得多蒂的不高兴。"是他的电话？"多蒂点点头，沃特森太太于是微笑着回避了。她又向打字室扫视一圈，不想别人把她对多蒂接这电话的礼貌客气误解为她手软或特别宽容。

多蒂告诉迈克尔，他提的条件，她觉得太严了，甚至有点荒谬。她也没有唱片机放他的唱片，不过他如果带点心过来，大家可以讨论一下能聊什么话题。万不得已，他们或许可以聊聊宗教或农学。

"我长得像谁？"多蒂问。

"我原本不想告诉你，"他说，"怕你觉得奇怪……"

"像谁？"她又问，被他惹得恼火起来。

"像老医生的女儿……她从前的样子，"迈克尔说，虽满面笑容，仍颇感不安，"你的举止特别像，她以前也像你一样很苗条。我见过她年轻时的照片。外公叫她游牧人，因为她像外公旅行时见到的柏柏尔或富拉尼女人。外公是马提尼克人，外祖母也是。他在图书馆指着报纸上关于法国失去对阿尔及利亚控制的标题，你还记得吧？他在那儿工作过，还有以前的法属苏丹。但他受不了成为开化使命的一部分，所以就来了英格兰，在这里他只是个外国人。人家问他是哪里人，他说他不清楚。他说，奴隶制已使他失去家园。他的文件都在我妈妈那儿。以后我找一些照片给你看。你只是偶尔有一些角度看着像她，但对他来说肯定感觉很奇怪。"

"那我为什么会觉得奇怪呢？"多蒂问。她曾往这个方向想过，有时也猜是不是自己让医生想到了后娶的年轻妻子。没敢问迈克尔，怕太冒昧。

迈克尔耸下肩。"那无关紧要。起初我以为你可能和他有血缘关系。"

"我自己有外公的，谢谢，"多蒂说，"有我自己的名字。我说过我的全名吗？多蒂·白都伦·法蒂玛·贝尔福。"多蒂以她习惯了的配套夸张动作，当作天大笑话似的道出自己全名。

"白都伦，"迈克尔眉头微皱说道，"这名字是什么来头呢？听着有点熟。"

"我也不知道，"多蒂说起这名字是她在利兹奇迹圣母堂受洗时那男人给她起的，"有时我又记得是七苦圣母堂。"

"查一下就知道了，很方便。"他说。

"没必要，"她摇头说，"有时我看到他，模模糊糊的，如梦中人影。"

"是你父亲吗？"迈克尔问。

"不是，我没有父亲。这人当时和莎伦在一起的，莎伦是我母亲……他想和我母亲一起生活。他叫贾米尔，是美丽的意思。他家的人把我母亲赶走了。逼她离开利兹，后来我们到了卡莱尔。"

迈克尔似要开口说什么，想想又不作声。多蒂对他微笑，有点逗他的意思。"莎伦应该没碰到过你家的人。她不常去银行和音乐课的。她靠驻扎在那儿的美国大兵赚钱谋生。"

"那是二战后期了。我父母一九四一年离开了卡莱尔。"他说。

多蒂点点头。"那他们肯定没遇到过。其实她并不叫莎伦，她的名字是比尔基苏。我们也不姓贝尔福。她从卡迪夫家里出走后改姓了贝尔福，那时还没有我。"

"比尔基苏，"他跟着试念这名字，"她姓什么呢？你们原来的真姓。"

"我不知道。"多蒂怒目而视。

"你知道她为什么把姓改了吗？改成贝尔福？"他又问。

她耸下肩，摇摇头。"我猜她是借此断绝自己与家庭的关系吧。"她生气皱眉说道。

看多蒂生气的神情，迈克尔心想不能再问了。但又想至少要知道多蒂为什么被问得生气了，终于还是忍不住问："她为着什么离家出走啊？"

多蒂想了一会，方才开口："她病重时，这些事她都对我说了。她常常喝得很醉，她说的话，有时分不清哪些可信。那时她病得很重，深受病痛折磨。她想告诉我那些事，我并不想听。"

"你不想告诉我吗？"迈克尔问。

"我感觉很羞耻。"多蒂说。

"那耻辱并不在你。"

"莎伦告诉了我，让我知道。我猜她是想让我带话给他……给她在卡迪夫的父亲。她把她父亲的名字也告诉了我，但我没听进去，因为生活本来就够复杂的了，我不想弄得更……莎伦年轻时常对我们说不要听老人的。她说，老人都是暴君，想吸孩子的血活下去。到了她自己病势垂危时，就说不出这样的话了。她说她已把自己的姓名都丢了。她已无颜再见家人，临死都不敢归乡。我感到羞耻的是，她讲的那些我没听进去，也没装着去给她点慰藉。她唠叨那些人名地名让我记住，我却故意全都抹去不记。我这里只有一样她的东西，留存下来纯属偶然……一张老照片。她留下的文件只有这一样。"

那个周末他们去宿舍看索菲。索菲坐在房间里，形单影只啼啼哭哭的。迈克尔与哈得孙出去散步，多蒂陪着索菲劝她，听她哭诉。她病房里那个护工朋友不来看她了。管理员对她特别凶。到她房间吓唬她。把她的门锁了，说索菲如果不听他的话，就往她水里加药粉。什么药粉？多蒂问，索菲只耸耸肩。她的房间没人来清扫过，其他病人有的还让她去他们房间做活。还警告她，如果她告诉医生，那她永远别想离开这儿了。"所以啊，姐，求你了，拜托。千万不要去闹啊！"

索菲又病了，毫无疑义。她哭哭啼啼的，特别脆弱，举止行动又像孩子一样。多蒂想，即便没有其他理由，单是质疑医生过去在未充分了解情况之下就做出那个简单诊断这一项，就可以把索菲救出这猪舍。多蒂没问索菲具体细节，但完全可以想象索菲都被迫承受了何等样的羞辱。对他们称之为管理员的那个畜生，多蒂没什么办法。这人可能受国家各种劳动法保护，但是那个牛顿医生，多蒂日后自会收拾他。她当即动手帮索菲收拾行李，索菲一时害怕得直喘气，一时又高兴得语无伦次，高兴自己就要这样离奇地被救出牢笼了。看到妹妹又沦入幼儿般的喃喃呐呐，多蒂不胜羞愧，懊悔自己疏忽了照顾妹妹。

"咱们下周就换一家医院，"多蒂说，"这些混蛋谁敢找咱们麻烦，咱们就请莫西亚牧师过来。我倒要看看他们谁敢对莫西亚牧师不敬。"

多蒂提起巴勒姆真基督神圣教堂牧师的名字只是开玩笑，却看到索菲脸上现出罪人惊恐万分的神情。

7

多蒂的教名白都伦实在令迈克尔费解，他专门查了出处。特来向多蒂宣布研究结果，颇为自己的聪明得意，咧着嘴笑。"我找到了。我就说嘛，这名字我听说过。白都伦公主和卡马尔·扎曼王子啊，《一千零一夜》中的故事。"

"她都有什么事迹？勇敢吗？"多蒂问。

"说来话长，我记得是王子被自己的父亲沙阿·扎曼国王囚禁在一个塔里。国王想让儿子早日娶亲，继承王位，可是卡马尔·扎曼说他只会为了爱情结婚。为使他幡然悔悟，国王将他关进了塔里。只是……塔里住着一个美丽的精灵，她为卡马尔·扎曼的英俊容貌所倾倒，向其他精灵夸耀，大家起了争执。另一个精灵说，中国有位美丽的公主叫白都伦，这世上没有一人能与她的美貌相比。于是众精灵将公主和王子两个年轻人放到同一张床上，这样放在一起比较一番，看看到底谁更美。晚上，白都伦公主和卡马尔·扎曼王子先后醒来，都爱上了对方。可是，到了清晨醒来时，却发现睡在自己的床上，并不知道昨夜与自己共度的人是谁。这个故事讲了他们如何又找到对方。不好意思，我讲得不是太好。"

多蒂做个鬼脸，心里其实挺高兴。多蒂她们家那时生活境况何等肮脏不堪，那男人给这家的孩子起个中国公主的名字白都伦，他想起来不知笑成什么样。"那法蒂玛这名字呢？"

"法蒂玛是先知穆罕默德的女儿，阿里的妻子，哈桑和侯赛因的母亲。这名字不凡啊。许多王朝和运动都以她命名，"迈克尔说，"但是洗礼取这个名字有点奇怪。"

他陷入沉思，多蒂耐心等待，欣赏他凝思时的冷静沉着。看他灰色眼睛中，有时间闪烁流逝，亦有似已发现真相的瞬间亮起又褪去。"可能是葡萄牙那个圣地小镇法蒂玛，那里三个小孩见到了圣母马利亚显灵……"他不太确定地说道。

"每次我问莎伦，她都说法蒂玛是个邪恶的女王，住在山上。长得非常美丽，像我一样，"多蒂咧嘴一笑，"法蒂玛喜欢坐在路边假装迷路，将怜悯她的行路人诱入地牢关起来。"

"你知道她的名字是比尔基苏，但还是继续叫她莎伦，"迈克尔说，"原本认识的人，要换一个新名字来叫她，一定不容易吧。"

"不仅如此，"多蒂说，"我了解的那个她是莎伦。不叫她莎伦，而叫她另外那个名字，似乎有点……逃避现实。好像那样就是对我们过去的生活方式说谎一样。"

多蒂没再多说，或许本想就此打住，但感到迈克尔并不想罢手。他这样坚持，多蒂倒是并不介意，一点都不。两个人逐渐了解对方的过程正是最教人惊喜的。她觉得，当意识到即将获知新东西时，有一种感官的愉悦。此时，两人正坐在迈克尔公寓窗边长凳上，向外眺望公园景色。在此之前，他们在一楼老太太家喝茶。老太太家的客厅零乱地放着些包裹和一包包的衣服。窗下地板上摆了一排鸟笼，笼子里住着浓淡深浅各有不同的蓝羽虎皮鹦鹉。老太太对它们咕哝嘟囔，讲述她在罗马尼亚和俄罗斯的时光。她说得并不多，但多蒂想到这样一个羸弱的糊里糊涂的人，路远迢迢跑到那些地方，已觉得很是不可思议。迈克尔提起默里医生，老太太面露微笑。微笑随后又转为无声大笑，身子颤动，笑逐颜开。

"花园。他最喜欢那花园。"老太太说，又对他们说起花园里她培育了各种植物与灌木。有时需要特别的泥土，她得去树林里或丘陵上找。但后来她也做得厌了。他们去看花园了吗？

"看了，阿姨，我们看了。"多蒂说，尽管时值冬季，满园枯木萧索，常青树木为露水湿透，影瘦枝寒。园内小径败叶零乱，污泥点点。

"你就不想查查你另一个名字的出处吗？"迈克尔问，"还有照片里那个男人，他可能就是莎伦的父亲。或者查一下哈瓦是不是莎伦母亲。他们可能还住在那儿呢，在卡迪夫。你就不想去找他们吗？"

多蒂摇摇头。"我用了这么多年，才开始发现自己，才开始知道要寻找什么。总有一天我会去找他们……"

"总有一天他们就不在了……"他眉头微皱打断多蒂。

"总有一天我也不在了，终究会的。"多蒂说。

"我看这未免有些自私吧。"

"你心眼可真好！"她轻声说，听了他的指责，脸上不觉一颤。

"你去找找又能有什么不好呢？"他仍追问道，"查清楚了多好啊。"

"将来吧……也许。你还是记者的习性未改，"多蒂不肯让步，"不看到故事的结局不罢休。如果我们没有生活在你对我讲的林间小径一刻之下，如果我们不至于像你们那次一样只能坐以待毙，你就觉得一定是我们做的事和生活的方式有问题，就要去挖掘。认为这些才最重要。我知道我现在的生活只是其中一部分而已，我知道还有其他重要的部分，但是，我现在过的就是这部分生活。待我日后去找他时，他若已不在了，我也惟有祈愿他一生多蒙福佑而已。"

两人絮絮叨叨之声不绝，叙谈细语，娓娓不倦。不觉天色渐暮，公园绿地中树影森森，浓厚起来，远处房子的围墙也衬得暗影沉沉。大街和主干道上车辆疾驰而过，川流不息。公园尽头，远方城市无边无际延伸开去，隐入暮色，映着串串细小灯火，附近河水一片波光粼粼。

附 录

2021 年诺贝尔文学奖得主
阿卜杜勒拉扎克·古尔纳获奖演说

写 作

写作向来是一种乐趣。当年我还是个小男生的时候，课程表上的所有科目当中，我最期盼的就是上写作课，写一个故事，或是写我们的老师认为能激发我们兴趣的任何东西。这时所有人都会安静下来，伏在课桌上面，努力从记忆中或是想象中提取一些值得讲述的东西来。在这些青涩的作品中，我们并不渴望诉说什么特别的事情，或是回忆某段难忘的经历，或是表达个人坚信的观点，或是一诉心中的愤懑苦情。这些作品也不需要任何别的读者，只是写给催生它们的那位老师一个人看的，作为一种提高我们漫谈技巧的练习。我写作，因为老师让我写作，因为我在这样的练习中找到了如此多的乐趣。

多年以后，等到我自己也成了一名教师，我又重演了这段经历，只是角色颠倒了过来：我会坐在一间安静的教室里面，学生们则在伏案奋笔。这让我想起了 D. H. 劳伦斯的一首诗，我现在就想引用其中的几句：

引自《最好的校园时光》

我坐在课堂的岸边，独自一人，
看着身穿夏日短衫的男孩们
在写作，他们的圆脑袋忙碌地低垂着：
然后一个接着一个他们抬起
脸来看向我，
十分安静地沉思着，
视，而不见。

接着那一张张脸便又扭开，带着小小的、喜悦的
创作兴奋从我身上扭开，
找到了想要的，得到了应得的。

　　我所描述的以及这首诗所回忆的写作课，并非日后写作
将会呈现在我眼前的模样。它不像后者那样被驱动，被指
引，被回炉，被不断地重组。在这些青涩的作品中，我的写
作是一条直线，可以这么说吧，没有太多犹豫和修改，有的
只是纯真。写作之外我还如饥似渴地阅读，同样没有任何方
向指引，当时我还不知道这两者之间有着怎样密切的联系。
有时候，如果第二天不需要早起上学，我就会读书读到深
夜，我的父亲——他自己也算是个失眠症患者了——都不得
不来我的房间，命令我熄灯。哪怕你有这胆子，你也不能对
他说，既然他也没睡，凭什么你不行呢，因为你不能这样子
和父亲说话。再者说，他是在黑暗中失眠的，灯也关了，为

的是不打扰母亲,所以熄灯令依然有效。

与我年轻时那种随性的体验相比,日后我所从事的阅读与写作可谓有条不紊,但其中的快乐从来没有消失过,我也很少感到过吃力。不过,渐渐地,快乐的性质发生了改变。直到我移居英格兰以后,我才充分认识到了这一点。正是在那里,饱受思乡之苦与他乡生活之痛,我才开始深思此前我从未考虑过的许多事情。也正是在这一时期,在长期的贫穷与格格不入之中,我开始进行一种截然不同的写作。我渐渐认清了有一些东西是我需要说的,有一个任务是我需要完成的,有一些悔恨和愤懑是我需要挖掘和推敲的。

起初,我思考的是,在不顾一切地逃离家园的过程中,有什么东西是被我丢下的。1960 年代中期,我们的生活突然遭遇了一场巨大的混乱,其是非对错早已被伴随着 1964 年革命巨变的种种暴行所遮蔽了:监禁,处决,驱逐,无休无止,大大小小的侮辱与压迫。在这些事件的漩涡当中,一个少年的头脑是不可能想清楚眼下之事的历史与未来影响的。

直到我移居英格兰后的最初那几年,我才能够深思这些问题,琢磨我们竟能对彼此施加何等丑恶的伤害,回首我们聊以自慰的种种谎言与幻想。我们的历史是偏颇的,对于许多的残酷行径保持沉默。我们的政治是种族化的,直接导致了紧随革命而来的种种迫害:父亲在自己的孩子面前被屠杀,女儿在自己的母亲面前被侵犯。身居英格兰的我,远离所有这些事件,同时却又在精神上深深地为它们所困扰——这样的处境,比起继续同那些依然承受着事件后果的人一起生活,或许反倒使得我更加无力抵抗这种记忆的威力。但我同时还被另一些与这类事件无关的记忆所困扰：父母对子女犯下的残酷行径，人们因为社会与性别教条而被剥夺充分表达的权利，以及种种容忍贫困与依附关系的不平等。这些问题普遍存在于所有人类的生活中，并不为我们所特有，但它们并不会时时挂在你的心头，除非个人境遇迫使你认识到它们的存在。我猜这就是逃亡者所不得不背负的重担之一——他们逃离了创伤，自己找到了安全的生活，远离那些被他们抛在身后的人。最终我开始将一部分这样的反思付诸笔端，不是以一种有序的或是系统的方式，当时还没有，只是为了能够稍稍澄清一点心头的困惑与迷茫，并从中获得慰藉。

不过，假以时日，我渐渐认清了还有一件令人深感不安的事情正在发生。一种新的、简化的历史正在构建中，改变甚至抹除实际发生的事件，将其重组，以适应当下的真理。这种新的、简化的历史不仅是胜利者的一项必不可少的工程（他们总是可以随心所欲地构建一种他们所选择的叙事），它也同样适合某些评论家、学者，甚至是作家——这些人并不真正关注我们，或者只是通过某种与他们的世界观相符的框架观察我们，需要的是他们所熟悉的一种解放与进步的叙事。

如此，拒绝这样一种历史就很有必要了，这种历史不尊重上一个时代的实物见证，不尊重那些建筑、那些成就，还有那些使得生活成为可能的温情。许多年后，我走过我成长的那座小镇的街道，目睹了镇上物、所、人之衰颓，而那些两鬓斑白、牙齿掉光的人依然继续着生活，唯恐失去对于过去的记忆。我有必要努力保存那种记忆，书写那里有过什么，找回人们赖以生活，并借此认知自我的那些时刻与故事。同样必要的还有写下那种种迫害与残酷行径——那些正是我们的统治者试图用自吹自擂从我们的记忆中抹去的。

另一种对于历史的认识同样需要面对——这种认识是我在移居英格兰，接近其源头之后才渐渐看清的，比我在桑给巴尔接受殖民教育的时候看得更清。我们这一辈人，都是殖民主义的孩子，而在这一点上我们的父辈和我们的晚辈则并非如此，至少和我们不一样。我这话的意思并不是说我们对于父辈所珍视的那些东西感到生疏，也不是说我们的晚辈就摆脱了殖民主义的影响。我想说的是，我们是在帝国主义高度自信的那段时间里长大成人并接受的教育，至少在我们所处的世界区域是那样，当时的殖民统治使用委婉的话术伪装自我，而我们也认可了那套说辞。我指的那段时间，是在整个区域的去殖民化运动开始步入正轨并让我们睁眼看到殖民统治所造成的掠夺破坏之前。我们的晚辈有他们的后殖民失望要面对，也有他们自己的自我欺骗来聊以自慰，所以有一件事他们也许并不能看得很清，或是达不到足够的深度，那就是：殖民史彻底改变了我们的生活，我们的腐败和暴政从某种程度上讲也是殖民遗产的一部分。

这些问题中的一些我在来到英国后看得愈发清楚了，不是因为我遇到了什么人能在对话中或是课堂上帮助我澄清，而是因为我得以更好地认识到，在他们的某些自我叙事中——既有文字，也有闲侃——在电视上还有别的地方的种族主义笑话所收获的哄堂大笑中，在我每天进商店、上办公室、乘公交车时所遭遇的那种自然流露的敌意中，像我这样的人扮演着怎样的角色。我对于这样的待遇无能为力，但就在我学会如何读懂更多的同时，一种写作的渴望也在我心中生长：我要驳斥那些鄙视我们、轻蔑我们的人做出的那些个自信满满的总结归纳。

但写作不可能仅仅着眼于战斗与论争，无论那样做是多么的振奋人心，给人慰藉。写作不是只着眼于一件事情，不是为了这个问题或那个问题，这个关切点或那个关切点；写作关心的是人类生活的方方面面，因此或迟或早，残酷、爱与软弱就会成为其主题。我相信写作还必须揭示什么是可以改变的，什么是冷酷专横的眼睛所看不见的，什么让看似无足轻重的人能够不顾他人的鄙夷而保持自信。我认为这些同样也有书写的必要，而且要忠实地书写，那样丑陋与美德才能显露真容，人类才能冲破简化与刻板印象，现出真身。做到了这一点，从中便会生出某种美来。

而那样的视角给脆弱与软弱、残酷中的温柔，还有从意想不到的源泉中涌现善良的能力全都留出了空间。正是出于这些原因，写作对我而言才是我人生中一个很有价值且十分有趣的组成部分。当然，我的人生还有其他部分，但那些不是我们此刻所要关注的。经历了这几十年的人生岁月，我演讲开头所提到的那种青涩的写作乐趣如今依然没有消失，堪称一个小小的奇迹。

最后，让我向瑞典文学院表达我最深切的谢意，感谢他们将这一莫大的荣誉授予我和我的作品。我感激不尽。

（宋金　译）

Abdulrazak Gurnah
DOTTIE
Copyright © Abdulrazak Gurnah, 1990
This edition arranged with ROGERS, COLERIDGE & WHITE LTD (RCW)
Through Big Apple Agency, Inc., Labuan, Malaysia.
Simplified Chinese edition copyright:
2023 Shanghai Translation Publishing House (STPH)
All rights reserved.

古尔纳获奖演说已获 The Nobel Foundation 授权使用
Nobel Lecture
Writing
By Abdulrazak Gurnah
Copyright © The Nobel Foundation 2021

图字：09-2022-186 号

图书在版编目(CIP)数据

多蒂 / (英) 阿卜杜勒拉扎克・古尔纳
(Abdulrazak Gurnah) 著; 魏立红译. —上海：上海
译文出版社, 2023.7 (2024.5 重印)
(古尔纳作品)
书名原文：Dottie
ISBN 978-7-5327-9265-8

Ⅰ.①多… Ⅱ.①阿… ②魏… Ⅲ.①长篇小说—英
国—现代 Ⅳ.①I561.45

中国国家版本馆 CIP 数据核字(2023)第 086081 号

多蒂
[英] 阿卜杜勒拉扎克・古尔纳 著 魏立红 译
策划/冯 涛 责任编辑/吴洁静 装帧设计/张志全工作室

上海译文出版社有限公司出版、发行
网址：www.yiwen.com.cn
201101 上海市闵行区号景路 159 弄 B 座
山东韵杰文化科技有限公司印刷

开本 889×1194 1/32 印张 11 插页 6 字数 196,000
2023 年 7 月第 1 版 2024 年 5 月第 2 次印刷
印数：10,001—13,000 册

ISBN 978-7-5327-9265-8/I・5768
定价：88.00 元